MW01707742

Kresley Cole

Diplômée d'un master d'anglais, ancienne athlète et coach sportif, elle s'est reconvertie dans l'écriture, où elle a pleinement trouvé sa voie, et une tout autre forme de célébrité. Récompensée à deux reprises par le prestigieux RITA Award pour sa célèbre série de romance paranormale *Les ombres de la nuit*, elle est lue dans le monde entier. Vampires, Valkyries, loups-garous sont, entre autres, des créatures qu'elle aime à faire vivre dans ses histoires sombres et sensuelles, toujours pimentées d'une pointe d'humour.

Si tu le désires

Du même auteur
aux Éditions J'ai lu

Dans la collection Crépuscule

LES OMBRES DE LA NUIT

1 – Morsure secrète
N° 9215

2 – La Valkyrie sans cœur
N° 9314

3 – Charmes
N° 9390

4 – Âme damnée
N° 9554

5 – Amour démoniaque
N° 9615

6 – Le baiser du roi démon
N° 9714

7 – Le plaisir d'un prince
N° 9888

8 – Le démon des ténèbres
N° 10144

9 – La prophétie du guerrier
N° 10521

10 – Lothaire
N° 10709

La Convoitée et l'Intouchable
N° 10228

Dans la collection Aventures et Passions

LES FRÈRES MACCARRICK

1 – Si tu oses
N° 10621

En semi-poche

CHRONIQUES DES ARCANES

1 – Princesse vénéneuse

KRESLEY

COLE

LES FRÈRES MACCARRICK – 2

Si tu le désires

Traduit de l'anglais (États-Unis)
par Lionel Évrard

J'AI LU

AVENTURES
& PASSIONS

Vous souhaitez être informé en avant-première
de nos programmes, nos coups de cœur ou encore
de l'actualité de notre site *J'ai lu pour elle* ?

Abonnez-vous à notre *Newsletter* en vous connectant
sur **www.jailu.com**

Retrouvez-nous également sur Facebook
pour avoir des informations exclusives :
www.facebook/jailu.pourelle

Titre original
IF YOU DESIRE

Éditeur original
Pocket Books, a division of Simon & Schuster, Inc.,
New York

Loués soient les véritables « amateurs de sensations fortes », héros victoriens quasi méconnus, suffisamment sauvages pour goûter à tous les plaisirs avec abandon, mais suffisamment rusés pour ne jamais se laisser absorber par l'histoire.

« La discipline, ce n'est rien d'autre qu'éviter d'avoir à subir les conséquences de ses actes. En définitive, les hommes disciplinés l'emporteront toujours. »

Hugh Logan MacCarrick

« Mettre un homme fort à genoux est une chose assez simple. C'est le garder dans cette position qui s'avère délicat. »

Jane Farraday Weyland

Prologue

Royaume du Maroc, Afrique du Nord, 1846

— Tire, MacCarrick ! ordonna de nouveau Davis Grey.

Il s'était exprimé d'un ton pressant, mais suffisamment bas pour ne pas trahir leur position, sur un promontoire haut perché des montagnes désolées de l'Atlas.

Hugh décida de l'ignorer. Il s'apprêtait à tuer pour la première fois de son existence. Lourde décision à prendre, à seulement vingt-deux ans… Aussi était-il décidé à ne le faire que lorsqu'il se sentirait prêt.

S'écartant du viseur, Hugh lâcha son arme d'une main et s'essuya le visage d'un revers de manche. La sueur mêlée de sable irritait ses yeux. L'été éclatait autour d'eux. Rien à faire pour se protéger du soleil blanc qui écrasait tout, dans un ciel sans nuages et d'un bleu irréel.

— Bon Dieu ! s'emporta Grey à mi-voix. Pourquoi hésiter ? Il est midi.

L'astre du jour brillait au zénith et ne pouvait projeter d'ombres plus courtes qu'à cette heure-là. Or, une ombre pouvait faire échouer le tireur le plus doué. Hugh ne voulait pas décevoir son aîné – et son mentor, en quelque sorte. En dehors du clan MacCarrick, Grey était son seul ami et la seule personne avec qui il supportait de passer du temps. À part une certaine beauté aux cheveux auburn, naturellement, pour qui il aurait pu tuer. Et, d'une certaine manière, c'était bien ce qu'il s'apprêtait à faire.

Hugh réprima un rire amer et rajusta son arme contre son épaule. Tuer un étranger de sang-froid, c'était dépasser un point de non-retour : exactement ce qu'il voulait.

Grey saisit son arme et son viseur démonté du holster qu'il portait à l'épaule et commença à les assembler.

— Nom de Dieu, MacCarrick ! Il nous a fallu attendre quatre semaines pour avoir une occasion comme celle-là !

Il n'avait pas tort. Le traître qu'ils pourchassaient, se sachant condamné, était en fuite depuis un mois. Il avait fini par échouer dans la ferme berbère abandonnée qu'ils découvraient en contrebas. Dans cette région du monde, même une masure au toit plat comme celle-ci disposait d'une cour en guise d'oasis. L'homme y était installé, face à l'unique entrée du petit jardin clos, un pistolet sur ses genoux et un fusil à son côté. Mais rien ne le protégeait du danger venu des hauteurs.

La fenêtre de tir était parfaitement dégagée, mais ils savaient l'un comme l'autre que Grey ne pourrait jamais l'atteindre d'aussi loin. Il préférait l'arme blanche, alors que Hugh chassait et tirait au fusil depuis qu'il était en âge d'en avoir un entre les mains. De plus, il fallait agir sans tarder, tant que l'homme était seul.

— Je vais le faire ! grogna Hugh en jetant un regard noir à son compagnon.

Était-ce une certaine excitation qui faisait briller les yeux de Grey ? Ce n'était qu'une tâche ingrate à accomplir contre rétribution, il ne pouvait aimer cela…

Hugh se remit en position de tir et visa soigneusement. Il n'y avait quasiment pas de vent, mais plus de trois cents mètres les séparaient de leur cible. Il ne fallait pas oublier non plus la chaleur étouffante, qui n'était pas sans avoir des répercussions sur l'unique balle glissée dans la chambre et sur le canon. Tout cela, il le prit en considération.

Du bout de l'index, il effleura la détente. Son autre main caressa le garde-main en bois, qu'il effleura deux fois avec le pouce. C'était un rituel qu'il accomplissait sans y penser avant chaque tir. Puis il se figea au milieu d'une inspiration.

Il lui suffit d'une faible poussée sur la détente. Le bruit qui en résulta lui fit l'effet d'un coup de canon – plus fort, pour quelque raison qu'il ignorait, que tous les coups de feu qu'il avait pu tirer à la chasse.

À peine une seconde plus tard, la balle perça le front de l'homme, qui s'écroula instantanément. Un flot de sang jaillit par l'arrière de son crâne, inondant le gravier. Ses jambes remuèrent spasmodiquement l'espace d'un instant.

Voilà, c'est fait.

Hugh était désormais un tueur.

De nouveau, il discerna une certaine jubilation sur le visage de son compagnon.

— Jamais vu quelqu'un tirer comme toi, l'Écossais ! s'exclama-t-il en lui assenant une tape dans le dos.

D'une poche, il tira la flasque qu'il gardait toujours sur lui et la porta à ses lèvres sans cesser de sourire. Hugh, lui, ne ressentait que du dégoût et un soulagement étrange.

Ils se remirent en selle et descendirent rapidement les sentes montagneuses. Une heure après qu'ils eurent atteint la vallée, ils ralentirent à l'approche d'un village. Toujours aussi jovial, Grey lança à son jeune compagnon :

— Quand nous rentrerons à Londres, j'annoncerai à Weyland que tu es prêt à te débrouiller seul.

L'expression de Hugh dut révéler le malaise que lui inspirait son exubérance, car Grey ajouta, maussade :

— Ne me regarde pas comme ça, MacCarrick ! Quand tu auras de la chose une aussi longue expérience que moi, nous verrons si tu n'en viens pas à aimer ça toi aussi.

Aimer ça ? Hugh secoua la tête et répondit posément :

— C'est un travail, pour moi. Rien de plus.

— Fais-moi confiance, répliqua Grey avec un sourire suffisant. Quand il ne te reste rien d'autre… cela devient beaucoup plus que ça.

1

Londres, Angleterre, 1856

Un tueur endurci, privé depuis dix ans de la femme qui l'obsédait : tel était l'homme à qui Edward Weyland avait demandé d'intervenir dans la vie de sa fille en lui faisant parvenir un énigmatique message.

Jane court un grave danger. Sa vie est menacée.

Depuis qu'il avait reçu cette missive deux jours plus tôt en France, Hugh l'avait lue et relue, la serrant si fort entre ses doigts qu'il avait fini par la déchirer.

Si quelqu'un avait osé lui faire du mal…

À présent, après avoir chevauché jour et nuit comme s'il avait le diable aux trousses, Hugh arrivait enfin devant la demeure citadine des Weyland. À peine sa monture se fut-elle arrêtée qu'il mit pied à terre et faillit s'étaler, tant il ne sentait plus ses jambes. Les flancs couverts d'écume, hors d'haleine, l'étalon ne valait guère mieux que lui.

En s'approchant de la porte de service par laquelle il préférait passer, Hugh tomba sur Quinton Weyland, le neveu du père de Jane, qui travaillait également pour ce dernier. Assis sur les marches du perron, celui-ci paraissait soucieux.

— Où est Jane ? lui demanda Hugh sans préambule.

— En haut, répondit-il. Elle se prépare pour… pour sa nuit de folie.

— Elle va bien ?

En voyant Quin hocher la tête d'un air absent, Hugh ressentit un soulagement intense. Seul sur les routes, il avait eu amplement le temps de se représenter ce que pouvait être ce « grave danger ». Il avait prié pour qu'elle n'ait pas été blessée, et pour ne pas arriver trop tard. Maintenant qu'il la savait saine et sauve, la faim et la soif qu'il avait ignorées pendant deux jours se rappelaient à lui.

— Qui la surveille ? s'enquit-il.

— Rolley est à l'intérieur, répondit Quin. Et c'est moi qui dois l'accompagner ce soir.

Rolley était le majordome de Weyland. La plupart de ses collègues officiant dans l'enclave huppée de Piccadilly avaient un certain âge et un air de dignité dénotant leur expérience autant que l'ancienneté de la fortune de leurs employeurs. Rolley, la trentaine bien sonnée, sec et vigoureux, avait quant à lui un nez qui ne ressemblait à rien tant il avait été de nombreuses fois brisé. Le poing américain dont il faisait un usage fréquent avait couvert ses doigts de cicatrices. Hugh savait qu'il aurait sacrifié sa vie pour Jane.

— Weyland est-il là ? demanda-t-il.

Quin secoua la tête.

— Il rentrera tard. Il a laissé un message pour toi. Il te demande de passer le voir demain matin. Il te donnera tous les détails.

— Je rentre voir…

— Je ne te le conseille pas, l'interrompit Quin.

— Pourquoi ça ?

— D'abord, tes vêtements sont couverts de boue. Ensuite, ton visage ne ressemble plus à rien.

Hugh s'essuya la joue sur sa manche, se rappelant trop tard les nombreuses coupures à vif qui la marquaient.

— Et enfin, conclut le neveu de Weyland, je ne suis pas certain que Jane ait très envie de te voir.

Après avoir chevauché sans interruption pendant deux jours, Hugh était une masse de muscles noués et de vieilles douleurs réveillées. La perspective de rejoindre Jane était tout ce qui lui avait permis de tenir le coup.

— Cela n'a aucun sens ! protesta-t-il. Elle et moi, nous étions... amis.

Quin lui jeta un coup d'œil étrange.

— Eh bien... elle est différente, à présent. Entièrement différente et tout à fait hors de contrôle.

Il chercha le regard de Hugh avant d'avouer :

— Je ne sais pas si je pourrai supporter une nuit de plus. Pas après ce qu'elles ont fait la nuit passée.

— Qui ça, « elles » ?

— Les Huit. Ou du moins, trois d'entre elles, dont deux se trouvent être mes sœurs !

La bande des Huit Weyland, réputée pour ses frasques, regroupait, outre Jane, sept de ses cousines germaines. Au souvenir des grotesques pitreries dans lesquelles celles-ci l'entraînaient, Hugh sentit s'aggraver son humeur noire.

— Ce n'est tout de même pas pour ça qu'on m'a fait venir jusqu'ici ! s'emporta-t-il. Parce que Weyland ne sait pas tenir sa fille !

Il avait dû laisser Courtland, son jeune frère blessé, seul en France. À force de le pousser, il avait failli tuer son nouvel étalon, une bête magnifique qui lui avait été offerte en remerciement d'un service rendu. Weyland ne pouvait tout de même pas lui avoir lancé cet appel inquiétant pour de tels motifs ! Étant son supérieur direct, celui-ci savait naturellement de quoi Hugh était capable. C'était sous ses ordres qu'il abrégeait l'existence de ses cibles pour le compte de la Couronne. Mais il était vrai que Weyland ne savait pas jusqu'à quel point son protégé convoitait sa fille, ni depuis quand.

Une véritable obsession... depuis dix ans !

À bien y réfléchir, décida-t-il, le père de Jane ne pouvait avoir exagéré le danger qu'elle courait.

— Weyland ne t'a pas dit ce qui se passe ? s'étonna Quin en fronçant les sourcils. Je pensais qu'il t'avait envoyé un message...

— Plutôt succinct, le message. À présent, vas-tu me...

Rolley, en se précipitant sur le perron, l'empêcha de conclure.

— Nom de Dieu ! jura-t-il, hors de lui. Nom de Dieu de nom de Dieu ! Est-ce que tu l'as vue, Quin ?

— Rolley ? s'étonna celui-ci en se dressant sur ses jambes. C'est toi qui étais censé la garder à l'œil jusqu'à son départ...

Le majordome lui adressa un regard mauvais.

— Je t'ai dit qu'elle se douterait qu'on allait la suivre ! Elle a dû sortir par la fenêtre, après avoir ordonné à cette diablesse qui lui sert de femme de chambre de donner le change en lui faisant soi-disant essayer des robes.

Hugh faillit s'étrangler de rage.

— Jane est partie ?

Il bondit sur Rolley et serra sa chemise dans son poing avant d'ajouter :

— Où est-elle allée, et avec qui ?

— À un bal.

Méfiant, Rolley jeta un coup d'œil en biais à Quin, qui donna son assentiment d'un hochement de tête.

— Vas-y, l'encouragea-t-il. Weyland va tout lui dire.

Rolley retira la main de Hugh et lissa sa chemise, puis il précisa :

— Elle devait se rendre à un bal masqué avec les sœurs de Quin et une de leurs amies.

— Quel genre de bal masqué ? s'enquit Hugh.

— « Libertines et courtisanes », répondit le majordome. Dans un entrepôt sur Haymarket Street.

Jurant tout bas, Hugh força ses jambes réticentes à marcher jusqu'à son cheval. Celui-ci le regarda un instant, comme s'il ne pouvait imaginer que leur voyage n'était pas terminé. Les dents serrées, Hugh banda ses muscles douloureux et se mit en selle.

— Vous voulez la rattraper ? s'étonna Rolley. Nous sommes supposés simplement la suivre. Weyland ne tient pas à ce qu'elle soit au courant pour le moment.

— MacCarrick, attends ! l'interpella Quin. Je suis sûr qu'elles ont dû prendre un fiacre, et avec la circulation qu'il y a ce soir, j'ai le temps de seller un cheval et...

— Dans ce cas, suis-moi ! l'interrompit Hugh en faisant manœuvrer sa monture. Moi, je n'attends pas. Mais dis-moi quand même contre quoi je me bats...

Avisant le regard grave qu'il lui adressait, Hugh serra très fort les rênes entre ses doigts.

— Tu devrais plutôt dire : « contre *qui* ». Weyland pense que Davis Grey est en route pour la tuer.

2

En apercevant Jane pour la première fois depuis dix ans, Hugh eut le souffle coupé et oublia sur-le-champ la faim, la fatigue, les douleurs qui assaillaient son corps. Leur fiacre les avait laissées, elle et ses amies, sur Haymarket Street. Depuis une allée parallèle, il se mit à les suivre. Entendre mentionner le nom de Grey avait suffi à lui faire prendre sa décision : il devait emmener Jane loin d'ici et…

Une main massive se posa sur son épaule, le figeant en plein élan.

— Cela fait dix minutes que je te suis, annonça une voix profonde derrière lui. J'aurais pu te poignarder dix fois.

— Ethan ?

Hugh s'arracha à la poigne ferme de son frère aîné et fit volte-face. En le foudroyant du regard, il s'étonna :

— Mais qu'est-ce que tu fais là ?

— Seigneur ! Ton visage…

— Explosion… dit-il, laconique. Éclats de pierre.

Lors d'une bataille en Andorre, quelques jours plus tôt – celle-là même au cours de laquelle Courtland avait failli perdre sa jambe –, Hugh s'était laissé surprendre par une projection de fragments d'ardoise.

— À présent, réponds à ma question ! insista-t-il.

— Je suis passé chez Weyland. Je suis tombé sur Quin, qui s'apprêtait à partir. Et j'ai été bien inspiré ! Cela ne te ressemble pas de manquer de prudence dans un endroit comme celui-ci. À quoi pensais-tu donc ?

— À ramener Jane chez elle.

— Weyland veut juste qu'on la suive. Inutile de secouer la tête comme ça : Grey n'a pas encore rejoint l'Angleterre.

Voyant que Hugh n'était pas convaincu, Ethan ajouta :

— Et il pourrait fort bien ne jamais arriver ici vivant. Alors calme-toi, et contente-toi de jouer les chaperons.

— C'est pour *ça* que Weyland m'a demandé de venir ?

— Il semblait penser que ma présence mettrait sa fille mal à l'aise, répondit tranquillement Ethan.

Il était vrai que la balafre qui lui barrait le visage avait tendance à faire peur aux femmes.

— Quant à Quinton, reprit-il, il ne le croit bon qu'à arracher à certaines dames quelques secrets sensibles. Weyland avait besoin d'une fine gâchette. Et c'est toi, également, qui connais le mieux Davis Grey.

Hugh reporta son attention sur Jane, qui traversait à cet instant la rue transversale depuis laquelle il la guettait, tapi dans un recoin. Elle se trouvait si près de lui qu'il entendait sa voix sensuelle et voilée, sans pour autant comprendre ce qu'elle disait. Elle portait une robe d'un vert profond au décolleté plongeant qui mettait en valeur ses épaules d'albâtre et révélait à quel point son corps s'était épanoui. Son visage était en partie dissimulé sous un masque aux plumes vert foncé. Dans cette tenue, elle ressemblait à… une courtisane.

Un voile de sueur perla à son front, ce qui ne le surprit en rien. Hugh avait toujours réagi physiquement à sa présence. Il reconnaissait parfaitement les symptômes qu'il avait endurés lors du dernier été qu'ils avaient passé ensemble : le cœur battant, le besoin de déglutir sans cesse, les frissons de plaisir au plus infime contact. Un mot d'elle, susurré à son oreille, et il lui fallait réprimer un gémissement de désir…

— Courtland est-il rentré avec toi ? s'enquit Ethan.

Sans quitter Jane des yeux, Hugh répondit :

— J'ai dû le laisser derrière moi quand j'ai reçu la lettre de Weyland. Il était blessé à la jambe et ne pouvait voyager assez vite.

— Où l'as-tu laissé ? demanda sèchement son frère. Suffisamment loin d'*elle*, j'espère…

Hugh avait été chargé de bien plus que de ramener Court en Angleterre. Il devait surtout s'assurer qu'il ne serait pas tenté de rebrousser chemin pour retrouver Annalía Llorente, la femme pour qui battait son cœur.

— Je l'ai laissé en France, expliqua-t-il. Court n'ira pas la rejoindre. Il sait parfaitement à quoi il l'expose.

En dépit de l'assurance qu'il affichait, rien n'était moins sûr. Annalía manquait à ce point à Court qu'il en était malade. Mais quand il avait appris que Jane était en danger, Hugh n'avait eu d'autre choix que de partir sans lui.

— Quin m'a expliqué, à propos de Grey… reprit-il. Qu'est-ce qui lui a pris ?

— Weyland lui a confié une mission… qui devait le faire tomber dans un guet-apens, répliqua Ethan. Et il en est revenu…

Deux ans plus tôt encore, Hugh comptait Grey au nombre de ses amis.

— Tu as trempé là-dedans ? questionna-t-il.

Parfois, il lui arrivait de regretter qu'Ethan ait été lui aussi recruté par Weyland.

Son frère lui adressa un effrayant demi-sourire qui déforma sa balafre et qui semblait dire que s'il avait été mêlé à cela, le guet-apens n'aurait pas échoué.

— Non, répondit-il. Mais je me suis porté volontaire pour l'éliminer. Weyland semblant penser que je suis trop personnellement impliqué, il a décliné mon offre.

— Tu t'es porté volontaire ! répéta Hugh avec dégoût.

Ethan haussa les épaules avec indifférence.

— Qu'est-ce que tu attends ? lança-t-il d'un ton de défi. Il te suffit de doubler leur petite coterie une fois encore pour la voir de face.

Hugh se rembrunit, mais il ne servait à rien de nier. Son frère était parfaitement au courant de sa faiblesse.

— Je ne l'ai pas vue depuis des années ! répondit-il en remontant l'allée parallèle, Ethan sur ses talons. Normal que je sois un peu curieux.

— C'est le genre d'accident que je peux voir arriver à distance, maugréa Ethan. D'abord Court avec sa dulcinée, et à présent toi avec Jane – une fois de plus. Dieu merci, je reste quant à moi immunisé.

Ignorant le commentaire, Hugh alla s'embusquer dans un autre coin sombre, un peu plus haut sur l'allée.

— Pourquoi Weyland est-il si certain que Grey veut s'en prendre à Jane ?

— Grey désire se venger, répondit son frère comme s'il s'agissait d'une évidence. Il voudra donc s'en prendre à ce que le vieux a de plus cher.

À cet instant, Jane éclata de rire en réponse à la réplique d'une de ses cousines. Hugh tourna la tête vers elle. Elle avait toujours eu le rire facile – qualité qui lui était quant à lui étrangère, mais qui le fascinait. Elle lui avait affirmé une fois, en serrant le visage de Hugh entre ses mains et en le fixant au fond des yeux, que s'il le fallait, elle pourrait rire pour eux deux.

— Voilà pourquoi Grey veut tuer Jane, murmura Ethan en se penchant au-dessus de son épaule. Il cherchera à lui trancher la gorge, comme il l'a fait à d'autres femmes. Sauf qu'à présent, il semble y avoir pris goût.

— Assez ! s'emporta Hugh, les yeux toujours rivés sur le doux sourire de Jane.

Il n'avait jamais apprécié l'idée de devoir mettre Grey définitivement hors d'état de nuire, même quand il avait saisi la nécessité de la chose. Désormais, elle s'imposait à lui.

— Je parie que tu regrettes à présent que Weyland n'ait pas accepté mon offre plus tôt, reprit Ethan, lisant en lui à livre ouvert. Ne t'inquiète pas, petit frère... Il a fini par s'y résoudre. Le vieux ferait n'importe quoi pour la protéger.

Ethan jeta un coup d'œil à Jane, reporta son attention sur son frère, puis revint s'intéresser au groupe dans lequel elle cheminait. Une lueur d'intérêt inhabituelle faisait briller ses yeux. Aussitôt, Hugh serra les poings. À qui s'adressait ce regard de pure convoitise ? À Jane ?

D'instinct, Hugh plaqua son frère contre un mur et posa son avant-bras contre son cou, avant même que celui-ci ait pu deviner son intention. Ils n'avaient cessé de se battre lorsqu'ils étaient plus jeunes, mais en arrivant à l'âge adulte, ils avaient dû se résoudre à une trêve, de peur que l'un des deux ne tue malencontreusement l'autre.

Hugh, lui, se sentait prêt à reprendre les hostilités.

Sans se laisser troubler par cet accès de violence, Ethan le considéra d'un air blasé et maugréa :

— Tranquillise-toi, je ne suis pas en train de lorgner sur ta précieuse Jane.

Après avoir admis qu'il ne mentait pas, Hugh finit par le relâcher, même s'il lui était difficile de comprendre qu'un homme puisse ne pas éprouver de désir pour elle.

— Alors, qui regardes-tu ainsi ?

Son frère gardant les yeux fixés par-delà son épaule, Hugh se retourna et demanda, intrigué :

— Est-ce Claudia, avec son masque rouge ?

Cela aurait été pour lui ressembler. Jane avait raconté à Hugh que Claudia avait une nature sauvage et indomptée.

En butte à son silence, Hugh émit une autre hypothèse.

— Belinda, la grande brune ?

Ethan secoua lentement la tête, sans quitter des yeux l'objet de son attention : la troisième jeune femme, une petite blonde au masque bleu, que Hugh ne connaissait pas.

Depuis que lui avait été infligée sa balafre, Ethan avait perdu tout intérêt pour un certain nombre de choses, dont la chasse au jupon, qui l'avait autrefois bien occupé. Le désir semblait à présent resurgir en lui, d'autant plus fort qu'il avait été longtemps nié.

Ethan, apparemment, n'était pas aussi immunisé qu'il le prétendait... Hugh resta sous le choc de cette révélation.

— Je ne la connais pas, murmura-t-il. Ce doit être une amie de Jane. Elle paraît bien jeune : pas plus de vingt ans. Trop jeune.

À trente-trois ans, Ethan pouvait faire figure de vieillard pour elle...

— Si je suis aussi mauvais que toi, Court et tout le reste du clan l'imaginez, sa jeunesse la rend plus séduisante à mes yeux, n'est-ce pas ? répliqua-t-il.

En un clin d'œil, il tendit la main et s'empara du domino d'un des participants au bal qui passait par là. Celui-ci ouvrit la bouche pour protester, mais un coup d'œil à son voleur suffit à le faire décamper.

— Ne joue pas avec elle, Ethan... conseilla Hugh.

— Tu as peur que je ne ruine tes chances auprès de Jane ? rétorqua-t-il en plaçant le masque sur son visage. Désolé d'avoir à te le rappeler, mais ces chances étaient déjà ruinées avant même que tu la rencontres. Il y a un livre pour le prouver.

Condamnés à marcher seuls ou sur les pas de la mort...

Le Livre des Destinées.

— Tu partages le même sort funeste, fit remarquer Hugh. Et pourtant, te voilà aux basques d'une femme.

— Moi, je ne cours pas le danger de tomber amoureux ! protesta Ethan en se mêlant à la foule des fêtards. Mon innocent petit flirt ne risque donc pas de la tuer.

Avec un soupir de résignation, Hugh le suivit.

3

Cacher une brique au fond d'un réticule pour aller s'encanailler sur Haymarket Street était un mal nécessaire, Jane Weyland en était consciente, mais la lanière du petit sac lui cisaillait le poignet.

En patientant avec ses deux cousines et leur amie en visite dans la file d'attente donnant accès à l'entrepôt où se déroulait le bal, elle passa de nouveau la poignée de son arme improvisée à son autre bras. Après avoir mené des virées aventureuses dans les bouges de l'East End et les spectacles les plus osés de la capitale, elles n'en étaient certes pas à leur coup d'essai. Pourtant, même Jane n'avait pu rester de marbre en découvrant le spectacle qui les attendait aux portes de l'entrepôt de Haymarket.

Une horde de courtisanes semblable à une armée fardée et habillée de manière provocante faisait le pied de grue devant le bâtiment. Les fêtards qui se mêlaient à elles, masqués mais dont les vêtements trahissaient l'aisance, examinaient la marchandise complaisamment exposée à leurs regards et choisissaient celle – ou celles – qui les suivrait à l'intérieur.

— Jane… tu ne nous as pas dit ce qui t'a fait changer d'avis et pourquoi tu as eu soudain envie de nous suivre ici, mais j'ai ma théorie.

Sa cousine Claudia s'était exprimée d'un ton léger, sans doute destiné à rassurer tout le monde. Elle devait redouter que les autres ne se dégonflent, elle qui ne vivait que pour ce genre de frisson.

— Alors ? Dis-le-nous ! s'impatienta Belinda, sa sœur.

Toutes deux étaient aussi dissemblables qu'on peut l'être. Jeune femme sérieuse à l'intelligence brillante, Belinda n'était là que dans un but de « recherche », ce qui n'avait rien d'un prétexte. Elle avait pour projet de mettre en lumière les énormes disparités sociales, mais elle tenait, avant de commencer à écrire sur le sujet, à se documenter sérieusement sur toutes les facettes de l'iniquité. Jane se doutait que, dissimulée derrière son masque couleur crème, Belinda analysait déjà en termes de réformes à mener la scène choquante qu'elles découvraient.

— Faut-il vraiment chercher une raison à notre venue ? intervint la mystérieuse Madeleine Van Rowen. Un bal de courtisanes, c'est bien suffisant *en soi* pour nous motiver.

Maddy était une amie d'enfance de Claudia, en visite chez elle pour quelques semaines. Anglaise de naissance, elle vivait désormais à Paris – dans une mansarde miteuse, s'il fallait en croire la rumeur. Jane la soupçonnait de n'avoir regagné Londres que pour mettre la main sur le frère aîné de Claudia, ce à quoi elle ne trouvait quant à elle rien à redire. Si Madeleine parvenait à discipliner Quin et à l'épouser, ce serait un exploit.

En fait, elle appréciait vraiment Maddy, qui s'intégrait parfaitement à leur groupe. Des huit cousines Weyland réputées pour leurs aventures et leur indiscipline, seules Claudia, Belinda et Jane étaient nées dans la capitale et y vivaient. Comme toutes les jeunes Londoniennes disposant de quelque argent, elles passaient leurs journées et leurs nuits à pourchasser avec témérité tous les plaisirs modernes et tous les péchés anciens que cette cité folle avait à offrir.

Les Huit appartenaient aux classes possédantes de la société, pas à l'aristocratie. Elles étaient de bonne famille, ce qui ne les empêchait pas d'être délurées.

Comme si elle éventait un secret, Claudia annonça :

— Jane va enfin accepter la fantastique demande en mariage de Freddie Bidworth.

Assaillie par la culpabilité, Jane rajusta son masque vert émeraude pour dissimuler son trouble.

— Tu m'as percée à jour, Claudie ! lança-t-elle d'un ton léger.

On les voyait si souvent ensemble, elle et Freddie Bidworth, que tout le monde s'attendait à ce que cela se termine par un mariage – à commencer par le principal intéressé. Pourtant, Jane ne s'était pas encore décidée à accepter la proposition du riche et séduisant aristocrate... et craignait de ne jamais pouvoir s'y résoudre.

C'était cette conclusion qui l'avait amenée à participer à cette petite expédition nocturne. Le besoin de se changer les idées avait prévalu. À vingt-sept ans, Jane *savait* que des propositions pareilles allaient se raréfier. Et si elle ne se décidait pas à épouser Freddie, de qui diable pourrait-elle devenir l'épouse ?

Elle avait expliqué à ses cousines qu'elle hésitait à cause de la mère et de la sœur de Freddie, aussi désagréables l'une que l'autre. Mais en vérité, si elle hésitait, c'était parce qu'à l'exception de son père, les hommes ne lui inspiraient aucune confiance.

Ces dernières années, Jane avait commencé à comprendre qu'elle était devenue inapte au mariage. Non pas socialement, car la conduite scandaleuse des Huit n'était jamais parvenue à les disqualifier. Le père de Jane, simple homme d'affaires, exerçait une inexplicable influence sur certains aristocrates et membres en vue du gouvernement. À la stupéfaction des cousines qui secouaient la tête en les recevant, les invitations qui leur étaient adressées continuaient d'affluer.

En fait, c'était un Écossais aux cheveux noirs, à la voix profonde et aux yeux intenses qui l'avait rendue inapte au mariage. Pourtant, il ne l'avait jamais touchée – ni même embrassée –, quand bien même elle s'était échinée à le titiller, à le harceler sans merci.

Belinda fronça les sourcils et dévisagea Jane.

— Tu es parvenue à t'entendre avec l'horrible famille de Bidworth ? s'étonna-t-elle.

— Je le pense, oui… répondit-elle prudemment. Mais vu l'importance de l'enjeu, il fallait que je prenne mon temps.

Pour le prendre, elle l'avait pris : c'était un an plus tôt que son soupirant lui avait fait sa première demande.

— C'est donc à un enterrement de vie de jeune fille auquel nous participons ce soir, Jane ? lança Maddy. Les dernières frasques avant l'autel ?

Jane se demandait si lesdites frasques n'étaient pas trop sages pour une jeune femme ayant fréquenté les quartiers les moins reluisants de Paris. Parfois, dans leur quête sans fin du frisson, il lui semblait voir Maddy… s'ennuyer.

— Faut-il vraiment chercher une raison à notre venue ? répondit-elle.

Heureusement, elles arrivaient au goulet d'étranglement de la file d'attente et le sujet retomba de lui-même. Devant la porte, un colosse au crâne chauve, le visage dissimulé derrière un masque de cochon, recueillait les exorbitants droits d'entrée. Tout en luttant, comme ses trois amies, pour ne pas voir le bas de sa robe piétiné dans la cohue, Jane remit à chacune d'elles une guinée. Ainsi évitait-elle de blesser la fierté de Maddy en payant pour elle.

Cette dernière arborait une somptueuse robe saphir, mais Jane avait aperçu le contenu de sa malle dans la chambre de Claudia. Il n'y avait pas un de ses vêtements de dessous à ne pas avoir été ravaudé à de multiples reprises, et ses bijoux étaient en toc. Maddy n'avait à la bouche que les élégants hôtels particuliers de

France et les bals raffinés qui s'y donnaient, mais Jane la soupçonnait plutôt d'avoir vécu là-bas dans la misère.

Lorsque le cerbère chauve les y autorisa, Jane franchit joyeusement le seuil du lieu de débauches, suivie de près par ses amies. Dans l'entrepôt, les corps parfumés se pressaient en masse autour de la piste de danse, ou valsaient en rythme sur la musique entraînante d'un orchestre de sept musiciens. Légalement, l'endroit portait la dénomination de « salle de bal non autorisée ». Les gens l'appelaient plus simplement « la Ruche ».

Même si l'extérieur ne payait pas de mine, la décoration intérieure était luxueuse. De la soie tapissait les murs. Des bâtonnets d'un coûteux encens brûlaient çà et là dans la salle, laissant flotter au-dessus des têtes un nuage de fumée odorante. Sur de grandes peintures murales pendues à de brillantes chaînes en cuivre, nymphes et satyres priapiques étaient représentés dans des poses lubriques. Et entre les tableaux, sur des tapis persans couverts de coussins, des femmes embrassaient les libertins qui les avaient rejointes et les caressaient savamment à travers leurs vêtements...

Tous les ébats plus osés, présuma Jane, devaient avoir pour cadre les chambres attenantes qui s'ouvraient dans le mur du fond.

Belinda, mariée et heureuse en ménage, observait tout cela avec des yeux ronds. Dans un souffle, elle protesta :

— Regardez ce que ces pauvres femmes sont obligées de faire pour gagner leur argent...

— Leur *argent* ? fit mine de s'étonner Claudia. Tu veux dire qu'on peut... Ça alors, et moi qui le fais gratuitement !

Belinda fusilla du regard sa sœur qui, à vingt-huit ans, vivait une passion torride avec le valet d'écurie de la famille.

— Claudia ! tonna-t-elle. Tu ferais mieux de garder ce genre de pratique pour *après* le mariage.

En déambulant, elles tombèrent sur une exposition – en quelque sorte – qui fit taire soudain la dispute.

Deux femmes et un homme, le corps nu et rasé, couvert d'une couche d'argile, jouaient les statues et demeuraient parfaitement immobiles, même quand un convive entreprenant – homme ou femme – venait caresser ou soupeser quelque partie de leur anatomie.

— Cela valait le coup d'attendre ! estima Claudia, un sourcil arqué, sans quitter des yeux l'apollon musclé et bien doté par la nature.

Jane ne pouvait qu'approuver. Rien de tel que quelques statues vivantes – et nues – pour se sortir de la tête les nécessités du mariage, du compte à rebours biologique, et le comportement incompréhensible d'un Écossais à la voix tonnante qui disparaissait du jour au lendemain sans un mot d'explication.

Leur petit groupe n'eut cependant pas le temps de s'attarder, car la foule qui ne cessait de faire pression pour entrer les emporta. En passant devant une table où un serviteur à demi nu arborant un masque de renard servait du punch, elles s'empressèrent d'en prendre un verre et d'aller le déguster contre un mur, à l'écart du passage.

Jane but une large rasade et fit remarquer :

— Pourquoi ne nous a-t-on pas dit qu'on pouvait venir – les hommes comme les femmes – sans se couvrir la partie supérieure du corps ?

Une convive aux seins nus qui passait par là lui adressa un long sourire aguicheur. Comme il était poli de le faire, elle lui répondit d'un clin d'œil égrillard et poursuivit :

— Autrement, j'aurais opté pour un décolleté moins sage… et une brique plus lourde.

Maddy, après avoir humé son verre d'un air circonspect, but avidement à son tour.

— Heureuse d'assister enfin à un bal où je n'ai pas à corser mon punch ! lança Claudia en levant son verre.

Pour avoir vu son frère Quin procéder ainsi, elle ne se rendait jamais dans les occasions mondaines respectables sans une flasque d'alcool pour « agrémenter » la soirée.

Voyant un groupe de femmes éclater de rire quand un débauché s'exhiba devant elles sur l'un des tapis persans, Belinda faillit s'étouffer et tendit précipitamment son verre à Jane. En hâte, elle prit quelques notes dans son carnet, comme une étudiante en première année soucieuse de dénoncer les turpitudes de ses camarades plus âgés. Dans un haussement d'épaules, Jane posa son verre vide sur un plateau et entama celui de sa cousine.

Elle faillit cependant à son tour s'étrangler avec la dernière gorgée en apercevant un homme de haute stature affublé d'un domino noir qui fendait la foule, jetant des regards autour de lui comme s'il cherchait quelqu'un. Sa carrure, son pas décidé, le dessin de ses lèvres sous le voile ondoyant du masque – tout cela lui évoquait quelqu'un, même si elle savait que ce ne pouvait être le cas : Hugh MacCarrick n'était pas à Londres.

Et pourtant... et si c'était quand même lui ? Tôt ou tard, il lui faudrait bien revenir en ville, et ils finiraient fatalement par se croiser. Peut-être allait-elle le découvrir sur l'un des tapis persans, les genoux écartés et les paupières mi-closes, râlant sous les caresses d'une femme experte... Cette idée suffit à lui faire vider d'un trait le verre de Belinda.

— Je vais chercher du punch, marmonna-t-elle.

Elle éprouvait soudain le besoin de s'éloigner de cette masse de corps bouillants de désir.

— Prends-en pour nous également ! lui lança Claudia.

— Un double pour moi, renchérit Maddy, l'air absent.

Elle aussi observait l'homme au domino fendre la foule.

En se dirigeant vers le buffet, Jane constata que le trouble qu'elle s'efforçait habituellement d'ignorer avait brusquement flambé en elle. Aussi loin que portaient ses souvenirs, elle avait toujours été assaillie par une anxiété assez indéfinissable. Elle avait l'impression... que quelque chose lui manquait, qu'elle ne se trouvait pas au bon endroit.

À présent, après avoir repéré un homme qui ressemblait à Hugh et l'avoir imaginé livré aux caresses d'une autre, c'était d'air frais dont elle avait besoin.

Tenant entre ses mains les verres demandés, Jane alla rejoindre ses amies avec l'espoir qu'elles accepteraient de l'accompagner dehors un instant. La disparition de Maddy l'empêcha de poser la question.

— J'ai tourné la tête... et elle n'était plus là, expliqua Claudia, qui ne paraissait pas trop inquiète.

Maddy avait le chic pour disparaître dès que l'envie lui en prenait.

— On devrait peut-être la chercher sur la piste, hasarda Jane dans un soupir.

Toutes trois commencèrent donc à se frayer un chemin à travers la foule. Malheureusement, Maddy n'était pas très grande et avait un don pour se fondre dans le décor. Une demi-heure s'écoula ainsi en vaines recherches.

Soudain, un coup de sifflet strident couvrit le brouhaha de la foule. Jane redressa la tête. La musique de l'orchestre se tut dans un decrescendo grinçant.

— *La police !* cria quelqu'un tandis que retentissaient d'autres coups de sifflet. Ces foutus flics arrivent !

D'abord, Jane ne voulut pas y croire. Ces salles de danse illicites bénéficiaient de tolérances dûment rémunérées. Qui avait donc oublié de graisser la patte aux autorités ?

D'un coup, la foule des convives se rua en masse vers les portes, criant et bousculant tout sur son passage. Un vent de folie s'était emparé de la Ruche, que tous ses occupants cherchaient à fuir en même temps. C'était le bâtiment lui-même qui paraissait tanguer. Bousculées et emportées par ce flot désordonné, les trois cousines ne tardèrent pas à être séparées.

Jane lutta en vain pour tenter de rejoindre les deux sœurs. Voyant Belinda désigner la porte donnant sur l'arrière du bâtiment, elle secoua vivement la tête pour la dissuader d'emprunter ce chemin. Cette sortie-là était la plus convoitée. Elles allaient se faire écraser par la foule.

Lorsque Jane perdit tout à fait ses cousines de vue, elle recula jusqu'au mur, stupéfaite de se retrouver seule, livrée à elle-même. Le flot des fuyards ne cessait d'enfler, si bien qu'elle se retrouva bientôt de nouveau emportée. Incapable de se réfugier dans un endroit sûr ou un coin désert, elle eut l'impression que le monde se mettait à tourner autour d'elle, tout à fait hors de contrôle.

Des mains la poussèrent très fort dans le dos, la faisant dangereusement vaciller. Son lourd réticule à bout de bras, elle pivota sur elle-même mais son arme improvisée, ne rencontrant aucun obstacle, glissa de son poignet et alla se perdre dans la cohue. Son argent et son seul moyen de défense : envolés.

La bousculade suivante ne la prit pas autant par surprise, mais quelqu'un marchait sur le bord de sa jupe. Jane battit des bras, incapable de se retenir à quoi que ce soit, et chuta lourdement à terre.

Elle s'efforça de se redresser immédiatement, mais ses jupons étalés se retrouvaient cloués au sol comme les ailes d'un papillon épinglées dans son cadre au muséum. Encore et encore, elle tenta de se libérer, mais toujours de nouvelles chaussures venaient la retenir.

En désespoir de cause, Jane fit passer ses bras entre ses jambes, empoigna ses jupons et tira de toutes ses forces. Puis elle roula sur elle-même jusqu'au mur. En le heurtant, elle entendit distinctement un petit déclic métallique.

Saisie par un mauvais pressentiment, elle leva les yeux et vit l'une des peintures licencieuses tanguer au-dessus d'elle. L'un des anneaux de la chaîne en cuivre à laquelle le tableau était accroché était en train de s'ouvrir. D'un coup, il céda, libérant la chaîne tel un fouet et laissant choir sa lourde charge.

4

Lorsque Davis Grey chassait le dragon, il ne rêvait pas.

Dans le crépuscule brumeux des fumées d'opium, les douleurs dont son corps était perclus s'apaisaient et les visages des hommes, des femmes et des enfants qu'il avait tués ne le hantaient plus.

Chasser le dragon... songea-t-il avec un mélange d'exaltation et de lassitude, en fixant le plafond décrépi de son repaire à l'est de Londres. Quel terme approprié pour décrire cette habitude – et toute son existence aussi.

Par le passé, l'opium avait suffi à étouffer la rage qu'il avait dans le cœur. Mais dernièrement, même la tyrannie douce de ses fumées ne suffisait plus. Sa soif de vengeance avait pris le dessus.

En procédant par étapes, Grey se leva de son lit trempé de sueur et se rendit jusqu'au bassin pour se passer un peu d'eau sur le visage. Dans le miroir qui lui faisait face, il étudia son corps nu.

Quatre plaies par balles soulevaient la chair pâle de sa poitrine et de son torse, constants souvenirs de la tentative d'exécution qu'il avait subie. Six mois s'étaient écoulés depuis qu'Edward Weyland, pour qui Grey avait toujours tué fidèlement, l'avait envoyé au-devant de sa propre perte. Les blessures ne se refermaient pas totalement et il se rappelait parfaitement dans quel ordre chacune d'elles lui avait été infligée, par un trio de tueurs à la solde de Weyland.

Pourtant, sans trop savoir comment, Grey avait survécu. Il avait beaucoup perdu de sa masse musculaire, mais pas la force nerveuse qui allait lui permettre de mettre ses plans à exécution.

Non sans une certaine fascination, il caressa du bout des doigts le pourtour de ses plaies sur sa poitrine. Weyland aurait été mieux inspiré de lui envoyer sa plus fine gâchette pour le liquider. Mais il était vrai que le vieux épargnait toujours à Hugh MacCarrick les boulots les plus éprouvants – ceux qui changeaient un homme à jamais. Hugh était envoyé sur les traces d'indéniables dangers publics qui, se sachant condamnés, luttaient pour survivre. Grey devait se contenter des cas ambigus, périphériques. Vers la fin, il lui était même arrivé de ne plus rechigner à tuer des enfants.

C'étaient leurs yeux morts et vitreux qui hantaient ses rêves à présent.

Weyland, cet infâme salaud, n'a même pas envoyé Hugh pour me tuer ! songea-t-il.

Plus que tout le reste, c'était cela qu'il ne pouvait supporter.

Mais bientôt, Grey pourrait goûter sa vengeance, et le prix à payer serait terrible. Weyland ne chérissait qu'une chose en ce bas monde : sa fille Jane, celle-là même dont MacCarrick, depuis des années, était amoureux. Qu'elle vienne à disparaître, et ces deux hommes seraient détruits.

Il avait fait en sorte que Weyland et ses informateurs ne puissent ignorer qu'il avait survécu. Au prix d'un peu d'adresse, il avait réussi à leur faire croire qu'il se trouvait toujours sur le continent. Ainsi le vieux devait-il avoir eu le temps de rappeler le meilleur de ses hommes afin d'assurer la protection de sa fille chérie.

Tant mieux ! Hugh serait là pour voir sa bien-aimée perdre la vie. MacCarrick et Weyland connaîtraient alors la déchirante pureté du chagrin.

N'avoir plus rien à perdre était une force.

Il y avait quelques années de cela, Weyland avait affirmé que Grey était fait pour être un tueur parce qu'il ne possédait aucune pitié. Il se trompait. À cette époque-là, jamais Grey n'aurait pu trancher la gorge de Jane d'un cœur léger.

Désormais, ce serait le cas.

Jane poussa un cri et roula sur le côté, juste à temps pour éviter le coin du tableau qui s'écrasa sur le sol à côté d'elle. Elle n'eut pas le temps en revanche de méditer la chance qu'elle venait d'avoir, car un nouveau bataillon de fêtards affolés fonçait sur elle. Pour se protéger, elle baissa la tête et se couvrit le visage de son bras.

Quelques secondes plus tard, n'ayant pas subi l'assaut redouté, elle l'abaissa et constata que la foule la contournait plutôt que de la piétiner.

Empoignant ses jupes, elle se dressa sur ses jambes et s'élança... pour retomber aussitôt lourdement à quatre pattes. Elle fit une tentative pour s'éloigner ainsi, mais bien vite elle comprit que quelque chose la retenait encore. D'autres fuyards se précipitaient...

Soudain, l'homme qu'elle avait vu s'exhiber devant un groupe de femmes sur l'un des tapis persans tomba sur ses fesses à côté d'elle. La main posée sur son nez ensanglanté, les yeux écarquillés, il donnait l'impression de fixer avec épouvante quelqu'un qui se trouvait derrière eux. Avant qu'elle ait eu le temps de se retourner, un autre homme passa en vol plané au-dessus d'elle et atterrit lourdement sur le dos.

Aussitôt après, derrière elle, on lui releva brusquement les jupes. Une main chaude et calleuse empoigna sa cuisse, puis une autre s'attaqua à ses jupons pour les déchirer.

— Qu... Qu'est-ce que vous faites ? balbutia-t-elle en tournant vivement la tête.

Avec son masque de guingois et ses cheveux qui lui retombaient sur le visage, dans la forêt de jambes qui les entourait, Jane ne vit pas grand-chose.

— Lâchez-moi immédiatement ! cria-t-elle en remuant la jambe que l'homme avait empoignée.

D'un revers de main, elle parvint à chasser les cheveux de son visage et eut un meilleur aperçu de son agresseur. Deux lèvres pleines, retroussées en un rictus sauvage révélant des dents blanches. Trois longues entailles sanglantes sur la joue. Un visage sale et crispé... et, au fond des yeux, une lueur de rage meurtrière.

Le visage disparut un instant tandis que l'inconnu se redressait pour faire à coups de poing le vide autour d'eux. Puis il plongea de nouveau près d'elle et reprit son travail de sape sur ses jupons. Jane réalisa qu'il avait terminé quand il se releva enfin et l'empoigna pour la jucher sur son épaule.

— C... Comment osez-vous ? s'insurgea-t-elle en martelant de ses poings son large dos.

Jane nota confusément que l'homme était une force de la nature. Il l'avait soulevée sans le moindre effort. Le corps sur lequel elle se retrouvait pliée en deux était massif. Le bras qui la maintenait en place était puissant, et la large main aux doigts écartés posée sur ses fesses semblait en occuper toute la surface.

— Pas par là ! cria-t-elle de plus belle tandis qu'il l'emportait. Reposez-moi immédiatement ! Comment osez-vous me peloter, déchirer mes dessous ?

À peine eut-elle hurlé cette phrase qu'elle aperçut les restes de ses jupons, cloués au sol par le coin du tableau licencieux représentant un satyre désinvolte assaillant une nymphe. Jane s'empourpra violemment.

De son bras libre, l'inconnu repoussait les fuyards et faisait place nette autour d'eux.

— *Lass*… grommela-t-il. Il n'y a là rien que vous ne m'ayez déjà montré.

Jane en resta pantoise. Hugh MacCarrick ? Cet aliéné au regard meurtrier qui l'avait assaillie n'était autre que son charmant colosse écossais ?

De retour à Londres. Au bout de dix ans.

— Vous ne vous souvenez pas de moi ? s'étonna-t-il.

Comment aurait-elle pu l'oublier ? Et, en songeant à ce qui lui était arrivé la dernière fois que le Highlander avait fait une apparition dans son existence, Jane se demanda s'il n'aurait pas mieux valu qu'elle se retrouve piétinée par la horde avinée.

5

Une fois dehors, au lieu de suivre le mouvement de la foule qui s'enfuyait le long de Haymarket Street, Hugh obliqua dans une sombre allée menant à l'arrière d'un débit de gin, où il remit Jane sur ses pieds.

Sans lui laisser dire un mot, il recommença à la palper sous toutes les coutures.

— Êtes-vous blessée ? aboya-t-il.

Constatant qu'elle était incapable de lui répondre, il souleva de nouveau ses jupes et vérifia que ses jambes n'avaient rien. Puis il palpa ses bras au niveau des épaules et descendit ainsi tout du long jusqu'à ses doigts.

— Jane ! Dites quelque chose… implora-t-il.

— Je… Hugh ?

Il était là, même si elle l'avait à peine reconnu. C'était lui… et ça ne l'était pas.

— Je… Tout va bien, parvint-elle à balbutier.

Bientôt, se promit-elle, elle allait parvenir à reprendre son souffle et cesser de le dévisager.

Combien de fois avait-elle imaginé ces retrouvailles au terme d'une si longue séparation ? Elle s'était vue soupirer froidement et le toiser avec dédain pendant qu'à ses genoux il la suppliait de l'épouser. Elle s'était juré qu'il devrait implorer son pardon pour l'avoir abandonnée sans un mot.

Au lieu de cela, la réalité s'avérait décevante. Perplexe et désarçonnée, elle n'était pas capable de grand-chose d'autre que de le regarder sans un mot. Le fait d'avoir échappé de peu à une descente de police dans un bouge n'y était sans doute pas pour rien. Accessoirement, elle avait aussi failli être piétinée par la foule.

En remettant doucement en place le masque de Jane, Hugh laissa fuser un long soupir.

— Ah, *lass*… gémit-il. À quoi pensiez-vous donc, en allant vous fourrer là-dedans ?

Son visage n'était plus le même, mais sa voix n'avait pas changé : toujours ce torrent rocailleux teinté d'accent écossais qu'elle ne pouvait entendre sans se sentir troublée.

Pour se donner une contenance et gagner un peu de temps, Jane s'écarta de lui et lissa ses jupes.

— Cela aurait été parfaitement sans danger si les pots-de-vin adéquats avaient été versés, répondit-elle enfin.

— Vous croyez…

— J'en suis sûre ! insista-t-elle avec un hochement de tête convaincu. Je vais écrire à la direction.

Tout comme autrefois, il semblait incapable de savoir si elle plaisantait ou non. Il était vrai que Jane avait tendance à faire de l'humour aux moments les plus inadéquats.

La voyant s'apprêter à dénouer son masque, Hugh l'en empêcha :

— Gardez-le pour le moment. Tant que je ne vous ai pas trouvé un fiacre, je…

De nouveaux coups de sifflet se firent entendre. Une sirène stridente signala l'arrivée d'une voiture de police. Hugh la prit par la main et l'entraîna, fuyant l'entrepôt… où se trouvaient encore les amies de Jane.

— Hugh, arrêtez ! s'écria-t-elle. Je dois retourner là-bas.

Il l'ignora.

— Hugh ! Mes cousines sont encore là-bas, avec l'une de nos amies.

— Elles vont bien, assura-t-il. Mais si vous retournez là-bas dans cet état, vous serez arrêtée.

— Quel état ?

— Vous êtes soûle.

— Eh bien... puisque vous le soulignez si galamment, apprenez que dans mon « état », l'idée de me porter au secours de mes amies me semble impérative.

— Pas question.

Au bout de l'allée qu'ils remontaient, ils débouchèrent sur une halte de fiacre. Hugh comptait donc la renvoyer chez elle pour la nuit ? Parfait. Elle n'aurait qu'à descendre un pâté de maisons plus loin et rebrousser chemin.

Comme d'habitude, plusieurs cochers se tenaient prêts à se disputer la course. Avec un regard qui suffit à mater cette troupe indisciplinée, Hugh pointa du doigt la voiture la plus confortable, et celle-ci vint se garer devant eux.

Hugh fit monter Jane, puis il alla donner ses instructions au cocher afin que celui-ci fasse un détour par une rue voisine où il devait récupérer son cheval. Réalisant qu'il comptait l'accompagner, elle ouvrit la portière opposée à celle par laquelle elle était entrée et tenta de s'éclipser.

— Bon sang, Jane !

En un rien de temps, Hugh eut contourné le fiacre et l'eut rattrapée. Un bras passé autour de sa taille, il souleva la jeune femme et la ramena vers le fiacre sans qu'elle puisse protester autrement, dans les brumes de l'alcool, qu'en clignant désespérément des yeux sous son masque.

— Vos amies ne risquent rien ! assura Hugh en la poussant de nouveau dans l'habitacle.

Sans lâcher ses jupes, il s'installa à côté d'elle, claqua la portière et se pencha sur elle pour refermer l'autre. Il ne commença à se détendre que lorsque la voiture se mit en branle. De toute son existence, jamais il n'oublierait la panique qui s'était emparée de lui quand, après l'avoir aperçue dans ce bouge, il avait perdu sa trace.

— Comment le savez-vous ? s'enquit-elle.

— J'ai vu Quin rentrer dans cette salle cinq minutes avant moi. Croyez-moi, jamais il ne permettra à ses sœurs de se lancer à votre recherche.

— Mais que faisait-il là ? insista-t-elle, les yeux plissés.

— Il devait s'attendre à ce que ses sœurs y soient.

— Ah oui ?

Sans rien ajouter, elle laissa son regard se perdre par la vitre de la portière en direction de Haymarket. De toute évidence, elle était soupçonneuse. Ce n'était pas pour rien qu'elle était sortie de sa chambre en passant par la fenêtre.

Brusquement, Jane tourna la tête vers lui.

— Maddy ! s'exclama-t-elle, les yeux ronds. Quand la police est arrivée, nous la cherchions. Nous avons été séparées d'elle.

— S'agit-il de la blonde en robe bleue ?

— Vous l'avez remarquée ?

Jane se figea et ajouta :

— J'ignorais que vous aviez un faible pour les blondes…

Hugh se rembrunit et soutint son regard en répondant :

— C'est plutôt mon frère qui a ce faible. Il est tombé en arrêt devant elle et n'a eu de cesse de pouvoir aller… lui parler.

Même lorsqu'il l'avait rejoint à l'intérieur afin de l'en dissuader, Ethan n'avait rien voulu entendre.

— Votre amie Maddy…

— Madeleine, précisa-t-elle. Madeleine Van Rowen.

Van Rowen… Hugh en resta pantois. Impossible que son frère puisse tomber sous le charme d'une femme portant ce nom. Comment allait-il réagir en découvrant de qui cette blonde était la fille ?

— Votre amie n'a rien à craindre, assura-t-il. Ethan ne laissera personne s'en prendre à elle.

Il préférera s'en charger lui-même.

— Mais lorsque vous la reverrez, conclut Hugh, rendez-lui service en la mettant en garde contre lui. Il n'est pas le plus honorable des hommes qui soient…

Cela ressemblait à une litote. Hugh aurait aimé pouvoir dire que son frère avait changé quand il avait été défiguré, ou lorsque sa fiancée était morte la nuit précédant leurs noces. Mais, à la vérité, Ethan avait toujours été rude et peu liant. Même dans sa jeunesse, il s'était toujours méfié des sentiments et n'avait noué que peu de liens affectifs.

— Ah oui ? répondit-elle, les sourcils froncés. En fait, je pense que c'est plutôt vous qui devriez avertir votre frère : la petite Maddy est loin d'être aussi douce et inoffensive qu'elle n'y paraît. Si je devais m'en faire pour quelqu'un, ce serait pour lui.

Voilà qui le laissait sceptique, et il le lui signifia d'un regard, mais elle l'ignora et poursuivit :

— Ainsi, Quin et votre frère étaient présents. Mais je me demande surtout ce que *vous* faisiez là.

Hugh haussa les épaules.

— Inutile de me répondre, reprit-elle. Je l'imagine fort bien. J'aimerais pourtant savoir pourquoi ma présence à ce bal ne vous chagrine pas plus que cela.

Souhaitait-elle qu'il le soit ? Naturellement, il détestait l'avoir retrouvée dans un endroit potentiellement dangereux.

— Rien de ce que vous pouvez faire n'est de nature à me choquer, répliqua-t-il néanmoins.

— Aucun commentaire sur mon comportement ?

— Vous êtes une femme adulte et responsable, non ?

— Hugh... vous n'aviez pas à interrompre votre nuit de débauches pour me raccompagner chez moi.

C'était d'un ton presque coupant qu'elle avait dit cela.

— Si vous voulez, reprit-elle, il existe non loin d'ici un établissement assez semblable à la Ruche. Je peux vous indiquer l'adresse. Un homme peut y trouver son bonheur.

— Ce n'est pas pour cela que je me suis rendu là-bas, répondit-il posément.

— Dans ce cas, que diable y faisiez-vous ?

Hugh fixa la vitre noircie derrière elle et murmura :

— J'avais entendu dire que vous y seriez.

Il reporta son attention sur Jane et vit passer sur ses lèvres un sourire aussi déroutant que dévastateur. Sans le quitter des yeux, elle commença à défaire son masque et réussit à rendre ce geste aussi sensuel que s'il s'était agi pour elle de se mettre nue. Un désir brusque et imparable fulgura en lui. Même si son instinct lui dictait de ne pas le faire, il se pencha vers elle.

Jane ôta son masque. Hugh réprima un juron. Par quelle magie était-elle devenue plus belle encore ? Il avait espéré qu'en la retrouvant après tant d'années, elle aurait perdu le prime éclat de la jeunesse, que son éblouissante personnalité aurait commencé à s'estomper. Il n'en était rien. Il comprit alors qu'elle vieillirait sans se faner.

Et pour la énième fois, Hugh se demanda s'il aurait mieux valu pour lui ne jamais rencontrer Jane Weyland. À cet instant, il était tenté de répondre par l'affirmative, même s'il ne pouvait détacher le regard de son visage, dont il savourait à loisir la beauté.

Ses yeux étaient d'un vert changeant, qui l'ensorcelait. Elle avait les pommettes hautes, le nez fin et mutin. Dans la lumière chiche du fiacre, ses cheveux qui cascadaient jusqu'à ses épaules paraissaient sombres, presque noirs – alors qu'il les savait d'un auburn profond. Jane avait également des lèvres pleines. L'unique fois où Hugh s'était risqué à les caresser sous son pouce, il les avait trouvées incroyablement tendres et douces.

— Ai-je passé l'inspection ? s'enquit-elle dans un souffle.

Le sourire indolent qui accompagnait ces paroles lui fit battre le cœur.

— Comme toujours, répliqua-t-il tout bas.

Hugh dut lutter pour ne pas remettre en place cette mèche indocile qui caressait la joue de Jane et le narguait.

— Vous, en revanche... reprit-elle en jetant un regard désapprobateur à sa tenue. Comment avez-vous fait pour vous salir ainsi ? Et votre visage... Hugh, dans quoi êtes-vous encore allé vous fourrer ?

Était-ce un effet de son imagination, ou sa voix s'était-elle faite plus traînante encore ?

— Je viens de chevaucher à bride abattue, jour et nuit, répondit-il.

Dès qu'il avait appris qu'elle était en danger, il n'avait plus été question de s'arrêter pour faire ses ablutions et se reposer. Pourtant, il aurait tout donné pour apparaître à cet instant aussi présentable et prospère qu'il avait fini par le devenir avec le temps. Tout homme voulait se montrer sous son meilleur jour devant la femme qu'il désirait, mais Hugh devait se contenter de son visage lacéré et de ses vêtements froissés et salis par la poussière du voyage.

— Et qu'est-ce qui vous amène à Londres ? questionna-t-elle d'un ton détaché.

Vous.

Hugh n'avait jusque-là jamais menti à Jane. Mais il était vrai que la dernière fois qu'ils s'étaient vus, il était plus jeune de dix ans et le mot « honneur » avait encore un sens pour lui. Ce n'était plus le cas désormais.

Il ouvrit la bouche pour lui répondre, mais le mensonge facile qu'il avait préparé refusa de sortir. D'elle-même, ce fut la vérité qui glissa de ses lèvres.

— Votre père a réclamé ma présence.

— Une affaire importante, sans doute…

Hugh la dévisagea un instant avant de répliquer à mi-voix :

— Plus que vous ne pouvez l'imaginer.

Jane avait frémi de jalousie en imaginant Hugh goûter aux plaisirs offerts par la Ruche, et davantage encore à la perspective qu'il puisse s'intéresser à Maddy. Elle n'avait aucune objection à ce que la jeune femme puisse avoir des vues sur son cousin Quin – le seul homme dans cette génération de Weyland – mais l'imaginer dans les bras de Hugh suffisait à lui donner envie d'arracher les yeux à cette petite intrigante. En apprenant qu'il n'en était rien, elle s'était adoucie… mais ses défenses en avaient pâti.

— Comment vous sentez-vous, Sìne ? s'enquit-il.

Sìne… « Jane », en gaélique. « Chee-ah-na », tel qu'il le prononçait. Chaque fois qu'il l'appelait ainsi, il ne semblait pas s'apercevoir que ce nom avait tout d'un mot doux. Les paupières lourdes, Jane faillit fermer les yeux. Cet accent causerait sa perte…

— *Lass*… s'étonna-t-il. Vous tremblez ?

— Trop d'excitation, prétendit-elle.

Si les événements du bal n'y avaient pas suffi, tout comme la surprise de voir Hugh la secourir, l'entendre susurrer son nom dans sa langue lui donnait le frisson.

— Hugh… reprit-elle doucement. Il faudrait vraiment que vous fassiez soigner ces vilaines coupures.

Sans réfléchir, elle effleura sous ses doigts les trois entailles qui lui barraient la joue, le faisant sursauter.

— Je vous ai fait mal ? s'alarma-t-elle en laissant ses doigts glisser jusqu'à son avant-bras. Désolée…

Doucement, Hugh s'arrangea pour échapper à sa main.

— Ce n'est rien, assura-t-il.

Dans ce cas, pourquoi s'était-il éloigné d'elle autant que possible ? Sans un mot de plus, il se tourna vers la fenêtre et fit mine de s'absorber dans la contemplation des rues enténébrées. Jane en profita pour l'étudier tout à son aise.

Elle ne parvenait pas à décider si le temps s'était révélé impitoyable ou clément avec lui. Il avait acquis une carrure plus impressionnante encore que celle qu'il avait à vingt-deux ans, ce qui n'était pas peu dire. À plus d'un mètre quatre-vingt-dix – alors qu'elle en faisait vingt de moins –, il la dominait toujours d'une bonne tête, mais sa masse musculaire s'était accrue. Hugh était un homme dans la fleur de l'âge.

Un homme rude, viril, éminemment masculin : toutes ces qualités qu'elle avait admirées chez lui et qu'elle retrouvait magnifiées, comme son comportement au bal l'avait amplement démontré.

Pourtant, si son corps avait bénéficié du passage des années, on ne pouvait en dire autant de son visage. Trois longues entailles labouraient sa joue. Entre ses sourcils, un pli de concentration s'était formé. Le relief d'une cicatrice était également visible sur le côté de son cou. Enfin, ses yeux marron semblaient plus sombres, comme si les éclats d'ambre qu'elle avait aimés s'étaient éteints.

Comme elle l'avait découvert dans la bousculade, Hugh paraissait à présent... dangereux. Le jeune homme calme et grave qu'elle avait connu s'était transformé en un homme impressionnant, presque inquiétant.

Mais, par-dessus tout, il donnait l'impression de ne pas être heureux. Où qu'il ait pu aller durant tout ce temps, cela n'avait pas l'air de lui avoir réussi. Et dire que s'il l'avait voulu, elle aurait pu rendre heureux ce sombre Highlander pendant toutes ces années. S'il lui avait donné juste une chance de...

— Et moi, ai-je passé l'inspection ? demanda-t-il d'une voix posée, en se retournant pour lui faire face.

Décidée à s'en tenir à la politesse, Jane répondit :

— Les années se sont montrées clémentes.

— Non, certainement pas, et nous le savons tous deux.

Après l'avoir toisée de la tête aux pieds, il ajouta :

— Du moins l'ont-elles été pour l'un de nous.

Jane se sentit rougir violemment, et cela la troubla. Heureusement, il lui fut épargné d'avoir à lui répondre car le fiacre s'arrêta à l'endroit où ils devaient récupérer le cheval de Hugh. Le pauvre animal avait l'air tout aussi épuisé que son maître. Pourtant, sous la pellicule de poussière, on devinait les attributs d'une bête racée.

Lorsque Hugh l'eut rejointe après avoir attaché l'animal en remorque, Jane fit remarquer :

— Vous avez de la chance qu'on ne vous l'ait pas volé. Pourquoi ne l'avez-vous pas conduit aux écuries publiques, à un bloc d'ici ?

— Je n'ai pas eu le t...

Il s'interrompit brusquement et se rembrunit avant d'ajouter, morose :

— Je ne l'ai pas fait, c'est tout.

— Oh... je vois.

Un silence gêné retomba entre eux. Jane, n'y tenant plus, s'efforça quelques instants plus tard de reprendre le fil d'une conversation. Il n'y avait qu'un quart d'heure de route jusque chez elle, mais ces laborieux échanges – alors qu'ils s'étaient exprimés si librement, autrefois – firent de ce trajet l'un des plus longs de toute son existence.

Enfin, ils arrivèrent à destination. Hugh aida Jane à descendre et l'une de ses mains, tandis qu'ils gagnaient le perron, s'attarda au creux de son dos.

— Je n'ai pas de clé, annonça Jane en palpant ses jupes comme si elle avait pu y trouver une poche. J'ai perdu mon réticule dans la bataille.

— Rolley ne doit pas être couché, assura Hugh.

Il n'avait cependant pas l'air décidé à actionner le heurtoir. Il paraissait sur le point de dire quelque chose, mais quoi qu'il ait pu découvrir dans les yeux de Jane, cela l'incita à garder le silence.

Ils se tinrent ainsi face à face, devant la porte, chacun d'eux semblant attendre quelque chose de l'autre. Allait-il finir par comprendre qu'elle avait besoin qu'il s'excuse, ou au moins qu'il lui donne une explication ?

Hugh, songea-t-elle, si vous avez l'intention de dissiper les malentendus entre nous, le moment paraît bien choisi…

Mais le silence s'éternisa, et rien ne vint. Tout juste vit-elle une lueur flamber dans son regard, tandis qu'il fronçait les sourcils.

Il va m'embrasser ! réalisa-t-elle vaguement, le souffle court. Pour la première fois ? Maintenant ?

Jane sentit monter en elle une colère noire. Il ne méritait pas ses baisers, alors qu'elle aurait voulu les lui donner librement ces dix dernières années.

Avec une éprouvante lenteur, elle le vit baisser la tête à la rencontre de la sienne.

Sans même un mot d'excuse ?

Elle mourait d'envie de le gifler. Déjà, sa main s'apprêtait à…

À l'ultime instant, la porte s'ouvrit à la volée.

— Il me semblait bien avoir entendu quelque chose, maugréa Rolley sur le seuil.

Le majordome avait l'air anormalement tendu, aux aguets.

Hugh se recula et toussota dans son poing, d'un air gêné, avant de conclure à l'intention de Jane :

— Rentrez, à présent. Je vous verrai demain matin.

— Vous *me* verrez ? s'étonna-t-elle. Pour quoi faire ?

6

Les cousines de Jane avaient trouvé un surnom à Hugh : « Desannées Delarmes ». Il était vrai qu'elle avait gaspillé une grande quantité des unes et des autres par sa faute.

À présent que le vertige des retrouvailles – ou celui de ce punch décidément corsé – s'était estompé, Jane y songeait en se brossant machinalement les cheveux après son bain, devant le miroir de sa coiffeuse. Et à voir ses yeux briller comme ils le faisaient, il était à craindre que cela ne recommence…

Avec un claquement sec, elle posa sa brosse à côté du message de Claudia l'informant que sa sœur et elle étaient rentrées saines et sauves chez elles. Puis, plaçant les mains sur son visage, elle pressa ses doigts sur ses paupières dans l'espoir de retenir ses larmes.

Combien de nuits passées à pleurer ? Combien d'années perdues, quand personne ne savait mieux qu'elle la valeur de l'instant présent ? Elle préférait ne pas y penser.

Alors qu'clle n'avait encore que six ans, sa mère était morte d'une maladie des poumons. Depuis, Jane n'avait plus jamais été en paix. Peut-être savait-elle trop bien que rien ne pouvait être pris pour acquis, pour ne pas tenir en place ? Ou peut-être, par nature, n'était-elle pas destinée à connaître une pleine et entière satisfaction.

Si le démon du voyage la tenaillait, était-ce par envie de découvrir de nouveaux horizons, de nouvelles façons de vivre, ou par besoin d'aller où elle n'était pas encore allée ? Dix années plus tôt, aux côtés de Hugh, cette anxiété avait reflué au point qu'elle avait pu s'en croire guérie. Elle ne s'expliquait pas pourquoi.

Puis il était parti sans un mot d'explication.

Elle avait souffert de sa disparition, s'était languie de lui, et avait ainsi gâché près de la moitié de sa vie.

Bon sang ! Plus jamais… se promit-elle. Pourtant, elle ne pouvait s'empêcher, une fois de plus, de faire défiler leur histoire sous son crâne, dans l'espoir de découvrir le détail qui lui avait échappé, ce qu'elle avait bien pu faire pour qu'il s'éloigne ainsi.

À ses cousines, Jane avait fermement déclaré que cet Écossais était pour elle, la première fois qu'elle l'avait vu. Son cœur s'était emballé, et elle avait décidé qu'elle serait celle qui le rendrait heureux, lui dont le regard semblait si grave. Elle avait treize ans à l'époque, et lui, dix-huit.

Avec ses frères, Hugh était venu passer l'été dans leur maison familiale de Ros Creag, qui partageait avec celle des Weyland – Vinelands – l'usage d'une petite crique. Lorsqu'elle était allée se présenter à lui, il lui avait caressé le menton et l'avait appelée « mignonne », ce qui avec son accent écossais avait pris à ses oreilles une saveur toute particulière. Comme il s'était montré aimable avec elle, Jane avait commencé à le suivre partout.

Cédant à son insistance, le père de Jane était allé rendre visite aux trois frères, qui vivaient en reclus et semblaient ne pas vouloir se mêler à la joyeuse tribu Weyland. Se liant d'amitié avec eux, il était parvenu à les convaincre de revenir l'année suivante, pour le plus grand plaisir de sa fille. Puisqu'il n'avait pas de fils, le père de Jane avait déjà dû avoir en tête de les amener à travailler dans son affaire d'import-export.

À la fin de la saison estivale au bord du lac, au moindre bobo, Jane courait vers Hugh et vers lui seul.

L'été de ses quinze ans, les frères MacCarrick étaient revenus également, mais Hugh avait passé la majeure partie de son temps à lui faire grise mine, comme s'il ne savait que faire d'elle. L'année suivante, alors qu'à seize ans les formes féminines de Jane ne pouvaient plus être ignorées, il avait fait tout son possible pour l'éviter. La décision ayant été prise qu'ils travailleraient ensemble, il était principalement resté à Ros Creag avec le père de Jane, à discuter affaires.

Son grand Écossais solennel lui avait tant manqué qu'elle en avait pleuré. Ses cousines l'avaient consolée en lui disant qu'elle pouvait avoir n'importe quel garçon à ses pieds et qu'elles ne voulaient pas la voir se languir pour « ce rustre de MacCarrick ». Finalement, comprenant que Jane ne se laisserait pas convaincre, elles lui avaient conseillé de jouer de ses charmes. Et dans ce domaine, elles en connaissaient un rayon... « L'homme s'incline devant les Huit, ou les Huit le mettent à genoux. » Telle était leur devise.

— Dressons nos plans, Janey... lui avait dit Claudia. Dès l'été prochain, nous ferons en sorte que tu aies une garde-robe adéquate, des mains aussi douces que la soie...

Avec un sourire diabolique, elle avait ajouté :

— ... et le comportement impudique qui doit aller avec. Ton Highlander ne va pas comprendre ce qui lui arrive !

Mais Hugh n'était pas venu l'été suivant, la laissant désespérée. Jusqu'à cette nuit où la chance lui avait enfin souri. Hugh était arrivé, porteur d'un pli urgent pour le père de Jane. En quoi le commerce d'antiquités et de reliques pouvait nécessiter un tel déplacement nocturne, elle ne l'avait pas compris mais ne s'en était aucunement souciée.

Avant qu'il ait pu repartir, elle s'était arrangée pour se trouver sur son chemin. Hugh l'avait contemplée les yeux ronds, comme s'il ne parvenait pas à la reconnaître. Il était finalement resté pour la nuit, puis une autre encore, et une troisième, passant auprès d'elle autant de temps qu'il l'avait pu.

Ses cousines plus âgées avaient eu le temps d'instruire Jane au cours de l'année précédente. Chaque jour elle était restée à ses côtés, décidée à le tenter et à le tourmenter pour le punir de chacune des journées où il n'avait pas été là.

Elle avait appris que lui murmurer quelque chose à l'oreille suffisait à lui faire fermer les yeux et entrouvrir les lèvres, et que passer les doigts dans ses cheveux pouvait lui couper le souffle. Aussi souvent qu'elle l'avait pu, elle l'avait convaincu d'aller nager avec elle. Cela avait été plus facile de le convaincre suite au premier bain lorsque, après avoir ôté sa chemise, il s'était figé en la regardant se délester de sa jupe et de son chemisier pour apparaître devant lui en bas, jarretières et chemise. Après le bain, Jane, que la pudeur n'étouffait pas, était sortie de l'eau sans se préoccuper de la transparence du vêtement mouillé. Avant qu'il ait eu le temps de détourner le regard, elle l'avait vu détailler ses formes avec dans les yeux une flamme qui ne trompait pas.

— Hugh ! avait-elle feint de protester. Ne me dites pas que vous voyez à travers...

Quand de mauvaise grâce il s'était tourné vers elle pour répondre par l'affirmative d'un hochement de tête, elle avait ajouté :

— Heureusement, mon cher, qu'il n'y a que vous !

Elle avait remarqué qu'il avait fallu à Hugh un temps inhabituel pour sortir de l'eau.

Pendant ce qui devait être leur dernier après-midi passé ensemble, alors qu'ils étaient allongés dans la prairie, Jane avait roulé sur lui pour le chatouiller. Hugh n'aimait pas qu'elle le chatouille. Durant des heures, ensuite, il restait maussade, tendu, et quand il lui parlait, il le faisait d'une voix rauque qui rendait son accent plus rocailleux encore.

Mais cette fois-là, au lieu de chercher à se dérober, il avait tendu le bras et dénoué le ruban qui retenait les cheveux de Jane.

— Si belle… avait-il murmuré en caressant ses lèvres sous son pouce. Mais vous en êtes parfaitement consciente, n'est-ce pas ?

Jane s'était penchée pour l'embrasser. Elle n'avait pas l'intention de le torturer en déposant de petits baisers sur son oreille, ni de laisser ses lèvres effleurer son cou comme elle l'avait fait tout l'été. Ce qu'elle avait voulu, c'était son vrai premier baiser.

Mais Hugh l'avait saisie aux épaules et repoussée en protestant tout bas :

— Vous êtes trop jeune, *lass*.

— J'ai presque dix-huit ans ! s'était-elle insurgée. Et j'ai reçu des offres de mariage d'hommes plus âgés que vous.

Hugh s'était renfrogné en secouant la tête.

— Sìne… avait-il murmuré. Je m'en vais bientôt.

Avec un sourire triste, Jane avait répondu :

— Je sais. Il en est ainsi quand l'été finit. Vous rentrez en Écosse, et je passe l'hiver à me morfondre en attendant de vous revoir, l'été suivant.

Hugh s'était contenté de la dévisager longuement, comme pour graver ses traits dans sa mémoire.

Jane n'avait ensuite plus entendu parler de lui et ne l'avait plus vu – jusqu'à cette nuit.

Elle avait été tellement convaincue à l'époque qu'il allait l'épouser – une issue inévitable, de son point de vue – qu'elle avait commencé à compter chaque jour qui passait, aspirant à ne plus être « trop jeune » pour lui. Elle avait placé toute sa confiance en lui, certaine qu'ils ne pourraient qu'un jour se retrouver. Pourtant, lui n'avait pu alors ignorer qu'il partait travailler à l'étranger pour des années. Il l'avait laissée derrière lui sans un mot d'explication. Il ne lui avait pas laissé une chance de le rendre heureux, ne lui avait pas demandé de l'attendre. C'était par une décision consciente qu'il l'avait abandonnée.

Et à présent, dix ans plus tard, dans son miroir, Jane regardait les larmes couler sur ses joues.

Ce soir, au bal masqué, elle avait perçu derrière les mines et les sourires des femmes qui se trouvaient là leur amertume. Contrairement à ce que croyait Belinda, ce n'était pas dû à leur situation économique et sociale. Ces femmes aux regards durs avaient été blessées par des hommes.

Jane le discernait clairement parce que chaque jour, dans cette glace, elle voyait la même rancœur s'installer au fond de son regard. Il n'était plus temps de chercher à l'ignorer.

Mais elle était également décidée à se battre pour ne pas partager le sort de ces femmes condamnées à un destin qui pouvait être évité.

Jane sécha ses larmes – pour la dernière fois.

Sa décision était prise : le lendemain, elle accepterait la demande en mariage de Freddie.

7

En arrivant le lendemain matin, Hugh trouva la porte de service des Weyland entrouverte.

Tous les sens en alerte, il se glissa sans bruit dans la maison et se rendit directement au premier pour y retrouver Jane. En gravissant l'escalier, il dégaina son pistolet et se demanda si Weyland était rentré la nuit précédente.

Arrivé sur le palier, il perçut des bruits en provenance d'une des chambres qui donnaient sur le couloir. Par la porte entrouverte, il regarda Jane, agenouillée, qui passait désespérément le bras sous son lit.

Après avoir inspiré profondément et s'être efforcé de reprendre le contrôle de lui-même, il glissa son arme dans son dos, sous sa veste. Puis, incapable de s'en empêcher, il entra dans la pièce et s'approcha sans bruit de Jane, vêtue en tout et pour tout d'une chemise de nuit en soie.

Avertie de sa présence par quelque sixième sens, elle redressa la tête et croisa son regard. De plus beaux yeux verts, il n'en avait jamais vu…

— Que faites-vous dans ma chambre ? demanda-t-elle en se remettant d'un bond sur ses pieds.

À peine vêtue, ses formes plus révélées que cachées par la soie – ce qui ne paraissait la troubler en rien –, elle se mit à déambuler autour de lui, fouillant les piles éparses pour y trouver ce qu'elle cherchait.

Hugh distinguait ses mamelons sous la soie. Il déglutit péniblement et s'efforça de regarder ailleurs. Elle n'avait donc pas acquis davantage de pudeur, avec le temps ? Jamais il n'avait rencontré une femme aussi impudique. Mais il était vrai que lorsqu'ils se baignaient, lors de ce dernier été qu'ils avaient passé ensemble, il ne lui serait pas venu à l'idée de s'en plaindre.

— Que voulez-vous, Hugh ? s'impatienta-t-elle.

— Où votre père est-il parti de si bon matin ?

Elle haussa les épaules, faisant glisser une des bretelles de sa chemise, qu'elle ne remit pas en place.

— Je n'en sais rien, répondit-elle. Êtes-vous allé voir dans son bureau ? C'est là où on le trouve ces temps-ci, vingt-quatre heures sur vingt-quatre.

Quelque chose avait changé dans son attitude. Depuis qu'il l'avait laissée la veille, luttant pour ne pas l'embrasser, elle était devenue plus froide. Il le ressentait fortement.

— Non, je n'y suis pas allé, avoua-t-il. Mais la porte de service était entrouverte et Rolley n'était pas là non plus.

— Dans ce cas, vous en savez plus que moi. Pourquoi ne pas redescendre et vous lancer à leur recherche ?

Sur ce, elle lui tourna le dos.

— Venez avec moi, décida Hugh. Vous n'avez qu'à passer un peignoir.

Comme elle s'obstinait à l'ignorer, il passa la pièce au crible, en quête d'une robe de chambre. Elle ne devait pas s'étonner si elle ne retrouvait pas ses affaires... Chaussures, bas, corsets, dentelles étaient disséminés à travers la pièce. Des robes gisaient en tas là où elle s'en était dépouillée. Le plus grand désordre régnait, et Hugh détestait cela. Dans tous les domaines, c'était à l'ordre qu'il aspirait.

— Passez cela ! ordonna-t-il en mettant la main sur une étoffe.

— Je ne descendrai pas tant que je ne serai pas habillée, répliqua-t-elle. J'ai un engagement à respecter, et je ne suis pas en avance.

Sa remarque la fit sourire, comme s'il s'agissait d'une plaisanterie compréhensible d'elle seule.

— Dans ce cas, nous avons un problème... dit-il dans un soupir. Il est hors de question que je vous quitte d'un œil.

Pour ce qu'il en savait, Weyland et Rolley pouvaient fort bien avoir été enlevés.

— Pour quelle raison, je vous prie ? s'enquit-elle.

— Une maison vide à la porte entrouverte.

— Vous n'avez qu'à appeler.

Hugh se rendit sur le seuil et mit sa main en porte-voix.

— Weyland ! cria-t-il.

Mais il eut beau tendre l'oreille, aucune réponse ne lui parvint.

— Le peignoir, Jane ! insista-t-il.

— Des clous, Hugh.

Pourquoi fallait-il qu'elle soit la seule femme au monde qu'il n'intimidait pas ?

— Je vous l'ai déjà dit, enchaîna-t-elle. Je ne descendrai que lorsque je serai habillée.

— Alors habillez-vous, maugréa-t-il.

— Quittez d'abord cette pièce.

— Impossible.

— Alors retournez-vous...

Voyant qu'il ne bougeait pas, Jane croisa les bras et se tapota la joue d'un air pensif.

— Il est vrai, dit-elle enfin d'un ton condescendant, que vous avez l'habitude de jouer les voyeurs.

Surpris par ce brusque changement d'attitude, Hugh rétorqua sèchement :

— Comme je vous le disais hier, Jane, il n'y a là rien que vous ne m'ayez déjà montré.

La colère fit étinceler ses yeux.

— Vous n'êtes pas le seul à avoir changé, dit-elle. Moi aussi.

Jane redressa les épaules et fit passer ses cheveux dans son dos, mettant en valeur un buste parfait.

Hugh passa une main lasse sur son visage et préféra se retourner plutôt que de laisser échapper une parole qu'il regretterait ensuite.

— Habillez-vous, répéta-t-il simplement.

Son reflet dans le miroir de la coiffeuse lui arracha une grimace. Plus que jamais, il était conscient que les années n'avaient pas été tendres avec lui.

Une courte nuit d'un sommeil agité n'avait pas suffi à compenser la fatigue du voyage, et depuis trois jours, ses blessures l'empêchaient de se raser.

À présent, c'était le reflet de Jane qui retenait son attention. Dans le miroir, il la regarda poser un pied menu sur un tabouret et faire rouler lentement son bas jusqu'en haut d'une longue jambe où...

Bouche bée, il la vit remonter l'ourlet de sa robe et fixer la jarretière la plus coquine qu'il ait jamais vue autour d'une de ses cuisses. Hugh serra si fort le plateau de la coiffeuse qu'il s'étonna de ne pas le sentir se briser entre ses doigts. Au cours de ce dernier été qu'ils avaient passé ensemble, elle avait toujours porté ses jarretières haut sur la jambe... parce que ses chemises étaient très, très courtes.

Hugh s'obligea à détourner le regard. En entendant un tissu plus lourd glisser en place, il demanda :

— Bientôt terminé ?

Il reconnut à peine sa propre voix.

— Soyez patient avec moi, Hugh...

Combien de fois avait-il entendu cette phrase dans sa jolie bouche ? Dans un souffle, il murmura sa réponse habituelle.

— J'essaye, *lass*...

Pense à autre chose !

Un arc était posé contre le mur non loin de la porte. Il remarqua que des traces d'herbe fraîche maculaient le bas de son carquois rempli de flèches. Qu'elle n'ait pas renoncé à l'archerie lui fit plaisir.

C'était lui qui avait offert à Jane son premier arc et qui l'avait aidée à s'entraîner. À la fin de ce premier été, elle était déjà capable de fendre une branche à cent pas. Elle était si douée que c'était à croire qu'elle était née pour cela.

Peut-être était-ce le cas. Jane avait toujours été un peu... sauvageonne.

Sur la coiffeuse, il repéra un livre intitulé *L'Éducation d'une jeune lady*. La connaissant, probablement une satire cinglante... En ramassant l'ouvrage, il comprit que la couverture n'était qu'un leurre destiné à cacher aux regards un tout autre contenu. Les sourcils froncés, il consulta quelques pages. Aucun doute possible... Un rapide survol d'une des scènes lui fit comprendre qu'il s'agissait d'une littérature plus obscène que tout ce qu'il connaissait.

L'idée que Jane puisse lire ce genre de choses n'était pas pour le scandaliser. Au contraire, cela l'excitait... Chaque phrase qu'il lisait éveillait de manière alarmante son sexe. Après avoir dégluti longuement, il brandit le livre au-dessus de son épaule, sans se retourner.

— Où trouvez-vous cette littérature ? demanda-t-il.

D'un ton vaguement ennuyé, elle lui répondit :

— Tous les libraires de Holywell Street en vendent.

— Est-ce donc ce que les jeunes ladies doivent avoir lu, ces temps-ci ?

— Tout à fait. Les clientes se les arrachent. C'est tout juste si l'imprimeur parvient à garder la cadence. Vous pouvez vous retourner.

Après avoir reposé le livre, Hugh préféra attendre que son... émoi retombe avant de s'exécuter. En faisant volte-face, il vit qu'elle tendait un collier vers lui.

— Hugh ? demanda-t-elle simplement.

Il la rejoignit et prit le bijou. Elle lui présenta son dos en maintenant ses cheveux sur le côté. Des mèches auburn flambaient sur l'albâtre de son cou. Il avait désespérément envie de poser les lèvres à cet endroit. Jamais il n'avait eu, lui semblait-il, à ce point envie de quelque chose. Mais plutôt que de s'y résoudre, il inspira son parfum, fragrance des plus épicées.

Ses mains imposantes, qui n'étaient maladroites que lorsqu'il s'agissait de toucher Jane, luttèrent quelques instants avec le fermoir du collier. Quand il eut terminé, il ne put s'empêcher de laisser le dos de ses doigts effleurer la peau douce de sa nuque.

Jane frissonna et demanda d'une voix sensuelle :

— Hugh ? Venez-vous de me toucher ?

En butte à son silence, elle se retourna et chercha son regard.

— L'avez-vous fait ? insista-t-elle.

— Cela peut arriver, quand on accroche un collier au cou d'une femme, non ?

Manifestement perplexe, Jane fronça les sourcils. Sans lui laisser le temps de s'étonner davantage, Hugh la prit par la main et l'entraîna le long du corridor vers l'escalier.

Ils découvrirent Weyland dans son bureau, occupé à regarder le portrait de sa femme défunte en faisant rouler machinalement une lettre entre ses doigts. En un clin d'œil, il changea d'expression. Hugh savait à quel point lui manquait son adorable épouse, dont Jane avait beaucoup hérité. Il leur fit face, un sourire aux lèvres, qui ne parvint pas à dissimuler l'épuisement que trahissaient ses traits. Leur dernière rencontre remontait à quelques mois seulement, mais Hugh eut l'impression que le vieil homme avait pris vingt ans.

— MacCarrick ! s'exclama-t-il. C'est bon de te revoir, mon garçon…

Pour ne pas lâcher celle de Jane, Hugh renonça à lui serrer la main et répondit :

— Un plaisir pour moi également, Weyland.

— Papa ! lança Jane en lui soustrayant sa main d'un geste sec. Pouvez-vous m'expliquer pourquoi Hugh se croit autorisé à s'imposer dans ma chambre alors que je dois m'habiller ?

Voyant Weyland arquer un sourcil grisonnant, Hugh la foudroya du regard et précisa :

— Il n'y avait personne ici, et la porte était entrouverte. J'ai trouvé la situation… inhabituelle.

— Oh, oui ! s'exclama Weyland. Rolley et moi étions dehors. Ce satané marchand de charbon a encore essayé de nous rouler sur les quantités !

Comme s'il était envisageable que le maître de maison puisse s'occuper de telles broutilles…

— Jane, reprit-il. J'aimerais que tu patientes dehors quelques instants, ma chérie. J'ai deux mots à dire à Hugh.

— Impossible, papa, répondit-elle d'un ton désinvolte. Je dois retrouver Freddie à Hyde Park ce matin.

Hugh sentit son estomac se nouer. *Freddie ?*

— Alors, tu salueras Frederick de ma part, répliqua Weyland.

Qui diable était ce Frederick ?

Jane acquiesça d'un hochement de tête et sortit de la pièce sans un regard pour Hugh.

— Je vais l'y accompagner, suggéra-t-il. Si vous n'avez personne d'autre.

— Quin s'en occupe. C'est juste au bas de la rue…

Weyland se voulait rassurant, mais Hugh, inquiet, se tordait le cou pour tenter de la suivre des yeux.

— Sais-tu, reprit le vieil homme, que ses galants ont le culot de l'appeler « Plain Jane[1] » ?

Weyland eut un petit rire amusé et poursuivit :

— Le sarcasme doit passer pour de l'esprit chez les jeunes d'aujourd'hui. Impossible de les suivre… Je me

---

1. Plain Jane : expression signifiant en anglais qu'une femme n'est pas très belle. *(N.d.T.)*

souviens juste de Frederick Bidworth, qui s'accroche depuis plus longtemps que tous les autres.

Hugh faisait à présent grise mine en observant la porte. Des galants ? Et depuis combien de temps, au juste, ce Freddie s'accrochait-il ?

— Ta mission… officieuse s'est-elle bien passée ?

Ne comprenant pas où il voulait en venir, Hugh lui fit face. Du menton, le père de Jane désigna les coupures sur sa joue.

— *Aye !* répondit-il. Un grand succès.

Il s'efforça de se reprendre en songeant qu'après tout, il ne s'agissait que d'un innocent rendez-vous au parc, avec l'un des nombreux soupirants qui devaient faire le siège de cette demeure. Alors pourquoi le prenait-il tant à cœur ?

— Je suppose que tu veux savoir où nous en sommes avec Grey ?

En le voyant hocher la tête, Weyland poursuivit :

— Comme tu le sais, il était très instable, mais la situation a empiré au point qu'il est devenu incontrôlable. Nous avons tenté de l'éliminer, mais je n'ai jamais connu de tueur plus rusé que lui. Il a survécu et il s'est retourné contre nous, menaçant de rendre publique la liste de tous les membres de notre organisation. Peut-être, d'ailleurs, l'a-t-il déjà fait.

— Tous ? insista Hugh en serrant les poings.

— J'étais en train de réceptionner un message quand tu es arrivé. D'après ce qu'il nous a été possible de savoir, il s'agirait de la liste complète de nos effectifs. Si elle vient à être rendue publique… tu te retrouverais obligatoirement mis sur la touche.

Hugh n'avait jamais envisagé la fin de sa carrière ainsi.

— Jane se doute-t-elle de quelque chose ? demanda-t-il en s'efforçant de masquer la crainte que lui inspirait cette éventualité. Sait-elle ce que je suis ?

— Non, elle s'imagine toujours que tu es en relation d'affaires avec moi. Et je compte qu'il en reste ainsi, tant que nous n'aurons pas la confirmation que la liste a été rendue publique.

Hugh laissa fuser un long soupir de lassitude.

— Weyland… reprit-il enfin. Vous savez quel danger vous courez. Pas seulement à cause de Grey…

— Je sais, admit-il en hochant gravement la tête. Aucun homme en Angleterre ne peut avoir plus d'ennemis mortels que moi. Sans compter qu'on pourrait vouloir m'arracher plus que la vie : les informations sensibles, les secrets, les noms des prisonniers politiques… Ma vie risque de se transformer en maelström dans les jours à venir. Voilà pourquoi j'ai besoin que tu emmènes Jane loin d'ici pour quelque temps.

— Et vous ? demanda Hugh. Je ne vous laisserai pas ici, au milieu des loups…

Au fil du temps, Weyland était devenu comme un père pour lui. Il ne pouvait envisager de l'abandonner.

— C'est la pire crise que notre organisation ait traversée, répondit Weyland. Il me faut faire face. Mais si besoin, j'appellerai à l'aide, et avec un peu de chance, nous attirerons Grey dans un piège. Arrête de secouer la tête comme ça, fils. Ethan grille d'envie de lui régler son compte. Quin et Rolley sont prêts à se battre. Mais ma fille doit partir.

Savoir son frère en première ligne rassura Hugh quelque peu. Il commençait à se détendre lorsque Weyland ajouta :

— Et, pour commencer, tu vas épouser Jane. C'est pour cela que je t'ai fait venir ici.

8

Celui qui devait devenir le fiancé de Jane était en tout point opposé à Hugh.

En regardant au fond de ses yeux d'un bleu céruléen, elle songea à quel point il était la perfection faite homme. Freddie Bidworth était le dandy par excellence, qui faisait soupirer les jeunes filles sur son passage. Et si le soleil illuminait ses boucles blondes, elles étaient prêtes à se pâmer...

Lorsqu'il riait – et il riait souvent –, il rejetait cette tête blonde en arrière, se livrant tout entier à son rire. Alors que Hugh était un solitaire qui semblait sans arrêt broyer du noir, Freddie était d'une nature joyeuse. Il était aimé de tous, et cet amour, il le rendait.

Jane ne pouvait que se réjouir de sa bonne fortune. Freddie ne s'était jamais découragé d'attendre son heure, clamant à qui voulait l'entendre qu'il serait le chevalier qui viendrait à bout de la résistance de « Plain Jane ». Toujours, il l'avait traitée comme s'ils devaient devenir partenaires à jamais, ainsi qu'il le disait. Il lui avait promis qu'ensemble ils auraient une belle vie. Il semblait même apprécier ses excentricités, lui-même ayant tendance à se montrer plus... sage.

Enfin, comment oublier qu'il était le *comte* de Whiting ?

— Freddie... et si nous partions tous les deux ?

Elle avait réfléchi et s'était dit que puisque Hugh était en ville, le mieux pour elle était encore de s'absenter.

— Quittons Londres ! poursuivit-elle. Prenons quelques vacances, loin de tout le monde.

— Vous êtes indomptable, savez-vous ?

Freddie soupira longuement et ajouta :

— Je ne peux m'enfuir avec vous ainsi.

— Personne n'aura à le savoir. De toute façon, que je puisse être indomptable, cela vous plaît...

— Comment prétendre le contraire ?

Il lui tapota le bout du nez avant de poursuivre :

— Mais je devais justement vous parler de vos façons de faire... non conformistes. Mère m'a demandé de vous inciter à vous montrer un peu plus circonspecte. Puisque tout le monde présume que nous finirons par nous marier, elle dit que votre comportement n'est pas sans influer sur notre famille.

— Plus « circonspecte », Freddie ? répéta-t-elle.

— Le temps que Lavinia trouve un mari, voyez-vous...

Sa sœur, Lavinia la renfrognée, mariée ? Le jour où les poules auront des dents...

Jane n'éprouvait aucune sympathie pour la jeune femme qui commettait avec la comtesse douairière l'irréparable : toutes deux étaient donatrices de la Société pour l'abolition du vice qui constituait un fléau pour la plupart des Weyland. Cette « SAV » qui recevait de haineuses lettres anonymes chaque fois que Jane avait le temps de s'installer à son écritoire. Elle se demanda ce que penseraient ces bigots si la nouvelle lady Whiting fondait la Société pour l'expansion du vice. L'idée avait du potentiel.

— Si vous finissez par accepter de devenir ma femme, insista Freddie, sachez que les comtesses doivent parfois consentir à quelques sacrifices. Et puis... c'est provisoire.

— Lavinia ne risque pas de se marier un jour, fit-elle prudemment remarquer.

— Comment ça ! s'offusqua-t-il. Mais naturellement qu'elle se mariera un jour !

Après lui avoir adressé un sourire candide, il ajouta :

— Le ferez-vous pour moi, gredine ?

Jane lui adressa un sourire crispé. Elle détestait qu'il l'appelle ainsi. Pas plus tard que la veille, un Écossais ayant un corps de demi-dieu l'avait appelée « Sìne » avec ferveur… Comparé à l'accent de Hugh, qui mettait le feu à ses sens, le « gredine » de Freddie paraissait insipide.

Toujours décidée à comparer tous les hommes à ton Highlander, Janey ? lui chuchota une petite voix intérieure.

— Embrassez-moi ! lança-t-elle soudain.

Jane posa les mains sur la poitrine de celui qui voulait devenir son époux et ajouta, d'un ton presque désespéré :

— Me donnerez-vous un fougueux baiser, Freddie ?

Ils s'étaient déjà embrassés plusieurs fois, mais celle-ci serait la plus importante de toutes.

Soyez l'homme qui me le fera oublier… implora-t-elle.

— *Pardon ?*

Hugh était certain de ne pas avoir entendu correctement.

— Il faut que vous sachiez une chose, enchaîna-t-il. Je ne compte pas me marier, avec quiconque, jamais…

— Tu *dois* l'épouser, mon garçon… s'entêta Weyland. Si cette liste est rendue publique, alors je veux qu'elle reste loin d'ici au moins plusieurs mois. Loin de la capitale. Loin du scandale et du danger. En tant qu'époux, tu seras parfaitement habilité à l'emmener en voyage.

— Je peux le faire sans l'épouser.

— Non, Hugh. Ce doit être…

— Vous savez pourtant ce que je suis ! l'interrompit-il. Et ce que j'ai fait. Comment pouvez-vous me choisir pour cette… mission ?

Weyland ne pouvait tout de même vouloir pour gendre un tueur couturé de cicatrices ?

— C'est à cause de ce que tu es et de ce que tu as fait que ce doit être toi et nul autre, décréta le père de Jane. Te représentes-tu ce que ce mariage signifiera aux yeux de quiconque voudra s'en prendre à elle ? Si ta réputation n'y suffit pas, le fait qu'elle devienne une MacCarrick constitue la meilleure assurance pour elle. Et puis il y a Ethan, et Courtland... Elle deviendra ainsi leur belle-sœur. Qui voudrait prendre le risque d'encourir la fureur de votre clan en lui faisant du mal ?

La tête en feu, Hugh avait l'impression qu'un étau se resserrait autour de ses tympans.

— Mais bon Dieu ! s'énerva-t-il. Il ne vous est jamais venu à l'esprit que je pourrais ne pas avoir envie de prendre femme ? Quand j'ai exécuté ma première cible, je savais déjà que je ne me marierais jamais.

— Plusieurs membres de notre organisation ont des épouses, objecta tranquillement Weyland.

— Et ce faisant, ils mettent leur famille en danger.

— La vie de Jane est *déjà* en danger.

Hugh laissa fuser un soupir exaspéré.

— Et il ne vous est jamais venu à l'idée non plus que je pourrais ne pas avoir envie de l'épouser, *elle*, en particulier ?

— Non, répondit Weyland en lui souriant d'un air amical. Cela ne m'a vraiment jamais effleuré.

Hugh s'efforça de masquer sa surprise. Apparemment, il n'était pas parvenu à dissimuler ses sentiments pour Jane aussi efficacement qu'il l'avait cru.

— Si le choix s'offre à toi, poursuivit Weyland, c'est toujours la mission la plus longue et la plus lointaine que tu choisis, et tu ne viens ici que lorsque Jane n'y est pas. Cela en dit long sur ta volonté de l'éviter à tout prix... mais pas parce qu'elle n'est pas à ton goût.

Hugh préféra garder le silence. À quoi bon nier ?

— Je croyais que tu te montrerais plus réceptif, reprit le vieil homme, mais si le fait d'être marié à Jane t'insupporte à ce point, tu pourras faire annuler cette union quand tous ces problèmes auront été réglés.

— Non ! s'entêta Hugh. Pas question que je l'épouse.

— Tu le dois, répéta posément Weyland. Je ne ferai confiance à personne d'autre que toi.

En butte à son refus obstiné, il se frappa le front du plat de la main et gémit :

— Mon garçon... je suis fatigué, extrêmement fatigué, et je m'apprête à mener le plus rude combat de toute mon existence. Je ne peux gagner contre les adversaires les plus redoutables en leur offrant un tel point faible – autant aller me présenter devant eux, une cible tatouée sur le front...

Hugh pouvait comprendre son tourment. Il n'en demeurait pas moins que le père de Jane oubliait l'essentiel : ce qu'il était lui-même – solitaire, acariâtre, asocial – et qui rendait impossible une telle union.

— Vous ne comprenez pas, protesta-t-il. Je ne peux pas la rendre heureuse.

— Mais qui te demande de la rendre heureuse ? s'emporta Weyland.

Son poing s'abattit lourdement sur le bureau.

— Je veux juste que tu la gardes en vie ! conclut-il.

Hugh ne se laissa pas intimider.

— Envisageons différentes possibilités. Le plus probable est que vous éliminerez la menace que Grey fait peser sur nous, et qu'Ethan frappera si fort les éléments les plus acharnés de la partie adverse que les autres préféreront se tenir tranquilles. La situation reviendra à la normale. Ce mariage est inutile : je peux très bien la mettre à l'abri pendant quelques semaines. D'autre part, Jane et moi serions condamnés à rester mari et femme.

— Faux ! Comme je te l'ai déjà dit, vous pourrez faire annuler ce mariage si vous y êtes tous les deux opposés, une fois que les choses se seront calmées.

Voyant Hugh secouer négativement la tête, Weyland enchaîna :

— Envisageons une autre possibilité. Tu sais comme moi que je pourrais fort bien ne pas en sortir vivant.

Pour parer à toute objection, il dressa une main devant lui et poursuivit :

— Avant de mourir, j'aurais la consolation de savoir ma fille mariée et confiée à un protecteur redoutable. Je ne mourrais pas en me demandant ce qu'il adviendra d'elle. Ne comprends-tu pas à quel point cela me tranquilliserait de la savoir à tes côtés ? De la savoir *enfin* casée ? Refuseras-tu de faire cela pour moi ?

— Vous ne savez pas ce que vous me demandez. Elle courrait moins de danger sans moi.

— Je n'avais pas l'intention d'utiliser cet argument, mais puisque tu insistes... Grey n'en a pas après Jane uniquement à cause de moi. Je sais que tu t'es battu avec lui, il y a longtemps de cela, et qu'elle en était la cause.

Voyant que Hugh n'avait aucun démenti à lui opposer, Weyland reprit son argumentaire.

— C'est à présent de toi autant que de moi qu'il cherche à se venger. Je fais le sacrifice de la laisser partir, à toi de faire le nécessaire pour la garder en vie. Nous le lui devons tous les deux. C'est elle qui paiera pour nous si nous n'acceptons pas de nous sacrifier.

Hugh passa une main nerveuse dans ses cheveux.

— Votre plan a tout de même une faille majeure, objecta-t-il. Jane n'y consentira jamais.

Hugh avait conscience de n'avoir été qu'une distraction d'un été pour une jeune fille de dix-sept ans. À l'étage, un peu plus tôt, elle n'avait même pas voulu lui accorder quelques minutes de son temps.

— Dans ce cas, faisons un marché, répondit Weyland. Si elle me donne son accord, tu l'épouseras et tu la mettras à l'abri, le temps que cette affaire se tasse. Si elle refuse, tu l'emmèneras quand même, et tant pis pour le scandale qui pourrait en résulter.

Hugh se renfrogna.

— Elle ne voudra jamais.

À l'heure qu'il était, elle se trouvait avec son galant de longue date, celui qui avait résisté plus longtemps que les autres. Jane était-elle amoureuse de ce Bidworth ? Cette seule perspective suffisait à lui faire grincer des dents.

Voyant que Hugh demeurait plongé dans ses pensées, Weyland insista :

— Sommes-nous d'accord ? Marché conclu ?

Certain que Jane allait refuser, Hugh fit face à Weyland et donna son assentiment d'un unique hochement de tête.

— Tant mieux ! se réjouit le vieil homme. À présent, je crois qu'il faut agir sans tarder. Un mariage ce matin même me semble s'imposer.

— Vous ne pouvez obtenir une publication des bans dans un laps de temps aussi…

Avisant l'expression presque offensée de son vis-à-vis, Hugh préféra laisser sa phrase en suspens.

— Tu me connais… s'amusa Weyland. Pourrais-tu aller retrouver Jane au parc et lui dire que je veux lui parler ? Elle aime se promener autour de cette gloriette, près de la fontaine. Dis-lui que ça ne peut attendre.

Ce dont Hugh avait surtout envie, c'était d'aller la tirer des griffes de Bidworth…

— Au fait, mon garçon… reprit Weyland. Si je peux te faire une petite suggestion, une belle alliance pourrait lisser les quelques plumes que la soudaineté de ce mariage pourrait froisser.

Hugh se rembrunit et objecta :

— J'ignore complètement ce qu'il faut faire pour me procurer ce genre de chose.

— Tu n'as jamais offert de bijou à une femme ?

— Seigneur, non !

— En retournant chez toi, tu trouveras le bijoutier Ridergate sur ta route. Ils ont les mensurations de Jane dans leurs dossiers.

Hugh arqua un sourcil.

— Si vous m'imaginez capable d'une telle dépense, vous devez savoir de mes finances quelque chose que j'ignore, plaisanta-t-il.

Même lui avait entendu parler des créations hors de prix de ce joaillier.

— N'essaie pas de m'en faire accroire, Hugh. Je sais que tu es riche, à présent.

Hugh haussa les épaules. Weyland ajouta :

— Et je pense également te connaître suffisamment pour deviner que tu as dû épargner en vue de fonder une famille.

— Si c'est le cas, répliqua Hugh en quittant la pièce, je ne suis pas au courant.

Une fois dehors, il réalisa que son cœur battait à tout rompre à l'idée que, quelques heures plus tard, Jane serait peut-être devenue sa femme.

Non ! En l'épousant, en prononçant ses vœux et en signant de son nom le contrat de mariage, il courait le risque de faire subir à Jane son propre sort, de lui faire partager la malédiction qui pesait sur lui.

Il restait convaincu que la meilleure solution consistait à la mettre à l'abri sans pour autant avoir à l'épouser. Aussitôt que Jane aurait, comme c'était prévisible, mis son veto à cette folie, Hugh pourrait faire prévaloir son idée et trouver un refuge pour elle. Weyland ne pouvait savoir quel risque il faisait courir à sa fille en l'obligeant à ce mariage. Un risque qui surpassait même, sans doute, celui que représentait Grey.

Condamnés à vivre sans se marier...

Mais à quoi bon s'en inquiéter ? Jane allait refuser.

Mais si elle acceptait ?

Dans le parc, Hugh trouva Quin installé sur un banc, devant une gloriette peinte en blanc, occupé à observer les allées et venues des jeunes femmes profitant du soleil matinal le long des allées.

— MacCarrick, bien le bonjour ! s'exclama-t-il en l'apercevant.

De manière étrange, il se leva précipitamment et vint se camper devant lui, comme s'il voulait l'empêcher de contourner le bâtiment.

— Comment cela s'est-il terminé, la nuit dernière à l'entrepôt ? s'enquit Hugh.

— Nous avons perdu Maddy, l'amie de Claudia.

Bon sang, Ethan ! songea Hugh.

— J'ai obligé mes sœurs à rentrer chez nous pendant que je la cherchais, poursuivit Quin. Lorsque je me suis finalement décidé à retourner à la maison, elle venait juste d'y arriver, pâle et secouée, mais saine et sauve. La pauvre fille a eu tellement peur que cela devrait suffire à lui donner une bonne leçon.

Après avoir longuement soupiré, il ajouta :

— Mes sœurs, elles, demeurent indomptables.

Hugh était soulagé d'apprendre que rien d'irrémédiable n'avait résulté des assauts de son frère. Après lui avoir offert la frousse de sa vie, sans doute s'était-il contenté de raccompagner Maddy.

— Alors, qu'est-ce qui t'amène ici de si bon matin ? enchaîna Quin d'un ton plus enjoué.

— Weyland m'a demandé de venir chercher Jane.

— Je m'en charge ! Elle sera là en un rien de temps.

Surpris par sa réaction, Hugh insista :

— Non, je vais le faire.

Hugh vit passer dans les yeux de Quin quelque chose qui ressemblait étonnamment à de la pitié.

— Elle est… occupée avec quelqu'un.

Alors, deux choses devinrent évidentes aux yeux de Hugh : Quin savait ce qu'il ressentait pour Jane, et celle-ci était à l'instant même en train de se faire embrasser – ou pire – par le dénommé Freddie.

Il n'eut aucun mal à écarter Quin de son chemin, mais celui-ci lui emboîta le pas. Par-dessus son épaule, il lui demanda :

— Comment l'as-tu appris ?

Quin ne commit pas l'erreur de jouer l'innocence.

— C'est Grey qui m'a dit que tu es… amoureux d'elle.

Auprès de qui d'autre encore le salaud s'était-il répandu ? Qui d'autre prenait en pitié ce lourdaud d'Écossais qui avait commis l'erreur de s'enticher de l'exquise Jane ?

Les poings serrés, Hugh se précipita de l'autre côté de la gloriette.

9

— Ici ? s'étonna Freddie en jetant un coup d'œil inquiet autour d'eux. Vous voulez que je vous embrasse ici ?

Jane acquiesça d'un signe de tête et se hissa sur la pointe des pieds tout contre lui.

— Personne ne peut nous voir, assura-t-elle.

Elle se pendit à son cou et, enfin, Freddie se décida à pencher la tête vers elle, amenant leurs bouches au contact l'une de l'autre.

Non, s'embrasser n'était plus une primeur, pour eux. Ce qui l'était, c'était ce que ce baiser inspirait à Jane. Elle en tirait une sorte de vague satisfaction, comme quand on vous caresse la joue pour vous consoler… La nuit passée, le simple fait de sentir la main de MacCarrick serrer la sienne lui avait procuré davantage d'excitation…

Déçue, Jane tenta d'aller plus loin en s'accrochant aux épaules de Freddie, pour le provoquer autant que pour se convaincre qu'elle pouvait se contenter de cela durant le reste de son existence. Elle savait – ses lectures les moins avouables le lui avaient appris – qu'il devait exister dans un couple davantage que ce qu'il semblait prêt à lui offrir : de la passion, du désir, un brin de folie. Mais avec lui…

D'un coup, Jane sentit le corps de Freddie lui être arraché et rouvrit les yeux, effrayée.

— *Hugh ?* s'étonna-t-elle.

Furieux, il la toisa de la tête aux pieds, les poings serrés, les mâchoires crispées. Après lui avoir lancé un regard de dégoût, il se tourna vers Freddie, donnant l'impression qu'il allait le tuer.

Jane ne pouvait rien faire d'autre qu'assister à la scène, bouche bée. Freddie, qui tentait maladroitement de se remettre debout, semblait tout aussi stupéfait qu'elle.

— Non, MacCarrick ! cria Quin en venant se camper devant lui.

Un ton plus bas, il ajouta :

— Tu risques de le tuer.

— C'est justement l'idée, grogna Hugh.

Le temps parut suspendre son cours. Comme à distance, Jane vit Hugh repousser Quin sur le côté. Enfin, Freddie parvint à se remettre sur pied – juste à temps pour recevoir le poing de Hugh en pleine figure. Un flot de sang jaillit de son nez lorsque, violemment projeté en arrière, il alla de nouveau s'affaler sur le sol.

Quin, qui s'était précipité, tentait de retenir Hugh. Jane poussa un cri d'horreur et rejoignit Freddie. Nerveusement, en épiant Hugh par-dessus son épaule, elle le saisit sous les bras et l'aida à se lever. Il n'avait rien d'un gringalet, mais le coup de poing l'avait projeté à distance comme s'il ne pesait rien.

D'un ton lugubre, Quin conseilla à Hugh :

— Tu ferais mieux de disparaître avant qu'un agent ne débarque. Je ne sais pas si tu t'en doutes, mais tu viens de briser le nez d'un comte honorablement connu et respecté.

À ces mots, la haine flamba de plus belle dans le regard de Hugh.

— Tu dois aussi emmener Jane, ajouta Quin.

Hugh se débarrassa de lui si aisément que la jeune femme comprit qu'il aurait pu le faire à n'importe quel moment. En trois pas, il l'avait rejointe et saisie par le coude.

Un peu plus tôt, le contact de ses doigts sur sa nuque avait été si tendre qu'elle l'avait à peine senti. À présent, sa main massive lui enserrait le coude comme un étau.

— Manifestement, Quin était là pour m'espionner, dit-elle d'une voix trop aiguë à son goût. Mais allez-vous me dire ce que vous faisiez là, quant à vous ?

Comme il ne répondait pas, elle tenta de se libérer. En vain.

— Lâchez-moi ! s'emporta-t-elle. Je veux m'assurer que vous ne l'avez pas tué...

— Il va bien, Jane... intervint Quin. Je reste avec lui, mais il vaut mieux que vous rentriez.

— Je ne...

Avec un hoquet de surprise, Jane ne put en dire plus. Hugh l'entraînait *manu militari*, indifférent aux promeneurs matinaux qui les observaient avec curiosité ou s'écartaient prudemment de leur chemin.

— Hugh ! fulmina-t-elle, hors d'elle. Lâchez-moi immédiatement ! Allez-vous me dire ce qui vous a pris ?

— Je pourrais vous retourner la question !

À bonne distance de la gloriette, Hugh s'arrêta et saisit les épaules de Jane entre ses mains tremblantes. Au cours des quelques minutes qui venaient de s'écouler, un voile rouge avait obscurci sa vision et il n'avait rien ressenti d'autre que le besoin d'arracher un à un les membres de ce type. Il savait à quoi il devait ressembler à cette minute, mais Jane ne se laissa pas impressionner. Le menton haut, le regard fier, elle ne paraissait nullement inquiète.

Hugh s'efforça de ne pas prêter attention à ses lèvres rouges et gonflées.

— Qui est-il ? demanda-t-il sèchement. Pourquoi embrassez-vous le premier homme venu aux yeux de tous ?

— Il s'appelle Frederick Bidworth, répondit-elle posément. *Lord* Whiting.

Naturellement, il fallait qu'elle embrasse un pair du royaume. Un lord qui ne l'avait même pas entendu arriver, tellement il était subjugué par ses baisers...

— Et il n'est pas pour moi le « premier homme venu », précisa Jane. Comment pouvez-vous réagir de la sorte, alors que vous m'avez vue pas plus tard qu'hier à un bal de courtisanes ? Et n'était-ce pas vous qui me disiez que je suis assez grande pour savoir ce que j'ai à faire ?

C'était avant qu'il ait une chance de l'épouser. Avant qu'il ait l'occasion de l'avoir sous sa protection. Désormais, tout avait changé.

— Pourquoi vous conduisez-vous ainsi, Hugh ? J'exige une réponse !

Parce que j'ai envie de le tuer pour vous avoir touchée !

— Parce que la fille d'un ami très cher s'est compromise en public, répliqua-t-il.

Ce n'était pas un mensonge. Voyant qu'elle s'apprêtait à protester, il ajouta :

— Vous savez parfaitement qu'il n'aurait pas dû risquer votre réputation en vous embrassant dans ce parc.

— Ce n'est pas comme si cela vous concernait vraiment.

Le visage figé, elle le foudroyait du regard.

— Je n'ai pas à me justifier auprès de vous ni à vous rendre compte de mes actes ! reprit-elle. Cela ne vous regarde en rien !

— Ah oui ? Peut-être plus pour longtemps...

Elle fronça les sourcils, intriguée par ses paroles.

Il savait qu'il n'aurait pas dû s'engager sur ce terrain, mais la perspective de ce mariage avait ouvert une brèche en lui, libérant ses instincts possessifs. Lorsqu'il avait vu ce salaud l'embrasser, il avait vu rouge et une certitude s'était imposée à lui : elle est à moi !

En chemin vers le parc, Hugh s'était efforcé d'y voir clair et de déterminer quelle devait être sa conduite.

Il avait voulu prendre une décision froide et avisée, ignorant le fait que tout en lui le poussait à la faire sienne. Le sacrifice est-il de l'épouser ou de ne pas l'épouser ? s'était-il demandé à chaque pas.

À présent, il était tellement furieux qu'il ne lui était plus possible de réfléchir sereinement. Tout ce qu'il savait, c'est qu'il ne voulait plus que Bidworth s'approche de Jane.

Hugh connaissait un moyen idéal pour l'en empêcher.

De retour dans la demeure des Weyland, il poussa Jane dans le bureau de son père, sans se soucier de son cri de protestation ni du regard noir qu'elle lui jeta.

— À vous de jouer, Weyland ! lança-t-il au vieil homme imperturbable.

Le père de Jane avait-il su que Hugh allait la trouver dans une situation compromettante ? Soudain, cela lui parut une évidence. Weyland savait toujours tout… Et Hugh s'était laissé manipuler en réagissant comme il l'avait prévu.

— Compte sur moi, répondit-il. Pourquoi n'irais-tu pas préparer tes bagages, mon garçon ? Et, au passage, faire cette petite course dont nous parlions tout à l'heure…

Sans rien ajouter, Hugh sortit et referma la porte, mais demeura un instant immobile de l'autre côté. La voix assourdie de Jane s'éleva bientôt.

— Papa ! Comment pouvez-vous le laisser me traiter ainsi ? Me donner des ordres ? Me traîner de force ici ? Si vous saviez ce qu'il vient de…

— Je le peux, et je le dois, l'interrompit Weyland. Et lui peut se le permettre, parce qu'il est sur le point de devenir ton mari.

Un silence ébahi ponctua cette déclaration, puis :

— Mais… vous êtes devenu fou ? Moi, mariée à Hugh MacCarrick ?

Jane laissa fuser un long rire caustique et conclut :

— Jamais ! Jamais de la vie !

10

— Mais qu'est-ce qui vous arrive ? s'exclama Jane aussitôt qu'elle eut entendu la porte d'entrée claquer derrière Hugh. Avez-vous reçu un coup sur la tête pendant que j'étais sortie ? C'est peut-être Hugh qui vous a fait ça ? Violent comme il l'est, ce ne serait pas pour m'étonner.

Jane fit claquer ses doigts et ajouta :

— J'y suis : sénilité précoce !

— Quand tu voudras bien te calmer…

Jamais le visage ridé de son père ne lui avait semblé aussi sérieux. Ses yeux bleus, habituellement aimables, paraissaient sévères.

— Comment voulez-vous que je me calme ? répliqua-t-elle en se laissant tomber dans le fauteuil qui faisait face à son bureau. Hugh vient à l'instant de s'attaquer à Freddie !

Le visage du Highlander avait été à ce point tordu par la haine, quand il s'était précipité sur Bidworth, qu'elle avait cru qu'il allait le tuer.

— On aurait dit un fou…

— J'espère qu'il n'y a aucun dommage irrémédiable ?

— … et c'est de ce fou dont je deviendrais la femme ? Alors que je m'apprêtais ce matin à accepter la demande en mariage de Freddie ?

— Vraiment ?

Ce manque de réaction, le ton indifférent que son père avait employé laissèrent Jane éberluée. L'homme qu'elle avait devant elle, dur et impitoyable, n'avait plus rien à voir avec le père aimant et lui passant tous ses caprices qu'elle connaissait.

— Je sais qu'il sera difficile pour toi de l'accepter, dit-il enfin. Mais je dois m'y opposer.

— Vous y opposer ? Mais… j'ai vingt-sept ans ! Vous ne pouvez m'obliger à épouser Hugh MacCarrick.

Comme s'il ne l'avait pas entendue, il enchaîna :

— J'ai bien voulu fermer l'œil sur toutes tes frasques avec tes cousines.

Jane leva les yeux au plafond, mais son père n'en poursuivit pas moins :

— Je sais que Samantha fréquente les librairies de Holywell. Je sais que Claudia entretient une liaison avec le valet d'écurie. Je sais que Nancy adore s'habiller en homme, et que ta cousine Charlotte aime assister aux audiences judiciaires pour apprendre de première main tous les scandales de divorce.

— Venez-en au fait ! s'impatienta-t-elle en s'étonnant qu'il puisse être au courant de tant de choses.

Mais, à bien y réfléchir, fallait-il s'en étonner ? *Quin !* Ce devait être lui, le traître qui avait tout rapporté…

— J'ai permis toutes ces frasques, reprit son père, parce qu'il semble bien que c'est toute votre génération qui est devenue folle.

Jane laissa fuser un petit rire caustique.

— Pitié, père ! La Régence, c'est de l'histoire ancienne.

— Mais je les ai également tolérées, continua-t-il sans se laisser distraire, parce que ta mère m'a fait promettre avant de mourir que je te laisserais la liberté dont elle avait bénéficié, et que je laisserais s'exprimer ton esprit créatif.

Émue, Jane leva les yeux sur le portrait de sa mère. Lara Farraday, fille unique d'un artiste célèbre, avait elle-même été une artiste douée. C'était uniquement cela qui lui avait permis de recevoir une éducation plus libre que celle de la plupart des jeunes filles de sa génération.

— Elle vous l'a fait jurer ? murmura-t-elle. Je l'ignorais.

— À six ans, déjà, tu lui ressemblais tellement… Et j'ai tenu ma promesse, même quand j'étais malade d'inquiétude pour toi.

Jane plissa les yeux et demanda d'un air soupçonneux :

— Est-ce pour cela que Quin m'espionne sans arrêt ?

— Non. Ce n'est pas pour cela. Il t'espionnait pour la même raison qui me pousse aujourd'hui à trahir la promesse faite à ta mère.

— Je… ne comprends pas.

— J'ai de gros ennuis, expliqua son père. Avec l'une de mes relations d'affaires. J'ai pris une décision qui l'affecte et compromet sa fortune. Il veut se venger et cherche à me faire mal d'une manière ou d'une autre. Tout le monde sait que tu es ce que j'ai de plus précieux au monde.

— Vous faire… mal ? répéta-t-elle lentement.

— Il souffre d'une dépendance à l'opium et il est sujet à des crises hallucinatoires. Il peut devenir violent.

Jane hocha longuement la tête.

— Puis-je savoir qui est cet odieux homme d'affaires qui a réussi à semer la terreur dans votre cœur ? Qui vous oblige à contraindre votre fille à un mariage moins avantageux que celui qu'elle était en train de conclure *elle-même* ?

Ignorant son ton sarcastique, le père de Jane s'enquit :

— Te souviens-tu de Davis Grey ?

— Vous plaisantez ? dit-elle, secouée par un frisson d'appréhension.

— Pas le moins du monde.

— Je… J'ai pris le thé avec lui une ou deux fois, alors qu'il devait vous attendre ici.

De tous les hommes qu'il aurait pu mentionner, c'était le seul dont le nom était susceptible de l'impressionner.

Lors de leur première rencontre, Jane avait été intriguée par ses yeux noisette et mélancoliques, son beau visage un peu juvénile, sa mine avenante. Pour compléter son allure sympathique, il était habillé avec goût et affectait un vernis citadin.

Pourtant, cet homme l'avait immédiatement mise mal à l'aise. Elle l'avait surpris une fois en train de l'examiner avec une effrayante concentration. Jamais il n'avait eu de geste tendancieux avec elle. *Cela*, elle aurait pu s'en débrouiller. Jane n'avait pas compris pourquoi, mais pour la première fois de son existence, à l'âge de vingt-cinq ans, en présence de Grey elle aurait aimé avoir près d'elle un chaperon.

— Il m'a… toujours fait frissonner, confia-t-elle dans un souffle.

— Dans ce cas, tu dois avoir senti qu'il peut être capable de violence ?

— Oui, admit-elle. Mais pourquoi prendre d'aussi extrêmes précautions ?

— Hugh le connaît depuis longtemps. Il le connaît même mieux que personne. Si Grey cherche à s'en prendre à toi, il est le mieux qualifié pour te protéger.

— Freddie pourrait me protéger, lui aussi.

— Jane… Nous avons tous deux l'esprit pragmatique. Tu sais donc aussi bien que moi que Freddie ne pourrait te protéger de rien de plus qu'une faute de goût dans ta tenue.

L'insinuation la fit sursauter. En haussant les épaules, son père ajouta :

— Tu peux protester, mais tu sais que j'ai raison.

— Pourquoi ne pas simplement appeler la police ? argumenta-t-elle. Avec l'influence dont vous disposez, il pourrait se retrouver en prison avant l'heure du thé !

— J'ai réclamé de l'aide en ce sens, admit-il. Le problème est que nous ne savons pas où le trouver. Pour l'heure, il pourrait frapper n'importe où, n'importe quand.

Mal à l'aise, Jane se leva et alla se camper devant la fenêtre.

— Si je vous comprends bien, dit-elle en s'abîmant dans la contemplation du panorama citadin derrière la fenêtre, il pourrait être en ce moment même dissimulé quelque part, dehors, en train de guetter mes moindres faits et gestes ?

De manière incroyable, son père ne s'insurgea pas et ne tenta pas de la rassurer comme il l'aurait fait d'ordinaire.

— Il pourrait l'être, effectivement. Mais je ne pense pas que ce soit déjà le cas. La dernière fois qu'il a été aperçu, c'était au Portugal, et je n'ai reçu aucune information prouvant qu'il a traversé la Manche. Mais il semble bien que l'Angleterre soit sa destination.

Jane observait deux mères qui poussaient leurs landaus, en se prenant alternativement l'avant-bras. Elles devaient être en train de partager les derniers potins. Un jeune garçon, en bordure du parc, jouait avec un cerceau et un bâton. Tout cela paraissait si paisible... Mais, se mordant la lèvre, elle dut conclure que l'histoire de son père n'avait rien d'impossible. Elle en avait entendu de pires.

Après tout, elle vivait à Londres...

L'amour que Jane portait à cette ville ne l'empêchait pas d'être consciente de ses dangers et de la violence qui se déchaînait chaque jour dans ses rues. Un an plus tôt, un parfait étranger avait aspergé sa cousine Samantha avec le contenu d'une fiole de vitriol. Fort heureusement, l'acide n'avait fait que transpercer sa robe et ne s'était attaqué à sa jambe que superficiellement. D'autres femmes, au cours de cet été-là, n'avaient pas eu la même chance et s'étaient retrouvées défigurées. Sans aller aussi loin, Jane avait été accostée ou verbalement agressée si souvent qu'elle se demandait parfois si son apparence ou son attitude n'étaient pas fautives.

Ses lectures l'avaient également mise en garde contre les « mangeurs d'opium » qui, comme Grey, pouvaient s'en prendre aux autres sous l'empire de leurs hallucinations.

À l'image d'un dangereux animal, Londres pouvait être admiré, mais sans perdre de vue les risques que l'on y prenait. Si le père de Jane affirmait que Grey était devenu fou et qu'elle devait quitter la ville pour se protéger de lui, elle était prête à le croire. Il suffisait de lire le *Times* pour tomber sur des histoires plus étranges encore.

— Je suis d'accord pour quitter Londres quelque temps, annonça-t-elle. Mais pas avec Hugh. Il n'a aucune raison de faire cela. Pourquoi consentirait-il à ce mariage ?

— Non seulement il y a consenti, mais il m'a *demandé* ta main.

— Dans ce cas, c'est qu'il n'avait plus tous ses esprits et se conduisait comme le fou furieux dont vous cherchez à me protéger.

Ces paroles acerbes eurent sur le père de Jane un effet qu'elle n'avait pas prévu. Son visage se rembrunit et ce fut sèchement, les lèvres pincées, qu'il répliqua :

— Que je ne t'entende plus *jamais* dire une chose pareille !

Surprise par cette réaction qui lui ressemblait si peu, Jane sursauta.

— Hugh est un homme bon, insista-t-il. Un homme honorable. Lui et Grey ont travaillé ensemble et ont partagé des expériences similaires. Hugh aurait pu prendre le même chemin, mais il ne l'a pas fait.

Jane ravala sa salive et hocha la tête, penaude.

— Très bien, dit-elle. Je partirai avec Hugh, mais il n'est pas nécessaire que je l'épouse.

— En quoi ai-je pu te laisser croire que je laisserais ma seule enfant, ma fille chérie et célibataire, partir sur les routes avec une de mes relations d'affaires ?

Voyant qu'elle s'apprêtait à répondre, il la devança :

— Si tu as pu t'imaginer cela, dès aujourd'hui tu dois cesser de le croire. De toute façon, si ce mariage te semble tellement insupportable, tu pourras le faire annuler aussitôt que cette affaire sera terminée.

— Tu ne pourras m'obliger à l'épouser, rétorqua-t-elle fermement. J'irai trouver Freddie et je lui demanderai de m'emmener loin d'ici.

— Oui. Je suis sûr que la comtesse douairière et sa bigote de fille t'accueilleront à bras ouverts. Sans doute ne trouveront-elles rien à redire non plus si tu arrives dans leur famille sans la moindre dot.

Les yeux écarquillés, Jane protesta :

— Vous ne feriez jamais ça !

Pour toute réponse, il la détrompa en hochant la tête d'un air solennel.

— Mais *qui* êtes-vous donc ? s'écria-t-elle, atterrée.

Jane ne reconnaissait plus son père.

— Je... J'irai me réfugier chez mes cousines ! s'entêta-t-elle, refusant de capituler. Samantha, Belinda et leurs familles se rendent à Vinelands cet...

— Et combien de temps pourras-tu aller ainsi de cousine en cousine ? l'interrompit son père. Errant d'hôtel en manoir, comme une mendiante ?

Jane le rejoignit, décidée à lui faire entendre raison.

— Père ! lança-t-elle en se campant devant lui. Vous savez que je ne pourrai faire machine arrière si je me résous à ce mariage. Quand tout sera réglé, je serai dans l'impossibilité de conclure une autre union.

— Je ne vois pas pourquoi. John Ruskin a obtenu l'annulation de son mariage l'année dernière, et son ex-femme est à ce jour déjà remariée. Pense aussi à toutes ces filles qui s'enfuient en Écosse pour s'y marier. Lorsque leurs familles finissent par les retrouver et par les ramener, il ne s'écoule généralement pas plus de quelques années avant qu'elles se remarient.

— Ces filles ont dix-huit, dix-neuf ans. Elles ont tout le temps d'attendre un nouveau parti.

Jane posa la main sur l'avant-bras de son père et poursuivit d'un ton désespéré :

— Moi, je suis trop vieille pour pouvoir attendre ! Et vous savez parfaitement qu'il ne sera plus question que j'épouse Freddie…

— Si tu veux toujours de lui, j'userai de toute mon influence pour que cette union se fasse.

Découragée, Jane se laissa tomber sur une chaise.

— Et pourquoi diable voudrait-il encore de moi, *lui* ? demanda-t-elle.

— Il a attendu si longtemps qu'il peut bien attendre encore un peu.

À court d'argument, Jane se mordit la lèvre.

— Je ne comprends pas… murmura-t-elle enfin. Je n'arrive pas à comprendre comment Hugh peut se prêter à cela. Comment avez-vous réussi à lui imposer une femme dont il n'a pas envie ?

— Es-tu tout à fait sûre que c'est le cas ?

— Naturellement !

— Eh bien, moi je suis certain qu'il était extrêmement attaché à toi quand vous étiez plus jeunes. Ne t'en a-t-il pas donné toutes les preuves nécessaires par sa conduite ?

— S'il tenait tant à moi, pourquoi s'être enfui sans me dire un mot ?

À bien y réfléchir, il était difficile de voir en lui autre chose qu'un homme imbu de lui-même, qui avait apprécié les attentions qu'elle lui témoignait avant de s'en lasser.

— Tu sais qu'il avait souhaité te dire au revoir si tu demandais après lui.

— *Si* je demandais ?

Jane considéra son père avec la même incrédulité que lorsque Hugh lui-même lui avait sorti cette énormité.

— Cela n'a de toute façon plus aucune importance, reprit-elle. Il a fait sa vie de son côté et nous sommes des inconnus l'un pour l'autre, désormais.

— Oui, il a fait sa vie de son côté, approuva le père de Jane. Et ce faisant, il a accumulé suffisamment d'argent pour subvenir dignement à tes besoins. Je sais que vous vous entendiez bien, tous les deux. Ne peux-tu pas le charmer de nouveau et regagner ses faveurs ? Je sais que ce serait facile pour toi. Et, après tout, ce ne sera peut-être pas *si* difficile que cela de rester mariée avec lui.

— Pourquoi prendre le parti de Hugh contre Freddie ?

— Parce que tu n'as jamais été amoureuse de Freddie.

Jane était incapable de prétendre le contraire. Mais elle avait de l'affection pour lui, et ils s'étaient bien amusés, tous les deux. Et, puisqu'elle n'était pas amoureuse de lui, elle ne lui accorderait en l'épousant aucun pouvoir sur elle.

— Peut-être, reconnut-elle de mauvaise grâce, mais Freddie, lui, ne m'a jamais fait de mal.

— Tu n'imagines tout de même pas que Hugh aurait pu te blesser volontairement ? s'insurgea son père. Je pense que tu fais peu de cas de toutes ces balades à cheval qu'il a faites avec toi, des heures qu'il a passées à t'entraîner au tir à l'arc. Il s'est montré patient avec toi, alors que j'avais moi-même un peu de mal à l'être parfois.

Constatant qu'elle ne répondait pas, plongée qu'elle était dans l'évocation de scènes de son enfance, il ajouta :

— Dans les semaines à venir, je veux que tu n'oublies pas une chose : Hugh est un homme de bonne volonté. Quoi que tu puisses en penser, il *essaye* de faire ton bonheur.

— Tu parles comme si j'avais déjà donné mon accord.

— Réfléchis-y, Jane. Il va sans doute t'emmener hors d'Angleterre.

— Où cela ? demanda-t-elle vivement. À Carrickliffe ?

Le petit sourire satisfait de son père la fit rougir. Elle était totalement transparente à ses yeux, et il utilisait son envie de voyager.

— Oui, au sein de son clan, acquiesça-t-il. C'est à lui de décider. Je sais qu'il ira vers le nord, mais en restant toujours à une journée de cheval d'un télégraphe. Je veux pouvoir vous contacter sans délai pour vous annoncer que vous pouvez rentrer. Si, à ce moment-là, tu veux faire annuler ce mariage, nous y veillerons.

Et si tu finissais de nouveau par t'attacher à lui ? se dit-elle.

Lorsque Jane commença à secouer la tête avec obstination pour marquer son opposition, le ton de son père se fit cassant.

— Jane, l'heure n'est pas à la discussion. Tu quitteras Londres, et tu le feras dès ce matin.

Elle devait conclure qu'elle ne reconnaissait pas son père, et qu'elle n'aimait pas trop cet étranger qui avait pris sa place. Mais aussitôt, elle vit son visage se radoucir et ce fut d'un ton empreint de tendresse qu'il conclut :

— Ah, ma chère fille... Toi si brave en tout, te voilà terrifiée par tout cela, n'est-ce pas ?

— Si je le suis, répondit-elle, c'est parce que Grey me regardait avec une telle...

— Il ne s'agit pas de Grey, l'interrompit-il. Ce dont tu as peur, c'est d'être à nouveau blessée par Hugh.

Jane entrouvrit les lèvres, mais ne parvint pas à nier l'évidence.

— Hugh m'a déjà quittée une fois, dit-elle d'un ton amer. Et il n'a jamais voulu revenir, même si vous le lui avez demandé plusieurs fois – je le sais.

— L'essentiel est qu'il soit revenu alors que tu as *vraiment* besoin de lui, ne crois-tu pas ?

11

— *Jamais ! Jamais de la vie !*

Les paroles de Jane résonnaient toujours sous son crâne tandis que Hugh, abasourdi, regagnait Grosvenor Square. Il s'était passé ce matin-là trop de choses pour qu'il puisse les digérer. Rien que le fait de voir Jane embrasser un autre homme avait failli l'anéantir.

Et soudain, après avoir lutté tant d'années pour se tenir éloigné d'elle, voilà qu'il se retrouvait condamné à rester près d'elle – non : à l'épouser ! Hugh était également choqué de constater combien au fond de lui il souhaitait que Weyland parvienne à convaincre sa fille – même s'il savait ne pas pouvoir la garder.

L'hôtel particulier des MacCarrick, imposante propriété sise à Grosvenor Square, était considéré par les trois frères comme une maison de famille, alors qu'en fait elle appartenait désormais de droit à Ethan. En tant qu'aîné de la fratrie, c'est lui qui avait hérité de toutes les propriétés des MacCarrick, ainsi que du comté écossais de Kavanagh.

Dans le vaste hall d'entrée, Hugh ignora, comme il le faisait toujours, les messages de sa mère qui l'attendaient sur un plateau d'argent. Il ne pouvait dire qu'il détestait cette femme mais, étant donné qu'elle les avait blâmés, lui et ses frères, d'être responsables de la mort de leur père, il pouvait difficilement avoir envie d'avoir affaire à elle. Ses deux frères avaient adopté la même attitude.

Ethan ne l'avait cependant pas encore bannie de leur maison de famille. Par un accord tacite, elle n'y résidait jamais lorsqu'un de ses fils se trouvait à Londres. Hugh était prêt à parier qu'elle pouvait compter sur la domesticité pour lui rapporter fidèlement ce qui se passait entre ces murs. Tous lui demeuraient fidèles – sauf Erskine, le majordome. Cet homme austère prenait à cœur sa mission : éviter aux trois frères tout dérangement et toute visite importune. Ils savaient pouvoir compter sur sa loyauté.

Le bruit de ses talons martelant le sol en marbre, Hugh se rendit directement à l'étude. Il savait où trouver le *Leabhar nan Sùil-radharc* – le Livre des Destinées – et comme prévu il le découvrit sur le bureau d'acajou. C'était à cet endroit qu'il avait surpris, quelques semaines plus tôt, son frère Courtland, au désespoir, qui le consultait avec une poignante intensité.

Comme toujours, Hugh s'étonna qu'un ouvrage aussi ancien puisse être resté en aussi bon état en dépit des vicissitudes et du passage du temps. Naturellement, le fait que seul le sang était susceptible de le tacher devait en partie expliquer ce phénomène.

Il y avait très longtemps de cela, une voyante du clan avait prédit le sort de dix générations de MacCarrick et avait consigné ses prédictions dans le *Leabhar*. Ces lignes décrivaient des victoires et des tragédies qui toutes s'étaient vérifiées.

Même si Hugh connaissait ce passage par cœur, il ouvrit le livre à la dernière page, qui s'adressait à son père :

Au dixième des Carrick :
Ta dame te donnera trois fils marqués par le sort,
Qui feront votre joie tant que ce livre ne liront pas.
Qu'ils lisent ces lignes et tu mourras
Jeune et sachant tes fils condamnés

À marcher seuls ou sur les pas de la mort.
Condamnés à vivre sans se marier et sans aimer,
Ils briseront là ta lignée sans avoir pu engendrer.
Tourments et trépas attendent celles qui les suivront,

Les deux dernières lignes étaient masquées par une tache de sang qui n'avait jamais pu être effacée.

Des victoires et des tragédies ? Hugh vida lentement le contenu de ses poumons. Les trois derniers des MacCarrick avaient dû quant à eux se contenter de drames. Aucun enfant n'était né de leurs amours, même passagères, ils avaient apparemment tué leur père en lisant ce livre, et ils continuaient de causer la ruine de celles dont ils voulaient faire leurs femmes.

En laissant son doigt parcourir chaque ligne de la prédiction à la surface desséchée du parchemin, Hugh sentit une sueur glacée perler à son front. Il y avait dans le *Leabhar* quelque puissance indéniable, un sombre pouvoir dont les effets n'avaient pas fini de se faire sentir. La dernière personne étrangère à la famille à l'avoir eu entre les mains l'avait considéré avec horreur et s'était signée.

Dans un claquement sec, Hugh referma l'ouvrage avec dégoût et gagna sa chambre. Il dut se forcer à faire ses bagages, même s'il était moins que jamais persuadé que Weyland parviendrait à ses fins avec Jane, à moins d'avoir recours au chantage et de…

— Bon Dieu, mais qu'est-ce tu fais ? s'étonna Ethan depuis le seuil, le tirant de ses pensées.

— Je quitte Londres.

— Avec *elle* ?

— *Aye*, répondit-il, sur la défensive. Weyland m'a demandé… d'épouser Jane et de l'emmener loin d'ici.

— Encore !

La balafre qui couturait le visage de son frère était blême, signe d'irritation chez lui.

— Nous venons à peine de réussir à séparer Court de sa dulcinée, et voilà que tu t'y mets, toi aussi ?

— Et si on parlait plutôt de toi ? répliqua Hugh en prenant une pile de chemises dans sa penderie. Il me semble t'avoir vu témoigner plus d'intérêt pour cette fille, au bal hier soir, que pour aucune autre femme.

— Rien à voir, assura Ethan. Moi, je n'envisage rien d'autre que jouer un peu avec ma jolie blonde. Court et toi, jouer ne vous suffit pas : vous en voulez toujours plus !

Tout en parlant, il caressait distraitement sa cicatrice.

— J'ai accepté d'épouser Jane – *temporairement*, expliqua Hugh. Uniquement pour la mettre à l'abri et la protéger, le temps que tu retrouves Grey. J'ai expliqué clairement à Weyland que ce mariage serait annulé ensuite, ce qu'il a compris.

Ethan l'écoutait en secouant la tête d'un air apitoyé.

— Tu n'es plus en état de réfléchir correctement, dit-il. Il suffit que tu poses le regard sur elle pour perdre l'esprit. Et dire que c'est toi que l'on prend pour le plus raisonnable de nous trois au sein du clan…

Rageusement, Hugh fourra les chemises dans son sac et rétorqua vivement :

— Mais je *suis* raisonnable !

— En t'enfuyant sur les routes avec une femme qui te rend fou après l'avoir épousée « temporairement » ? railla Ethan. *Aye*, l'exemple même de la sagesse ! Ce n'est pas toi qui reprochais à Court le même genre de comportement, il y a peu ? À juste titre, d'ailleurs.

Hugh détourna le regard. Il est vrai que c'était avec une certaine fierté qu'il s'était vanté devant son frère de la discipline qui lui avait permis de rester à l'écart de Jane durant tant d'années.

— Hugh, comment peux-tu faire l'impasse sur ce qui vient de se produire ? Court s'était résigné à épouser Annalía et, dans les jours qui ont suivi, une balle a failli répandre sa cervelle sur le pas de notre porte… Et puis, il y a aussi mon triste exemple. As-tu oublié ce qu'il est advenu de ma fiancée la veille de nos noces ? C'est toi-même qui as découvert le corps disloqué de Sarah ! Tiens-tu vraiment à exposer Jane à un tel sort ?

Seigneur ! Non, jamais…

— C'est un mariage de circonstance, argumenta Hugh à voix basse. Il ne sera pas consommé. Jane ne restera pas ma femme ensuite. De toute façon, je l'ai *déjà* mise en danger. Si Grey veut s'en prendre à elle, c'est également à cause de moi. Weyland l'affirme et je sais qu'il a raison. Sans moi pour la protéger, Grey n'aura aucun mal à l'atteindre. C'est en refusant que je l'aurais condamnée.

— Même dérangé mentalement, Grey reste redoutable, admit Ethan. Je déteste devoir le reconnaître, mais il possède un instinct infaillible.

Il chercha le regard de son frère et ajouta :

— Pourquoi ne me laisses-tu pas m'occuper d'elle ?

Cette seule idée suffisait à porter le sang de Hugh à ébullition.

— Tant qu'il me restera un souffle de vie, jamais Grey ne pourra toucher à un cheveu de sa tête ! Tu m'entends, Ethan ? Jamais !

Sans se laisser impressionner, son frère arqua un sourcil.

— Dans ce cas, il te reste à espérer que je parviendrai à le retrouver avant qu'il ne la retrouve. Tu penses pouvoir la protéger en n'ayant pas le recul nécessaire ? Ce recul, Grey l'aura, tu peux compter sur lui. Tout ce que tu vas arriver à faire, c'est vous faire tuer tous les deux.

— Bon sang ! Je suis quand même capable de protéger Jane et de…

— … et de garder tes mains loin d'elle, ce faisant ? l'interrompit Ethan en lui jetant un regard incrédule.

— Je sais faire preuve de discipline quand il le faut. Tu le sais parfaitement.

Sur ce, Hugh alla récupérer l'essentiel dans sa penderie : un pistolet, en plus de celui qu'il portait toujours sur lui, et un autre fusil, en complément de celui qu'il glissait dans son holster de selle. Il prit également suffisamment de munitions pour chacune de ces armes, et il ajouta pour faire bonne mesure :

— Et puis, je suis resté loin d'elle durant toutes ces années, non ?

— Tu as passé toutes ces années à te languir d'elle comme un fou. Tu avais beau paraître calme et indifférent, à l'intérieur, ça bouillonnait…

Hugh devait reconnaître que le terme était bien choisi.

— Aucune importance, décréta-t-il. Elle me déteste.

Surtout après ce que je lui ai fait ce matin…

— Tu peux être sûr qu'elle refusera, ajouta-t-il.

Hugh se surprenait cependant à en douter. Weyland avait le chic pour toujours obtenir ce qu'il souhaitait. Mais il était vrai que, sur ce point, sa fille tenait de lui.

— Et si par extraordinaire ce mariage se faisait, conclut-il, il ne pourrait durer puisqu'elle ne veut pas de moi.

Ethan dévisagea son frère un long moment, avant de laisser fuser un soupir résigné.

— *Aye*, voilà quelque chose que je peux envisager. Même si le vieux force sa fille au mariage, elle voudra se libérer à la première opportunité.

Quelque chose dans le ton de sa voix – comme s'il énonçait une évidence – déplut à Hugh, qui se renfrogna et maugréa :

— Est-ce si inconcevable qu'elle puisse me désirer ?

— *Aye*, répondit Ethan simplement.

Hugh boucla son sac de voyage, puis quitta sa chambre et dévala l'escalier.

— Où comptes-tu l'emmener ? demanda Ethan en le suivant. Sur les terres du clan ?

Hugh secoua négativement la tête. Il avait bien envisagé de conduire Jane à Carrickliffe, mais tous, là-bas, étaient au courant de la malédiction. Au mieux, par superstition ils se tiendraient sur leurs gardes. Au pire, ils s'efforceraient d'éloigner la jeune femme de Hugh, croyant ainsi les sauver tous les deux. C'est pourquoi il avait décidé de ne trouver refuge dans son clan que s'il ne lui restait pas d'alternative.

— Je prends la direction du nord, répondit-il. Ros Creag.

— Grey est-il au courant de l'existence de notre maison près du lac ?

— Je ne lui en ai jamais parlé, mais je ne peux avoir aucune certitude. Nous ne resterons là-bas que quelques jours...

En parvenant à la porte d'entrée, Hugh se retourna vers son frère :

— Parmi tes nombreuses cachettes, il y en a une que tu peux me recommander ?

— Grey connaît plusieurs d'entre elles, répondit-il. Tu devrais emmener Jane chez Court.

Hugh se figea, la main sur la poignée. Il n'avait pas songé à la propriété acquise par son jeune frère en Écosse.

— Court dit que le château est bien vieux, reprit Ethan. Mais selon lui, il est solide et ne nécessite qu'un minimum de travaux.

Il avait expliqué la même chose à Hugh. Mais ce qui lui paraissait plus intéressant encore, c'est que la forteresse se dressait au milieu de milliers d'acres de terres désertes...

— Nous commencerons tout de même par Ros Creag, décida-t-il. Et si je n'y ai pas reçu de tes nouvelles d'ici cinq jours, nous reprendrons la route du Nord jusqu'aux terres de Court.

— Bien. Je les préviendrai, là-bas, de ton arrivée.

Ethan faisait référence à l'équipe réduite de serviteurs qui, dans les environs, assuraient l'entretien du château.

— Si Grey nous poursuit, fit Hugh, j'espère bien que tu le pourchasseras et que tu le prendras de vitesse.

Dardant sur son frère un regard perçant, il ajouta :

— Je compte sur toi. Plus vite tu auras tué Grey, plus tôt ce mariage pourra être annulé.

— Et toi, évite de t'y habituer, répliqua Ethan avec un sourire glacial. Et occupe-toi un peu mieux de ces coupures sur ton visage. Tu ne voudrais pas que ton joli minois se retrouve balafré ?

— Va au diable ! gronda Hugh en ouvrant la porte.

Derrière lui, il entendit son frère jurer tout bas.

— Attends un peu ! le rappela-t-il.

Ethan disparut à l'intérieur et revint bientôt, porteur du *Leabhar* qu'il lui tendit en disant :

— Prends-le. Il sera le meilleur garde-fou.

Hugh accepta le lourd tome.

— Et toi ? Tu pourrais aussi en avoir besoin.

Le visage figé, Ethan répondit :

— Moi, je n'ai pas de cœur. Tu te rappelles ?

— Qu'as-tu fait avec cette fille, la nuit dernière ? s'enquit Hugh en plissant les yeux.

Avec un sourire suffisant, Ethan croisa les bras et prit appui de l'épaule contre le chambranle avant de répondre :

— Rien d'autre que ce qu'elle m'a laissé faire.

— Quin m'a dit qu'elle est rentrée effrayée.

Ethan fronça les sourcils. Une nouvelle fois, il effleura sa cicatrice du bout des doigts, chose qu'il ne faisait jamais. Soit il ne tenait pas à se remémorer sa blessure, soit il ne voulait pas attirer l'attention des autres sur elle. Mais ce matin-là, celle-ci semblait se rappeler à lui.

— Ce ne peut pas être ma faute ! protesta-t-il. Je ne peux pas l'avoir *effrayée*, car je portais un masque.

Hugh estima que le moment n'était pas idéal pour faire valoir que sa stature et son comportement pouvaient être aussi effrayants que son visage, pour une femme.

— Sais-tu qui elle est ? questionna-t-il.

— Je m'apprêtais à aller le demander à Quin ce matin, répondit Ethan d'une voix traînante. Jane t'a-t-elle dit son nom ?

Hugh vit flamber dans le regard de son frère une lueur d'avidité qui le fit réfléchir. Même s'il ne connaissait pas tous les détails, il savait que Geoffrey Van Rowen était responsable de la blessure qui avait défiguré Ethan. Il savait également que celle-ci avait été infligée de telle manière qu'elle ne puisse guérir sans laisser de cicatrices.

En représailles, la vengeance d'Ethan s'était révélée impitoyable et prolongée. Il n'avait pas cherché, au sein de la famille Van Rowen, à discerner ceux qui méritaient de la subir de ceux qui ne le méritaient pas.

Peut-être allait-il finir par oublier la « jolie blonde » au cours des jours à venir. C'était à espérer.

— Je sais que c'est une amie de Jane, répliqua-t-il en fourrant le *Leabhar* dans son sac. Alors laisse-la tranquille, ou tu auras affaire à moi.

L'expression glaciale d'Ethan se fit menaçante.

— Tu penses être de taille à m'arrêter si j'ai envie de m'amuser un peu ? s'insurgea-t-il. Je dois te retourner le compliment : va au diable, Hugh ! Tu te crois plus malin que nous, mais si Jane se fait tuer, tu découvriras que tu as plus de points communs avec moi que tu ne l'imagines. Tu finiras *comme moi*, frère…

Hugh ne lui répondit que par un regard méprisant, avant de lui tourner le dos. Mais lorsque Ethan referma la porte derrière lui, il crut l'entendre marmonner :

— Évite quand même de finir comme moi…

12

Il s'était écoulé plus d'une heure quand Hugh revint chez les Weyland, mais, leur discussion animée n'ayant pas cessé dans le bureau, il s'installa dans un des fauteuils de l'antichambre. Tout en caressant du bout des doigts le petit écrin qu'il gardait au fond de sa poche, il appuya sa tête douloureuse contre le mur et ferma les yeux.

Dans la boutique à l'atmosphère feutrée de Ridergate, un homme de sa stature ne pouvait que se sentir aussi à sa place qu'un éléphant dans un magasin de porcelaine. Tout le temps qu'il y était resté, il avait dû se retenir de tirer sur son col. Mais lorsqu'on avait fait passer sous ses yeux exactement l'anneau qu'il fallait à Jane, il n'avait pas hésité à dépenser une petite fortune pour l'acheter.

Lors de ce dernier été passé avec elle, elle lui avait décrit en détail, avec sa verve habituelle, l'alliance dont elle rêvait.

— Un anneau en or serti de deux émeraudes encadrant un gros diamant. Cette bague sera si massive et si lourde que je n'arrêterai pas de la cogner partout. Il se pourrait même que je taille les comptoirs en verre des commerçants sans m'en apercevoir et que j'émascule les passants par inadvertance…

Ils se trouvaient alors dans une barque dérivant sur le lac. Jane avait posé sa tête dans le giron de Hugh. Il jouait avec ses cheveux soyeux, qu'il faisait chatoyer en les soulevant pour les laisser retomber dans le soleil couchant. Ses paroles l'avaient plongé dans l'anxiété. En tant que deuxième fils de la fratrie, il ne disposait d'aucune fortune et ne pourrait jamais se permettre de lui offrir un tel bijou.

Ce n'est qu'ensuite qu'il s'était souvenu que Jane ne pourrait jamais être à lui, pour de tout autres raisons.

À présent, des années plus tard, il fixait le plafond tandis que tournaient sans fin sous son crâne les conséquences que pouvaient avoir certains choix.

Bien trop jeune, il avait appris que tout n'était dans la vie que conséquences, à la fois évitables et inévitables.

Le lendemain du jour où lui et ses frères avaient trouvé et lu le *Leabhar* – réputé pourtant avoir été détruit –, Hugh avait été réveillé par les cris de sa mère. Elle-même avait ouvert les yeux à côté du cadavre de son mari, Leith, laird du clan, colosse dans la force de l'âge.

Dans les affres de la douleur, les accusations n'avaient pas tardé à pleuvoir sur ses fils. Âgé d'à peine quatorze ans, Hugh avait été bien trop jeune pour charger ses épaules d'une telle culpabilité.

Des années plus tard, Ethan avait défié la malédiction. Décrétant que la mort de leur père n'était que coïncidence, il avait cherché et trouvé dans le clan voisin des MacReedy une jeune femme que n'effrayait pas le fait d'épouser l'un des trois fils MacCarrick « maudits ». La nuit précédant leurs noces, Sarah était tombée – ou avait été poussée par Ethan lui-même, s'il fallait en croire la rumeur – du haut d'une des tourelles de Carrickliffe.

Plus tard, Court s'était laissé séduire par une belle Andorrane et s'était résigné à l'épouser, même s'il savait qu'ils ne pourraient jamais avoir d'enfant et qu'il la mettait elle-même en grand danger. À son tour, il s'était décidé à braver la malédiction… jusqu'à ce qu'Annalía manque recevoir une balle en pleine tête. Court s'était finalement résigné, la mort dans l'âme, à renoncer à elle. Il l'avait laissée rentrer en Andorre, parce qu'il préférait renoncer à elle et la savoir en vie.

Quelques lignes, dans un vieux grimoire, avaient scellé le sort de Hugh. Il était supposé ne pas se marier et ne pas aimer. Et à son tour, comme ses deux frères avant lui, il s'apprêtait à défier le sort. Gare aux conséquences ! Il essayait de se rassurer en se disant qu'une telle union de circonstance – provisoire, qui plus est – n'était en rien un véritable mariage. Aussi longtemps qu'il ne la ferait pas sienne, tout irait bien, assurément… Et Dieu savait qu'il n'avait aucune intention de la garder pour épouse.

Cinq minutes tard, en entendant la porte du bureau s'ouvrir, Hugh souleva ses paupières et se leva. Les yeux de Jane, qu'il découvrit sur le seuil, brillaient de manière alarmante. Sous l'effet de larmes contenues, ou sous celui de la fureur ? Il aurait parié sur la seconde hypothèse.

Qu'est-ce que cela signifie, dans ce cas ? songea-t-il. Quel est le verdict ?

Weyland, qui se trouvait juste derrière elle, annonça :

— Je vais de ce pas faire chercher un ministre du culte et faire publier les bans. Jane, je te conseille de te mettre à tes bagages dès maintenant.

Déjà, Weyland avait disparu, laissant Hugh à ce point désarçonné qu'il eut l'impression de vaciller sur ses jambes lorsqu'il balbutia d'une voix brisée :

— Vous avez… Nous allons… nous marier ?

— Oui, répondit-elle d'un ton cinglant. Je suis obligée de me prêter à cette folie – mais vous ne l'êtes pas, quant à vous. Et sachez que vous ruinerez mon existence en ne refusant pas.

Jane paraissait en proie à un tourbillon d'émotions qui menaçait de l'emporter. Elle avait toujours été ainsi : explosive.

Ainsi donc, songea-t-il, Weyland était parvenu à ses fins. Il ne s'était certes pas attendu à ce qu'elle saute de joie à l'annonce de ces noces, mais...

— Une union temporaire avec moi signifie pour vous une vie gâchée ? s'étonna-t-il.

Lorsqu'elle lui répondit, chaque parole délivrée dans cet impeccable accent anglais qui la caractérisait suintait la colère et l'outrage.

— Savez-vous pourquoi je me trouvais en compagnie de Frederick Bidworth – *lord* Whiting – ce matin ?

Jane répondit elle-même à sa question.

— Parce que j'avais l'intention d'accepter sa demande en mariage !

Hugh sentit un vertige s'emparer de lui. Mais en quoi cela aurait-il dû le surprendre ? Il s'était demandé pendant des années comment il se faisait qu'à son âge elle ne soit pas mariée. Le plus surprenant était que Weyland n'ait pas été au courant de ses projets. Ainsi donc, sans interférence de son père ou de lui-même, Jane aurait été « casée » à l'heure qu'il était ?

De mieux en mieux... Hugh avait voulu corriger Bidworth pour avoir embrassé Jane, alors que ce type s'imaginait être parfaitement en droit de le faire.

— Dois-je souligner, reprit-elle, que mes plans ont été réduits à néant quand vous l'avez sauvagement agressé ?

— Vous vous apprêtiez à épouser un comte ? s'étonna-t-il. Et pourtant, votre père insiste pour que ce soit moi qui vous épouse ?

Il avait posé cette question sans la moindre malice, mais elle y vit une vengeance et le foudroya du regard.

— Pourquoi, Hugh ? Pourquoi Davis Grey fait-il ceci ? Vous le connaissez... Est-il dangereux au point que je doive tout quitter sur-le-champ ?

Le trouble qui l'habitait se lisait sur son visage.

— Pourquoi père est-il à ce point fixé sur vous ? Vous fait-il chanter, pour que vous vous sentiez obligé de lui obéir ? Naturellement ! Il n'y a pas d'autre explication.

— Je ne fais l'objet d'aucun chantage, assura-t-il. Mais j'ai fait une promesse à votre père. Il vous suffit de... collaborer, le temps qu'il faudra. Cet arrangement ne sera pas permanent tant que nous... ne consommerons pas ce mariage.

Un ton plus bas, il ajouta :

— Tranquillisez-vous, ce n'est que temporaire. Je n'ai pas plus que vous l'intention de rester lié par les liens du mariage. Je ne vous ai pas touchée, jusqu'à présent : vous savez donc que vous ne risquez rien.

— Parce que vous vous imaginez peut-être que je vous aurais laissé faire...

Hugh pinça l'arête de son nez entre le pouce et l'index. Il avait une terrible migraine et son cou n'était plus qu'une pelote de muscles crispés.

— Il ne vous est pas venu à l'esprit que je n'avais pas plus que vous envie de ce mariage ? demanda-t-il.

Jamais il n'avait été question pour lui de se marier... Mais le père de Jane savait ce qu'il y avait de mieux pour elle, tentait-il de se rassurer.

— Alors pourquoi ne pas refuser ?

— Parce qu'il est vrai que je suis le mieux placé pour vous protéger.

Jane vint se camper devant lui et leva la tête pour capter son regard.

— Si vous faites ça, le prévint-elle, sachez que je vous rendrai la vie impossible. Vous ne pouvez savoir à quel point vous allez le regretter. C'est un avertissement loyal que je vous donne. Il vous est encore possible de reculer.

En butte à son silence obstiné, Jane écarquilla les yeux et en resta un instant pantoise.

— Rien ne vous fera changer d'avis, n'est-ce pas ? murmura-t-elle enfin. Je suppose que je dois m'incliner.

Elle changea d'expression pour lui demander, d'une voix très douce :

— Hugh... vous souvenez-vous de cette époque où je vous provoquais sans cesse ?

Comme s'il avait pu l'oublier...

— Pauvre chéri... reprit-elle d'un air dépité. Vous allez constater que je suis devenue infiniment plus habile à ce jeu-là.

Ses doigts, lentement, escaladèrent la poitrine de Hugh, et ce fut dans un souffle qu'elle conclut :

— Vous découvrirez que j'ai de nouvelles flèches... dans mon carquois.

Comment avait-elle réussi à conférer à cette innocente phrase une tournure érotique ? Hugh sentit un voile de sueur se former sur son front.

— Vous avez clairement établi que vous ne vouliez pas de ce mariage, enchaîna-t-elle. Alors, avant de vous engager de manière irrémédiable dans cette folie, réfléchissez bien... Êtes-vous sûr de pouvoir résister à cette torture, jour après jour ?

Hugh s'efforça de déglutir discrètement.

— Allez vous préparer... répondit-il simplement.

Jane se retourna et entama l'ascension de l'escalier en roulant des hanches de telle manière que Hugh, hypnotisé, ne put que la suivre des yeux.

— Préparez-vous également, *chéri* ! lança-t-elle sans se retourner. Je m'apprête à faire de votre vie un enfer.

Au premier, après être entrée dans sa chambre, elle en claqua la porte violemment.

— La routine... marmonna-t-il.

Au moins, songea-t-il, leurs noces ne pourraient se dérouler plus mal que leurs fiançailles...

13

Ainsi, le vieux rusé était parvenu à ses fins…

D'une manière ou d'une autre, Weyland était arrivé à convaincre MacCarrick d'épouser sa fille.

Félicitations et tous mes vœux de bonheur !

Grey avait réussi à tourner sans se faire voir autour de la maison durant toute la matinée, prenant un malin plaisir à se jouer des efforts de surveillance de Quin et Rolley. Même s'il n'était plus aussi agile, il avait réussi à se rapprocher suffisamment des serviteurs et de leurs bavardages incessants pour en tirer quelques informations.

Apparemment, « miss Jane » avait demandé qu'on prépare ses malles pour au moins un mois, mais elle n'avait pu donner de destination précise afin d'aider au choix de vêtements appropriés. Sa camériste restait à Londres, mais son cheval ainsi que son arc et ses flèches feraient partie du voyage. On s'activait également à la cuisine : rafraîchissements et collation pour le ministre du culte, qui n'avait pas tardé à se montrer, mais pas de banquet, étant donné que les jeunes mariés partaient en voyage de noces aussitôt après une cérémonie réduite à l'essentiel.

Les servantes reniflaient beaucoup et retenaient leurs larmes à l'annonce du mariage de leur maîtresse et de son départ prochain. Toutes la chérissaient tendrement, ce qui n'était pas une surprise pour Grey. Non sans une certaine fierté, Weyland leur avait autrefois révélé, à lui et à Hugh, que sa fille savait se montrer généreuse de son temps et de son argent avec chacun, quelle que soit sa condition.

La domesticité se montrait moins enthousiaste en ce qui concernait le marié. De l'avis général, celui-ci n'était pas assez bien pour « miss Jane ».

C'était parfaitement vrai. Jane était à ce point différente de MacCarrick que leur union en était presque comique. Hugh était intimidant et se singularisait par son imposante présence, son apparence inflexible. Jane était charmante et tout Londres célébrait sa beauté et son esprit. Pourtant, l'une constituait la seule faiblesse de l'autre...

Grey l'avait découvert le soir du bal de débutante de la fille de Weyland. Ce dernier avait insisté pour que Hugh et lui assistent à cet événement. Grey avait dû ruser et soûler son camarade pour que celui-ci accepte de l'accompagner. Une fois sur place, il avait passé la majeure partie de la soirée dehors, à épier la reine de la fête à travers une fenêtre, les yeux exorbités, tendu comme une corde de piano. Le désir que Grey avait vu flamber dans le regard du Highlander ne trompait pas : Hugh était amoureux de Jane. Un ours poursuivant de ses ardeurs un papillon... L'affaire était d'autant plus risible que le soupirant n'ignorait pas qu'il n'était pas assez bien pour sa belle, mais il ne pouvait pourtant s'empêcher de soupirer après elle.

Plus étonnante aux yeux de Grey que la capitulation de MacCarrick, était celle de Jane. Comment son père était-il parvenu à la convaincre d'accepter ce mariage ? S'était-il résigné à tout lui avouer de ses occupations et du différend qui l'opposait à Grey ?

Ce nouveau développement méritait la palme de l'ironie grinçante... Un tueur à gages chargé de protéger la femme la plus précieuse à ses yeux – celle qu'il aimait en secret depuis des années – d'un autre tueur plus doué que lui. Personne ne pourrait plus ignorer bientôt que les talents de protecteur de MacCarrick ne faisaient pas le poids face aux talents d'assassin de Grey. Son amusement en pâtissait un peu : il ne s'était pas attendu à ce que ce soit si facile.

En compagnie de Quin et Rolley pour monter la garde – et d'un cocher dont l'allure prouvait qu'il faisait partie du Réseau –, Weyland était en train d'escorter Jane jusqu'à sa voiture. Hugh les suivait de près, aux aguets, se comportant comme si sa bien-aimée avait une cible dans le dos.

Ce qui était effectivement le cas. De là où il se trouvait, Grey avait une fenêtre de tir idéale. Hélas, son habileté au tir n'était plus ce qu'elle avait été. S'il manquait son coup, il n'aurait fait que leur révéler inutilement sa présence en Angleterre. Mieux valait attendre une meilleure occasion.

Au pied du perron, Weyland tint les mains de Jane entre les siennes. Le visage de celle-ci pâlit brusquement et son expression trahit un certain affolement quand il l'embrassa sur la joue, comme si elle réalisait seulement maintenant qu'elle laissait derrière elle le foyer qu'elle avait toujours connu.

Au bout d'un moment, Weyland se força à reculer, ne marquant une pause que pour serrer brièvement l'épaule de sa fille et signifier d'un regard à MacCarrick à quel point il comptait sur lui. Puis il tourna les talons et les laissa. Les épaules basses et le dos voûté, il rentra chez lui comme le vieil homme qu'il était en train de devenir.

En observant la scène, Grey se demanda si le vieux avait parlé à MacCarrick de la liste. Probablement. Cette liste, Grey l'avait effectivement en sa possession et avait menacé de la rendre publique. Mais s'il mettait sa menace à exécution, Weyland deviendrait sur-le-champ un homme à abattre. Dans le cadre des services clandestins qu'il rendait à la Couronne, le père de Jane avait constamment à rendre des arrêts de mort dont il chargeait des hommes tels que Grey, Ethan ou Hugh d'exécuter. S'il était possible de l'identifier comme le commanditaire de toutes ces exécutions, c'en serait terminé pour lui. Ce qui n'était pas – encore – à son programme.

Soudain, sentant une sueur glacée poisser son cou et son dos, Grey glissa la main dans la poche de sa veste. Il avait prévu que fumer serait moins facile en Angleterre que dans d'autres pays, aussi avait-il fait préparer sa « médecine » de manière différente. Précaution superflue... À Londres, l'opium se révélait presque plus facile à trouver que le tabac, et moins cher que le gin.

Ce changement d'habitude, néanmoins, lui plaisait. Il mâcha sa dose et s'en délecta. La pâte avait un goût d'amande un peu passé et une texture gommeuse.

C'était le laudanum qui lui avait permis de rendre supportable au jour le jour la souffrance causée par les multiples blessures reçues au combat. Un jour qu'il avait remarqué que Hugh boitait bas – surtout le matin –, il lui avait proposé d'en prendre. Le Highlander, qui ne perdait jamais une occasion de faire la morale, avait refusé d'un air offusqué.

Bientôt, Grey sentit les battements de son cœur revenir à la normale, même s'il se sentait plus excité qu'il ne l'avait été depuis longtemps. Avec un peu de chance, ce nouveau dosage lui permettrait d'échapper aux hallucinations.

Devant la demeure des Weyland, c'était Jane qui semblait sortir d'une transe. Refusant le bras que Hugh lui offrait, elle marcha, droite et digne, jusqu'à la voiture, dans laquelle elle grimpa sans son aide. Statufié sur place, MacCarrick la regarda faire, la mine sombre. Un muscle jouait sur sa mâchoire. Bien plus qu'à un ours, c'était à un loup que Grey aurait dû le comparer... Et Jane avait tout du lapin vif et insaisissable bondissant devant lui en remuant la queue sans se laisser attraper.

Mais, tôt ou tard, le loup attaquerait.

Après avoir refermé la portière de la voiture, Hugh attendit quelques instants pour y grimper à son tour, de l'autre côté. Grey le vit inspirer plusieurs fois à fond, comme s'il ne parvenait pas à croire qu'il avait épousé cette furie. Enfin, se passant une main lasse sur le visage, il la rejoignit.

— Ne t'en fais pas, Hugh… murmura Grey en regardant s'éloigner la voiture. Ce mariage ne durera pas longtemps.

Jusqu'à présent, chaque fois que Jane avait surpris Hugh en train d'observer ses seins, il avait toujours détourné le regard. Mais au cours de la dernière heure, enfermé avec elle dans cette voiture, c'était sans vergogne qu'il avait lorgné sur son corps, comme s'il était en droit de le faire. Cela la rendait folle de rage. Ce droit, il y avait quelques années de cela, c'était de tout cœur qu'elle le lui aurait offert.

Le fait que ce regard insistant posé sur elle ne la laissait pas indifférente, aggravait encore sa mauvaise humeur. Tout aurait été plus facile si elle l'avait trouvé moins séduisant qu'autrefois. Jane avait toujours été convaincue qu'il était le plus bel homme qu'elle ait jamais vu, même avant de l'espionner alors qu'il prenait un bain nu dans le lac et de s'émerveiller de la splendeur de son corps. Il lui fallait bien s'avouer que cette rudesse d'adulte qu'elle lui découvrait le rendait plus irrésistible encore.

Elle lui avait promis l'enfer sur terre, mais saurait-elle tenir parole ? Son père, avant de lui faire ses adieux comme s'ils ne devaient jamais se revoir, lui avait conseillé de ne pas renoncer à ce mariage. Il lui était impossible de s'y résoudre. Elle avait été forcée d'accepter cette union, mais Hugh l'avait trahie en ne s'y opposant pas lui-même, et cela alourdissait le passif qui existait entre eux.

À présent, elle se retrouvait mariée à l'homme qui l'avait trahie et effrayée par deux explosions de violence successives. Dans l'entrepôt de Haymarket, Hugh s'était déjà conduit comme une brute, mais l'esclandre qu'il avait fait au parc dépassait l'entendement. Ce qui intriguait Jane plus que tout, c'était la raison qui l'avait poussé à se conduire ainsi.

Était-il devenu, avec le temps, de ces hommes qui frappent d'abord et réfléchissent ensuite ? Ou alors le père de Jane lui avait-il promis sa main des jours, voire des semaines plus tôt ? S'il s'était imaginé que sa fiancée embrassait un autre homme, cela pouvait expliquer son accès de violence. Les sourcils froncés, Jane réalisa en songeant à la conversation qu'elle avait eue avec son père que celui-ci ne lui avait pas demandé pourquoi Hugh s'en était pris à Freddie…

L'explication avancée par Hugh lui-même semblait bien ténue. Certes, il était un ami de la famille, et certes, Freddie n'aurait peut-être pas dû l'embrasser en public, mais rien ne pouvait excuser ce qu'il avait fait.

Jane était en colère et avait soif de revanche. Elle se savait habile dans l'art de titiller et de tourmenter les hommes. Et comme elle le lui avait expliqué, avec l'âge son « répertoire » s'était encore accru, grâce aux cinq saisons londoniennes qu'elle avait derrière elle et aux leçons magistrales données par ses cousines.

Elle devait faire comprendre à Hugh à quoi il avait renoncé dix ans plus tôt. Elle devait lui donner un aperçu de ce qu'il n'aurait pas, désormais, même en ayant consenti à ce stupide mariage. Pour chaque larme qu'elle avait versée, chaque jour passé à se morfondre, pour la souffrance qu'elle avait endurée… il devait payer.

— Oh, Hugh chéri… minauda-t-elle soudain. Comme il fait chaud ! Vous ne trouvez pas ?

Sans attendre de réponse, elle défit les premiers boutons de son corsage et écarta son décolleté tout en s'éventant avec sa main. Puis, après avoir entrouvert la vitre de son côté, elle remonta ses jupes afin de pouvoir s'agenouiller sur la banquette à côté de lui. Les genoux calés contre la cuisse de Hugh, elle posa une main sur sa jambe.

Le bras tendu pour entrouvrir sa fenêtre, elle tourna la tête vers lui, de manière que leurs lèvres soient prêtes à se toucher.

— Cela ne vous dérange pas, n'est-ce pas, chéri ? s'enquit-elle dans un murmure sensuel, en laissant sa main remonter le long de la cuisse dure comme le roc.

Elle vit un muscle tressaillir sur sa mâchoire crispée et sa pomme d'Adam s'agiter sur son cou. Les traits tirés, les sourcils froncés, il paraissait souffrir le martyre.

Fais-le-lui payer !

La voiture fit une embardée en roulant dans un nid-de-poule, et même si les mains de Hugh lui enserrèrent la taille pour la retenir, Jane fit en sorte de retomber à califourchon sur lui.

— *Jane !* gémit-il.

Sur ses hanches, elle sentit ses doigts se crisper. Mais loin de la repousser, comme elle s'y était attendue, ses mains tremblantes semblaient l'attirer contre lui.

— Que se passe-t-il, chéri ?

— Ne me touchez pas, *lass* ! lança-t-il d'un ton pressant. Vous ne… devez pas… me toucher.

— Ce que je peux être maladroite ! feignit-elle de se reprocher. Vous voilà obligé de me retenir pour m'empêcher de glisser… lentement… inexorablement… sur votre…

Jane approcha sa bouche de son oreille et conclut dans un souffle :

— *… braguette !*

Hugh tressaillit violemment. Ses lèvres, irrésistiblement, se portèrent à la rencontre du cou de Jane. Se reculant brusquement, elle se déroba et lui assena une petite tape sur l'épaule avant de retourner, comme si de rien n'était, s'asseoir à sa place.

— Oui, c'est bien mieux ainsi ! se réjouit-elle. Vous ne trouvez pas, chéri ?

14

Hugh frotta longuement ses paumes sur ses cuisses. Son sexe douloureusement dressé pulsait sous la toile de son pantalon. Le souffle court, il s'efforçait en vain de retrouver son calme.

Après l'avoir désirée si longtemps...

Manifestement, Jane ne comprenait pas qu'il ne gardait qu'à peine le contrôle de ses désirs. À l'instant même, elle regardait par la fenêtre, parfaitement indifférente à son sort. Mais, avisant ses lèvres corail retroussées, il sut qu'une fois de plus elle se jouait de lui, comme elle l'avait toujours fait. Et il n'était plus disposé, désormais, à le tolérer.

Il enserra entre ses doigts le bras de Jane.

— Lâchez-moi ! ordonna-t-elle en tournant aussitôt la tête vers lui.

D'une brusque traction, il l'attira plus près.

— Vous feriez bien de comprendre que je ne suis plus le gamin que j'étais... conseilla-t-il d'une voix grondante.

— Et qu'êtes-vous donc ? répliqua-t-elle.

Elle s'était exprimée avec désinvolture et soutenait son regard sans ciller.

— Je suis un homme avec des besoins d'homme, répondit-il.

Il allait lui apprendre, lui donner une bonne leçon afin qu'elle cesse ses petits jeux. Elle avait raison d'affirmer qu'elle était devenue experte en ce domaine. Et il était d'autant plus urgent qu'il y mette le holà.

D'un ton grinçant, il poursuivit :

— Ne croyez pas pouvoir me provoquer de la sorte et vous en tirer sans me soulager d'une quelconque manière.

Jane écarquilla les yeux comme si elle n'en croyait pas ses oreilles, puis Hugh la vit les plisser d'un air mutin.

— D'une quelconque manière ? répéta-t-elle. Éclairez ma lanterne, je vous prie...

Ses doigts fins s'étaient glissés dans l'encolure de Hugh et lui caressaient la poitrine. Seigneur ! Elle avait le chic pour le désarmer.

— Comment préférez-vous, habituellement, être... soulagé ? reprit-elle.

Ainsi donc, elle était décidée à ne pas céder un pouce de terrain... En tant qu'homme plus expérimenté qu'elle, Hugh se sentait de taille à l'emporter haut la main. Il devait exister une limite qu'elle n'était pas prête à franchir. Mais lui, saurait-il faire machine arrière une fois qu'ils l'auraient atteinte ?

— Je vais vous montrer, s'entendit-il répliquer.

Sans le moindre effort, il l'attira contre lui, de manière qu'elle se retrouve, comme précédemment, à cheval sur son giron. Puis, soutenant son dos avec son bras, il la fit basculer en arrière et se pencha sur elle. Jane parut surprise – après tout, c'était la première fois qu'il répondait ainsi à l'une de ses provocations –, mais bien vite son entêtement reprit le dessus. En l'espace d'un battement de cils, de nouveau elle fut toute séduction, détendue contre lui et levant une main pour lui caresser le cou.

Hugh sentit son sexe pulser désespérément sous les fesses de Jane. Sans doute dut-elle le sentir aussi, car elle lâcha un petit cri. Soudain, il lui devint très difficile de réfléchir à ce qu'il faisait. N'avait-il pas eu une intention en l'attirant dans ses bras ?

Embrasse-la... Embrasse-la si fort qu'elle oubliera avoir été embrassée ce matin par un autre homme...

Tant bien que mal, Hugh écarta la tentation. Il ne faisait ceci que pour pousser Jane dans ses retranchements, pour lui faire peur, pour gagner la bataille des volontés.

Mais les lèvres de Jane, entrouvertes, étaient une invitation, et son corps détendu semblait si doux contre le sien... Comment résister ?

Une expérience, rien d'autre. Il s'agissait de vérifier que ses baisers étaient aussi savoureux qu'il l'imaginait. Et s'ils ne l'étaient pas, l'affaire serait entendue : il serait débarrassé de cette obsession.

Hugh se pencha sur elle, les yeux plongés au fond des siens. Il sentit dans son poing serré la dentelle de l'ourlet de sa jupe, qu'il ignorait avoir empoigné. Sans doute voulait-il atteindre ces satanées jarretelles qu'il l'avait vue nouer autour de ses cuisses ce matin-là...

L'encolure de son corsage exposait la naissance des globes crémeux de ses seins. Hugh se pencha pour y poser la bouche, surpris de les découvrir aussi doux sous ses lèvres qu'ils en avaient l'air. Lorsqu'il la sentit frissonner sans retenue contre lui, il l'embrassa à la base du cou.

En inhalant le discret parfum de sa peau, Hugh comprit qu'il ne pourrait faire autrement que d'en tester le goût – juste une fois. Ce fut avec un grondement de reddition qu'il la lécha. Un frisson de plaisir le secoua. Jane émit le plus suave des petits gémissements.

— Est-ce cela que vous attendez de moi ? demanda-t-il d'une voix rauque en se reculant pour étudier son visage.

Elle paraissait aussi éperdue que lui. Les yeux mi-clos, elle contemplait fixement ses lèvres, en se demandant sans doute comment les choses avaient pu dégénérer si vite.

Une main glissée derrière sa nuque, Hugh laissa ses lèvres aller à la rencontre des siennes. Jane marqua un temps d'hésitation, comme tétanisée par ce contact, puis il la sentit s'alanguir contre lui et se livrer au baiser.

Enivré par cette première victoire, Hugh glissa la langue dans sa bouche tendre et chaude. Elle lui rendit bientôt ses audaces, et il dut réprimer un gémissement de plaisir. Jane, elle, ne se priva pas de gémir longuement… ce qui acheva de lui faire perdre pied. Enfin il pouvait goûter à ses baisers, la caresser, et se laisser griser par un monde de sensations nouvelles.

Cela n'avait rien d'un rêve. Et ce n'était pas aussi bien qu'il se l'était imaginé – c'était bien mieux.

Sa main avait lentement remonté le long de sa cuisse. Elle atteignait enfin la jarretelle, s'apprêtait à la…

— Mademoiselle Weyland ! cria une voix à l'extérieur. Jane… êtes-vous dans cette voiture ?

Jane se figea et s'empressa de se reculer.

— Freddie ? s'étrangla-t-elle, les yeux ronds.

Non ! Pas Bidworth… fulmina Hugh, effondré.

— Hugh ! reprit-elle en hâte. Il faut nous arrêter.

Il laissa son regard caresser sa poitrine, sa gorge, ses lèvres. Lorsqu'il parvint au niveau de ses yeux, il secoua négativement la tête, très lentement, puis se pencha pour l'embrasser de plus belle.

Jane frissonna, mais parvint à le repousser.

— Stop ! s'écria-t-elle. Je suis on ne peut plus sérieuse !

À contrecœur, Hugh accepta de la lâcher, mais il dut lutter pour ne pas la renverser sur la banquette en réalisant que, pour la première fois, elle venait de se livrer à lui. Ce n'était qu'un baiser, juste un avant-goût, au bout de toutes ces années, mais cela avait amplement valu la peine d'attendre.

Pourtant, alors que la passion s'estompait et que la raison reprenait le dessus, il n'en revint pas de ce qu'il venait de faire. Il lui fallut s'éclaircir la voix en toussant dans son poing avant de pouvoir s'exprimer.

— Ne refaites plus jamais ça, Jane. Plus jamais, ou je vous jure que je…

— Faites arrêter cette voiture ! l'interrompit-elle.

Pantelante, elle luttait avec les boutons de son corsage pour se rajuster. Voyant qu'il n'avait pas l'intention de s'exécuter, elle ajouta :

— Vous m'emmenez vers une destination si secrète que je dois moi-même l'ignorer, mais si vous ne me laissez pas lui parler, il va nous suivre jusqu'au bout.

— Pas si je l'en empêche, répondit-il tranquillement.

Jane écarquilla les yeux et le dévisagea comme si elle avait peine à le reconnaître.

— Vous êtes devenu fou ? Ces dix années ont-elles eu raison de votre esprit ? Vous allez m'écouter, Hugh MacCarrick ! Vous ne ferez plus de mal à Freddie, sinon je jure devant Dieu que… que je… m'interposerai pour vous arracher les yeux !

— N'avez-vous pas dit à votre père que vous lui avez envoyé un message ?

— Bien sûr, que je l'ai fait.

Assise dans son coin, elle arrangeait sa coiffure. Hugh en profita pour reboutonner sa veste et repositionner discrètement dans son pantalon son sexe dressé.

— Freddie a dû sauter à cheval tout de suite après l'avoir reçu, poursuivit-elle. Et, nous ayant manqués de peu, il a dû se lancer à notre poursuite.

Réprimant un juron, Hugh appela le cocher et lui ordonna d'arrêter la voiture.

— Je veux juste cinq minutes en tête à tête avec lui, annonça Jane en ouvrant sa portière.

— Pas question.

— Je veux lui faire mes adieux ! Il mérite cinq minutes de mon temps. Surtout après le traitement que vous lui avez fait subir aujourd'hui…

En soutenant son regard, elle insista d'une voix pressante :

— Hugh, bon sang ! *S'il vous plaît.*

Elle savait parfaitement qu'il ne pouvait rien lui refuser lorsqu'elle le regardait ainsi et le suppliait. Quand elle l'entendit jurer pour toute réponse, Jane s'empressa de descendre pour qu'il ne puisse aller l'y aider. Par la vitre arrière, Hugh regarda Bidworth mettre pied à terre. Et dès que Jane fut devant lui, ce salaud posa ses sales pattes sur ses épaules et l'attira contre lui.

Incapable d'en supporter davantage – surtout après ce qui venait de se passer –, Hugh détourna le regard. Jane était sa femme, désormais. Ce n'était certes qu'un arrangement provisoire, mais à cette minute elle était *sienne*.

Sa réaction immédiate fut de bondir dehors et d'aller une fois de plus planter son poing dans la figure de Bidworth. La première fois, il avait éprouvé une sombre satisfaction à le faire. Le comte avait à présent l'arête du nez enflée et l'un de ses yeux noircissait d'une manière qui l'enlaidissait considérablement. Hugh parvint tout juste à se raisonner et décida de patienter, prêt à intervenir à la moindre alerte. Il s'attendait à moitié à voir Bidworth jucher Jane sur son cheval et s'enfuir avec elle. À sa place, c'est ce que Hugh aurait fait.

Il allait profiter de cet intermède pour les observer et tenter de déterminer quel genre de relation les unissait. Jane le dévisageait avec adoration. Quoi de plus naturel qu'une femme comme elle puisse désirer un homme tel que lui ? Il était comte, grand, blond. Ensemble, ils formaient le couple le plus aristocratique et le plus anglais qui se puisse concevoir.

Hugh, lui, était un Écossais aux cheveux noirs, à l'expression menaçante et au visage couturé de coupures non cicatrisées. Sans parler de son métier…

Doucement, Jane caressa la joue de Bidworth, et Hugh n'en détesta que davantage le comte. Elle le touchait avec tendresse – exactement comme elle venait de le faire avec lui.

Assister à ce spectacle était un enfer. Les mâchoires serrées, les poings prêts à frapper, Hugh vit Bidworth reboutonner le dernier bouton du corsage de Jane, et il les soupçonna d'avoir été amants.

— Jane, vous ne pourrez pas me faire croire que c'est ce que vous désirez, dit Freddie. N'étions-nous pas d'accord, tous les deux ?

— Ce n'est pas ce que je désire, reconnut-elle. Et, oui, nous étions d'accord.

Jane, qui pouvait *sentir* les yeux de Hugh dans son dos, réprima un frisson. Elle restait sous le coup de ce qui venait de se passer et ne comprenait toujours pas comment la situation avait pu si vite dégénérer. Jusqu'à présent, elle avait toujours pu le titiller et même le toucher sans qu'il se permette quoi que ce soit en retour. Mais, dans cette voiture, elle s'était retrouvée en un rien de temps à califourchon sur lui, affolée de sentir battre contre ses fesses une monumentale érection.

Et puis il y avait ses baisers… brûlants, dévorants. Elle n'aurait jamais imaginé, avant d'y avoir goûté, qu'un baiser puisse ressembler à cela. On aurait dit qu'en l'embrassant, Hugh voulait… la marquer comme sienne.

Debout devant Freddie au bord de la route, elle fit en sorte de se positionner de telle manière que Hugh ne puisse apercevoir son visage empourpré.

— Votre père m'a expliqué que ce MacCarrick vient de rentrer à Londres après une longue absence, poursuivit Freddie. Il m'a dit aussi que vous étiez promis l'un à l'autre depuis longtemps. Est-ce vrai ?

D'une certaine façon – dans la tête de Jane – ça l'était.

— Est-ce que Weyland vous force à ce mariage, très chère ? s'inquiéta-t-il en lui caressant les cheveux. Jane, ma pauvre amie… vous tremblez !

Il parut sur le point de l'embrasser, comme pour la consoler. Immédiatement, Hugh jaillit de la voiture, contre laquelle il s'appuya de l'épaule, bras croisés, clairement menaçant. Freddie lui jeta un coup d'œil nerveux.

— Mon Dieu ! murmura-t-il. Il a encore plus l'air d'un barbare que ce matin… Je n'arrive pas à croire que votre père puisse laisser cet homme vous épouser.

Freddie reporta son attention sur elle.

— À quoi Weyland pensait-il donc ? s'insurgea-t-il. Cela ne peut être toléré ! Nous trouverons un moyen de vous libérer de cet homme.

Du coin de l'œil, Jane étudia Hugh et dut reconnaître qu'il faisait peur. Malheureusement pour elle, c'était quelque chose qui lui avait toujours plu… quand il exerçait cette intimidation sur d'autres qu'elle.

— Je vais vous tirer de cet enfer, promit Freddie. Dès maintenant. Je vous emmène.

D'une voix sans timbre, elle répondit :

— Il est trop tard, je le crains.

Freddie ne manquait pas de relations politiques et de personnes influentes dans son entourage, mais cela n'aurait sans doute pas suffi. De plus, dans la lettre qu'elle lui avait adressée, Jane avait clairement rompu avec lui.

— C'est probablement pour le mieux, reprit-elle dans un soupir. Vous savez que votre mère et votre sœur ne me portent pas dans leur cœur.

Aux yeux de ces deux-là, Jane n'aurait jamais eu de lady Whiting que le titre.

— J'espère que ce n'est pas ce qui motive votre choix ! répliqua-t-il. Que ma mère et ma sœur s'occupent de leurs propres affaires !

Mais, en dépit de cet héroïsme de façade, Freddie n'était pas homme à aimer le conflit. C'était même en partie ce qui avait plu à Jane : contrairement à Hugh, il n'était pas du genre à relever ses manches au moindre prétexte pour se battre.

— Je... Je ne comprends rien à tout ceci ! poursuivit-il sur sa lancée. Et je ne l'accepte pas !

Mais en dépit de ses protestations de bravoure, comprit Jane, le comte de Whiting finirait par accepter la situation, tout simplement parce qu'il n'était pas amoureux d'elle. C'était pour Candace Damferre, leur amie commune et l'amour d'enfance de Freddie, que son cœur battait. Celle-ci avait hélas été forcée d'épouser un homme plus âgé et – de manière incroyable – plus riche encore que lui.

Pourtant, Jane et Freddie s'étaient promis que s'ils se mariaient, ils feraient en sorte que leur union soit un succès, et elle savait qu'il ne rêvait que d'un avenir à ses côtés. C'était ce qui faisait de toute cette situation un inextricable sac d'embrouilles.

— Je devrais vous...

Freddie se tut en voyant Hugh se diriger vers eux, plus menaçant que jamais. Sa voix se fit brusquement plus aiguë et se mit à trembler :

— Qu'est-ce qui lui prend ? Il va encore me frapper...

15

En voyant Hugh approcher, Bidworth pâlit brusquement, ce qui mit en valeur son œil au beurre noir.

— Jane… murmura-t-il. Il doit y avoir un moyen de vous tirer de là, j'en suis certain. Vous n'êtes pas condamnée à rester sa femme.

— Il me semble pourtant que, pour l'instant, elle est plus la mienne que la vôtre ! lança Hugh sèchement.

Le commentaire du comte l'énervait d'autant plus qu'il allait directement au fond du problème, et le regard chargé de mépris que Bidworth lui lançait mettait sa patience à rude épreuve.

Pourquoi tout le monde trouvait-il incroyable que Jane puisse épouser un homme comme lui ? Dans la voiture, elle l'avait embrassé comme si elle était véritablement sa femme et n'avait pas à s'en plaindre…

En un geste clairement possessif, il posa la main sur sa nuque.

D'un coup d'œil, elle lui fit comprendre que cela lui vaudrait des représailles.

— Je vous avais demandé cinq minutes ! protesta-t-elle.

— Rentrez dans la voiture. Maintenant.

Pour l'empêcher d'insister, Hugh se pencha sur son oreille et dit à voix basse :

— Obéissez, ou il aura droit à davantage qu'une petite tape, cette fois...

En hâte, Jane serra les mains de Bidworth entre les siennes et promit :

— Je vous écrirai. Adieu, Freddie.

Hugh attendit qu'elle ait rejoint la voiture, au pied de laquelle elle marqua une pause, puis il ordonna au comte :

— Ne nous suivez pas. N'essayez plus jamais de l'approcher. Oubliez même que vous la connaissez.

— A... av... avez-vous...

Bidworth déglutit péniblement avant d'effectuer une nouvelle tentative.

— Avez-vous la moindre id... idée de qui je suis ?

Le misérable lâche... songea Hugh. Il sentait le contrôle qu'il exerçait sur sa colère lui échapper peu à peu. Il s'était attendu à ce qu'un soupirant éconduit – surtout lorsqu'on le privait d'une femme telle que Jane – se montre un peu plus menaçant. Mais Bidworth n'avait pas en réserve la moindre menace. Apparemment, il n'était même pas décidé à se disputer avec lui.

— *Aye*, répondit-il. Je sais qui vous êtes. Vous êtes l'homme qui laisse une femme comme *elle* lui échapper sans se battre pour la reconquérir.

S'il avait eu comme Bidworth la possibilité de vivre aux côtés de Jane sans risquer de causer sa perte, Hugh se serait battu contre des légions entières pour la garder.

— Vous ne la méritez pas, reprit-il sèchement. Et vous n'auriez sûrement pas été pour elle un mari à la hauteur.

Laissant le comte, blême et figé, méditer ses paroles, Hugh tourna les talons et regagna la voiture. Il se renfrogna en voyant Jane y grimper sans attendre son aide. Quand il l'eut rejointe à l'intérieur et que le véhicule s'ébranla, elle resta collée à la vitre arrière pour faire signe de la main à Bidworth tant qu'elle le put. Ensuite, ses petits poings serrés dans son giron, elle fit mine de s'absorber dans la contemplation du paysage. Hugh n'aurait pas été surpris qu'elle se mette à pleurer.

Lorsqu'elle était plus jeune, Jane pleurait rarement. Au cours des quelques occasions qu'il avait eues de la voir pleurer, Hugh s'était senti désemparé. Et en constatant qu'elle aurait fort bien pu à cet instant éclater en sanglots, il comprit que rien n'avait changé.

— Si vous le vouliez tant que ça, maugréa-t-il, pourquoi ne pas vous être battue davantage pour le garder ? Vous savez fort bien obtenir gain de cause, d'habitude.

— Tout est votre faute ! s'emporta-t-elle. *Tout !* Si père n'avait pas été en mesure de tirer de son chapeau un futur marié complaisant, il m'aurait laissée épouser Freddie.

— Vous me blâmez plus que votre père, qui a arrangé tout ça ? s'étonna-t-il. Davantage que vous-même, qui avez accepté de vous prêter à ce mariage de circonstance ? Peut-être feriez-vous mieux de faire porter le blâme sur Grey…

— Pourquoi père vous a-t-il choisi ? Vous n'étiez même pas à Londres. J'exige de savoir ce qui se passe vraiment ! Est-ce un stratagème que vous avez monté de toutes pièces avec lui pour m'épouser ?

— Comme je vous l'ai déjà dit, je ne suis pas rentré dans l'idée d'épouser qui que ce soit. Et je n'ai rien demandé à votre père.

— Je suis donc supposée croire que Grey pourrait réellement me faire du mal. L'import-export est devenu une activité spectaculairement dangereuse ! Et moi qui ignorais, jusque-là, les risques encourus par mon père…

Hugh préféra ne pas répondre.

— Regardez-moi dans les yeux ! ordonna-t-elle. Et dites-moi que Grey est devenu fou et pourrait s'en prendre à moi.

Tranquillement, il soutint son regard :

— Je peux vous assurer que Grey n'a plus toute sa tête et qu'il a de mauvaises intentions, peut-être à votre égard.

— Il a pourtant toujours été très gentil avec moi, dit-elle, songeuse.

— Voilà qui n'est pas pour m'étonner.

Lorsque Grey était devenu de plus en plus incontrôlable, les sarcasmes et les menaces voilées qu'il avait adressés à Hugh avaient toujours impliqué Jane. Il avait vite compris qu'elle constituait sa seule faiblesse.

— Grey n'a-t-il jamais dit quelque chose qui vous a paru étrange ? insista-t-il. Témoigné un intérêt... déplacé ?

— Non, répondit-elle. Je ne l'ai pas côtoyé beaucoup.

Jane frissonna et ajouta :

— Qu'est-ce qui lui prend, d'un seul coup ?

— Il était devenu de plus en plus instable. Votre père a coupé les ponts avec lui et ordonné une action – parfaitement justifiée – qui a précipité sa ruine.

— Qu'entendez-vous par « une action » ? s'enquit-elle. De quel genre de « ruine » s'agissait-il ? Et vous, êtes-vous impliqué dans tout ça ?

Weyland avait insisté pour que Jane ignore tout du Réseau tant qu'ils n'auraient pas confirmation que Grey avait rendu sa liste publique. Jusque-là, Hugh était supposé éviter ses questions ou y répondre par des mensonges. Comme il ne tenait pas à ce qu'elle apprenne quel rôle il jouait quant à lui, il avait accepté volontiers. Hélas, il se découvrait parfaitement incapable de lui mentir. Il avait besoin d'un peu de temps pour mettre au point une stratégie afin de satisfaire sa curiosité sans se trahir.

— Vous ne cessez de me harceler de questions, bougonna-t-il. Mais je doute que vous seriez aussi empressée pour répondre aux miennes...

— Demandez-moi ce que vous voulez !

— Pourquoi avoir attendu si longtemps pour vous marier ?

Elle avait eu plus d'une opportunité de le faire. Les offres s'étaient multipliées alors qu'elle n'était encore qu'une jeune fille, avant même son bal de débutante.

— Je n'ai pas trouvé l'homme adéquat, répliqua-t-elle.

— Et selon vous, Bidworth était l'homme adéquat ?

— Il avait tout ce que je recherche chez un homme.

— Par exemple ?

— Il se montrait gentil, aimable avec moi, plein de considération.

Voyant qu'il soupirait d'un air ennuyé, elle s'entêta :

— Et il est blond, doté d'un physique à affoler les femmes, sans oublier qu'il est titré, populaire et riche.

Si c'était réellement là tout ce qu'elle attendait d'un époux, Hugh n'aurait jamais eu la moindre chance de correspondre à ce profil, avec ou sans malédiction.

— Bidworth est un lâche, dit-il.

Après avoir rencontré l'homme, même brièvement, Hugh n'avait pu qu'approuver Weyland de ne pas avoir laissé Jane épouser le comte. Jamais celui-ci n'aurait été de taille à la protéger.

Son commentaire la fit réagir vivement.

— Ce n'est pas parce que Freddie ne répond pas à vos provocations qu'il n'est pas brave ! Il est pair du royaume et c'est un gentleman anglais parfaitement éduqué. Il ne va pas *s'abaisser* à chercher la bagarre au bord d'une route…

Dans ce cas, Hugh trouvait un certain avantage à être une brute de Highlander dépourvue de titre.

Jane, elle, n'en finissait plus de chanter les louanges de son comte.

— Freddie est un homme délicieux, sans aucun défaut. Quand je pense que vous l'avez agressé ce matin comme un vulgaire voyou dans un pub ! Franchement, Hugh…

— Il n'aurait pas dû vous embrasser en public, et…

— C'est *moi* qui l'ai embrassé ! l'interrompit-elle.

Allez-y, Jane… songea-t-il tristement. Retournez un peu plus le couteau dans la plaie.

— Et pouvez-vous me dire ce qui vous a pris, à l'instant ? poursuivit-elle d'un ton vindicatif. Cet homme, qui me courtise depuis des années, s'est levé ce matin persuadé que j'allais devenir sa femme. Et vous, qui débarquez à peine, vous lui jetez ce mariage à la figure comme s'il avait quelque valeur à vos yeux...

— Je n'ai pas fait pire que vous, qui vous êtes jetée dans ses bras au bord de la route ! maugréa Hugh.

Jane poussa un cri de surprise et d'indignation.

— Je ne me suis pas « jetée dans ses bras ». Je lui ai fait mes adieux, ce qui est parfaitement normal, étant donné que nous nous connaissons, Freddie et moi, depuis *des années*.

— *Aye.* Mais durant toutes ces années, vous ne vous êtes pas retrouvée, pantelante, à califourchon sur sa braguette, à lui rendre baiser pour baiser...

Elle ouvrit la bouche sans rien dire. Sans doute ne pouvait-elle prétendre le contraire.

— Jane... reprit Hugh en faisant un effort de patience. Même si notre mariage n'est qu'une farce, il nous lie tous les deux tant qu'il n'a pas été annulé. Ne vous avisez plus de toucher un autre homme devant moi. À moins que vous ne vouliez le voir mort.

Jane roula des yeux effarés.

— Eh bien, eh bien... répliqua-t-elle. Vous me paraissez bien jaloux, or nous savons tous deux que c'est impossible.

Elle avait parfaitement raison. Au cours de cette seule journée, Hugh s'était senti davantage tenaillé par la jalousie qu'au cours de toute son existence. Si leur mariage avait reposé sur des fondements solides, peut-être n'aurait-ce pas été le cas – du moins, pas à ce point. Mais il ne pouvait y avoir aucune confiance entre eux. Leur union était une mascarade qui les laissait insatisfaits l'un comme l'autre.

Cet arrangement était à devenir fou. Comment avait-il accepté de s'y prêter, alors que son intuition lui dictait le contraire ? Il avait été parfaitement conscient de se laisser manœuvrer par Weyland. Pourquoi s'était-il laissé faire ?

Hugh n'avait jamais été du genre à perdre son sang-froid ou à réagir impulsivement. Qu'est-ce qui, chez Jane, éveillait ses instincts les plus primitifs et le rendait si possessif ? Confronté à Bidworth, c'est tout juste s'il ne lui avait pas montré les dents, et il avait bien failli le frapper de nouveau – juste pour le plaisir.

— Une dernière chose, *lass*... ajouta-t-il. Cessez de me provoquer. Vous jouez avec le feu.

— Si vous ne supportez pas mes provocations, vous n'auriez pas dû vous prêter à ce simulacre. Ce n'est pas comme si vous n'en aviez pas l'expérience, ou comme si je ne vous avais pas prévenu...

— Nous avons tous deux consenti à ce que ce mariage soit annulé une fois que le danger sera passé, répliqua-t-il d'une voix grondante. Je ne tiens pas à me laisser piéger dans une union dont je n'ai pas voulu parce que vous ne pouvez vous empêcher de vous amuser avec moi.

Le visage de Jane se figea.

— Ne perdez pas une seconde à redouter de vous retrouver « piégé » ! rétorqua-t-elle d'une voix glaciale. Il ne peut strictement *rien* se passer entre nous qui puisse nous obliger à rester mariés.

Sur ce, elle ouvrit le petit sac de voyage posé à ses pieds et en tira un livre, qu'elle se mit à lire avec ostentation. Hugh regretta de ne pouvoir lui rendre la monnaie de sa pièce en l'ignorant ostensiblement.

Durant toute la matinée, il avait eu l'impression de vivre un mauvais rêve. À chaque minute qui s'était écoulée, il avait cru que Jane allait finir par se raviser. Quand elle avait fait ses bagages, Hugh s'était mis à tourner comme un lion en cage. Désespérément, il avait cherché une porte de sortie honorable, sans la trouver. Et avant qu'il ait pu se rendre compte de ce qui lui arrivait, on lui avait tendu un contrat de mariage en bonne et due forme à signer.

Hugh avait entendu Rolley murmurer à Quin :

— Je n'aurais jamais imaginé voir un jour la main du tranquille Hugh MacCarrick trembler ainsi...

Comment aurait-il pu en être autrement, alors qu'il avait désormais la sensation d'avancer au-dessus d'un gouffre ? Seul le destin déciderait de ce qui allait se produire – à moins qu'il ne choisisse de le punir…

Mais le pire était encore qu'il risquait de perdre dans l'aventure la seule femme qu'il eût jamais aimée.

Au terme d'une heure de parfait silence dans l'habitacle, Hugh se pencha et retira des mains de Jane le livre qu'elle faisait semblant de lire. Avant qu'elle ait eu le temps de protester, il plaça devant ses yeux un écrin qu'il avait déposé sur la paume de sa grande main.

— Qu'est-ce donc ? s'étonna-t-elle, même si elle avait reconnu le « R » gravé dans le cristal.

— Ouvrez-le, vous verrez.

Après un instant d'hésitation, Jane s'exécuta d'un air nonchalant. Pourtant, son cœur s'emballa quand elle découvrit ce que l'écrin contenait : la plus belle pièce de joaillerie qu'elle ait jamais vue. Saisie par un léger vertige, elle admira l'alliance un long moment, puis elle redressa la tête et regarda Hugh au fond des yeux.

— C'est magnifique… et inutile, protesta-t-elle.

— Vous voulez dire que vous ne la porterez pas, *lass* ? demanda-t-il, incrédule.

Il n'avait manifestement pas envisagé qu'elle puisse refuser ce présent. Finalement, elle se décida à poser l'écrin entre eux sur la banquette et argumenta posément :

— Hugh… vous n'aviez pas à faire ça. Je connais bien des femmes qui n'ont pas reçu de bijou de mariage.

— Vous n'en ferez pas partie.

— Je connais aussi des femmes qui n'apprécieraient pas de recevoir de bijou… temporaire.

— Que voulez-vous dire ?

— Nous savons tous les deux que ce mariage prendra fin dès que possible, expliqua-t-elle. Offrir un bijou, dans ce cas de figure, semble un peu… cruel.

Hugh secoua la tête avec vigueur.

— Vous le garderez, assura-t-il. Après.

Lorsqu'il l'aurait quittée.

— Vous aviez donc ce bijou sur vous ? s'étonna-t-elle. Il est vrai qu'un mariage impromptu est si vite arrivé…

Il répondit encore par la négative d'un signe de tête.

— Je l'ai acheté ce matin. Quand vous faisiez vos bagages.

— Mmm…

Jane tapota un instant sa joue de l'index et reprit :

— Tout devient clair, à présent. Vous êtes allé acheter ce bijou lorsque vous avez réalisé que vous n'auriez pas dû frapper Freddie et me bousculer comme vous l'avez fait. Pour vous faire pardonner, vous êtes allé m'acheter un très onéreux rameau d'olivier en gage de paix…

— Vous avez été privée d'un mariage prestigieux et de tout ce qu'il implique, rectifia-t-il. Cela, au moins, j'étais en mesure de le contrôler. Je voulais offrir à mon… amie le cadeau qui lui convient.

— Sommes-nous vraiment amis, Hugh ?

Jane s'était exprimée d'un ton empreint de tristesse qui la surprit elle-même.

Hugh se raidit.

— Pour ma part, je n'en ai jamais douté.

Jane se mordit la lèvre et jeta un coup d'œil à l'anneau dans son écrin. Ses mains la démangeaient de s'en saisir et de l'essayer. Son père lui avait affirmé que Hugh était désormais à l'aise financièrement, mais Ridergate était hors de prix et cette alliance – un diamant flanqué d'émeraudes – devait valoir une petite fortune.

Avec un soupir de résignation, Jane décida qu'elle ne pouvait accepter. Hugh ne devait pas dépenser son argent pour elle, même si elle avait du mal à résister à la beauté de ce bijou…

À sa grande surprise, elle le vit s'emparer brusquement de l'écrin, comme pour le lui reprendre. Mais en fait, il ne fit qu'y saisir l'alliance et capturer sa main.

— Vous allez la porter ! s'exclama-t-il.

Était-ce une impression, ou était-il… nerveux ? Jane devinait toujours quand il ne se sentait pas à l'aise ou qu'il était déconfit, parce que ses épaules s'affaissaient. Comme en cet instant.

— C'est ce que vous vouliez, non ? ajouta-t-il.

— Pourquoi dites-vous ça ?

Se pouvait-il qu'il se souvienne de la description qu'elle lui avait faite autrefois de l'alliance de ses rêves ? Jane se mordilla la lèvre en attendant sa réponse.

— Vous ne vous rappelez pas ? murmura-t-il. C'est vous qui me l'avez décrite, *lass*…

Il s'en souvenait ! Si cet homme était capable de garder en mémoire d'aussi infimes détails de leur relation bien des années plus tard, alors peut-être étaient-ils restés amis, comme elle avait renoncé à l'espérer.

Lorsque Hugh passa doucement l'alliance à son annulaire, Jane frissonna, sans trop savoir pourquoi. Lui paraissait soulagé qu'elle ait fini par accepter. Et à présent qu'elle le sentait se détendre, elle redevenait sensible à sa présence et se détendait elle aussi, quand bien même elle s'efforçait de garder ses distances.

Bon sang, non ! D'aussi loin qu'elle se souvenait, ils avaient toujours été ainsi : capables de trouver la paix l'un près de l'autre, dans une agréable camaraderie. Cela revenait peu à peu, comme s'il leur fallait retrouver de vieilles marques, mais au final, l'amitié demeurait.

Bon sang, non, non, non !

Une femme pouvait-elle soupirer après un homme qui ne lui avait apporté que souffrance, et oublier tout pour ne se préoccuper que de l'excitation d'être à nouveau près de lui ?

Après y avoir réfléchi quelques instants, Jane conclut que c'était de l'ordre du possible. Mais, après tout, peut-être était-elle reconnaissante de cette trêve qui semblait s'être instaurée entre eux. Ou, plus probablement, sans doute adorait-elle tout simplement cette bague et le reste passait-il au second plan.

En songeant à l'étrange matinée qu'elle venait de vivre, Jane soupira. Une quasi-acceptation de demande en mariage et un baiser avant neuf heures ; un mariage, un autre baiser et une alliance de rêve avant midi. Elle aurait juste aimé pouvoir dire que le tout s'était déroulé en compagnie du même homme.

16

— Votre attention, Hugh ! lança Jane en lui tendant la main pour qu'il l'aide à descendre de voiture. Je vais accepter que vous posiez vos mains sur mes hanches, mais ce n'est pas pour vous taquiner ni jouer avec le feu en aucune manière...

Depuis qu'elle avait insisté pour qu'ils fassent halte dans cette auberge, il arborait une mine fâchée, qui s'aggrava encore du fait de sa plaisanterie. Sa grogne n'aurait pu davantage contraster avec l'humeur joyeuse qui était celle de Jane depuis qu'il lui avait offert le bijou.

Lorsqu'il l'eut déposée sur le sol, elle demanda :

— Hugh... en quoi cet endroit vous déplaît-il autant ? Il me semble, à moi, parfaitement indiqué.

— Il l'est, admit-il sans lui lâcher les hanches. Mais pour accéder à l'étage, il faut passer par la salle commune.

— Vous êtes déjà venu ?

Il lui répondit par un bref hochement de tête.

Une fois de plus, son regard se posa sur le décolleté de Jane, qui ne put y rester insensible. Toute la journée, elle n'avait cessé d'alterner entre tension et détente sous la caresse de ses yeux insistants. Après ce baiser – dont elle était parvenue à se convaincre qu'il n'était qu'une entorse à la règle, une dévastatrice anomalie –, elle avait senti ses seins se faire lourds et sensibles sous son corset.

Jane n'avait pas manqué d'étudier Hugh, elle aussi, quoique de manière beaucoup plus discrète. Elle en avait conclu que les coupures, sur son visage, de même que les cicatrices qui marquaient le dos de ses mains et son cou, ne cadraient pas avec la profession qu'il prétendait exercer. Le coup de poing qu'il avait assené à Freddie ne pouvait être non plus celui d'un agent en import-export. Sans effort, il avait projeté le comte, qui n'était pourtant pas un poids plume, à plusieurs pas de lui.

Jane était allée assister à des matchs de boxe. Elle avait été impressionnée par la force et la stature des pugilistes aux poings redoutables. Pourtant, face à Hugh, elle ne leur aurait pas laissé l'ombre d'une chance. Cela ne collait pas, et la façon dont le corps de Hugh avait été sculpté, comme par un dur labeur physique, ne pouvait s'expliquer non plus. Elle avait fini par se convaincre qu'il n'était pas l'homme d'affaires qu'il prétendait être, mais ce qu'il était en réalité lui échappait encore.

— Vous ne pourriez pas vous couvrir un peu plus ? grogna-t-il en la lâchant enfin. Les clients de cette auberge ne sont pas des enfants de chœur...

— Tout est dans mes malles, répondit-elle.

— Même pas un foulard pour vos cheveux ?

D'un air désapprobateur, il regardait les mèches qui tombaient librement autour du visage de Jane. Elle ne supportait pas les bonnets, et le port du chapeau n'était pas très pratique en voyage.

— Hugh... dit-elle doucement. J'ai sagement enduré le train d'enfer auquel vous nous avez fait voyager. Mais si vous continuez à me retenir dehors alors que la nuit est humide et froide, que je meurs de faim et tombe de fatigue, je pourrais commencer à me plaindre amèrement.

Hugh laissa fuser un soupir, lui prit la main et l'entraîna à l'intérieur. La salle commune dans laquelle ils pénétrèrent était effectivement... commune. Des clients tapageurs s'y abreuvaient de gin en pelotant au passage les serveuses. Impressionnée, Jane vit l'une d'elles échapper à son sort en se contorsionnant avec souplesse.

Naturellement, elle avait déjà fréquenté en compagnie de ses cousines des endroits autrement plus malfamés. Si le Tout-Londres se faisait un point d'honneur de rechercher les frissons les plus insolites, les Huit en avaient fait une forme d'art. Après s'être déguisées en hommes et s'être dessiné de fausses moustaches – sans doute davantage pour le fou rire qui en avait résulté que par souci d'efficacité –, les cousines avaient visité de sordides musées de cire, hanté les tripots de l'East End, assisté à des représentations érotiques.

Aux yeux de Jane, le spectacle offert par cette auberge était donc des plus quelconques.

Lorsque Hugh se retrouva bloqué par un groupe trop éméché pour lui laisser prudemment le passage, un ivrogne approcha Jane d'un peu trop près, donnant l'impression de vouloir poser la tête sur ses seins. Il ne fallut pas davantage qu'une pression de ses doigts pour que Hugh se retourne, la fasse vivement passer derrière lui et se place en position de défense, le poing brandi, prêt à frapper.

Un importateur d'antiquités étrangères ? songea-t-elle.

— Hugh... murmura-t-elle en lui touchant doucement le bras. Du calme, ce n'est qu'un poivrot...

À contrecœur, Hugh baissa son poing. L'importun s'empressa de battre en retraite en marmonnant de vagues excuses.

Tout en la gardant derrière lui d'une poigne de fer, Hugh laissa son regard errer à travers la salle. Il apparut alors à Jane qu'elle se trouvait en compagnie de l'homme le plus redoutable qu'il était possible de trouver en cet endroit. Les clients de l'auberge semblaient en être parfaitement conscients eux aussi, qui le surveillaient d'un œil craintif et évitaient de la regarder.

Enfin, Hugh se détendit et se tourna pour lui offrir son bras, auquel Jane s'accrocha fièrement. Tandis que la pièce retrouvait son agitation coutumière, il la conduisit dans un petit salon à l'écart de la salle commune. Sous ses doigts, Jane sentait qu'il y avait encore chez lui une certaine tension.

Pour détendre l'atmosphère, elle lança :

— Eh bien, eh bien... le monde périlleux de l'import-export vous a sacrément endurci, dites-moi...

L'entrée d'une accorte blonde empêcha Hugh de lui répondre.

— MacCarrick ! s'exclama-t-elle joyeusement. J'ai eu du mal à y croire quand on m'a dit que tu étais revenu dans mon modeste établissement.

C'était tout juste si elle ne ronronnait pas en le dévorant des yeux... Grande et bien faite de sa personne, la nouvelle venue s'exprimait avec un accent français. Son corsage au décolleté osé mettait à ce point en valeur sa généreuse poitrine que Jane elle-même aurait hésité à le porter.

Elle comprenait à présent pourquoi Hugh s'était montré réticent à l'idée de s'arrêter pour la nuit dans cet établissement. Il aurait fallu être naïve pour ne pas comprendre que le Highlander et la gironde Française avaient été amants.

Récupérant la main que l'aubergiste avait d'autorité enfouie entre les siennes, Hugh fit les présentations.

— Jane, je vous présente Lysette Nadine. Lysette, voici ma... femme, Jane... MacCarrick.

Combien de fois Jane s'était-elle amusée à écrire ce nom ou à le murmurer pour elle seule ? C'était à peine si son nouvel époux pouvait se résoudre à le prononcer...

— Ta... femme ? répéta Lysette.

Elle paraissait surprise, mais elle se reprit vite et ajouta :

— C'est tout récent, alors... Tu n'étais même pas fiancé la dernière fois que je t'ai vu, il y a six mois.

Hugh haussa nonchalamment les épaules.

— J'avais pourtant cru comprendre que tu avais fait vœu de ne jamais te marier, insista l'aubergiste.

— Les circonstances évoluent... répondit-il vaguement.

Hugh avait fait vœu de ne jamais se marier ? Jane eut l'intuition qu'il y avait plus à comprendre, dans ce qui était en train de se dire, que ce qu'elle était capable de saisir.

Cette Lysette avait de grands yeux bleus ingénus, mais elle était également alerte et vive, enregistrant les moindres détails, ne manquant rien. Lorsqu'elle la toisa sévèrement de la tête aux pieds, Jane lui adressa le sourire indulgent qu'elle aurait pu réserver à une enfant impolie. Elle avait suffisamment confiance en elle pour ne pas douter que Hugh était davantage attiré par elle que par la voluptueuse Française, même s'ils avaient été amants. Néanmoins, la possessivité mal placée de cette femme ne pouvait rester sans réponse.

Jane alla rejoindre Hugh et frotta sa joue contre son bras. Aussitôt, elle le sentit se raidir.

Un sourcil arqué sur un regard de défi, Lysette s'enquit :

— Combien souhaites-tu de chambres, Hugh ?

— Une seule, répondit Jane à sa place.

Un défi ? Elle se sentait prête à le relever. Sa main remonta lentement le long du dos de son mari, devinant sous sa veste la présence d'un pistolet dans son holster dont elle ignorait tout. Ses doigts s'arrêtèrent au-dessus de son col et, du bout des ongles, elle lui effleura la nuque.

— Nous aimerions aussi un bain, ajouta-t-elle. Et que notre repas soit servi dans notre chambre.

Lysette consulta Hugh du regard, comme dans l'attente d'un contrordre. Jane posa son autre main – ornée de sa bague de mariée – sur la poitrine de Hugh et minauda :

— Ai-je outrepassé mes droits, cher mari ?

Hugh lui jeta un regard noir, mais dit à Lysette :

— Une seule chambre.

Avec un sourire figé, la Française annonça :

— Je vous y conduis. Si vous voulez bien me suivre…

La chambre se révéla étonnamment spacieuse. Aussitôt entrée, Jane se laissa tomber sur le lit et palpa le matelas.

— Voilà qui nous conviendra tout à fait.

Puis, avec un sourire lascif à l'intention de Hugh, elle ajouta d'une voix mutine :

— Et je parie que nous pourrons y dormir *aussi*…

Tous deux la foudroyaient du regard. Celui de Hugh constituait une mise en garde. Celui de Lysette promettait une revanche.

Enfin, l'aubergiste s'éclipsa, lançant négligemment par-dessus son épaule :

— Si vous avez besoin de quoi que ce soit…

Dès que la porte se fut refermée, Hugh attaqua :

— Vous recommencez, avec vos petits jeux ?

Jane feignit l'innocence.

— Ne devons-nous pas jouer les jeunes mariés ?

Puis, se laissant retomber sur le dos, elle leva les bras afin d'admirer une nouvelle fois l'alliance. Elle avait décidé qu'elle la garderait, même si celui qui la lui avait offerte finissait par disparaître de sa vie.

— C'est de cette façon que je me conduirai avec mon véritable mari, expliqua-t-elle. Quand celui-ci voudra bien se manifester. Je serai toujours disposée à flirter avec lui et à le toucher. Et je ne me laisserai pas faire quand une autre femme posera la patte sur lui.

— Vous vous montreriez possessive avec votre mari ?

— Assez, oui, répondit-elle en se redressant sur les coudes. Surtout quand il paraît évident que vous...

pardon, qu'« il » a eu une quelconque relation avec une aubergiste décidée à me considérer comme une intruse dans votre – je veux dire, « leur » petit duo.

Un sourcil arqué, elle conclut :

— Daignerez-vous m'éclairer sur votre aventure avec la Française ?

— Non.

— Hugh... reprit-elle d'un ton patient. Bientôt – très vite, sans doute – vous brûlerez d'apprendre quelque chose me concernant. Si vous continuez à faire le cachottier, je me montrerai aussi peu pressée de répondre à vos questions que vous l'êtes de répondre aux miennes.

Une servante mit un terme à leur échange en cognant à la porte pour installer une baignoire en cuivre derrière un paravent. Tout bas, Hugh demanda à Jane :

— Avez-vous besoin d'aide pour vous déshabiller avant qu'elle s'en aille ?

En réponse au regard interrogateur de Jane, il précisa :

— Votre camériste vous manque peut-être...

— Parce que vous ne l'avez pas laissée nous suivre ? Oh, peu importe. Les services qu'elle me rendait, vous pouvez vous en charger. Je suis sûre que déshabiller les femmes, ça vous connaît...

Derrière le paravent, la servante manifesta son embarras en toussotant. Hugh leva les yeux au plafond, comme pour implorer le Ciel de lui accorder un peu de patience.

Jane l'ignora, préférant observer la servante. Sur l'écran léger du paravent, sa silhouette éclairée à contre-jour par la cheminée se distinguait en ombre chinoise. Aux jointures des différents panneaux qui le constituaient, il était même possible de l'entrapercevoir nettement. Si Hugh restait dans la pièce pendant qu'elle prenait son bain, il ne manquerait pas grand-chose du spectacle. Haussant les épaules, la jeune femme décida qu'elle n'allait pas commencer à se montrer prude, alors qu'ils allaient partager les conditions de promiscuité d'un voyage durant un temps indéterminé.

Dès que la servante ayant fini d'apporter les seaux d'eau chaude se fut retirée, Jane se faufila derrière le paravent. Se déshabilla-t-elle un peu plus lentement que d'habitude ? Il lui sembla entendre un grognement lorsque ses jupons tombèrent, et un autre un peu plus audible quand elle fit glisser la chemise le long de son ventre, puis de ses seins, et enfin par-dessus sa tête.

Pour détendre ses muscles et son dos perclus de fatigue, elle s'étira longuement. Derrière le paravent, elle entendait Hugh faire les cent pas tel un tigre en cage. Et lorsque enfin elle se glissa dans la baignoire, Jane soupira de plaisir – sans avoir besoin de feindre : elle adorait prendre des bains. De l'eau jusqu'au menton, elle médita les événements de cette journée folle entre toutes.

En songeant au désappointement qu'elle avait perçu dans le regard de Freddie, elle eut un coup au cœur. Elle se sentait assaillie par la culpabilité à cause de la tournure prise par les événements. Pour ajouter à son malaise, quelques instants avant que Bidworth ne les rejoigne, elle avait failli oublier pour quelle raison elle avait titillé MacCarrick et avait été sur le point de lui céder.

Même impulsive et impétueuse comme elle l'était, ce constat lui donnait d'autant plus le vertige que le voyage commençait à peine. Elle s'était embarquée en compagnie de Hugh pour une grande aventure au terme indéterminé. Peut-être l'emmenait-il à Carrickliffe, tout au nord de l'Écosse. Quand il lui avait décrit son pays, bien des années plus tôt, elle avait éprouvé le désir de le visiter et de voir de ses yeux la contrée où grandissaient des hommes tels que lui.

Jane s'était déjà rendue en Écosse, mais jamais plus haut qu'Édimbourg. Hugh s'apprêtait-il à tenir la promesse qu'il lui avait faite autrefois, en l'emmenant dans ces sauvages Highlands dont il lui avait chanté les beautés ?

Elle ne se sentait pas au mieux de sa forme – comment aurait-elle pu l'être après la journée qu'elle venait de vivre ? – mais elle s'inquiétait surtout de la fascination grandissante qu'exerçait sur elle son nouvel époux. L'avoir vu bondir pour la défendre, farouche et menaçant, dans la salle commune de l'auberge, et avoir senti le pistolet qu'il cachait sous ses vêtements, donnait à Jane l'envie d'en apprendre davantage à son sujet.

Tandis qu'il continuait à aller et venir derrière le paravent, elle sortit une jambe de l'eau et commença à appliquer une huile de bain sur toute sa longueur. Elle l'entendit s'arrêter. Autrefois, jamais elle n'aurait redouté qu'il puisse être le genre d'homme à arracher ce paravent pour la violer. Désormais… elle n'était plus sûre de rien.

Qui donc était Hugh MacCarrick, exactement ? S'il ne travaillait pas dans l'importation d'antiquités, pourquoi mentir à ce sujet ? Pour couvrir quelque activité illégale exercée en compagnie de son frère Courtland, peut-être ? Il était de notoriété publique que le cadet des MacCarrick était un mercenaire. Hugh en était-il un, lui aussi ?

Jane soupira longuement. Le problème, avec la curiosité, était qu'elle menait à la fascination. De la fascination, on passait vite aux sentiments, puis à l'amour… avant de sombrer dans le malheur. Elle avait déjà connu ce cycle-là, et pour rien au monde elle n'aurait voulu renouveler l'expérience.

Hugh avait raison en affirmant qu'il avait changé. Le tranquille jeune homme à l'humeur égale dont elle était tombée amoureuse n'existait plus, et elle ne savait que penser de l'homme intense et impitoyable qu'il était devenu.

Il l'avait prévenue que le provoquer comme elle le faisait revenait à jouer avec le feu. Le petit numéro qu'elle lui avait réservé dans la voiture lui avait certes valu un sérieux avertissement…

Plus perplexe que jamais, Jane se laissa glisser un peu plus dans l'eau. Depuis quand hésitait-elle à jouer avec le feu ?

17

Hugh préférait ne pas se demander ce qu'il avait fait pour mériter ça. La réponse aurait été trop fastidieuse.

Encore et encore, Jane passait ses mains sur ses jambes interminables. Il la soupçonnait de savoir qu'il ne ratait rien du spectacle, mais, sensuelle comme elle l'était, il la savait capable de procéder de la même façon quand elle était seule.

Quelle autre partie de son corps caressait-elle ainsi ? Imaginer ses doigts s'attardant sur son sexe…

Hugh grinça des dents et réprima un gémissement. Son sexe se raidit encore plus. Il aurait parié sa fortune que Jane se caressait ainsi chaque fois que le besoin s'en faisait sentir. Pensait-elle alors à lui ? Hugh ne manquait jamais quant à lui de l'évoquer mentalement. Après leurs retrouvailles de la nuit précédente, même dans l'état d'épuisement qui était le sien, il lui avait fallu se soulager avec sa main pour parvenir à trouver le sommeil.

Elle avait toujours été très libre quant aux choses du sexe, et il la savait pleine de passion – une passion qui ne pouvait que chercher un exutoire.

Le souvenir de Bidworth reboutonnant le corsage de la jeune femme lui revint en mémoire et, avec lui, une lancinante question : avaient-ils été amants ? Et si oui, le comte était-il parvenu à la combler ? Rien que pour cela, l'envie de le tuer le tenaillait...

Combien de temps encore devrait-il endurer cette situation impossible ? Fais vite, Ethan, ou je vais devenir fou ! songea-t-il. Dans un effort désespéré pour penser à autre chose, Hugh alla se camper devant la fenêtre.

C'est contraint et forcé qu'il avait dû se résoudre à faire halte pour la nuit dans cette auberge. Trop de personnes ici le connaissaient, et l'une d'elles – Lysette, ex-maîtresse de Grey – savait exactement à quoi s'en tenir à son sujet. Comme il leur aurait été impossible d'atteindre à temps l'auberge suivante, devant l'insistance de Jane, il avait décidé qu'après tout il pouvait être utile de chercher à savoir ce que Lysette savait à propos de son ex-amant.

Cette dernière avait toujours eu un faible pour Hugh, surtout lorsque Grey l'avait quittée.

Pourtant, l'incident de la salle commune avait prouvé que la décision de passer la nuit dans cet établissement n'était pas des plus avisées. Elle l'avait vu lutter contre le besoin d'écrabouiller à coups de poing la face du poivrot, et il avait lu dans son regard que si elle n'avait peut-être pas tout à fait compris ce qu'il était, elle savait désormais qu'il n'était pas ce qu'il prétendait être.

Il l'entendit se lever dans son bain et ne put s'empêcher de se retourner. Il réprima un juron en apercevant entre deux panneaux le dos nu de Jane, de sa nuque à la naissance de ses jambes.

Il dut fermer brièvement les yeux, en se maudissant de la curiosité maladive qui le poussait à imaginer sa main sur le galbe généreux de ses fesses, ses lèvres sur la ligne émouvante de son échine.

De nouveau, il était surpris de constater à quel point la féminité de Jane s'était affirmée. Ses membres restaient menus, ses attaches fines, sa taille mince, mais l'ampleur de sa poitrine et de ses fesses semblait le narguer.

La jeter sur le lit… couvrir son corps humide et glissant sous le sien… la prendre furieusement et…

La servante, en s'annonçant à leur porte, les sauva sans doute du désastre. Elle entra et déposa leur dîner sur une table. Étant donné qu'une bosse par trop repérable barrait son entrejambe, Hugh préféra rester campé devant la fenêtre. Une fois que la jeune fille fut partie, il alla s'asseoir afin que Jane ne remarque rien. Les mets qu'on venait de leur servir n'avaient rien de sophistiqué, mais le vin semblait être de bon aloi.

Quelques minutes plus tard, Jane émergea de derrière le paravent, habillée d'une chemise de nuit bleu foncé et d'un châle. Elle portait celui-ci de manière qu'il ne puisse ignorer la naissance de ses seins crémeux. Lorsqu'il en détacha enfin les yeux, Hugh nota que ses cheveux brillants restaient libres et que quelques mèches encore humides encadraient son visage. Le bain avait rosi sa peau sans défaut et ses yeux brillaient.

La pureté des lignes de son visage et de son corps faisait d'elle une beauté élégante. L'espace d'un instant, Hugh voulut croire qu'il avait *vraiment* la chance de l'avoir pour épouse. Il aurait voulu pouvoir prétendre qu'elle était disponible pour lui, fraîche au sortir du bain, et qu'il lui serait possible de dîner avec elle chaque soir avant de la rejoindre au lit.

Il se retrouvait en compagnie d'une femme tellement adorable que tout homme en sa présence ne pouvait que surveiller ses gestes, ses paroles, son apparence. Elle aurait mis sur des charbons ardents n'importe quel gentleman, mais pourtant elle restait Jane.

— Ma nuit de noces… susurra-t-elle en prenant place à table. Chéri… c'est *en tout point* comme je l'avais rêvée…

Hugh sentit la colère monter en lui. Tout ce qu'il faisait, c'était pour elle. Si elle voulait bien à présent le laisser faire son travail sans le harceler…

— C'est également *ma* nuit de noces, bougonna-t-il. Et je suis tout aussi désappointé.

— À cause des circonstances… ou de la mariée ?

Sans le quitter des yeux, elle but un peu du vin qu'il lui avait servi, puis passa un bout de langue rose sur ses lèvres.

Hugh s'agita nerveusement sur son siège.

— Tout homme serait fier de vous avoir pour épouse.

— Dans ce cas, ce désappointement a-t-il à voir avec le fait que vous n'aviez pas prévu de vous marier ?

— En partie.

— En partie seulement ? Que peut-il y avoir d'autre ?

Jane écarquilla les yeux et s'exclama :

— Vous avez une maîtresse, n'est-ce pas ? Que vous ne voulez pas oublier. C'est cela ? Il y a une autre femme dans votre cœur…

— Je suis… entre deux, répondit-il de manière évasive.

Il n'avait jamais réussi à s'attacher à aucune femme. Il ne se souvenait même pas d'avoir couché avec l'une d'elles deux fois de suite. Si le monde lui devenait insupportable, il pouvait boire plus que de raison et s'amuser en galante compagnie pour essayer d'oublier, mais cela ne faisait qu'aggraver son ressentiment.

— C'est juste que… reprit-il tout bas. Je n'ai jamais eu l'intention de me marier.

— *Jamais ?* insista-t-elle d'une voix étrange.

— Cela n'a jamais fait partie de mes plans.

Jane vida son verre et résuma :

— Voilà pourquoi vous êtes « entre deux ». Je suppose que je dois comprendre « toujours entre deux femmes » ? Je suis sûre qu'il a dû y en avoir beaucoup…

— Je ne parlerai pas de cela avec vous.

— Vous me confiiez pourtant vos secrets, autrefois.

Jamais les plus brûlants, même s'il en avait eu envie.

Hugh avait souvent envisagé de tout dire à Jane de cette terrible malédiction qui pesait sur sa famille. Savoir qu'elle aurait accueilli sa confidence par un rire sarcastique l'en avait empêché. Elle pouvait se montrer irrationnelle, capricieuse, déraisonnable, mais jamais elle ne cédait à la superstition. Et à présent, pourquoi le lui aurait-il dit ? La complicité qu'ils avaient partagée n'était plus.

— Par exemple, ajouta-t-elle, vous pourriez m'expliquer ce qui vous occupe *vraiment* dans la vie. Vous n'êtes pas un homme d'affaires. À moins que vos blessures au visage n'aient été causées par quelque momie maléfique ?

Un sourcil arqué, Hugh soutint son regard scrutateur sans ciller. La curiosité de Jane était sans limite. Face à un mystère, elle poussait l'art de la déduction jusqu'à bâtir ses propres théories dont elle ne démordait plus. Cette habitude pouvait en l'occurrence lui être utile.

— Vous connaissant, dit-il, je suppose que vous avez une petite idée de ce que je peux être.

Jane posa une main sur la table, paume sur le dessus, et lui fit signe de lui donner la sienne. Sans même s'accorder le temps de réfléchir, Hugh s'exécuta. Elle prit sa main entre les siennes, puis laissa courir la douce extrémité de ses doigts sur ses callosités. Un geste parfaitement innocent, mais qu'elle parvint à rendre sensuel.

Redressant la tête, elle chercha son regard et affirma :

— Je pense que vous êtes un mercenaire.

Elle n'était pas tombée loin…

— Est-ce vrai ? insista-t-elle.

Accentuant la pression, elle fit descendre son index le long de sa paume, puis remonta. D'une voix plus troublée qu'il ne l'aurait souhaité, Hugh demanda :

— Qu'est-ce qui vous fait croire cela ?

— Mon père m'a expliqué que vous rentriez d'un voyage sur le continent avec votre frère Court, un soldat de fortune s'il en est. Tout le monde a entendu parler de ses aventures à la tête de sa bande de Highlanders à travers l'Europe. Vous devez être l'un d'eux.

Hugh avait effectivement accompagné son frère en Andorre, mais uniquement pour lui donner un petit coup de main. Ils y avaient combattu les Rechazados – l'ordre des Réprouvés –, une bande d'assassins fanatiques qui avaient juré la mort de Court et d'Annalía.

— C'est en combattant que vous vous êtes blessé, conclut Jane en caressant le dos de sa main. Et que vous êtes parvenu à mettre un peu d'argent de côté.

Un peu d'argent ? Hugh avait réussi à transformer ses gains en une petite fortune. En spéculant et en planifiant méticuleusement ses investissements, il était devenu riche et possédait une grande propriété au bord de la mer en Écosse. Les paroles de Jane avaient éveillé un autre besoin incongru en lui : celui de l'impressionner. Ce qui était parfaitement inutile.

— Pourquoi ne voulez-vous pas croire que je travaille pour votre père ? s'étonna-t-il.

— Hugh... je ne suis pas *totalement* idiote.

Du bout d'un doigt, elle suivit la plus longue cicatrice qui sinuait au dos de sa main et poursuivit :

— Regardez vos mains, et votre musculature... On n'acquiert pas un physique comme celui-là en travaillant dans le commerce.

Ce compliment non intentionnel fit se lever en lui une bouffée de plaisir.

— Je travaille beaucoup à l'extérieur, expliqua-t-il.

De ses doigts menus, Jane lui fit serrer le poing et l'examina un instant.

— J'ai assisté à des combats de boxe avec mes cousines. Je sais de quoi sont capables ces pugilistes, mais après vous avoir vu à l'œuvre avec Freddie, je parierais sur vous sans la moindre hésitation contre n'importe lequel d'entre eux.

Un autre compliment indirect...

— J'ai deux frères, fit-il valoir. Cela suffit à expliquer la chose. Avec Ethan, je me suis battu tant et plus.

Naturellement, elle était consciente qu'il restait évasif, ce qui ne faisait que renforcer son hypothèse.

— Père vous sert de couverture pour vos activités, n'est-ce pas ? hasarda-t-elle d'un ton soupçonneux.

Elle lâcha brusquement la main de Hugh et poursuivit :

— Le cadet de la famille se livrant à de telles activités est déjà de nature à susciter la réprobation, alors *deux* des trois frères... Voilà qui entacherait la réputation d'Ethan qui, lui, est titré.

La réputation d'Ethan ? Si elle savait... Hugh ne parvenait pas à comprendre comment les méfaits de son impitoyable frère – qui ne cherchait même pas à s'en cacher – parvenaient à demeurer secrets. À la remarque de Jane, il ne répondit que par un haussement d'épaules.

— Hugh MacCarrick, le mercenaire... murmura-t-elle en s'adossant à sa chaise. À moins que vous n'ayez une meilleure explication à m'offrir ?

— Non, aucune.

Accrochez-vous à celle-là, *lass*, puisqu'elle vous plaît.

— Que font exactement les mercenaires ? reprit-elle.

— Ils se battent pour de l'argent. Ce sont des soldats professionnels.

— Avez-vous voyagé à travers le monde ?

C'était d'un ton envieux qu'elle avait posé la question.

— Dans bien des endroits où vous n'aimeriez pas mettre les pieds, acquiesça-t-il.

— Ce doit être excitant, la plupart du temps.

En butte à son silence, Jane avoua :

— J'ai toujours rêvé de destinations exotiques... Quin a promis de nous emmener en voyage, Claudia et moi. Mais il est tellement occupé...

Quin, emmenant en voyage ces deux estimables jeunes femmes ? Seulement si elles désiraient un tour du monde des bordels les plus huppés...

— Vous arrive-t-il d'avoir peur ? demanda-t-elle d'un air gourmand. Au cours des combats...

Hugh ne pouvait lui répondre que son principal objectif était d'éviter à tout prix les combats.

— Même si c'est le cas, les hommes n'admettent jamais ce genre de choses.

— Vous avez donc livré bataille ! s'exclama-t-elle, excitée. Combien de personnes avez-vous tuées ?

Hugh préféra ignorer la question.

— Vous ne mangez pas. Vous prétendiez pourtant être affamée.

— Je le suis ! Mais répondez-moi : combien ?

— Je n'en garde pas le compte.

C'était l'une des premières choses que Grey lui avait apprises.

— *Si tu comptes, l'Écossais, un jour tu te réveilleras et tu ne seras plus rien d'autre que ce nombre.*

— Qu'est-il réellement arrivé à votre visage ?

Pâle et parfaite dans la soie de sa chemise, Jane n'avait rien perdu de son entêtement et revenait à la charge.

Lorsque Grey avait commencé à sombrer dans des abysses opiacés, il s'était de plus en plus amusé à rappeler à Hugh qu'une femme comme Jane ne pouvait être à lui, un homme au corps rompu par les blessures du combat, un marginal que les obligations sociales faisaient fuir.

Un homme ayant franchi une limite qu'il lui serait impossible de retraverser un jour.

— J'ai été blessé par des éclats de roche, répliqua-t-il. C'était un accident.

Il n'était pas obligé de préciser qu'il s'était agi pour lui de faire sauter un repaire de Rechazados au sommet d'une falaise. Le fait de n'avoir pu échapper aux projections d'ardoise qui en avaient résulté *était* un accident.

Hugh avait ainsi tué une trentaine d'assassins, pulvérisés en un instant.

— Pendant un combat ? s'étonna-t-elle.

Jane paraissait vraiment s'intéresser à lui, mais ce n'était pas par pure curiosité. Elle voulait simplement lui extirper ce que Hugh refusait de lui donner, et uniquement parce qu'il le lui refusait. Elle n'aimait rien tant que devoir lutter pied à pied pour obtenir ce qui lui faisait envie.

Une fois, alors qu'elle avait quinze ans, accompagnée de son frère Court, Hugh l'avait emmenée dans un tournoi de tir à l'arc des environs. Quand les autres concurrentes avaient découvert sa présence, aucune n'avait voulu se mesurer à elle.

Hugh avait vu passer dans les yeux de Jane un cruel désappointement et un soupçon de vulnérabilité qu'il lui avait rarement connue. Cela lui avait déchiré le cœur et il s'était entendu lui conseiller dans un souffle :

— Affrontez les hommes, *lass*…

Elle était rentrée avec une médaille chez elle.

Ce n'était pas la première – il y avait une raison pour laquelle les concurrentes refusaient de l'affronter –, mais elle l'avait considérée comme telle. En la brandissant à deux mains devant elle, elle avait cherché son regard et lancé :

— J'en veux d'autres !

— Vous avez le don pour cela, avait-il assuré.

Mais, au fond de lui, Hugh n'avait pu se cacher qu'il n'y avait guère d'autre moyen de briller physiquement, pour une jeune fille de sa condition, et cela l'avait attristé.

— C'est pour cela que vous ne vouliez pas vous marier ? insista Jane, qui suivait son idée. À cause de votre travail ?

— Jane… soupira-t-il Comment se fait-il que je sois le seul ici à subir un interrogatoire ?

— Dites-moi au moins où nous allons !

— Si je vous l'avais dit ce matin, l'auriez-vous répété à Bidworth ?

— Non ! répondit-elle.

Prise d'un remords, elle rectifia :

— Enfin… peut-être. Mais Freddie ne l'aurait répété à personne.

— Dans ce cas, je ne vous le dirai pas.

Pour échapper au feu nourri qu'allait lui valoir cette réponse, Hugh ajouta fermement :

— La discussion est close !

Jane soupira et laissa son regard errer à travers la pièce, manifestement agitée. Elle ne sembla pas remarquer que son châle glissait de son épaule, contrairement à Hugh dont le corps se tendit aussitôt comme un arc. La fine chemise de nuit moulait étroitement ses seins, et il ne pouvait plus en détacher les yeux. La soie formait un contraste frappant sur sa peau pâle. Il était facile d'imaginer faire glisser les bretelles le long de ses bras, et laisser le vêtement tomber dans un froissement liquide, caressant au passage les pointes de ses seins et le reste de son corps de rêve.

— Rajustez votre châle, grogna Hugh dans un soupir.

Surprise, Jane baissa les yeux sur sa tenue, puis soutint son regard :

— Impossible. Il fait chaud, ici, et je n'ose pas vous demander de laisser une fenêtre entrouverte…

— Remettez-le sur vos épaules, insista-t-il.

Jane arqua un sourcil et plaisanta :

— Vous avez tellement regardé mes seins aujourd'hui que vous devriez apprécier de les voir un peu mieux…

— J'admets que je prends plaisir à vous regarder.

Il n'essaierait pas de nier. À l'instant même, ses mamelons pointaient nettement sous le tissu. Hugh ne pouvait s'empêcher d'imaginer les prendre entre ses lèvres, les sentir durcir sous sa langue, gonflés de désir. En détournant le regard, il ajouta :

— Vous êtes une très belle femme.

Il avait eu le temps de la voir rougir de plaisir.

— Mais vous voir ainsi me rend sensible à d'autres désirs, poursuivit-il. Des désirs que vous ne partagez pas et que nous ne pouvons nous permettre.

La tête penchée sur le côté, Jane parut peser longuement ses paroles, puis elle déclara doucement :

— Et si je vous disais que je partage ces désirs ?

— Je vous répondrais que vous êtes une séductrice incorrigible, puis je vous ferais remarquer que vous avez vite fait d'oublier Bidworth.

En l'espace d'un après-midi ! Femme inconstante…

Jane plissa les yeux, mais ne daigna pas réagir. Pas même par une protestation de loyauté envers son ancien flirt… Et dire que Hugh avait redouté qu'elle ne puisse oublier le comte !

— Je vous ai prévenue, reprit-il d'un ton menaçant. Vous savez ce qui risque de se produire si vous ne vous couvrez pas.

Jane ne fit pas mine de remettre son châle en place. De nouveau, il en était réduit à un bras de fer avec elle.

Mais il n'était plus le jeune homme complaisant qu'il avait été autrefois. Il ne pouvait plus l'être, quand bien même il l'aurait souhaité. Tout ce qu'il avait vu et vécu l'avait transformé, et ce qu'il avait fait l'avait corrompu.

Il lui était arrivé de tuer à mains nues.

Hugh bondit sur ses pieds pour rejoindre Jane. Sans effort, il la jucha sur la table. Il n'avait eu l'intention que de remettre son châle en place, pourtant il se surprit à serrer ses bras fragiles entre ses mains, les immobilisant. Il était encore possible de faire machine arrière… Pourquoi se rapprochait-il d'elle ainsi ?

Parce qu'il était obsédé depuis une décennie par une femme inconstante. Une femme qui adorait le provoquer. Une femme qu'il ne pouvait se permettre de toucher, surtout depuis qu'il l'avait épousée.

Jane, elle, paraissait attendre, le souffle court, de découvrir quelles étaient ses intentions. Hugh lui-même n'en avait pas la moindre idée. Lorsqu'il se positionna entre ses jambes écartées, elle se mit à trembler. Il découvrait avec un affolement émerveillé que sa peau était aussi douce qu'il en avait rêvé, et son corps aussi réceptif au sien.

La faire tienne reviendrait à empoigner un brandon brûlant… se gronda-t-il.

Soudain, un doute s'empara de lui. Et si, réellement, il tentait de faire l'amour à Jane et qu'elle ne se dérobait pas ? Cette perspective suffit à l'affoler. Le souffle court, il ravala péniblement sa salive.

Enfin, pouvoir la posséder...

Avec un gémissement de reddition, Hugh mordilla brièvement le lobe de son oreille, qu'il caressa sous sa langue. Dans un petit hoquet de surprise, elle frissonna de tout son corps. Une main au creux de ses reins, l'autre lui tirant doucement les cheveux, il l'amena à se pencher en arrière, jusqu'à se retrouver appuyée des deux coudes sur la table.

Alors, fou de désir, Hugh s'inclina sur elle et prit entre ses lèvres un mamelon dressé sous la soie bleu nuit.

18

En laissant ses lèvres glisser sur le sein de Jane, Hugh murmurait en gaélique des paroles enfiévrées, entièrement absorbé par ce qu'il était en train de faire. Les doigts glissés dans ses cheveux, elle le retenait contre elle en gémissant de plaisir.

C'était *cela* qui lui avait manqué avec Freddie, et il ne lui semblait pas possible de s'en passer. Ce n'était pas seulement le fait que Hugh avait éveillé son désir ; elle *sentait* à quel point il avait besoin d'elle, de ce qu'elle pouvait lui donner. Tout s'était effacé, la crainte de l'avenir comme le souvenir du passé, quand elle avait découvert au fond de ses yeux cette faim qu'il avait d'elle.

Sans lâcher ses cheveux, de manière qu'elle reste arcboutée sur la table, Hugh nicha son nez contre son mamelon dressé et grogna d'une voix rauque :

— Bon sang ! Vous étiez supposée me repousser…

Après un instant d'hésitation, il laissa ses lèvres se refermer sur la pointe durcie, qu'il fit bientôt rouler langoureusement sous sa langue.

— Oh, mon Dieu ! gémit-elle, émerveillée.

Hugh redressa la tête, les yeux noirs, scrutant le visage de Jane avec attention.

— Vous aimez ce que je vous fais ?

En réponse à son cri étranglé, il passa à l'autre sein et reprit d'un ton de défi :

— Vous vous imaginiez que j'allais répondre à vos provocations comme je le faisais avant... Vous pensiez me pousser à bout sans avoir à en subir les conséquences.

Avec la même intensité, il renouvela l'opération, pour le même résultat.

— M... Mais... balbutia-t-elle. Autrefois...

— Autrefois, j'étais jeune et j'avais le sens de l'honneur. À présent, je suis suffisamment mûr pour ne plus l'avoir et pour...

Doucement, il titilla entre ses dents le mamelon dressé. Avec un petit cri étranglé, Jane s'arc-bouta davantage pour presser son sein contre sa bouche.

— ... *prendre* ce dont j'ai besoin, acheva-t-il.

— Hugh... gémit-elle tout bas. Hugh, s'il vous plaît...

— Souhaitez-vous que je prenne ce dont j'ai besoin, *lass* ? Provoquez-moi encore un peu plus, et vous me sentirez bientôt me glisser en vous...

Hugh se redressa, croisa le regard de Jane, et ce qu'il y découvrit le fit reculer précipitamment. En passant une main nerveuse dans ses cheveux, il ouvrit la bouche, puis la referma. Après avoir fait un tour sur lui-même, il lança finalement d'une voix grinçante :

— Restez ici ! Fermez la porte à clé derrière moi et ne quittez pas cette pièce.

— Mais... pourquoi ? s'étonna-t-elle tout bas.

— Je n'imaginais pas que vous seriez... ainsi, répliqua-t-il. Pas avec moi.

Sans rien ajouter, il sortit de la chambre à grands pas et claqua la porte derrière lui.

Incapable de comprendre ce qui venait de se passer, Jane se redressa, le cœur lourd. Que voulait-il dire ? Il ne pensait pas qu'elle serait « ainsi » ? Comment aurait-elle dû réagir alors ? Et qu'avait-elle fait de mal pour mériter ça ?

Elle comprit que Hugh demeurait appuyé contre la porte et devina pourquoi. Elle avait vu l'imposante érection qui déformait son pantalon, et il devait attendre d'avoir recouvré le contrôle de son corps avant de descendre.

En reprenant son souffle contre la table où ils avaient partagé cet étrange dîner, assise au milieu des couverts et des verres renversés, Jane réfléchit. Le baiser torride échangé dans la voiture n'avait rien d'une anomalie. Elle devait s'attendre à ce que ce genre de choses se reproduise chaque fois qu'ils seraient ensemble.

Elle s'était doutée que Hugh devait être un amant accompli. D'abord parce qu'il réussissait en tout, ensuite parce que chaque fois qu'il l'aidait à descendre d'une voiture ou de selle, il la tenait avec une extrême délicatesse comme le plus fragile bibelot de porcelaine. Ce qu'elle n'aurait pu imaginer, c'est que l'étreinte de l'impressionnant Highlander se révélerait aussi... érotique.

En un rien de temps, il était parvenu à ce qu'elle brûle de désir pour lui. Elle avait senti ce feu s'allumer dans son ventre, et cette moiteur se répandre entre ses jambes... Ce n'était pas la première fois, mais la soudaineté et l'intensité du phénomène constituaient une première.

Ses lèvres fermes et charnues, déposant de lents et diaboliques baisers sur ses seins, lui avaient procuré un plaisir qu'elle n'aurait pas cru possible. Pouvait-il deviner que sa menace elle-même l'avait excitée ?

— *Vous me sentirez bientôt me glisser en vous...*

Jane avait failli s'écrier : « Oui, faites-le ! »

À l'extérieur, dans le couloir, elle entendit Hugh frapper quelque chose. Puis le bruit de ses pas décrut lentement.

Jane n'avait pas voulu charmer Hugh afin de pérenniser leur mariage, comme son père le lui avait suggéré. Elle savait qu'il lui tardait de l'abandonner derrière lui, et le sacrement du mariage n'y changerait rien.

Si grande avait été sa colère de se retrouver dans cette position impossible qu'elle s'était juré de faire en sorte de se protéger et de ménager ses sentiments encore meurtris.

À présent, elle ne pouvait que constater qu'ils souffraient tous les deux. Même si elle ne souhaitait pas rester mariée à lui – sur ce point, elle n'avait pas changé d'opinion –, elle ne tenait pas non plus à ce que l'inévitable séparation se produise trop rapidement. Elle s'attendait à moitié à le voir disparaître de nouveau pour dix bonnes années.

Ramène-le ici... Donne-lui ce dont il a besoin...

Brusquement décidée à mettre son plan à exécution, Jane lissa sa chemise de nuit, passa le châle autour de ses épaules, vida un verre de vin bien trop vite et gagna la porte. Après avoir prudemment vérifié que nul ne se trouvait dans le couloir, elle rejoignit le palier, mais Hugh ne s'y trouvait pas non plus. Après s'être accroupie derrière la rambarde, elle finit par l'apercevoir, assis à une table de la bruyante salle commune. La mine sombre et fermée, les jointures de ses doigts blanches à force de serrer le verre, il buvait à petites gorgées un alcool ambré.

Jane poussa un soupir de soulagement. Hugh était aussi affecté qu'elle par ce qui venait de se passer.

Peut-être, au cours de ces dix années de séparation, avait-il voulu revenir vers elle mais ne l'avait-il pas pu, retenu par ses dangereuses occupations. Peut-être aussi...

Interrompue dans ses pensées, elle écarquilla les yeux en voyant Lysette rejoindre Hugh et lui passer un bras autour des épaules. La jeune femme approcha ses lèvres pour lui murmurer quelque chose à l'oreille, en lui caressant langoureusement le dos.

Il la repoussa... mais Jane comprit avec horreur que ce n'était que pour mieux la suivre jusqu'à une pièce contiguë à la salle, dont la porte se referma derrière eux.

19

— MacCarrick ! s'exclama Lysette en refermant la porte. Depuis le temps que je t'attendais…

— As-tu des informations sur Grey, oui ou non ?

Hugh ne reconnaissait pas sa voix. Sans doute était-il encore sous le coup de ce qui venait de se passer avec Jane.

Lorsqu'elle l'avait supplié de poursuivre ce qu'il avait commencé, il avait croisé son regard et n'y avait pas découvert ce qu'il s'était attendu à y trouver. Elle ne le suppliait pas d'*arrêter* : elle voulait qu'il aille jusqu'au bout, elle le suppliait de *continuer*…

Hugh alla se servir un whisky et s'abîma dans la contemplation de son verre. Il avait compté sur le fait que même s'il perdait le contrôle, Jane lui rappellerait vertement que ses attentions n'étaient pas désirées. Sans cette ultime sécurité, il était perdu.

— Tu vas droit au but… protesta Lysette en faisant la moue. Pas de plaisanterie, d'entrée en matière ?

En butte à son regard inflexible, elle se rembrunit et maugréa :

— Pourquoi aurais-je des informations sur Grey ?

Les femmes et leurs petits jeux… Hugh en avait plus qu'assez de ces simagrées.

— Parce que tu as couché avec lui pendant des années, rétorqua-t-il rudement. Et je sais que tu t'arranges pour garder un œil sur lui depuis qu'il t'a quittée.

Le regard de Lysette se fit calculateur.

— Si tu veux des informations sur lui, dis-moi qui *elle* est.

— N'oublie pas que tu es en dette envers Weyland…

Le père de Jane fournissait des prêts avantageux aux gens comme elle – des informateurs – qui ouvraient des tavernes et des auberges aux points névralgiques dans toute l'Europe, formant un réseau de collecte d'informations. Lysette, observatrice et intuitive, était douée pour ce qu'elle faisait et recevait en échange de quoi vivre confortablement.

— Weyland n'a-t-il pas une fille du nom de Jane ? reprit-elle. Dont tout le monde dit que c'est une beauté ?

Sachant qu'il ne pourrait se permettre d'en boire plus d'un, Hugh sirotait son whisky à petites gorgées.

— C'est elle, reconnut-il.

— À présent, tout s'éclaire ! Tout le monde s'attend à ce que Grey s'en prenne à Weyland, et tu débarques ici marié à sa fille, à laquelle tu t'empresses de faire quitter Londres. Apparemment, tu serais prêt à faire n'importe quoi pour le vieux, n'est-ce pas ? Y compris un mariage de convenance.

— Es-tu sûre qu'il s'agit d'un mariage de convenance ?

— Oui, puisqu'à l'heure du coucher je te retrouve dans *ma* chambre, loin de ta nouvelle « épouse ».

Hugh s'abstint de relever, si bien que Lysette enchaîna :

— Grey m'a dit un jour que tu étais amoureux d'elle.

Auprès de qui n'était-il pas allé se répandre ? Combien étaient-ils à le plaindre des sentiments qu'il portait à Jane Weyland ? Ou plutôt, Jane *MacCarrick*… Pourquoi était-il lui-même si fier de savoir que c'était désormais à ce nom qu'elle devait répondre ?

— Grey a dit tout un tas de choses qui se sont révélées fausses, grommela-t-il. Tu es mieux placée que quiconque pour le savoir.

— Il est évident qu'elle joue avec toi. Rien d'autre ne l'intéresse. Elle n'éprouve aucun sentiment pour toi.

— Qu'est-ce qui te fait dire ça ? s'enquit-il d'un ton qu'il espérait blasé.

— Quand je flirtais avec toi tout à l'heure… elle me regardait comme si cela l'amusait. Pas du tout le genre de réaction qu'aurait une femme amoureuse, surtout en me voyant pendue au bras de son mari.

— Peut-être est-elle sûre d'elle.

— Peut-être est-elle arrogante…

Ce n'était pas à exclure.

— Tu vises trop haut, avec elle… reprit Lysette.

— Tu es la troisième personne aujourd'hui à le prétendre. Ça va, j'ai compris !

Ethan, Bidworth, Lysette… Même les servantes de Jane avaient perçu le gouffre qui le séparait d'elle.

Lysette rejoignit Hugh et fit courir langoureusement ses doigts sur sa poitrine. Cela le laissa complètement froid. Avec une expression de dégoût, il se débarrassa de sa main, mais l'autre était déjà occupée à tirer les pans de sa chemise de son pantalon.

— Tu as besoin d'une femme ce soir… susurra-t-elle tout contre lui. Même si l'arrogante Anglaise te laissait faire, elle n'est pas de taille pour un homme comme toi.

Sur ce point, elle se trompait. Le bref aperçu de la passion qui pouvait animer Jane avait suffi à le déstabiliser.

Dans un soupir agacé, Hugh emprisonna le poignet de Lysette, l'empêchant de continuer à le déshabiller.

— Ne t'avise pas de dire du mal d'elle en ma présence ! tonna-t-il. Nous sommes amis depuis longtemps. De toute façon, j'ai fait le vœu de lui rester fidèle.

Et tant que leur mariage ne serait pas annulé, il s'y tiendrait.

Avec une moue boudeuse, Lysette s'étonna :

— Tu te sacrifies pour un mariage de convenance ? Alors que cela fait des années que je tente de te séduire ?

Hugh n'avait pu ignorer ses avances peu subtiles. Il aurait même pu s'y laisser prendre. L'aubergiste avait tout ce qu'il fallait pour cela – en d'autres termes, elle ne ressemblait en rien à Jane. Mais elle avait aussi partagé la couche de celui qui avait été son ami, et il n'avait jamais perdu suffisamment la tête pour en faire abstraction.

— Laisse-moi te donner ce qu'elle ne voudra – ou ne pourra – te donner… insista-t-elle d'une voix enjôleuse.

Hugh avait donc sous la main une femme complaisante, attirante, et apparemment douée, prête à passer la nuit avec lui. Pourtant, la seule chose qui l'intéressait, c'était de savoir si Jane lui en voudrait. Sans le quitter des yeux, Lysette se pourlécha, guettant sa réponse.

Après avoir brièvement goûté aux charmes de Jane, il se sentait un peu insulté par les avances de l'aubergiste. De plus, Hugh avait appris depuis longtemps qu'il ne servait à rien de chercher un substitut à la jeune femme.

Reposant son verre, il lança d'un ton décidé :

— Si tu n'as aucune information sur Grey à me donner, je n'ai pas de raison de rester ici.

— Où vas-tu ?

— Retrouver mon arrogante Anglaise. Qui pourrait t'apprendre une ou deux choses en matière de séduction.

— Tu es toujours amoureux d'elle, constata Lysette.

Elle laissa fuser un rire sans joie et ajouta :

— Tu es tellement amoureux d'elle que *l'impression* qu'elle puisse être à toi suffit à ton bonheur…

En avisant le regard chargé de pitié qu'elle lui adressait – un de plus à ajouter à tous les autres reçus au cours de cette interminable journée –, Hugh eut envie de lui crier que Jane, elle aussi, avait eu envie de lui.

À la place, il se dirigea vers la porte.

— Oh, Hugh ! s'exclama-t-elle. Quand finiras-tu par ouvrir les yeux ? Les gens comme elle n'ont rien à faire de gens comme nous. Ta Jane Weyland peut bien flirter, peut-être même te désirer, mais jamais tu n'obtiendras son cœur.

Par-dessus son épaule, Hugh rectifia sèchement :

— Jane *MacCarrick* !

Pour le temps que cela durerait…

— Dis-moi… reprit Lysette, qui ne s'avouait pas vaincue. Que se passera-t-il quand elle découvrira que ton métier est de tuer de sang-froid. Que pensera-t-elle de toi ?

Hugh se figea devant la porte.

Cela, il préférait ne pas l'imaginer. Un soldat pouvait s'enorgueillir des vies qu'il prenait sur le champ de bataille. C'était chose que l'on admirait. Même le mercenaire que Jane l'imaginait être avait meilleure réputation qu'un tueur à gages. Les assassins comme lui se dissimulaient dans l'ombre pour frapper. C'est ce que les gens pensaient. Généralement, c'était le cas, mais Hugh avait également dû lutter pour sa survie plus souvent qu'il n'aimait s'en souvenir.

À supposer que Jane ne s'offusque pas du nombre de ses victimes, il doutait qu'elle lui pardonne ce qu'une femme comme elle prendrait pour de la lâcheté.

— Même si elle te désire, poursuivit Lysette, jamais tu ne pourras te réhabituer à la vie qu'elle mène.

Sur ce point, elle n'avait pas tort. Il était peu probable que Hugh puisse retrouver un jour une existence normale et rythmée par les nécessités quotidiennes de la vie en société. Les « revenants » : c'était ainsi que l'on appelait les soldats trop longtemps restés en service qui cherchaient à se réinsérer dans la vie civile.

Alors qu'il s'apprêtait à sortir en rajustant le pan de sa chemise dans son pantalon, Lysette se précipita vers lui, l'entourant d'un bras pour le retenir.

— Hugh, attends ! s'exclama-t-elle. Grey était en France cette semaine.

Il referma la porte et demanda :

— Comment le sais-tu ?

— Celle sur qui je comptais là-bas pour me donner des nouvelles de lui a été retrouvée morte.

— Cela ne veut pas dire...

Lysette l'interrompit en précisant :

— On lui a si violemment tranché la gorge que sa tête ne tenait presque plus en place.

L'œuvre de Grey, aucun doute là-dessus...

— Il est devenu complètement fou, murmura Hugh.

— Fou ou pas, il est dangereux. Et il vous déteste, toi et Ethan, à cause de ce que vous lui avez fait.

— Tu étais d'accord avec nous, lui rappela-t-il.

— Mais il a dû se passer autre chose, cette nuit-là. Que lui avez-vous fait ?

— Je n'en ai aucune idée, mentit Hugh sans le moindre remords.

— S'il en a après Jane, ce n'est qu'une question de temps avant qu'il vous retrouve, ton frère et toi.

— Il risque de ne pas t'oublier non plus, Lysette. Et tu ne parviendras pas à lui faire entendre raison. J'espère que tu te tiens prête.

— Je le serai.

D'un air résigné, elle conclut :

— Ne faisons-nous pas la paire, tous les deux ? Une coquette menacée par un tueur de perdre la vie, et un tueur menacé par une coquette de perdre la tête...

À son retour dans leur chambre, Hugh trouva Jane couchée avec presque toutes les lampes allumées, mais il comprit à sa pose rigide qu'elle était encore éveillée.

Après être allé s'asseoir, il l'observa pendant près d'une heure avant qu'elle finisse par s'endormir, mais elle ne tarda pas à tressaillir et à se retourner, presque aussi agitée dans le sommeil qu'elle l'était à l'état de veille. Derrière ses paupières closes, ses yeux bougeaient. Hugh se demanda s'il la verrait un jour parfaitement détendue.

Un véritable mari aurait pu la rejoindre et l'attirer contre lui, la caresser, l'apaiser afin de chasser le mauvais rêve qu'elle devait faire. Un véritable mari n'aurait pas craint de lui faire l'amour pour la réconforter.

Mais Hugh n'était pas un véritable mari pour elle, quand bien même il aurait tant aimé l'être.

Dans son sac, il prit le *Leabhar* et l'ouvrit à la dernière page. Ethan avait raison : le lire pouvait l'aider à tenir bon. Cela lui rappellerait les conséquences que pouvaient avoir ses actes et l'empêcherait d'imaginer ce qui se serait produit s'il avait fait l'amour à Jane, là, sur cette table, comme l'envie lui en avait pris.

Condamnés à marcher seuls ou sur les pas de la mort.

Qu'avait-il besoin de lire de plus ?

Les trois frères MacCarrick avaient la mort pour métier, ainsi que cela avait été prédit. Court était un mercenaire, Hugh un tueur, et Ethan devait coûte que coûte régler pour leur mentor les « différends » qui survenaient dans le cadre de leurs occupations. Hugh avait eu la chance de ne tuer que des hommes adultes dont l'élimination lui paraissait impérieuse. Pourtant, certaines nuits sans sommeil, leurs visages défilaient dans sa mémoire. Les heures interminables de préparation et la solitude qui en résultait se faisaient également cruellement sentir.

Toujours, dans un coin de son esprit, il imaginait quelle serait la réaction de Jane si elle finissait par apprendre la vérité à son sujet. Pour son premier contrat, il avait hésité, sachant qu'après avoir appuyé sur la détente, il n'aurait plus la possibilité de revenir en arrière. Mais il avait franchi cette limite et tué un homme de sang-froid, avec préméditation et détermination. Dans ces conditions, comment pouvait-il envisager de lier sa vie à celle de Jane d'une quelconque manière ?

L'idée lui vint soudain qu'il était encore temps d'appeler Ethan pour qu'il emmène Jane loin de lui, mais bien vite il l'écarta. Hugh voulait savoir la jeune femme protégée, pas terrifiée.

Perdu dans ses pensées, il entendit à peine le petit gémissement qu'elle poussa soudain. Elle dormait toujours, mais elle s'était retournée sur le dos. Dans son sommeil, elle porta un de ses bras à hauteur de sa tête et posa sa main sur son front. Le mouvement eut pour effet de tendre la soie de sa chemise sur ses seins, soulignant leur galbe.

Un autre gémissement, suivi d'un murmure sensuel précédèrent un long frisson. Son souffle se fit court.

Le cœur battant, Hugh préférait croire qu'il se trompait. Ce n'était pas possible, elle ne pouvait être en train de faire un rêve érotique... Pourtant, les manifestations de son corps endormi ne laissaient pas de place au doute. Rêvait-elle de lui ? Au baiser qu'il lui avait donné ? Hugh secoua la tête, refusant d'y penser.

Rien de bon ne pouvait sortir de tout ça...

Pourtant, en levant les yeux du *Leabhar* pour reporter son attention sur elle, il constata que sa résolution avait déjà flanché.

La faire tienne reviendrait à empoigner un brandon brûlant, se répéta-t-il.

Jane leva son autre main, et son alliance brilla dans la lumière tandis que ses doigts caressaient le dessous d'un de ses seins. Hugh déglutit péniblement. Les poings serrés, il devait résister de toutes ses forces pour ne pas aller la caresser. Si leur mariage avait été autre chose qu'un simulacre, il aurait pu l'éveiller en se glissant doucement en elle... Il l'aurait trouvée déjà prête à l'accueillir, et il l'aurait menée jusqu'à l'orgasme. Mais il ne pouvait se le permettre. Il ne pouvait que l'épier à distance, en rêvant qu'il en soit différemment entre eux.

Jane tourna la tête et nicha son nez dans ses cheveux répandus sur l'oreiller, comme si elle aimait autant que lui les sentir contre sa peau. Une mèche s'était enroulée autour de son cou. Hugh se leva et se pencha au-dessus d'elle pour la repousser.

Incapable de s'en empêcher, il s'allongea ensuite à côté d'elle sur le lit. Comme chaque fois qu'il accordait quelque repos à son corps malmené, il dut se mordre la lèvre pour ne pas gémir de douleur. Tout le monde s'imaginait que les vieilles blessures se réveillaient surtout au lever, alors qu'elles ne se laissaient pas oublier non plus au coucher. C'était d'autant plus vrai à cause du train d'enfer qu'il s'était imposé pour regagner l'Angleterre.

Quand la souffrance se fut estompée, il se redressa sur un coude afin de regarder Jane dormir. Cédant au besoin de la toucher, il caressa sa joue avec le dos des doigts. Jane se figea, sans pour autant s'éveiller, et son souffle se fit plus calme, plus régulier.

Je pourrais prendre soin d'elle, songea-t-il. De toutes les manières possibles. Si les choses avaient été différentes, il aurait pu tenter de la conquérir, de lui prouver qu'il était l'homme qu'il lui fallait.

Hugh s'émerveilla de la courbure de ses cils, du dessin émouvant de ses lèvres. Même après tout ce temps, il restait fasciné par Jane, et rempli d'affection pour elle.

Rien, jamais, ne pourrait changer cela.

Il avait compris qu'elle était celle qu'il lui fallait la nuit, il y avait des années de cela, où il était retourné à la maison du lac après s'en être tenu éloigné pendant plus d'un an. Dans les yeux de Jane, il avait vu flamber une lueur malicieuse, comme si elle s'amusait d'une plaisanterie compréhensible d'elle seule. Adossée à la porte d'entrée, les mains derrière le dos, elle ne cessait de se hausser sur la pointe des pieds et de les reposer sur le sol, espiègle, souriante, radieuse.

— Eh bien ! Hugh MacCarrick... s'était-elle exclamée. Mes yeux me joueraient-ils des tours ?

— Jane ?

— C'est bien moi. Vous ne me reconnaissez pas ?

Levant le bras, elle avait caressé sous sa main pâle et douce le visage de Hugh. Cet innocent contact avait suffi à le secouer jusqu'au tréfonds de son être.

— Jane ? avait-il répété, incrédule, en s'efforçant d'assimiler tous les changements qui l'avaient transformée.

Sa voix s'était faite sensuelle et un peu voilée, comme elle devait le rester ensuite. Ses seins s'étaient épanouis. Elle était devenue femme – la plus belle femme que Hugh ait jamais admirée. Son cœur s'était mis à battre à coups redoublés.

— On dirait que vous nous quittez déjà ? avait-elle constaté, déçue. C'est bien dommage, Hugh. Vous m'avez manqué.

— Non, je ne vais nulle part... avait-il assuré.

Et sa vie en avait été bouleversée.

20

En entendant Hugh regagner leur chambre cette nuit-là, Jane s'était demandé si cela présageait ce que deviendrait leur étrange mariage. Après avoir épuisé sa passion avec une autre, reviendrait-il chaque nuit, comme un chien fidèle, assurer sa sécurité ?

Lorsqu'il avait quitté la chambre de Lysette en remettant en place sa chemise dans son pantalon – pour être tout de suite rattrapé par elle –, Jane avait couru se réfugier dans la sienne. En se traitant d'imbécile, penchée sur la table de toilette, elle avait serré très fort entre ses doigts le plateau de marbre, sur le point d'être malade.

Et ce matin dans la voiture, qui lui paraissait à présent bien trop petite, elle s'évertuait à ne pas croiser son regard pour qu'il ne puisse constater à quel point sa trahison l'avait blessée.

Mais qu'avait-il donc trahi ? Les vœux d'un mariage de papier qu'il ne faisait pas mystère de faire annuler dès que les circonstances le permettraient ?

Dans ce cas, pourquoi souffrait-elle autant ?

Même en sachant ce qu'il avait fait, elle n'avait pu s'empêcher de rêver de lui. Dans ce rêve, il lui faisait exactement ce qu'il avait menacé de faire : la prendre, se glisser en elle.

Bien que toujours vierge, Jane imaginait sans peine ce qu'elle ressentirait de le sentir aller et venir en elle, son grand corps souple couvrant le sien, tandis qu'elle enroulerait ses jambes autour de ses hanches. Dans son rêve torride, il avait caressé ses seins sous ses mains rudes et chaudes, et titillé entre ses lèvres ses mamelons dressés.

Mais toutes ces choses, c'était probablement à Lysette qu'il les avait faites en réalité… Jane se mordit la langue pour ne pas crier de rage.

Dans quelle étrange situation se retrouvait-elle ! Et dire que lorsque tout était normal, elle n'était déjà pas en mesure de penser clairement et de rester calme… Elle connaissait ses propres faiblesses. Elle était impulsive et commettait souvent l'erreur de parler avant d'avoir réfléchi. Elle prenait trop à cœur nombre de choses, et son humeur pouvait d'un instant à l'autre passer par toute la gamme des sentiments.

Pire encore, ces défauts semblaient s'exacerber quand Hugh se trouvait près d'elle. Ses émotions poussées à l'extrême l'obligeaient à tenir des propos et à commettre des actes qui paraissaient parfaitement sensés sur le coup, mais qui n'avaient aucun sens rétrospectivement.

Elle avait toujours été en butte à ces problèmes, mais elle avait fait des efforts pour s'amender. Elle avait appris que chaque fois que la colère risquait de mal la conseiller, ou que lui venait en tête ce que ses cousines appelaient des Mauvaises Idées, il valait mieux se laisser le temps de se reprendre et d'envisager la situation plus raisonnablement.

Se mettre en retrait lui avait été bien utile pour corriger ses travers. Mais comment y parvenir quand on se trouvait enfermée dans une voiture en compagnie de la source même de ses Mauvaises Idées ?

Jane laissa fuser un long soupir de lassitude. Elle aurait aimé être une femme raisonnable, ne plus se laisser dominer par d'inexplicables besoins et impulsions.

Elle regrettait de ne pouvoir, comme au spectacle, chausser des lunettes de vue afin de voir la réalité plus clairement. Ainsi aurait-elle pu observer la relation qu'elle entretenait avec Hugh et découvrir qu'elle ne lui apportait rien d'autre que désillusion et souffrance.

Le lendemain de leur départ de l'auberge, Hugh décida qu'après tout, il n'aurait rien trouvé à redire si Jane s'était avisée de reprendre ses petits jeux avec lui.

Au cours de ces deux journées, elle l'avait ignoré avec une constance qui aurait froissé l'amour-propre de n'importe quel homme. Tandis que leur voiture traversait une autre ville assoupie, il l'observa à la dérobée. Le soleil couchant nimbait son visage d'or et un souffle de vent passant par la vitre ouverte jouait avec ses cheveux.

Toute la journée, elle avait lu en silence *L'Éducation d'une jeune lady* – ou quelque autre livre dissimulé sous la fausse couverture. Il espérait que ce n'était pas un roman de la même eau que celui dont il avait lu un passage à Londres. Elle avait dévoré ce livre avec autant d'appétit que les pommes qu'il lui était arrivé de croquer.

Il aurait dû être soulagé qu'elle le laisse tranquille. Pourquoi alors haïssait-il qu'elle l'ignore ainsi, si l'alternative était de supporter ses provocations incessantes ?

Pour la énième fois ce jour-là, il fit le vœu que son frère travaille vite et bien. Ethan avait un don incroyable pour retrouver les gens disparus. La meilleure hypothèse était qu'il parvienne à localiser Grey et à l'arrêter avant même que celui-ci ait pu atteindre l'Angleterre. Le pire qui pouvait se produire, c'était que Grey parvienne à lui échapper pendant des mois…

Au souvenir de sa dernière conversation avec Ethan, Hugh regretta de ne pas avoir davantage fait pression sur lui pour qu'il lui dise ce qui s'était passé avec la fille Van Rowen. Il aurait dû lui demander s'il comptait pousser les choses plus loin. Hugh l'avait fait, Court l'avait fait – pourquoi était-il si difficile d'envisager que leur frère aîné puisse avoir les mêmes besoins, les mêmes tentations ?

La prochaine fois qu'ils se verraient, se promit-il, ils évoqueraient la situation entre hommes, en partageant une bouteille de scotch. Si Ethan était toujours attiré par Maddy Van Rowen après avoir découvert qui elle était, Hugh pourrait lui donner quelques trucs pour tenter de l'effacer de ses pensées.

Des trucs ? songea-t-il, amer. Parce que tu es une autorité en la matière, toi qui ne penses pas à grand-chose d'autre qu'à Jane ?

Les yeux soudain écarquillés, celle-ci poussa un petit hoquet de surprise et passa rapidement à la page suivante.

Au moins était-elle dans de meilleures dispositions ce jour-là que la veille. Elle lui était alors apparue apathique, dépourvue de cette animation qui lui était coutumière. Jane, habituellement débordante de curiosité et d'énergie, s'était contentée de regarder le paysage par la vitre, sans paraître le voir.

Hugh avait redouté de l'avoir effrayée avec ses... sollicitations pressantes. Il s'était également dit que peut-être elle s'était sentie coupable d'avoir apprécié ses caresses alors qu'elle venait de rompre avec Bidworth.

Il la revoyait encore – les pupilles dilatées, hors d'haleine, empourprée. Mais si elle s'était comportée cette nuit-là comme le brandon brûlant à laquelle il l'avait comparée, le lendemain elle ressemblait davantage à un glaçon...

Une chose était certaine : Jane était malheureuse, et Hugh n'avait jamais supporté de la voir très longtemps dans cet état.

— Sìne... commença-t-il. Je voudrais que nous parlions de ce qui s'est passé l'autre nuit.

— Je vous écoute, répondit-elle sans lever les yeux de son livre.

— *Lass*... je ne suis pas infaillible, avoua-t-il. Et je vous avais déconseillé de me tenter ainsi.

Jane redressa vivement la tête, les yeux étincelants de fureur.

— Si je comprends bien, ce que vous avez fait l'autre nuit à l'auberge était ma faute !

Surpris par la véhémence de sa réaction, Hugh maugréa :

— Non. J'aurais dû être capable de me tenir. Cela ne se reproduira plus.

Comment aurait-elle pu ne pas mal le prendre ? Elle s'était imaginé que, comme autrefois, elle pouvait jouer avec lui sans avoir à craindre de conséquences. Jamais elle n'aurait pensé qu'il puisse l'embrasser ainsi.

— Pourquoi vous souciez-vous de ce que je peux penser de votre... comportement ? s'enquit-elle.

Après avoir hésité un instant, il répondit :

— L'opinion que vous avez de moi est importante à mes yeux.

— Est-ce pour cela que vous ne vouliez pas me parler de votre profession ?

— *Aye*, dit-il simplement.

— Pauvre fou...

Un sourire inattendu et ensorcelant, illuminé par le soleil couchant, fleurit lentement sur les lèvres de Jane avant qu'elle ne conclue :

— Je ne peux avoir plus piètre opinion de vous que celle qui est la mienne en ce moment.

— Lysette... chuchota Grey à l'oreille de l'aubergiste, en repoussant une mèche blonde de son front. Réveille-toi.

Elle le fit en un instant, se redressant vivement sur son séant dans son lit. Le cri qu'elle faillit pousser contre la paume de sa main se mua en gémissement étranglé lorsqu'elle sentit le couteau se poser sur sa gorge.

— Il y a tellement d'hommes pour surveiller la place... reprit Grey dans un murmure. C'est à croire que tu m'attendais. Ne me dis pas que je t'ai manqué ?

Grey relâcha la pression de sa main sur la bouche de Lysette, mais accentua celle du couteau sur son cou.

— Je n'ai pas besoin de te rappeler à quel point serait bref le cri que tu pourrais pousser, n'est-ce pas ?

Prudemment, elle secoua la tête. Grey sourit de voir la peur qui déformait ses traits et les larmes qui commençaient à couler. En retirant lentement sa main, il ajouta :

— Oui, tu dois avoir attendu ma visite, puisque tu as jugé utile de transformer ton auberge en forteresse. Tu devrais pourtant savoir mieux que quiconque qu'aucun de ceux que tu as enrôlés n'est de taille à m'arrêter.

— Que veux-tu de moi ? murmura-t-elle en remontant la couverture jusque sous son cou.

— Hugh et Jane se sont arrêtés ici en se dirigeant vers le Nord. Je veux savoir où ils vont.

— Tu sais bien que Hugh ne me fait pas suffisamment confiance pour me révéler cette information.

Grey haussa les sourcils.

— Et tes indiscrétions coutumières ne t'ont pas permis de découvrir quoi que ce soit durant leur séjour ici ?

— Hugh est prudent. Quant à la fille, je ne pense pas qu'elle soit au courant.

— De toute façon, je crois savoir où ils vont, reconnut-il. J'attendais juste une confirmation de ta part.

Voyant qu'il retirait sa lame de son cou, Lysette se prit à espérer, ce que Grey lut dans son regard. Il s'empressa de doucher son espoir.

— Naturellement, à présent que je suis ici, autant en profiter pour régler mes comptes avec toi, pour m'avoir vendu à Hugh et Ethan.

Les épaules de Lysette s'affaissèrent.

— Ils voulaient t'aider, argumenta-t-elle.

— *M'aider ?*

Grey ne se rappelait que trop la rage terrible dans laquelle Hugh était entré. Les coups avaient plu sur lui si dru qu'il n'avait pas eu la moindre chance de se défendre. Puis les deux frères l'avaient enfermé dans une cave obscure, dans laquelle ses muscles soumis au manque s'étaient peu à peu racornis, le plongeant dans un abîme de souffrance qui l'avait fait hurler. Jour après jour, il avait enduré de terribles hallucinations, interrompues seulement par ses vomissements.

Encore maintenant, l'angoisse le saisissait au souvenir de ces faces lugubres aux yeux morts qui l'avaient cerné, sans qu'il puisse leur échapper. Tout cela par la faute des frères MacCarrick... et de la duplicité de Lysette.

— Je ne leur ai dit où ils pouvaient te trouver que parce que je voulais te retrouver ! s'écria-t-elle. Je voulais que tu guérisses, que tu ailles mieux...

— Tu ne voulais que mon bien... ou tu voulais te faire bien voir d'un fougueux jeune Highlander pour l'attirer dans ton lit ?

Détournant le regard, Lysette répondit à sa question par une autre.

— Que comptes-tu lui faire ?

Grey repéra à côté du lit une bouteille de scotch. Songeant avec amusement qu'elle était tout indiquée, il se servit un verre.

— Lui enlever ce qu'il a de plus précieux.

— La fille est innocente, objecta-t-elle. Elle n'a rien à voir avec tout ça.

Grey approuva d'un hochement de tête.

— C'est bien regrettable, mais en fin de compte assez accessoire.

— Hugh préférera mourir que te laisser toucher à elle.

Après avoir savouré une gorgée de scotch, il répondit :

— C'est bien pour cette raison que j'ai l'intention de le tuer quelques minutes avant Jane.

— Ses frères te poursuivront jusqu'au bout du monde pour le venger.

— Ethan est déjà à mes basques, répliqua Grey dans un haussement d'épaules. Avec toute la subtilité d'un taureau qui charge.

C'était le mode opératoire habituel du frère de Hugh. Il ne faisait pas de détail ni de quartier : la poursuite infernale ne s'achevait que lorsqu'il avait anéanti ses ennemis. Il les pourchassait jusqu'à les rendre imprudents ou fatigués de vérifier constamment par-dessus leur épaule que sa face ravagée ne surgissait pas de la nuit.

Ethan était effectivement très efficace dans ses œuvres. Une légende, en quelque sorte, même si sa renommée ne pouvait bien sûr se comparer à celle de Grey.

— Il a failli me trouver il y a trois nuits, expliqua-t-il. Apparemment, il était au courant de l'existence de mon appartement à Londres.

Inutile de chercher la source de l'indiscrétion. Lysette vendait ses informations au plus offrant. Pas une once de loyauté en elle…

— Je n'ai rien dit ! assura-t-elle en secouant la tête, ce qui fit valser ses tresses sur ses épaules. Je te le jure !

Décidant qu'il pouvait pour une fois la croire, Grey décida de la rassurer.

— Ne t'inquiète pas, je te crois. Je peux admettre qu'Ethan est doué pour obtenir ce qu'il cherche. Et je réalise à présent qu'il a dû me tenir à l'œil depuis qu'il m'a relâché du cul-de-basse-fosse où il m'avait enfermé.

Les jointures de la main de Grey blanchirent sur le manche de son couteau. Lysette, qui s'en était aperçue, pâlit brusquement.

— Je vais me charger d'Ethan, reprit-il, même si sa vie est tellement misérable que je me demande si c'est bien la peine de l'en priver.

Qu'est-ce qui serait le plus cruel : le laisser vivre, ou le tuer ? N'avait-il pas, lui-même, quelque affinité avec le frère de Hugh ? Ethan, comme lui, était un homme qui n'avait plus rien à perdre. N'était-ce pas la source d'une formidable puissance ?

— Et Courtland ? demanda doucement Lysette. Crois-tu qu'il ne cherchera pas à se venger, même s'il doit y passer sa vie entière ?

— Lysette... à ta place, je m'inquiéterais davantage pour ma propre survie, étant donné les circonstances.

Il la gratifia de son sourire le plus affable et poursuivit :

— À moins que tu n'aies fini par accepter l'inévitable et décidé de te détendre...

Grey allait enfin trancher le lien qui les unissait. De la manière la plus radicale. En prenant tout son temps.

Sa réplique provoqua un sursaut chez Lysette. Ses larmes s'arrêtèrent de couler. Elle plissa les yeux et lança d'un ton venimeux :

— Hugh va l'emporter sur toi. Tout ce que je regrette, c'est que je ne serai plus là pour le voir triompher.

Grey fracassa son verre sur le sol et bondit vers le lit.

— J'essaye en général de réduire les dernières paroles à l'essentiel, susurra-t-il en laissant la pointe de son couteau courir le long du corps de Lysette, jusqu'à sa gorge. Et je ne tolère pas non plus les confessions de dernière minute, mais je ferai une exception pour toi.

La haine tordait le visage de Lysette.

— Mes dernières paroles ? dit-elle. Tu vas perdre, parce que Hugh a *toujours* été meilleur que toi. Même avant de devenir un pitoyable opiomane, au tir tu ne valais rien et...

La lame jaillit et trancha, aspergeant Grey de sang. En l'essuyant sur la literie, il fit claquer sa langue, agacé.

— Petite maligne... murmura-t-il. Tu t'es débrouillée pour que j'abrège tes souffrances.

21

Jane claqua la porte au nez de Hugh, en espérant qu'il ne pourrait éviter l'impact. Les cadres sur le mur tremblaient encore lorsqu'elle tourna la clé dans la serrure.

Piégée depuis deux jours à Ros Creag, le lugubre manoir des MacCarrick au bord du lac, avec Hugh et son éternelle mine sombre pour toute compagnie, elle se sentait prête à marcher au-devant de Grey pour le mettre au défi de la tuer.

Une seule raison lui avait permis de tenir le coup et de ne pas chercher à s'enfuir : sa famille devait arriver d'un jour à l'autre à Vinelands. Cela, Hugh l'ignorait.

— En cette saison, il n'y aura personne... s'était-il réjoui en lui révélant sa décision de la conduire ici.

Mais la tranquillité de l'arrière-saison – qui leur permettait d'être eux-mêmes sans choquer personne – était précisément ce que recherchaient les Weyland...

— Jane ! Je vous ai déjà dit de ne pas vous enfermer ! lança Hugh dans le couloir. Ouvrez-moi, ou je vous jure que cette fois je force cette satanée porte.

— Comme vous le disiez hier...

Dans un craquement sec, la porte s'ouvrit à la volée.

Jane en resta bouche bée, autant devant le spectacle du battant qui alla rebondir contre le mur que de celui de Hugh, calme et sûr de lui, qui ne paraissait même pas essoufflé.

— Je renonce à essayer de comprendre pourquoi vous êtes en colère, dit-il. Mais j'en ai plus qu'assez !

— Et moi donc !

— Vous savez, je m'étais toujours demandé quel effet cela pouvait faire de vivre avec v… une femme.

— Et alors ?

— Alors, c'est un peu comme l'enfer, quand vous vous obstinez à faire des histoires.

— Quand fais-je des « histoires » ? rétorqua-t-elle, outrée. Lorsque je vous évite parce que vous coupez court à toute tentative de conversation de ma part ? Pourquoi voudrais-je rester près de vous alors que vous extirper une parole s'avère aussi délicat qu'un arrachage de dent ?

— Par exemple ?

— Quand je vous ai demandé pourquoi vos frères ne se sont pas mariés, vous avez aboyé : « Changeons de sujet ! » J'ai voulu savoir pourquoi aucun de vous n'avait d'enfants et vous m'avez rétorqué : « Assez parlé de ça ! » Même lorsque j'ai innocemment fait remarquer que vous auriez pu envisager de planter une roseraie ou une treille pour égayer ce lugubre endroit, vous avez quitté la pièce sans un mot ! Jamais je n'ai rencontré d'homme plus grincheux que vous.

— Si je le suis, c'est parce que vous avez ignoré toutes les demandes que je vous ai faites.

— Par exemple ? contra-t-elle à son tour.

— Je vous ai demandé d'éviter les fenêtres et je ne cesse de vous retrouver installée devant celle du salon du premier en train d'observer Vinelands. Je vous ai suggéré de ranger votre chambre, et vous m'avez répondu que votre système de « classement horizontal » vous permet de vous y retrouver dans vos affaires, ajoutant que si je ne pouvais comprendre ça, je devais être « stupide » et « borné ».

Tous ceux qui la connaissaient savaient que Jane n'était pas une fanatique de l'ordre. Sa camériste jouait au solitaire et lisait des romans gothiques à longueur de temps, parce qu'elle ne la laissait pas faire grand-chose. Mais ce qui n'était aux yeux des autres que désordre apparent lui servait de système de rangement. Comment aurait-elle pu retrouver ses affaires autrement ?

— Vous refusez également que la bonne fasse le ménage ici, ajouta Hugh.

— Je ne veux causer de dérangement pour personne, et les domestiques ne sont là que quelques heures par jour. Si cela vous déplaît tant que cela – et franchement, Hugh, depuis quand êtes-vous devenu si exigeant ? –, vous n'avez qu'à laisser la porte fermée.

— Vous savez que je ne le peux pas.

En soupirant, Jane foula les épais tapis et alla regarder par la fenêtre. Ros Creag – littéralement : « promontoire rocheux » – était une demeure aussi austère que son nom le suggérait. Son apparence servait exactement au but recherché : éloigner les visiteurs. Cet endroit eût-il été accueillant, les frères MacCarrick auraient eu à supporter les visites fréquentes de divers Weyland cherchant à leur emprunter une chose ou une autre, ou apportant une tourte pour entretenir des relations de bon voisinage.

Partout où se portait le regard de Jane, les jardins étaient tirés au cordeau, comme si un jardinier avait reçu pour mission de tracer de franches perspectives et de tailler toute exubérance végétale superflue. Le manoir lui-même, bâti dans une roche noire semblable à celle de la falaise à laquelle il s'accrochait, était imposant et majestueux.

Bien que partageant avec Vinelands la même petite crique, un monde semblait les séparer. Alors que Ros Creag paraissait monter la garde sur sa falaise, solitaire et lugubre, Vinelands occupait une vaste pelouse s'étendant en pente douce jusqu'à une plage. D'apparence modeste – on eût dit un cottage de campagne –, on y trouvait néanmoins huit grandes chambres. Tonnelles et pavillons de jardin agrémentaient la propriété, et un ponton s'élançait depuis la plage jusque dans l'eau.

— Donc, vous n'aimez vraiment pas être ici ?

La voix de Hugh avait retenti juste derrière elle, mais elle ne l'avait pas entendu approcher. Jane se rembrunit, songeant qu'il avait toujours eu coutume de lui jouer ce tour-là. Il se déplaçait sans faire le moindre bruit, et ensuite il restait tapi derrière elle en silence.

Haussant les épaules d'un air agacé, elle se dirigea vers la porte. Si une seule chose lui plaisait à Ros Creag, c'était que la maison était suffisamment grande pour qu'ils n'aient pas à demeurer ensemble.

Jane s'était montrée désagréable avec Hugh depuis la nuit où il l'avait embrassée. Apparemment, elle approuvait ceux qui ne le jugeaient pas assez bien pour elle.

En la regardant s'éloigner, il se dit une fois de plus que cela n'avait pas d'importance. Dès que Grey aurait été tué et qu'elle serait hors de danger, il partirait en la laissant derrière lui.

Pour aller où ? Pour faire quoi ? Si la liste de Grey était rendue publique, il n'aurait plus de travail. Il avait songé un moment rejoindre la bande de mercenaires de Court, mais il avait fini par rejeter cette idée. Hugh était un solitaire, il ne travaillait qu'en solo, toujours en marge.

Sauf avec Jane. Elle était ici-bas la seule personne avec qui il pouvait rester sans se lasser. Mais maintenant qu'elle était à ses côtés vingt-quatre heures sur vingt-quatre, il aurait préféré qu'il en soit autrement... Heureusement, cette situation n'avait rien que de très provisoire.

Ce n'était pas son désordre maladif, ni même le fait qu'elle le titillait sans arrêt, qui le gênait. Il avait fini par réaliser qu'il allait devoir vivre avec elle, sous le même toit, comme mari et femme. Jane était éminemment féminine et, pour n'avoir jamais vécu avec une femme, il se sentait un peu dépassé.

En pestant tout bas, il se lança à sa recherche, louvoyant entre les piles de vêtements éparses. Hugh ne se sentait pas à l'aise dans le désordre. Il avait développé un goût prononcé pour l'ordre et la discipline en toute chose. Avec le désordre survenait le hasard. Or Hugh détestait le hasard. Il supportait mal de ne pas avoir en mains tous les leviers de son existence.

Les femmes n'avaient-elles pas la réputation d'être méticuleuses et organisées ? Pour ne rien arranger, le désordre dans lequel se complaisait Jane lui mettait constamment sous les yeux ses fascinants sous-vêtements. Il avait découvert des jarretelles qu'il n'avait pas vues dans sa chambre de Londres, et même des bas décorés de motifs.

— Jane, attendez !

Hugh l'attrapa par le coude alors qu'elle atteignait l'entrée.

— Dites-moi pourquoi vous n'aimez pas cet endroit, insista-t-il.

— J'ai l'habitude d'être entourée d'amis et de membres de ma famille. Tous s'expriment librement et ne se privent pas de rire, et vous m'avez enlevée à eux pour me conduire dans ce manoir *déprimant* – voilà, c'est dit ! Et encore, même cela, je pourrais le supporter si vous vous montriez d'une compagnie un peu plus agréable.

— En quoi ce manoir est-il « déprimant » ? répliqua-t-il en jetant autour de lui un regard étonné. Vous n'avez jamais aimé venir ici. Même dans le passé. Pourquoi ?

— *Pourquoi ?* Je devais quitter une maison joyeuse et pleine de vie – où mes oncles poursuivaient mes tantes en riant, où des enfants gambadaient joyeusement – pour venir ici, où les rideaux étaient constamment tirés, où chaque pièce obscure et silencieuse ressemblait à un tombeau.

— J'étais moi-même aussi mal à l'aise chez vous.

— Mais... pourquoi, grand Dieu ?

Hugh doutait qu'il pourrait la convaincre que le mode de vie de sa famille était susceptible de gêner quelque peu les étrangers, surtout quelqu'un d'aussi solitaire que lui. Pourtant, le fait qu'elle lui ait claqué la porte au nez l'avait suffisamment irrité pour qu'il explique :

— Vos tantes couraient en relevant leurs jupes et en montrant leurs jambes. Elles pêchaient, fumaient, buvaient en se passant une bouteille de vin entre elles. Et parfois, quand vos oncles arrivaient à les attraper et les entraînaient à l'étage, elles n'étaient pas aussi discrètes qu'elles auraient dû l'être dans leurs... occupations.

— Et comment pourriez-vous savoir tout cela, alors que vous avez dû passer en cinq ans à peu près quinze minutes en leur compagnie ?

Comme il ne répondait pas, elle insista :

— Allez-vous nier que vous évitiez tout le monde, sauf mon père ?

Il ne pouvait le nier.

— Vous savez que j'ai toujours préféré ma propre compagnie, maugréa-t-il.

— Au moins, ma famille se montrait aimable à votre égard. Ce qui n'était pas le cas de vos frères avec moi.

— Mes frères n'étaient pas désobligeants envers vous.

— Vous plaisantez ? Durant tout un été, Ethan errait dans la maison tel un spectre effrayant, la moitié de son visage bandé à cause d'une mystérieuse blessure – dont il ne fallait surtout pas parler. Et si on avait le malheur de le regarder, il explosait de rage et vous envoyait paître...

Il était vrai qu'Ethan avait offert une vision qui pouvait effrayer, cet été-là. Et chaque été depuis.

— Et Court ? demanda Hugh.

Elle lui jeta un regard incrédule.

— Mon Dieu ! Je crois n'avoir jamais vu d'homme aussi en colère que lui. Il paraissait en permanence sous pression. On s'attendait à tout instant à le voir exploser. Et chacun sait qu'il ne m'a jamais portée dans son cœur.

Non, Court n'avait jamais aimé Jane. Hugh supposait que son frère en avait voulu à la jeune fille de les suivre partout, et qu'il était en colère contre lui de tolérer sa présence.

— Vous qui êtes tellement habitué à eux, reprit-elle, vous ne pouviez vous en apercevoir.

Jane alla repositionner un vase sur une console, comme si elle ne supportait pas de le voir si parfaitement centré. Cela parut la calmer, car elle ajouta d'un ton plus serein :

— Hugh... il ne sert à rien de ressasser tout cela. Vous avez parfaitement le droit de ne pas répondre aux questions que je vous pose, et vous pouvez vous montrer aussi rustre que vous le voulez. Ce sont vos prérogatives. La mienne, c'est de ne pas être obligée de supporter votre présence quand ce n'est pas nécessaire.

— Les sujets que vous abordez ne sont pas faciles.

Un sourcil arqué, Jane attendit qu'il développe son point de vue. Hugh fit l'effort de continuer :

— Si je réponds à une question, vous en posez aussitôt une dizaine d'autres, quand bien même je n'ai pas envie de m'étendre sur le sujet. Vous n'êtes pas satisfaite tant que tout n'a pas été mis à plat.

— Je m'excuse de vouloir en savoir davantage sur un homme dont je pensais être l'amie, qui a disparu de ma vie pendant des années, et qui ne revient que pour être mon époux dans un curieux mariage de circonstance.

— Bon sang, je vous l'ai déjà expliqué : j'avais demandé à votre père de vous dire au revoir pour moi.

Jane le foudroya du regard.

— Ne pensez-vous pas que je méritais d'entendre cet au revoir de votre bouche ? Il est devenu clair pour moi que cette amitié dont je supposais l'existence n'était qu'un leurre. Pour vous, j'étais une nuisance, un insecte importun vous poursuivant partout, alors que vous auriez tant aimé aller tranquillement pêcher ou chasser avec vos frères.

— Ne dites pas ça ! protesta-t-il. Nous *étions* amis.

— Sachant qu'il devait partir et ne plus revenir avant plusieurs années, un ami serait venu me dire au revoir.

Hugh ne savait qu'en déduire. Se pouvait-il qu'elle ait pensé à lui, durant tout ce temps ? Qu'il lui ait manqué ?

— Cela vous met-il en colère ? demanda-t-il.

— Cela me rend perplexe. À votre place, je serais venue faire mes adieux.

— Je n'imaginais pas que vous continueriez à penser à moi après mon départ, se justifia-t-il. Je ne pensais pas que vous pourriez vous en formaliser outre mesure.

À cela, Jane ne répondit pas.

— Mais à présent que vous êtes revenu et que nous nous retrouvons dans cette situation confuse, reprit-elle, j'essaye d'y voir plus clair. Mon père m'a dit que cela pourrait prendre des mois. Allons-nous rester tout ce temps ainsi, alors que vous refusez de me répondre et vous mettez en colère chaque fois que je pose une question ?

— Je ne le fais pas exprès, assura Hugh. C'est juste… que je ne sais pas gérer tout ça.

— Qu'entendez-vous par « tout ça » ?

Hugh se pinça l'arête du nez entre le pouce et l'index.

— Jane… Parfois, vous me prenez de court. Et je n'ai pas… l'habitude d'être marié – même si ce n'est que temporaire.

— Très bien. Commençons par une question facile.

En réponse à son regard interrogateur, il acquiesça d'un hochement de tête.

— Pourquoi mon père a-t-il pris le risque de s'associer avec quelqu'un d'aussi dérangé et violent que Grey ?

— Grey n'a pas toujours été ainsi, répliqua-t-il. Il vient d'une famille aisée et très respectable. Il avait un réseau de relations étendu et très utile.

— Et c'était votre ami ?

— *Aye.*

— Avez-vous tenté de l'aider à... guérir ?

Hugh prit le temps de peser soigneusement chaque mot. Il devait la vérité à Jane, autant que possible, mais il ne pouvait risquer de divulguer son véritable rôle.

— J'ai essayé de lui faire entendre raison de toutes les manières possibles. En le menaçant, en tentant de faire un marché avec lui. Cela n'a pas fonctionné.

Ensuite, avec Ethan, ils avaient décidé de prendre les choses en main pour guérir Grey de son accoutumance à l'opium. Après l'avoir retenu contre son gré, ils l'avaient enfermé dans le sous-sol d'une des demeures d'Ethan.

Grey, la bave aux lèvres, l'insulte à la bouche, était entré dans une rage folle. Soit il avait toujours été dérangé au fond de lui – et l'opium avait révélé sa véritable personnalité –, soit la drogue l'avait changé.

Il avait lancé que si Hugh n'avait pas « les couilles de baiser Jane Weyland comme elle en avait manifestement besoin », lui allait s'en charger. Hugh ne se souvenait pas de s'être jeté sur lui et de lui avoir martelé le visage à coups de poing. C'était tout juste si Ethan avait réussi à les séparer.

Pourtant, après avoir passé quinze jours dans cette cave, Grey en était sorti apparemment guéri. Durant toute une année, Hugh avait pu s'imaginer avoir retrouvé son vieil ami. Ethan, lui, n'avait cessé de le soupçonner d'attendre la bonne occasion pour frapper, et il ne s'était pas trompé.

— J'ai cru pendant un moment qu'il s'en sortirait, résuma-t-il d'une voix songeuse. Mais la dernière fois que je l'ai vu, ses pupilles avaient la taille de têtes d'épingles, même en pleine nuit.

En lisant dans son expression la déception que Hugh avait ressentie, Grey lui avait adressé un demi-sourire désabusé.

— Je n'ai pas voulu être ainsi, tu sais, avait-il confié en détournant les yeux.

— Que s'est-il passé ?

L'espace d'un instant, Grey avait croisé son regard.

— Un matin, au réveil, je n'étais plus que ce nombre...

Détournant de nouveau le regard, il avait conclu, gêné :

— Adieu, l'Écossais...

Hugh secoua la tête pour chasser le pénible souvenir.

— Son amitié vous manque-t-elle ? demanda Jane.

Après avoir longuement hésité, Hugh acquiesça d'un hochement de tête. L'amitié de Grey lui manquait, même s'il lui tardait dorénavant de le savoir mort.

22

— Hugh ! C'est moi...

Il cligna des yeux avant de parvenir à les ouvrir tout à fait. Penchée sur lui, Jane affichait un visage inquiet. Dans son sommeil il avait attrapé son poignet, qu'il serrait fortement entre ses doigts.

Il la relâcha et laissa retomber son bras sur le lit. En passant le dos de sa main sur son front, il le découvrit en sueur.

— Jane ? s'étonna-t-il. Que faites-vous là ?

— J'ai entendu quelque chose, répondit-elle. Je me suis dit que vous faisiez un cauchemar.

— *Aye.*

Des cauchemars atroces gâchaient souvent ses nuits, peuplés de cibles qui refusaient de mourir. Il s'évertuait toujours à faire mouche du premier coup, mais parfois, à de grandes distances ou lorsque le temps n'était pas propice, il n'y parvenait pas. Les victimes se mettaient alors à s'agiter, poussant des cris horribles.

— Ai-je dit quelque chose ? s'alarma-t-il.

D'un signe de tête, Jane lui répondit par la négative.

— Quel était ce cauchemar ?

— Rien d'important.

C'est alors que Hugh remarqua sa chemise de nuit de soie blanche, qui moulait ses formes. Son regard glissa jusqu'à ses seins. Elle le remarqua et se mordit la lèvre.

D'un bond, Hugh se redressa en position assise dans le lit et fit en sorte de masquer son encombrante érection.

— Bon sang ! maugréa-t-il d'une voix rauque. Vous ne pouvez pas venir dans ma chambre habillée ainsi !

— Je me suis précipitée quand je vous ai entendu. Je n'ai pas pris le temps d'enfiler une robe de chambre.

— Quand finirez-vous par comprendre, Jane ? Je vous l'ai dit : j'ai, comme tous les hommes, des appétits. Et lorsque je vous vois habillée ainsi...

Hugh secoua la tête avec découragement et conclut :

— ... cela m'affecte. Je ne voudrais pas faire quelque chose que nous regretterions tous les deux.

Un sourcil arqué, Jane le dévisagea.

— Vous voulez dire que me voir en chemise de nuit suffit pour que vous perdiez le contrôle de vous-même ?

— *Aye*, répondit-il honnêtement. Voilà longtemps que je n'ai pas... et vous êtes une très belle femme.

Jane se rembrunit.

— Qu'entendez-vous par « longtemps » ? Quatre jours ?

Hugh fronça les sourcils.

— De quoi parlez-vous ?

— Je vous ai vu entrer dans la chambre de Lysette... et en ressortir débraillé, rajustant votre chemise.

Les yeux plissés, il la foudroya du regard.

— Vous n'auriez rien vu de tel si vous étiez restée dans la chambre comme je vous l'avais ordonné ! tonna-t-il.

— Là n'est pas la question ! répliqua-t-elle sèchement.

— Elle a essayé de me séduire.

— Essayé ? Vous voulez me faire croire qu'elle n'y est pas parvenue ?

— Seriez-vous jalouse ?

Hugh n'osait espérer qu'elle l'était. Ressentait-elle la même jalousie qui lui mordait les tripes chaque fois qu'il l'imaginait dans les bras d'un autre homme ?

Redressant le menton, elle le considéra de haut.

— Vous passez notre nuit de noces dans les bras d'une autre. Je pourrais difficilement me sentir flattée.

— C'est donc votre vanité qui souffre.

Déçu, Hugh ajouta d'une voix éteinte :

— Je n'ai pas couché avec elle.

— Vous n'avez pas...

Sans finir sa phrase, Jane laissa retomber ses bras le long de son corps.

— Vous ne me croyez pas ? demanda-t-il.

— Il était manifeste qu'elle avait envie de vous.

— J'ai fait le vœu de vous être fidèle. Et tant que ce mariage ne sera pas annulé, je m'y tiendrai. À présent, retournez dans votre chambre.

Jane porta une main tremblante à sa gorge. De manière étrange, elle avait brusquement pâli. Au bout d'un moment, elle hocha la tête et annonça d'une voix radoucie :

— Je vais essayer de garder ma chambre mieux rangée. Et n'ayez crainte : je ne ferai plus d'histoires.

— Qu'est-ce qui me vaut ce revirement d'attitude ?

Hugh en aurait crié de rage.

— Vous voilà prête à vous montrer plus arrangeante parce que votre vanité est sauve ! s'exclama-t-il. Parce que vous n'avez pas perdu votre bataille d'ego face à Lysette !

L'accusation la fit tiquer.

— Ce n'était ni par vanité ni par esprit de compétition, expliqua-t-elle. Je suis désolée de m'être conduite ainsi.

Manifestement, elle paraissait sincère, ce qui doucha aussitôt la colère de Hugh.

— Alors qu'était-ce, Jane ? s'enquit-il, radouci.

Jane se tordit les doigts, mais ne répondit pas.

— Vous me rendez fou, *lass*... reprit-il. Je sais que vous êtes malheureuse de cette situation, mais je ne sais que faire pour y remédier.

Hugh se massa le front d'une main lasse et conclut :

— Dites-moi ce que je dois faire.

Au terme d'un long silence, il l'entendit murmurer :

— J'étais malheureuse parce que j'étais jalouse.

Hugh paraissait abasourdi lorsque Jane le laissa derrière elle pour regagner sa chambre. Après avoir repoussé sa porte sans la fermer, elle s'aplatit contre le mur, les mains posées sur le luxueux lambris. Même si elle n'avait eu aucune envie de quitter la chambre de Hugh, elle avait réussi à se mettre en retrait pour réfléchir. Elle était fière d'elle-même et se sentait plus adulte d'avoir su prendre cette décision, d'autant plus qu'un flot d'impulsions l'avait envahie, ainsi que quelques Mauvaises Idées sur le meilleur moyen de les gérer.

En l'entendant déclarer d'une voix lasse qu'il ne savait que faire pour remédier à cette situation, Jane avait pensé à ce que lui avait dit son père :

— Quoi que tu puisses en penser, il essaye de faire ton bonheur.

Embarrassée au souvenir de tout ce qu'elle lui avait fait subir, Jane ferma les yeux très fort. Elle était également soulagée et ravie qu'il n'ait pas cédé aux avances de Lysette. De ce fait, le plus grand obstacle aux sentiments qu'elle nourrissait pour lui venait d'être levé. Ce qui la ramenait à la révélation qui lui était apparue à l'auberge. En était-elle revenue au même point que lorsque, sur cette table, elle avait été déçue de le voir s'enfuir ? Oui...

Jane rouvrit brusquement les yeux en sentant la main de Hugh se poser sur sa nuque. Il avait passé un pantalon et avait pénétré dans sa chambre en silence. Posant ses lèvres sur les siennes, il gémit de plaisir. Il ne mit un terme au baiser que pour lui demander :

— Vous étiez vraiment jalouse ?

Lui dire la vérité exposerait Jane au danger de se mettre à nu devant lui. Pourtant, entre deux baisers, elle parvint à murmurer :

— Je ne voulais pas que vous l'embrassiez... alors que vous auriez dû plutôt continuer à m'embrasser, *moi*.

Cet aveu fit hésiter Hugh, un court instant seulement. Puis, la soulevant dans ses bras, il la ramena au pas de charge dans sa propre chambre.

— Hugh ? s'étonna-t-elle, étourdie. Que faites-vous ?

— J'ai quelque chose en tête, répondit-il en la déposant sur le lit.

Il s'allongea près d'elle et, appuyé sur un coude, il laissa ses yeux sombres courir sur son corps.

— Il y a quelque chose que je dois voir, ajouta-t-il tout bas.

Hugh passa une main tremblante sur ses lèvres. À cette minute, il ressemblait à un homme à l'agonie. Une tension énorme faisait vibrer son corps. Les sourcils froncés, Jane prit son visage en coupe entre ses mains, et ce contact suffit à le faire frissonner violemment. Qu'était-il donc en train de se passer entre eux ?

De tout ce qu'elle avait lu dans les livres, de tout ce que ses cousines lui avaient confié, elle n'aurait jamais imaginé qu'un homme puisse réagir ainsi – comme s'il était sur le point de mourir de désir. Les livres érotiques qu'elle avait lus ne parlaient jamais d'amants frissonnant sous l'effet de la convoitise, submergés par un besoin si puissant qu'ils pouvaient à peine parler.

Hugh se pencha sur elle, écarta les bretelles de sa chemise de nuit sur ses épaules, puis déposa un baiser sur sa clavicule. Alors qu'il faisait lentement glisser la soie le long de son corps, elle sentit la morsure du froid sur ses seins et son ventre, et l'entendit murmurer quelque chose dans sa langue. Il se redressa ensuite pour se contenter de la contempler un long moment. Jane sentait son regard sur sa peau nue comme une caresse. Elle s'arc-bouta pour mieux s'y prêter.

Elle faillit crier de plaisir lorsqu'elle perçut la première caresse humide de sa langue sur son mamelon. Hugh prit son sein en coupe dans sa main pour le maintenir en place tandis qu'il cueillait entre ses lèvres la pointe brune durcie par le désir.

— Hugh... supplia-t-elle, les doigts enfouis dans ses cheveux épais. C'est si bon quand vous faites ça.

Elle sentit son autre main remonter entre ses cuisses, ses doigts caressant sa peau.

— Dites-moi d'arrêter... murmura-t-il tout contre son sein.

Jane secoua la tête. Un frisson parcourut son corps quand sa main caressa l'intérieur de sa cuisse, l'incitant à écarter les jambes plus largement. Le contact de ses doigts calleux sur sa peau satinée était rude, mais elle adorait cela.

— Dites-le-moi maintenant ! la pressa-t-il.

Sa paume s'aventura plus haut encore. De nouveau, Jane secoua la tête et gémit tout doucement. Elle sentait l'extase monter en elle et avait peur d'y céder trop vite. Pour rien au monde elle n'aurait voulu que ce bonheur cesse.

— Seigneur ! se lamenta Hugh. Je ne peux pas m'arrêter. Je dois vous caresser là aussi...

Ses doigts parvinrent à la toison pubienne de Jane. Elle cria de plaisir lorsque sous son pouce il caressa son clitoris. Son index, lui, alla explorer son sexe déjà lubrifié.

— Vous êtes prête à m'accueillir, chuchota Hugh d'une voix troublée.

Alors que ses caresses, favorisées par sa moiteur intime, se faisaient plus urgentes et plus précises, Jane se tordit et supplia :

— Par pitié ! Ne vous arrêtez pas...

Hugh redressa la tête et étudia un instant son visage.

— Je ne m'arrêterai pas, promit-il. Je veux vous faire… je veux vous *voir* jouir.

Il n'en fallut pas davantage à Jane. Dans un hoquet étranglé, elle sentit tout son corps se raidir, soulevé par l'orgasme.

23

Hugh regarda avec fascination Jane s'arc-bouter sur le lit, ses mains empoignant le drap.

D'instinct, il referma la main sur son entrejambe, qu'il caressa vigoureusement tandis que ses lèvres suçotaient son mamelon de plus belle, afin d'accentuer le plaisir qui la faisait chavirer. De son autre main, il remonta sa chemise pour mieux voir son corps onduler sous l'effet du plaisir.

Jane poussa un cri rauque qui fit tressaillir le sexe de Hugh douloureusement dressé. Elle écarta largement les genoux, dans un total abandon. Encore et encore, elle joua du bassin et se pressa avec urgence contre sa main tant que le dernier spasme ne l'eut pas secouée.

Tremblante comme une feuille, elle se laissa retomber sur le bras qu'il avait passé dans son dos. Jane demeura ainsi, totalement docile et offerte, alors qu'il continuait lentement à la caresser.

Hugh ne parvenait pas à reprendre son souffle. Voir ses doigts se perdre dans l'auburn de cette toison pubienne le rendait fou. S'il n'y prenait garde, il allait lâcher sa semence dans son pantalon comme un puceau.

Jane souleva la tête et s'abandonna contre son cou. À son grand étonnement, elle lui murmura combien elle avait aimé ses caresses – *ses* caresses. Après une décennie entière où il n'avait pu que fantasmer, il était parvenu à lui faire connaître l'extase, et c'était l'expérience la plus incroyable qu'il eût jamais vécue.

Contre son cou, il sentait le souffle brûlant et saccadé de Jane. Elle y déposa de petits baisers qui eurent pour résultat de rendre son sexe plus brûlant, plus dur, plus volumineux encore, si cela était possible. À cet instant, la perspective de jouir dans son pantalon ne lui semblait plus une si mauvaise idée...

Il préféra pourtant tenter de se redresser plutôt que de se ridiculiser devant elle. Jane s'accrocha à son cou et le retint en posant un genou sur sa hanche.

— Hugh... et vous ? Vous ne voulez pas... rester avec moi ?

Elle l'attira doucement, jusqu'à ce qu'il signe sa reddition en s'installant entre ses cuisses.

Jane voulait qu'il connaisse l'extase à son tour ! Devait-il chercher quand même à lui échapper ? La tâche semblait surhumaine, alors qu'il sentait son sexe frotter langoureusement contre le sien. Il brûlait d'envie de se libérer de son pantalon et de s'enfouir en elle, de lui faire l'amour à en perdre l'esprit, de prendre enfin ce dont il avait besoin depuis si longtemps.

Comme d'elle-même, sa main plongea entre eux et défit fébrilement sa braguette. Faisant descendre son pantalon à mi-cuisses, il libéra son sexe qui palpita follement entre eux, juste au-dessus de Jane.

Tous deux, le souffle court, avaient la tête penchée pour observer leurs deux corps qui se touchaient presque. Jamais ils n'avaient été à ce point proches l'un de l'autre. Les yeux mi-clos, Jane contemplait avec fascination, sans fausse pudeur, le gland cramoisi et lubrifié pointé vers elle. Comme dans un rêve, il la vit de nouveau rouler des hanches, cherchant le contact avec lui. Hugh prit appui de ses deux bras tendus de chaque côté d'elle.

Il restait conscient qu'il ne pouvait se permettre de laisser les choses aller à leur terme, même si une étreinte aussi intime semblait aller de soi. Rien n'aurait pu lui paraître plus naturel… et plus dangereux. Pourtant, sans pouvoir s'en empêcher, il laissa son bassin descendre vers celui de Jane, lentement, irrésistiblement, jusqu'à ce que son membre dressé entre en contact avec son clitoris.

Les yeux de Hugh roulèrent dans leurs orbites. Jane poussa un cri de plaisir et roula de nouveau des hanches. L'extrémité du membre de Hugh faillit s'engloutir en elle. Si cela avait été le cas, tout se serait arrêté là. D'une main, il préféra se positionner de manière que son sexe repose sur celui de Jane. Il ignorait totalement où il puisait la force de se retenir encore. Tout ce qu'il savait, c'est qu'il lui fallait vivre chaque seconde comme si elle devait durer une vie entière.

Pourtant, bientôt, l'instinct eut raison de lui. D'une lente poussée des reins, Hugh fit lentement glisser son membre vers le haut, jusqu'au ventre satiné de Jane. S'amorça ainsi un va-et-vient qui fit monter de sa gorge un grondement de plaisir. La position dans laquelle il se trouvait et le mouvement qu'il imprimait à son bassin le mettaient en danger de la pénétrer à chaque instant. Les jambes écartées largement, Jane se prêtait avec enthousiasme à cette caresse inédite, en murmurant des paroles incompréhensibles.

— Jane… gémit Hugh d'une voix blanche.

Son sexe coulissait sans effort contre celui parfaitement lubrifié de Jane. Chaque nouveau coup de reins rendait plus inéluctable la délivrance. Le plaisir était trop grand, la pression trop forte. Il allait jouir…

Confusément, il crut entendre Jane lui annoncer qu'elle allait connaître un nouvel orgasme. Serrant les dents, Hugh repoussa un peu plus loin l'échéance – il lui fallait tenir… Le contrôle qu'il exerçait sur lui-même se fit douloureux. Enfin, il la sentit se raidir et se tordre de plaisir sous lui, tandis qu'encore et encore elle murmurait son nom.

Un dernier coup de reins eut raison de lui.

— Jane ! se plaignit-il tout bas. Je dois…

Tandis que sa semence jaillissait enfin, il poussa un râle de plaisir, puis un autre, et un autre encore.

Quand tout fut terminé, Hugh tremblait de la tête aux pieds. Il se laissa retomber sur les coudes, hors d'haleine, et la réalité de ce qui venait de se passer le frappa de plein fouet. Il ne pouvait croire qu'il s'était conduit ainsi. Comment avait-il pu éjaculer sur elle ? De honte, il ferma les yeux.

Se redressant, Hugh reboutonna son pantalon et alla chercher une serviette. À son retour, il ne put supporter de regarder Jane, même lorsqu'il lui essuya le ventre et qu'il retira sa chemise de nuit souillée. Jetant au loin la serviette et la chemise roulées en boule, il s'assit au bord du lit et prit sa tête entre ses mains. Jamais il ne s'était senti aussi honteux. Comment allait-il pouvoir la regarder en face le lendemain ? D'une manière ou d'une autre, il le faudrait.

Même s'il n'aurait pas demandé mieux que de s'enfuir au loin, ils ne pouvaient se séparer.

— Jane… commença-t-il d'une voix défaite. Je ne… sais pas ce qui m'a pris. Je suis désolé.

Il aurait dû se sentir humilié d'être près d'elle, pourtant c'était vers elle qu'il avait envie de se tourner pour l'aider à supporter sa honte – afin de ne pas avoir à la porter seul. Il y avait là de quoi rendre fou n'importe quel homme.

— Vous n'avez aucune raison de vous excuser, assura-t-elle en s'agenouillant près de lui. Aucune…

— Si ! J'aurais dû parvenir à me maîtriser davantage.

— Hugh… murmura-t-elle en lui caressant le dos. C'est moi, Jane… Je ne suis pas une étrangère. Nous avons toujours été à l'aise l'un avec l'autre.

— Cela n'aurait pas dû se produire, insista-t-il.

Alors qu'il faisait mine de se lever, elle le retint.

— Restez près de moi. Dormons ensemble… s'il vous plaît.

À force de mots doux et de caresses, elle parvint si bien à l'enjôler qu'il enleva son pantalon et se retrouva au lit avec elle. Lorsqu'il se fut résigné à n'en plus repartir, Hugh se rapprocha de Jane et colla sa poitrine contre son dos, verrouillant ses bras autour d'elle comme s'il l'avait déjà fait auparavant des milliers de fois.

À l'image de ce qu'il avait rêvé si souvent au cours de ce dernier été qu'ils avaient passé ensemble, elle se retrouvait finalement nue dans son lit. Les yeux rivés au plafond, combien de fois avait-il fantasmé, imaginant sans fin les baisers et les caresses qu'il lui donnerait ?

La réalité était bien plus belle que le rêve. Il avait deviné qu'il aimerait l'odeur de ses cheveux, mais il ne s'était pas douté qu'il aurait envie de plonger le visage dedans pour s'en imprégner.

De même, Hugh avait toujours su qu'il adorerait la sentir contre lui, mais il n'avait pas réalisé comme sous ses mains ses fesses seraient pleines et rondes, ni à quel point elles s'emboîteraient parfaitement dans son giron, telle une pièce de puzzle dans une autre.

— Plus de cauchemar, Hugh… murmura-t-elle d'une voix ensommeillée. Sinon, nous devrons recommencer.

C'était *déjà* ce qu'il avait envie de faire, étant donné qu'à cet instant même, son sexe retrouvait une nouvelle vigueur contre les fesses de Jane. En l'entendant soupirer de contentement, il tenta sans succès de se remémorer comment il avait pu s'imaginer que vivre près d'elle serait un enfer.

24

Quand Jane s'éveilla le lendemain matin, Hugh dormait à poings fermés. Elle resta un long moment à l'admirer, fascinée.

Détendu dans le sommeil, son visage paraissait différent et plus jeune. Les blessures sur sa joue commençaient à cicatriser, ce qui lui donnait un petit air canaille. Cela fit sourire Jane. Hugh *était* une canaille – un mercenaire – mais il n'avait rien d'un bandit.

Tout doucement, elle fit courir le bout de son index sur sa lèvre inférieure, ce qui amena à sa mémoire le souvenir du baiser qu'ils avaient échangé la nuit précédente. Hugh l'avait embrassée avec fougue, et même avec une sorte de désespoir, comme si c'était le dernier baiser qu'il devait obtenir d'elle et qu'il souhaitait le faire durer.

Elle y avait répondu de tout son cœur, s'abandonnant totalement contre lui. Jane frissonna en se souvenant de quelle manière il avait frotté son corps masculin contre le sien, parvenant à lui faire connaître l'extase par deux fois. Le voir ensuite jouir au-dessus d'elle avait été… *merveilleux* ! Mais, vu sa réaction horrifiée, elle ne risquait pas d'avoir de nouveau droit à un tel spectacle…

Ce qui constituait un problème pour elle, étant donné qu'elle avait décidé que Hugh MacCarrick devait être son premier amant.

Jamais elle n'avait eu autant besoin de l'avis de ses cousines. Restait à espérer qu'elles ne tarderaient plus à arriver. Aujourd'hui, peut-être…

Lorsque Jane écarta tendrement une mèche sombre du front de Hugh, ses beaux yeux noirs s'ouvrirent d'un coup. Encore à moitié endormi, il tendit la main et lui caressa la joue. Puis il fronça les sourcils… et se recula en hâte pour se dresser d'un bond hors du lit. Après avoir enfilé son pantalon, il fit les cent pas dans la pièce, tous les muscles de son torse bandés.

— Cela n'aurait pas dû se produire, et cela ne se reproduira pas ! décréta-t-il enfin.

On aurait dit qu'il parlait d'une tragédie, de quelque drame affreux, et non de l'expérience la plus époustouflante que Jane eût jamais vécue. Comment aurait-elle pu ne pas se sentir insultée ? Se redressant sur son séant, elle serra le drap contre sa poitrine et protesta :

— Franchement, Hugh… vous faites une montagne d'une taupinière !

Avec un geste vague de la main, elle ajouta :

— Nous avons juste… badiné un peu.

Au lieu de se montrer reconnaissant, comme elle s'y était attendue – après tout, elle aurait pu le traiter de mufle –, il paraissait furieux.

— Si j'avais « badiné » quelques centimètres plus bas, fulmina-t-il, cela aurait pu avoir de graves conséquences ! Avez-vous oublié ce dont nous sommes convenus ? Vous tenez vraiment à vous retrouver piégée dans ce mariage ?

— J'aimerais que vous cessiez d'être terrorisé à l'idée de vous retrouver « piégé » dans ce mariage avec moi. Que je sache, nous n'avons *pas* fait l'amour. À présent, c'est très simple : il suffit de laisser cela derrière nous et de ne plus jamais en reparler.

— Je n'ai jamais rencontré de femme capable, comme vous l'êtes, de rabaisser ainsi un homme dans sa propre estime. Votre véritable mari devra être plus solide que moi.

Jane lui adressa un regard noir. Le rabaisser n'avait jamais été dans ses intentions, mais à cet instant, elle ne regrettait aucune de ses paroles.

— Vous faites une montagne de rien, dit-elle. Pourquoi êtes-vous tellement en colère, alors que rien de définitif ne s'est produit ?

— Vous pouvez peut-être facilement ne plus y penser, s'obstina-t-il, mais ce « badinage » m'affecte quant à moi.

Comme pris d'un soupçon, Hugh plissa soudain les yeux et bondit pour l'attraper par le coude.

— Vous n'êtes plus vierge, n'est-ce pas ?

Jane en resta stupéfaite.

— Pourquoi... Pourquoi me posez-vous cette question ? balbutia-t-elle enfin.

Non, Hugh ! songea-t-elle. Par pitié, ne soyez pas comme ça...

Pendant dix ans, il avait probablement multiplié les conquêtes, et il s'attendait tout naturellement à ce qu'elle soit demeurée sagement chaste, dans l'attente d'un mari ? Bien sûr, Jane *était* vierge – mais, ainsi que cela lui arrivait souvent, à cette minute elle aurait souhaité ne pas l'être. Faire preuve d'une telle étroitesse d'esprit était véritablement énervant.

— Répondez-moi ! ordonna-t-il sèchement.

D'un ton glacial, Jane s'exécuta.

— Chéri, je suis restée aussi célibataire que vous-même l'avez été depuis la dernière fois que nous nous sommes vus.

Hugh la lâcha, mais garda les mains levées en reculant doucement, comme s'il ne parvenait pas à croire qu'il l'avait touchée.

— Qu'est-ce que ça peut bien vous faire, que j'aie couché avec une dizaine d'hommes ou pas ? s'étonna-t-elle.

Nerveusement, il passa une main dans ses cheveux. Sa réponse la laissa ébahie.

— Les femmes comme vous n'obtiennent pas facilement une annulation de mariage s'il n'est pas possible de prouver que celui-ci n'a pas été consommé.

Les femmes comme moi…

Hugh assena un grand coup de poing dans le mur, qui la fit sursauter. Quand il se retourna vers elle, il avait l'air d'un animal pris au piège voyant sa dernière heure approcher. Était-il donc si épouvanté par la perspective de la garder pour femme ?

— Dans ces conditions, comment imaginiez-vous obtenir l'annulation de ce mariage ? aboya-t-il. Comment ?

— Je suis sûre que mon père pourrait s'arranger pour…

— Cela ne suffira pas à me retenir, Jane, je vous préviens ! l'interrompit-il. Je n'ai pas signé pour ça. Si l'annulation est impossible à obtenir, je vous quitterai quand même !

Dix années de solitude et de désespoir se rappelèrent en un instant à Jane, qui sentit son cœur se figer.

Hugh l'avait déjà quittée sans un avertissement. Il le referait sans hésiter.

Plus jamais elle ne se livrerait à lui, décida-t-elle. Elle ne pouvait se le permettre. Hugh MacCarrick était le seul homme susceptible de la faire pleurer.

Plaquant sur ses lèvres un sourire faux, elle répliqua :

— Je n'en doute pas une seule seconde, chéri. Je n'ai jamais rien attendu d'autre de votre part.

Après lui avoir jeté un dernier regard désabusé, Hugh tourna les talons et sortit de la chambre.

Suite à son écart de conduite de la nuit, Hugh avait déjà des raisons de redouter la matinée qui l'attendait. Mais entendre Jane confirmer qu'elle avait eu au moins un amant constituait pour lui une punition supplémentaire.

Imaginer que Bidworth – ou quelque autre gentleman de son acabit – ait pu ravir son innocence lui tordait le ventre et lui donnait envie de rugir de fureur. Il le vivait d'autant plus mal qu'il n'avait aucun droit de lui en vouloir d'avoir accueilli un homme – ou plusieurs – dans son lit.

Il n'avait dit à Jane ces choses terribles que par jalousie, et parce qu'il était furieux contre lui-même. L'espace d'un instant, dans les brumes du réveil, il avait été à deux doigts de recommencer cette folie. Même à présent, au fond de lui, il regrettait de ne pas être allé jusqu'au bout la veille – ou même au réveil, lorsqu'elle lui était apparue si désirable, avec sur le visage l'éclat d'une femme comblée.

Il s'était vengé de ses frustrations sur elle, en lui faisant des reproches stupides, et elle n'avait pas mérité ça.

Jane était unique et indépendante. Elle avait vingt-sept ans et faisait preuve d'un très sain appétit sexuel. Même en le comprenant, l'idée qu'elle puisse être allée le satisfaire entre d'autres bras le rendait fou de rage.

Parce qu'elle était devenue une obsession pour lui, il aurait voulu qu'elle assouvisse cet appétit avec nul autre que lui. Imaginer le pâle Bidworth tenter de répondre à tant de passion était risible. Après ce qui s'était passé la nuit précédente, Hugh savait être l'homme qu'il fallait à Jane – même s'il savait aussi qu'il ne pourrait jamais se permettre de la revendiquer comme sienne.

Il lui avait donné quelques heures pour surmonter sa colère, mais à présent ils devaient parler de ce qu'ils allaient bien pouvoir faire pour obtenir cette annulation. Hugh se rendit dans la chambre de Jane. Ne l'y trouvant pas, il fonça jusqu'au salon du premier. Elle devait être assise sur le banc près de la fenêtre, observant Vinelands comme elle l'avait fait au cours des deux jours précédents.

Hugh et ses frères avaient également passé beaucoup de temps près de cette fenêtre. C'était sur la recommandation de parents inquiets pour eux qu'ils avaient effectué leur premier séjour à Ros Creag. Ethan, qui venait de recevoir sa terrible blessure au visage, devait trouver en ce lieu plus de tranquillité pour se remettre. Court, lui, devait avoir moins d'occasions de se battre.

Ils séjournaient depuis une semaine dans la propriété lorsque les Weyland étaient arrivés. Depuis leur point de vue en hauteur, les frères MacCarrick avaient observé la vie agitée et bon enfant que menaient leurs voisins. Il y avait toujours un grand feu allumé à l'extérieur, et ces gens *dansaient* dans le jardin... Au-dessus de l'étendue de lac qui les séparait, leurs cris, leurs rires et leurs chants leur parvenaient.

Hugh, Ethan et Court en étaient restés bouche bée. Leur existence était austère. Depuis la mort de leur père, leur foyer, tout au nord de l'Écosse, semblait constamment plongé dans les ténèbres. Ils adressaient aussi peu que possible la parole à leur mère, Fiona, qui ne se remettait pas de la disparition de son bien-aimé Leith. Le jour de sa mort, elle s'était arraché les cheveux en hurlant sur ses fils :

— Je vous avais dit de ne pas le lire ! Combien de fois vous l'ai-je répété ? Le livre gagne toujours !

En pénétrant dans le salon, Hugh repoussa ces pénibles souvenirs, s'apprêtant à affronter Jane. Mais elle n'occupait pas le banc de la fenêtre, et la pièce était vide. Elle semblait de nouveau décidée à l'éviter. À moins qu'elle ne soit sortie, après leur dispute matinale ?

Hugh sentit un malaise s'emparer de lui. Il cria le nom de Jane et tendit l'oreille, mais seul le silence lui répondit. Alors qu'il s'apprêtait à fouiller la maison de fond en comble, un mouvement à l'extérieur attira son attention. S'approchant de la fenêtre, il vit une ribambelle d'enfants se répandre sur les pelouses de Vinelands et des femmes échevelées se lancer à leur poursuite. Les volets de la maison s'ouvraient et on s'affairait à décharger les bagages.

Les Weyland étaient donc arrivés ? *Maintenant ?*

Sourcils froncés, Hugh ouvrit la fenêtre et se pencha pour y regarder de plus près. Aussitôt, il repéra la tache verte de la jupe de Jane, sur le chemin de la plage menant à Vinelands.

Il se précipita dans l'escalier, puis sur la terrasse, n'en croyant pas ses yeux. Comme si elle avait pu deviner sa présence, Jane se retourna brièvement et lui adressa un salut moqueur, avant de reprendre sa route.

Hugh courut à l'écurie en jurant tout bas, regrettant de ne pas l'avoir ligotée à une chaise. Préférant ne pas perdre de temps à seller sa monture, il monta à cru et se lança au galop sur le chemin de la grève reliant les deux propriétés.

Quand il fut sur le point de la rejoindre, Jane se mit à courir en direction de Vinelands, mais Hugh la rattrapa et sauta à terre juste à côté d'elle. D'un mouvement fluide, il la retint d'un bras passé autour de sa taille.

La faisant pivoter sur ses talons, il la fixa au fond des yeux et lâcha sèchement :

— Ne me refaites jamais une chose pareille !

— Sinon ? répliqua-t-elle, le souffle court.

Les doigts de Hugh s'enfoncèrent dans ses épaules.

— Sinon je vous attache à votre lit !

Par quel miracle la chaise s'était-elle transformée en lit ?

— Essayez toujours, espèce de brute !

— Espèce de brute ? répéta-t-il. Cette brute fait tout son possible pour vous garder en vie, et vous persistez à vous imaginer que tout ceci n'est qu'un jeu ?

— Comment pourrais-je faire autrement, alors que vous ne me dites rien ? Je n'ai aucun motif sérieux d'inquiétude. Vous avez affirmé, mon père et vous, que Grey n'est même pas en Angleterre. Comment pourrait-il nous avoir suivis jusqu'ici ?

— Le risque existe, répondit Hugh en desserrant l'étau de ses doigts autour de ses épaules. Pourquoi les Weyland sont-ils ici ?

— Ils aiment la morte-saison.
— Vous saviez qu'ils viendraient ?
Jane acquiesça de la tête et plaida d'un ton suppliant :
— J'ai *besoin* d'aller les voir. C'est important pour moi.
— Pourquoi ne pas m'avoir simplement demandé de vous y emmener ?
Levant les yeux au ciel, elle répondit :
— Vous auriez refusé. Mais je vous demande à présent de m'accompagner.
L'accompagner ? Là-bas ? Plutôt mourir !
— Je ne peux pas assurer correctement votre protection au milieu de tous ces gens.
Hugh était si peu habitué aux exigences de la vie sociale qu'il redoutait de se mêler à ses semblables – surtout quand ceux-ci ressemblaient aux Weyland !
— De toute façon, reprit-il, comment leur expliqueriez-vous notre... situation ?
— En leur disant la vérité, assura-t-elle, le menton fièrement dressé. Nous sommes mariés. C'est tout ce que je leur dirai pour l'instant. À l'avenir, je leur révélerai sans doute ce qui s'est passé.
— Il y a trop de monde, décréta-t-il.
Hugh n'avait aucunement envie de prouver à Jane à quel point il était inepte en société.
— Ce sont mes proches, insista-t-elle. Ils ne diront rien. Il ne peut y avoir de famille plus loyale.
— Jane, vous devez comprendre que votre vie est en jeu.
— Regardez-moi dans les yeux et dites-moi que passer la journée à Vinelands mettrait davantage ma vie en danger que de la passer à Ros Creag...
Hugh ouvrit la bouche pour lui répondre... et la referma bien vite. Si Grey était parvenu à passer entre les mailles du filet, il devait déjà sentir le souffle d'Ethan sur son cou. Jamais celui-ci ne lui laisserait le temps d'arriver jusqu'à Ros Creag. Et si par miracle Grey parvenait à échapper à Ethan, il lui faudrait

prendre le bac pour traverser le lac, ce qui ne pouvait passer inaperçu depuis Vinelands.

Techniquement, Hugh devait reconnaître que le danger semblait limité... sauf celui de se ridiculiser en public. Se rendre à Vinelands, alors qu'il n'avait participé à aucune festivité depuis celles qui avaient précédé le mariage tragique d'Ethan ? Il aurait préféré se lancer à découvert sur un champ de bataille...

Mais sa plus grande crainte était encore que Jane finisse par révéler son comportement de la nuit précédente à ses cousines. Cette seule possibilité lui glaçait le sang.

— Là n'est pas le problème, maugréa-t-il, inébranlable. Je vous ai dit que nous rentrons, et nous rentrons.

Jane se mordit la lèvre et darda sur lui ses grands yeux verts. Quand il comprit qu'elle s'apprêtait à réitérer sa demande de telle façon qu'il ne pourrait refuser, il prit les devants en ajoutant sèchement :

— Inutile d'insister !

Sur ce, il l'attrapa par le coude et tenta de l'entraîner vers sa monture. Jane résista de toutes ses forces, lui donnant des coups de poing et des coups de pied. En proférant tout bas des jurons en gaélique, il s'apprêtait à la charger sur son épaule quand quelqu'un lança derrière eux :

— Jane ?

Tous deux se retournèrent vivement.

25

Le septième cercle de l'enfer : c'est ce que Hugh eut l'impression d'avoir abordé en voyant un membre après l'autre de la famille de Jane quitter la maison pour les rejoindre. Il y avait là Belinda, en compagnie de son mari et de ses enfants, mais la famille de Samantha était arrivée aussi.

Jane laissa fuser un rire caustique.

— Sauvée par le gong, commenta-t-elle. Vous voilà pris au piège, j'en ai peur.

— *Aye.* Et profitez-en bien, car en rentrant, c'est dans une cave fermée à clé que vous allez vous retrouver.

— Jane ! cria de plus belle Samantha, secouant ses boucles brunes aux reflets roux. Que fais-tu là ?

— Tante Jane ! s'écrièrent simultanément cinq enfants.

Ils faisaient le siège de ses jambes et ne tardèrent pas à l'entraîner sur le sol avec eux, pour le plus grand plaisir de Jane qui riait aux éclats.

— Tu n'avais pas dit que tu ne pouvais pas venir cette semaine ? s'étonna Belinda, qui applaudissait de joie.

Puis, tous remarquèrent la présence de Hugh derrière elle. Les rires se turent, les bouches s'arrondirent. Les enfants levaient les yeux sur l'impressionnant Highlander. Pour mettre un terme à la gêne du moment, Jane tendit le bras et, comme elle s'y attendait, Hugh vint l'aider à se remettre debout.

— Qu'est-ce qu'*il* fait là, celui-là ? s'enquit Sam, qui n'était pas femme à mâcher ses mots.

— Eh bien, il… commença Jane. En fait… nous nous sommes mariés.

Le jovial mari de Sam, un médecin du nom de Robert Granger, s'étonna auprès de celle-ci en aparté :

— Tu ne m'avais pas dit, l'autre jour, qu'elle devait épouser Bidworth ?

Sans quitter Hugh des yeux, Sam acquiesça :

— C'est bien ce qui était prévu.

— Eh bien, manifestement, cela ne s'est pas fait ! précisa Jane d'un ton joyeux. Alors souhaitez-nous bien du bonheur et faisons les présentations.

Hugh connaissait déjà – quoique à peine – les cousines de Jane. On le présenta donc à Robert, et les deux hommes se serrèrent la main.

Ensuite, Jane présenta Hugh à Lawrence Thompson, le mari de Belinda, farceur et suprêmement intelligent, qui se tint la main en grimaçant quand il la lui eut serrée.

Retrouver les siens fit beaucoup pour remonter le moral de Jane. Elle comprit à quel point les mots de Hugh – « Je vous quitterai quand même ! » – l'avaient blessée.

Hugh observait tout le monde d'un air si méfiant et il paraissait tellement hors de son élément qu'elle ne put résister à exercer une petite vengeance personnelle.

— Depuis le temps que nous ne nous sommes pas vues, dit-elle d'un air ingénu, je dois absolument renouer le contact avec mes cousines. En privé…

Elle décida de ne pas voir qu'il secouait la tête aussi discrètement que possible et enchaîna :

— Hugh, pourquoi n'iriez-vous pas faire connaissance avec *les autres maris* ? Ils aiment s'asseoir sur la pelouse en discutant de leurs affaires à cette heure de la journée.

Elle n'avait pas manqué non plus les regards méfiants que Hugh réservait aux plus petits.

— Au fait, les enfants ! Votre nouvel oncle Hugh veut vous offrir des cadeaux et des friandises pour fêter son arrivée dans la famille. Vous n'avez qu'à lui demander ce qui vous plaît.

— Laissez-le tranquille ! ordonna Robert en chassant les enfants qui assaillaient Hugh. Laissez-le et allez jouer !

Hugh poussa un soupir de soulagement quand le dernier d'entre eux, après lui avoir fait part d'un ultime vœu, lui lâcha la jambe et détala. Jane ne plaisantait pas : elle avait réellement l'intention de le laisser seul en compagnie de ces hommes. Avec ses cousines, elle se dirigeait vers le ponton sans même un regard en arrière.

— Je ne sais pas ce qui est passé par la tête de Jane ! s'exclama Robert d'un air penaud. Elle n'aurait pas dû lâcher la meute sur vous. Enfin, nous voilà entre hommes.

Prenant la tête de leur petit groupe, il marcha vers un trio de chaises de jardin en fer et, une fois assis, servit une tournée de scotch, même s'il n'était pas dix heures.

— Que faites-vous dans la vie, MacCarrick ?

Hugh s'assit de mauvaise grâce et accepta le verre qu'il lui tendait.

— Je... euh... vis de mes rentes.

Il n'était pas habitué à faire la conversation. Jamais il ne se trouvait dans l'obligation de parler sans que cela soit vraiment nécessaire. Ce qui, dans le cadre de ses activités professionnelles, ne lui posait pas le moindre problème.

— Voilà une saine occupation, l'ami ! se réjouit Robert.

Levant son verre, il le vida d'un trait et ajouta :

— Vivre de ses rentes, épouser une jolie femme et profiter de l'existence ! Voilà ce que j'appelle vivre...

Lawrence vidait son verre moins rapidement, mais pas de beaucoup.

— Vous comptez fonder une famille tout de suite, Jane et vous ? demanda-t-il.

Hugh haussa les épaules. Voir Jane rouler à terre en riant avec ses jeunes assaillants l'avait rendu plus que jamais conscient qu'il ne pourrait lui donner d'enfants.

Robert s'adossa à sa chaise et expliqua gravement :

— Nous avons attendu, Sam et moi, presque trois ans avant de commencer à nous y mettre.

Hugh se sentait un peu gêné d'entendre ces gentlemen évoquer ouvertement de tels sujets. « Attendre » signifiait avoir recours à la contraception.

Robert et Lawrence s'étendirent alors longuement sur les grossesses de leurs épouses respectives. Hugh apprit en détail comment elles s'étaient comportées, à quel point elles avaient semblé à leurs maris plus « gaillardes » et « plaisamment dodues », combien l'arrivée d'un enfant pouvait changer un homme – « J'ignorais quel sens donner à ma vie, avant… » – et autres considérations dont Hugh tenta de ne rien retenir.

De temps à autre, il jetait un coup d'œil au ponton, où Jane et ses cousines semblaient en grande conversation. Il ne faisait pour lui pas l'ombre d'un doute qu'elle devait leur raconter par le menu ce qui s'était passé la nuit précédente. Chaque fois qu'il la voyait se pencher vers l'une des deux femmes, comme pour lui murmurer un secret à l'oreille, il se sentait rougir violemment.

Enfin, après une heure de discussion, Lawrence proposa un petit tournoi de tir à la carabine. En se passant la main sur la nuque, Hugh comprit qu'il allait devoir déployer des trésors d'habileté pour ne pas gagner. En dépit de son besoin d'impressionner Jane, il ne pouvait faire étalage auprès de ces hommes de son aptitude à manier les armes.

Un rapide regard lui apprit que Jane avait mis sa main en visière et les observait. Se rappelait-elle à quel point il était une fine gâchette ? Autrefois, elle avait l'habitude de le suivre lorsqu'il partait chasser. En sa compagnie, elle avait sillonné tous les bois des alentours.

Hugh se rappelait parfaitement une de leurs premières chasses. Au retour, elle s'était précipitée vers son père pour lui vanter ses mérites.

— Papa ! Vous n'en reviendriez pas de le voir tirer : il est si calme, si sûr de lui... Il a réussi à abattre un canard en plein vol alors que le vent soufflait !

Surpris par la confidence de sa fille, Weyland avait considéré Hugh d'un œil intrigué. Sur le coup, il n'avait pas compris ce qui motivait cet intérêt...

26

— Alors ? demanda Sam. Comment se comporte ton Highlander au lit ? Aussi bien que tu l'as toujours rêvé ?

Jane leva les yeux au ciel. Naturellement, il avait fallu que la conversation s'aventure sur ce terrain, et Samantha allait la harceler jusqu'à ce que l'entière vérité éclate. Aussi Jane ne se priva-t-elle pas de tout raconter – enfin… presque tout.

Elle expliqua à ses cousines comment elle avait eu le cœur froissé à cause de Lysette, et son soulagement quand elle avait fini par découvrir que Hugh lui avait été fidèle. Elle admit qu'ils avaient eu une relation intime la nuit précédente, en précisant que le mariage n'avait pas été consommé. Enfin, elle leur rapporta la dernière discussion – ou plus exactement dispute – qu'elle avait eue avec Hugh. Elle leur confia également qu'elle le soupçonnait d'être un mercenaire.

— Je n'arrive pas à comprendre pourquoi oncle Edward t'a forcée à épouser ce type, commenta Sam.

— Quant au fait qu'il puisse être un mercenaire, ajouta Belinda en glissant un coup d'œil dans sa direction, cela lui irait comme un gant.

— Mais, mariage de circonstance ou pas, renchérit Sam, pourquoi ne pas le lui avoir déjà rendu insupportable ?

Jane roula discrètement ses bas sur ses jambes et s'en débarrassa avec ses chaussures afin de pouvoir tremper ses pieds dans l'eau.

— Hugh ne veut pas être piégé par ce mariage et fera tout pour y échapper, dit-elle. Il s'est montré on ne peut plus clair à ce sujet.

Belinda, bien qu'ayant débouché à moitié leur bouteille de vin, ne parvenait pas à parachever son œuvre. En la tendant à Sam, elle reprit :

— Jane, je peux comprendre que tu ne veuilles pas prendre de risques, mais je ne comprends pas pourquoi il est quant à lui si opposé à ce mariage. Il a une maîtresse ?

— Non. Il dit qu'il est « entre deux ».

Après avoir arraché le bouchon avec les dents, Sam le recracha dans le lac. Reboucher une bouteille entamée était de toute façon presque un crime, à Vinelands.

— Gagne-t-il bien sa vie, ce mercenaire ? s'enquit-elle.

— Père m'a dit qu'il a amassé une petite fortune. Mais père m'avait caché qu'il est mercenaire...

— Est-ce si sûr que cela ?

Jane acquiesça d'un signe de tête.

— Son frère en est un, et Hugh rentre du continent où il combattait avec lui. C'est ainsi qu'il a été blessé au visage.

Sam rendit la bouteille à Belinda et demanda :

— Lequel des trois frères ?

— Court. Courtland. Celui qui est toujours en colère...

Sur le visage de ses cousines, Jane vit passer une expression prouvant qu'elles voyaient de qui il s'agissait.

— Au moins, il n'avait pas l'air aussi méchant que le plus âgé ! s'exclama Belinda.

— Celui dont le visage est balafré, précisa Sam en frissonnant. Il me donnait des terreurs nocturnes, celui-là...

— Oh, à moi aussi ! renchérit Belinda. Un matin que je cueillais des baies avec Claudia, nous l'avons croisé dans une allée embrumée... Nous nous sommes figées, et il s'est rembruni, comme s'il se doutait de ce qui allait se passer. Quand nous avons laissé tomber nos paniers pour nous enfuir, il nous a lancé des insultes dans sa langue...

Pour une raison qui lui échappait, Jane eut un bref élan de sympathie pour Ethan. À l'époque, il ne devait avoir guère plus de vingt ans.

— Ensuite, nous nous sommes senties un peu ridicules et honteuses, avoua Belinda. Mais nous ne sommes pas allées rechercher nos paniers.

— Alors, qu'est-ce qui peut motiver l'opposition de MacCarrick à ce mariage ?

Le front plissé par la concentration, Sam réfléchissait tout haut.

— Il a suffisamment d'argent pour te faire vivre, il n'a pas de maîtresse, et il est dingue de toi.

D'un regard, Jane fit comprendre à sa cousine que sa remarque ne l'amusait guère, puis elle se tourna de manière que Hugh ne puisse la voir boire une gorgée au goulot. Après le sermon qu'il lui avait servi ce matin-là, il était à parier que cela ne lui plairait pas de découvrir sa femme – même à titre temporaire – les jambes nues et sirotant une bouteille.

— Il est tellement dingue de moi qu'il ne cesse de me répéter à quel point il a hâte de faire annuler ce mariage... commenta-t-elle, pince-sans-rire.

D'un geste de la main, Sam écarta l'argument.

— Je me contente de décrire ce que je vois, dit-elle. C'est un puzzle, et j'adore les puzzles.

— Peut-être y a-t-il une jolie et solide Écossaise qui l'attend dans son clan... hasarda Belinda, avant de boire une rasade sans se soucier, quant à elle, des convenances. Une brave fille à la poitrine généreuse et aux hanches larges, qui sait faire la cuisine et entretenir la maison.

Jane fronça les sourcils. Soudain, la perspective de remonter vers le Nord jusque sur les terres du clan de Hugh avait moins d'attrait à ses yeux. Là, elle ne serait qu'une étrangère. Elle ne parlerait pas la langue et ne comprendrait rien de ce que se diraient Hugh et les siens… sans oublier d'éventuels anciens flirts laissés sur place.

— Au moins, fit valoir Sam, Jane pourrait en remontrer à n'importe quelle donzelle, question sensualité.

Jane ne jugea pas utile de la contredire. Jusque-là, ses appétits sensuels n'avaient été que source d'irritation pour elle. À présent que Hugh était revenu – et après ce qui s'était passé la nuit précédente –, ils la consumaient.

— Je jure…

Elle s'interrompit et se pencha pour laisser passer les deux filles de Sam qui remontaient le ponton en courant, poursuivies par une nurse essoufflée, puis enchaîna :

— … que parfois je dois avoir envie de faire l'amour autant qu'un jeune homme de mon âge. Il y a des gens que les choses du sexe obsèdent. J'en fais partie.

Sam leva les yeux au ciel.

— Parole de vierge de vingt-sept ans !

— Samantha, il ne faut pas juger… protesta Belinda d'un air guindé. Jane n'a jamais demandé à rester vierge.

Elle fit claquer ses doigts pour réclamer la bouteille et ajouta à l'intention de Jane :

— Qu'arrivera-t-il si ce mariage n'est pas consommé ? Quelle sera la fin de l'aventure pour toi ?

Jane prit appui sur ses deux bras tendus derrière elle et inspira profondément. Les dernières roses, dont les gelées d'automne viendraient bientôt à bout, embaumaient l'air.

— Notre mariage sera annulé, répondit-elle. Hugh retournera faire le mercenaire, ou quoi que ce soit d'autre qui l'occupe habituellement.

— Janey… juste pour être sûre, intervint Sam d'un ton prudent. Est-ce que *tu* veux rester mariée à lui ?

En réfléchissant à sa réponse, Jane vit Hugh manquer un tir à la carabine intentionnellement et se faire consoler par Lawrence à grands coups de tapes dans le dos. C'était lui, sans l'ombre d'un doute, qui aurait dû embarrasser ses compagnons, mais il s'en était abstenu. Elle l'avait vu également évaluer d'un œil critique la façon qu'avait Robert de tenir son arme, mais il ne lui avait rien dit. Autant que possible, il s'efforçait de se fondre dans l'étrange famille Weyland.

Jane poussa un soupir. Après ce qui s'était passé entre eux la veille, elle savait qu'elle pourrait passer le reste de ses nuits en compagnie de cet homme, et leur dispute matinale ne changeait rien au fait qu'il ferait un bon mari.

Très jeune, elle avait découvert que le tempérament et la personnalité de Hugh étaient terriblement attirants pour elle. Elle avait fixé son choix sur lui et, après son départ, elle n'avait jamais trouvé son égal.

Après avoir adressé à ses cousines un sourire crispé, Jane répondit :

— Cela importe peu, n'est-ce pas ? Il n'aurait pu m'expliquer de manière plus claire que dès que cela sera possible, il s'en ira et ne reviendra pas. Si vous aviez vu sa tête, quand j'ai prétendu que je n'étais pas restée célibataire !

— Pour être juste, argumenta Belinda, une annulation sans histoire est l'un des termes du marché qu'il a accepté. Sans elle, cela pourrait devenir compliqué. Il peut même légitimement redouter que vous ayez à divorcer. Et comme la cousine Charlotte te le confirmerait, elle qui passe des heures au tribunal, un divorce n'est jamais une partie de plaisir.

Sam, qui secouait la tête, semblait d'un autre avis.

— Non, décréta-t-elle. Il est jaloux. Il a réagi ainsi parce qu'il ne supporte pas de t'imaginer avec un autre homme – ou d'autres hommes.

Belinda couvrit sa bouche de sa main pour réprimer un hoquet, puis elle fit de nouveau claquer ses doigts afin de récupérer la bouteille.

— Jane, je dois donner raison à Sam sur ce point, dit-elle. Il te regarde vraiment comme un loup affamé surveillant sa proie.

— Mais… protesta Jane. Tu ne nous as vus ensemble que très brièvement !

— Certes, admit Sam. Mais il n'arrête pas de regarder par ici. Tu n'as qu'à vérifier et décompter cinq secondes… quatre… trois… deux…

Jane haussa les épaules. Mais Hugh, effectivement, tourna bien la tête vers elle deux secondes plus tard.

— Il peut paraître un peu possessif, reconnut-elle. Mais c'est sa mission qui veut ça : il doit me protéger.

— Allons… n'as-tu donc jamais vu un Highlander désespérément amoureux ? rétorqua Sam.

— « Désespérément amoureux »… répéta Jane d'un air gêné. C'est ridicule…

Pourtant, son cœur cognait fort dans sa poitrine.

Belinda fronça les sourcils et s'étonna :

— Jane… qu'as-tu fait de ta fameuse assurance ?

— Elle est en berne, admit-elle d'un air maussade. Ce qui peut arriver à une femme quand son mari considère leur mariage comme un piège prêt à se refermer sur lui. Et quand il se dit prêt à se ronger la patte pour se libérer…

— Peut-être s'imagine-t-il qu'il n'est pas assez bien, ou pas assez riche pour toi ? hasarda Belinda. Après tout, tu étais sur le point d'épouser un séduisant comte.

— Elle a raison, approuva Sam. Cela sent le sacrifice à plein nez…

— Donc, résuma Jane, vous pensez qu'il est ici, prêt à risquer sa vie pour moi, parce qu'il m'aime et ne peut supporter de me savoir en danger ?

Belinda acquiesça solennellement.

— Oui. C'est précisément cela.

Mais Jane était loin d'en être convaincue. Pourquoi Hugh faisait-il tout cela ? Bien sûr, il devait se sentir redevable envers Weyland, mais ce qu'il acceptait de faire allait au-delà du service rendu.

— Une idée de la raison pour laquelle il est parti il y a dix ans et de ce qui le pousse à refuser ce mariage ?

À la question de Jane, ses cousines secouèrent négativement la tête.

— Non, mais à ta place j'essayerais de le découvrir, dit Sam. Et pour cela, je développerais une stratégie.

— Une stratégie pour MacCarrick… murmura Jane d'un air pensif en se tapotant le menton. Comment se fait-il que cela me rappelle quelque chose ?

Sam haussa les épaules.

— C'est vrai, notre plan précédent n'a pas été tout à fait un succès.

— « Tout à fait » ? répéta Jane en riant. Nous devions le pousser à me demander en mariage et, au lieu de cela, nous avons réussi à le faire fuir pendant dix ans !

— Cela ne nous dit pas ce que tu comptes faire, intervint Belinda.

Les sourcils froncés, Jane réfléchit à haute voix.

— Je pourrais attendre que les réponses me tombent du ciel, puis agir de manière irréfléchie ?

— Pas bête, reconnut Sam en se frottant le menton. Cela pourrait marcher.

27

Vers le crépuscule, Hugh parvint à surprendre Jane alors qu'elle quittait la maison par une porte latérale.

— Vous ne pourrez m'éviter toute la journée, dit-il.

Il l'accula contre un mur, et elle le laissa faire.

— Vous ne m'avez jamais perdue de vue, répondit-elle, étonnée de le voir prendre appui d'un bras à côté de sa tête et se pencher vers elle. Et je pensais que vous passiez de bons moments en compagnie de Robert et Lawrence.

Hugh plissa les yeux.

— Oh, *aye*... Aujourd'hui, j'ai tiré à la carabine, je suis allé à la pêche, j'ai fumé et bu, et parce que je ne vous quittais pas des yeux, ils n'ont cessé de me titiller en me disant que j'avais décidément un gros béguin.

Il paraissait si grognon que Jane dut réprimer un sourire.

— Avez-vous parlé à vos cousines de la nuit dernière ? s'enquit-il.

— Naturellement.

— Vous leur avez dit comment je... comment nous...

Hugh laissa sa phrase en suspens avec un gémissement sourd et conclut :

— Jane... Vous ne leur avez tout de même pas dit ça ?

— Avez-vous passé la journée à vous en inquiéter ?

Hugh s'écarta un peu d'elle.

— Seigneur, oui !

— Tant mieux ! se réjouit-elle en étudiant ses ongles. Vous l'avez mérité, après vous être montré si blessant envers moi ce matin...

— Sans doute, reconnut-il de mauvaise grâce. Mais je ne veux pas que nos... affaires privées fassent les choux gras de vos cousines. En un rien de temps, les Huit seront au courant.

— J'en ai parlé à Sam et Belinda sans leur donner de détails. J'ai juste dit que nous avions été intimes, sans aller jusqu'à faire l'amour.

— C'est déjà trop !

Mais Jane l'avait senti se détendre légèrement. En se penchant de nouveau sur elle, Hugh ajouta :

— Je ne pensais pas que vous accepteriez de me parler après... notre dispute de ce matin.

— Je veux bien oublier ce que vous m'avez dit.

— Je l'apprécie et...

— Uniquement si vous acceptez de faire un marché avec moi, l'interrompit-elle. Chaque fois que vous ferez la tête, dorénavant, vous me donnerez cent livres.

— Cent livres ? s'étonna-t-il. Pourquoi cela ?

— J'ai compris aujourd'hui que ce n'est pas parce que nous sommes forcés de rester ensemble dans les semaines à venir que nous devons nous morfondre. Je veux passer du bon temps – avec vous – et cela m'est impossible si vous broyez du noir en permanence ou que vous me boudez.

— Je ne peux pas changer du tout au tout et...

— Acceptez ce marché, Hugh, ou je n'oublierai pas ce que vous m'avez dit ce matin, *et* je divulguerai la vérité à mes cousines.

Hugh détourna le regard, les mâchoires crispées.

— C'est d'accord, grogna-t-il enfin. Marché conclu.

— Bien... Mais prenez garde : ces amendes, en se cumulant, finiront par représenter une jolie somme.

Il fut dispensé de lui répondre car Emily, la fille de Sam, les rejoignit.

— Allez viens, Tatie ! s'écria la petite fille en s'emparant de sa main pour l'entraîner vers la pelouse.

Jane attrapa celle de Hugh pour qu'il les suive et expliqua par-dessus son épaule :

— Emily est tout à fait comme moi quand j'étais petite : à courir partout toute la journée jusqu'à s'effondrer sur place le soir venu, morte de sommeil.

— Quand vous étiez petite ? répéta Hugh en haussant les sourcils. Vous étiez toujours ainsi à treize ans.

Jane eut un petit rire joyeux, ce qui parut le surprendre. En atteignant une couverture étendue sur la pelouse, elle s'y laissa tomber sans lâcher la main de Hugh, si bien qu'il dut la suivre et s'installer à côté d'elle. Emily, elle, préféra venir se blottir dans le giron de Jane.

— Tatie... c'est le rude Highlander que tu as épousé ?

Elle avait chuchoté, mais pas suffisamment bas pour que Hugh ne puisse l'entendre. Jane vit son visage se figer.

— Oui, répondit-elle simplement. C'est lui.

Emily examina l'intéressé d'un œil méfiant et reprit :

— Je dois vraiment l'appeler « tonton », alors ?

— Mmm... oui, ma douce. C'est ton oncle Hugh.

— Il va vraiment nous acheter des cadeaux ?

À l'oreille d'Emily, Jane conseilla :

— Tu devrais le lui demander directement.

La tête penchée sur le côté, la fille de Sam se lança :

— Vous allez vraiment m'offrir les poupées que je vous ai demandées ?

Hugh jeta un bref coup d'œil à Jane avant de répondre.

— *Aye*.

— Vous n'oublierez pas ?

Voyant Hugh lui répondre par la négative d'un signe de tête, Emily lui adressa un de ces sourires qui avaient amené Jane, par le passé, à lui promettre – et à lui offrir – un poney brun qu'elle avait appelé « Chocolat ».

Hugh lui adressa un sec hochement de tête, comme il aurait pu le faire pour une connaissance dans un club.

Emily se redressa.

— À plus tard… oncle Hugh.

Après son départ, Jane se rembrunit.

— Vous vous conduisez comme si vous n'aviez jamais été au contact d'enfants…

— C'est le cas, reconnut-il. Pas depuis… des années.

L'air anxieux d'entendre sa réponse, il ajouta :

— Comment aurais-je dû réagir, selon vous ?

En se remémorant ce que son père lui avait dit de la bonne volonté de Hugh, Jane expliqua patiemment :

— Eh bien, vous auriez pu dire : « Oui, ma douce, mais seulement si tu es très sage pendant toute une semaine », ou quelque chose d'approchant.

Hugh parut enregistrer l'information.

— J'ignorais que vous aimiez à ce point les enfants, fit-il remarquer.

— Je les adore ! renchérit-elle en regardant la joyeuse bande qui jouait sur la pelouse autour d'eux, maculant leurs vêtements de taches d'herbe. J'aime tout, chez eux : l'odeur de leurs cheveux gorgés de soleil à la fin de la journée, combien ils sont sensibles aux plus petites choses, et prompts à rire et à s'amuser…

Voyant qu'il se rembrunissait, elle s'inquiéta :

— Ai-je dit quelque chose qui vous chagrine ?

— Si vous les aimez tant, répliqua-t-il sèchement, pourquoi ne pas avoir cherché à en avoir vous-même ?

Jane se redressa et répondit sur le même ton :

— Hélas, il y a une étape intermédiaire avant d'en « avoir », comme vous dites : trouver un mari.

— Dans ce cas, il me semble que vous auriez pu vous montrer moins sévère dans vos critères de recherche.

— À vous entendre, on dirait qu'il est trop tard… Je n'ai que vingt-sept ans ! Ma mère m'a eue alors qu'elle en avait vingt-neuf. Je n'ai aucune raison de chercher à me caser – ou plutôt je n'en avais aucune… Voilà que vous m'embrouillez ! Bien sûr, cela faciliterait les choses si j'étais *complètement* mariée ou *complètement* célibataire.

— Alors qu'en ce moment, par la force de choses, vous voilà à moitié mariée à un « rude » Highlander…

Constatant qu'il était vexé, Jane se radoucit.

— N'en prenez pas ombrage, dit-elle. Parole d'enfant… Elle ne pensait pas à mal.

Sans se dérider, Hugh arracha un brin d'herbe et insista :

— Aviez-vous… honte de devoir me présenter à votre famille comme votre mari ?

— Oh, grand Dieu non !

Jane aurait aimé une réponse plus posée – et moins véhémente –, mais celle-ci parut le rassurer.

Peu lui importait ce qu'en pensaient ses cousines. Elle avait toujours trouvé Hugh séduisant, à cause de son apparence de « rude Highlander », justement. Il s'habillait simplement mais bien, et il avait de bonnes manières, si l'on exceptait le fait qu'il n'était pas très causant et que sa poignée de main pouvait se révéler « éprouvante », ainsi que Robert s'en était plaint.

— En plus, poursuivit-elle, « rude Highlander » est plus flatteur que le surnom auquel a droit Robert dans la famille.

En réponse à son coup d'œil interrogateur, elle précisa :

— Ils l'appellent « le charlatan rieur ». Au fait, il s'est réjoui que vous soyez déjà devenus amis, tous les deux. Il m'a dit que vous lui aviez fait bonne impression, même s'il n'a pu vous arracher que quelques paroles. Habituellement, il a du flair pour ce genre de choses.

— Une « bonne impression » ? Alors pourquoi…

Hugh ne put terminer sa phrase. En voyant Lawrence rassembler des bûches et des fagots, il se figea.

— Il va y avoir un feu ? s'étonna-t-il. En cette saison ?

Jane acquiesça d'un hochement de tête.

— Nous dînons dehors tant que le temps le permet.

— Oui, je suis au courant.

D'un œil méfiant, il observa Belinda et Sam émerger de la maison, les bras chargés de victuailles.

— Nous restons, n'est-ce pas ? demanda Jane.

Vivement, il tourna la tête vers elle. À en juger d'après son expression horrifiée, on aurait juré qu'elle lui proposait de boire l'eau de la Tamise...

Ils allaient donc rester là, dehors, tous ensemble, pour manger et faire la fête. Oh, non...

— Non, nous ne pouvons pas rester ! décréta-t-il.

Hugh se leva et, d'autorité, il aida Jane à se remettre debout. Cela, il ne le permettrait pas.

Lui et ses frères avaient été souvent invités à partager les réjouissances nocturnes des Weyland au bord du lac, mais ils avaient toujours décliné, incapables qu'ils étaient de comprendre le comportement étrange de cette famille. Les hommes buvaient sec et fumaient le cigare devant leurs femmes. Des chants et des fous rires troublaient le calme de la nuit. Les enfants dormaient sur leurs parents, enroulés dans des plaids, nullement gênés par le bruit.

Combien de ces fêtes nocturnes les trois frères avaient-ils épiées ainsi, installés sur leur terrasse, échangeant de temps à autre des regards incrédules ? Et à présent qu'il était passé de l'autre côté de la crique, on voulait qu'il participe à ces agapes ?

Sans doute avait-il laissé transparaître son désarroi, car Jane le rejoignit, un sourire enjôleur jouant sur ses lèvres – ces lèvres auxquelles il avait rêvé de goûter quand il l'avait coincée contre un mur quelques minutes plus tôt.

— J'aimerais vraiment beaucoup manger ici ce soir, dit-elle d'un air ingénu.

Inflexible, Hugh secoua la tête.

— S'il vous plaît... implora-t-elle d'une douce voix.

Elle faisait de lui ce qu'elle voulait, et ils le savaient tous deux parfaitement.

Sans attendre de réponse, Jane lui prit la main et l'attira de nouveau avec elle sur la couverture.

— Nous resterons assis ici, promit-elle.

Hugh était conscient qu'elle le manipulait, mais il ne perdait pas non plus de vue qu'elle resterait accrochée à son bras, et que son corps se presserait contre le sien. Cela méritait sans doute quelques efforts. Et effectivement, dès qu'ils furent installés, Jane pressa contre son bras un sein tendre et chaud, et laissa une de ses mains remonter le long de son dos jusqu'à sa nuque, qu'elle commença à chatouiller du bout des ongles.

— Ce n'est pas si terrible, n'est-ce pas ? susurra-t-elle.

Hugh devait reconnaître qu'auprès d'elle, cela pouvait aller. Mais il continuait d'observer d'un œil méfiant les autres qui se rassemblaient autour du feu – nurses, couples et enfants –, confortablement installés sur des couvertures, se passant des plats de porcelaine chargés de nourriture.

Jane alla lui préparer une assiette. Les mets qu'elle lui choisit avaient l'air succulents, mais Hugh n'avait pas d'appétit.

Une fois que les enfants eurent sombré dans le sommeil – Emily ayant choisi les chevilles de Jane pour s'installer, enveloppée dans une couverture –, une fois que les nurses se furent retirées, d'autres bouteilles de vin furent apportées. La conversation se fit animée, et le langage plus direct, même en présence de ces dames... et dans la bouche même de ces dames.

Hugh redressa la tête en entendant Robert s'exclamer :

— Au moins, Hugh savait à quoi s'attendre en épousant Jane ! Depuis le temps qu'il la connaît...

— Effectivement, renchérit Samantha. Il ne pouvait ignorer que des Huit, c'est elle la plus délurée.

— Certainement pas ! protesta Jane.

— Hugh est-il au courant, à propos du prince russe ?

La question de sa cousine fit naître sur les lèvres de Jane un sourire.

Samantha se lança dans un récit animé.

— Au printemps dernier, au cours d'un bal, un horrible vieux débauché et néanmoins prince de Russie a commis l'erreur de glisser sa main dans le décolleté de Charlotte. La pauvre était mortifiée ! Nous sommes donc toutes passées à l'offensive, répandant la rumeur que l'appendice viril du prince n'avait rien de flatteur…

Les yeux brillants d'une joie sans mélange, Samantha marqua une pause pour siroter son vin avant de poursuivre :

— Mais notre Janey ne pouvait se satisfaire de si peu. Comme une tigresse à l'affût, elle observait sa proie, dans l'attente du moment idéal. J'ai tout de suite vu la chose arriver… Alors qu'il passait près d'elle, elle lui a adressé un sourire ravageur. Le pauvre en était tellement remué qu'il n'a pas vu le pied surgir de la robe de Jane. Sans comprendre ce qui lui arrivait, il est allé s'affaler tête la première dans le saladier de punch…

Hugh ne put réprimer un sourire amusé.

— Jane nous a rejointes tranquillement, conclut Belinda. En se frottant les mains, elle a jeté : « Les hommes s'inclinent devant les Huit. Ou alors ils tombent. »

Un sourcil arqué, Hugh se tourna vers Jane et ne put s'empêcher de souligner :

— Ah oui, ils s'inclinent…

— Vous n'écoutiez donc pas ? fit-elle mine de s'étonner avec un sourire mutin. Ou alors ils tombent. Et les plus grands, comme vous, tombent de plus haut…

Tout le monde se mit à rire. Après cela, la conversation vira au concours de blagues grivoises. Lorsque Hugh se surprit à s'en amuser, il se reprit et retrouva son quant-à-soi. Il était ainsi : toujours en marge, à observer, lucide et vigilant. Cela ne lui était ni pénible ni difficile. Il était aussi différent de ceux qui l'entouraient que le jour différait de la nuit.

Tous avaient l'air tellement à l'aise, avec eux-mêmes et avec les autres, sûrs de la relation qui les unissait. Ils n'avaient pas peur de manifester leurs sentiments et de témoigner leur affection en public. Samantha riait, les lèvres pressées dans le cou de Robert. Belinda et Lawrence, main dans la main, s'éloignaient pour récupérer un châle.

Hugh se demanda ce que serait sa vie si Jane était vraiment sa femme et s'il faisait partie intégrante de cette famille. À quoi ressemblerait-il sans la constante menace que le *Leabhar* faisait peser sur lui ? Il lui fallut conclure qu'il enviait cette vie-là.

Comment une famille pouvait-elle être si maudite, et l'autre si bénie ?

En l'entendant soupirer, Jane reprit ses caresses sur sa nuque du bout des ongles, comme si elle avait senti qu'il en avait besoin.

Hugh laissa son regard se perdre dans les flammes. Il y avait quelques semaines de cela, la femme qu'aimait son frère Court – la seule qu'il ait jamais aimée – avait failli mourir. Tous deux avaient été pris en chasse par les Rechazados.

Deux de ces assassins avaient suivi le frère d'Annalía jusqu'à la demeure des MacCarrick à Londres. Après avoir réussi à s'emparer d'elle, l'un d'eux l'avait entraînée à l'extérieur. Lorsque Court s'était élancé pour la sauver, son ravisseur avait collé un pistolet sur la tempe d'Annalía, si fort qu'elle en avait gardé la trace pendant des jours. Court n'avait rien pu faire pour lui porter secours, à part lancer tout bas un appel désespéré à Hugh, qui comme de coutume se tenait en marge.

Hugh s'était rendu à l'étage, dans sa chambre, et il avait visé le Rechazado qui menaçait Annalía depuis sa fenêtre. Jamais, peut-être, un tir n'avait eu autant d'importance pour lui. Il savait que son frère aurait été détruit par la mort de celle qu'il aimait.

Mais Hugh était parvenu à abattre l'assassin de telle manière qu'il n'avait lui-même pas eu le temps d'appuyer sur la détente. Annalía avait tenté de s'écarter du corps effondré qui la retenait encore. Avant que

Court ait pu la rejoindre, en état de choc, elle avait pataugé en gémissant dans le sang de son agresseur.

Et en voyant Court accourir vers elle, Hugh avait eu honte d'éprouver du soulagement – le soulagement que lui-même n'ait pas pris le risque d'exposer Jane à une telle menace. Il se souvenait d'avoir pensé : « Je préférerais mourir plutôt que Jane ait à subir une chose pareille... »

Jane le tira de ses pensées en lui murmurant à l'oreille :

— Vous me devez cent livres. Et ce n'est qu'un début.

28

Grey sentit les cheveux se dresser sur sa nuque juste avant qu'un grand silence ne se fasse dans la taverne.

Le nez plongé dans son verre, il sourit en observant celui qui venait d'entrer dans la salle, là même où il avait décidé de se reposer durant le jour, en attendant que la nuit tombe et qu'il puisse prendre le bac.

Grey, qui avait ménagé ses arrières, se glissa vers la porte latérale qu'il avait repérée. Mais, dans la pénombre, il ne résista pas à l'envie d'observer celui qui le poursuivait depuis des jours.

Ethan MacCarrick, le tueur que les tueurs eux-mêmes redoutaient… Grey réprima un rire satisfait.

Le regard attentif, Ethan scrutait l'assemblée. Le dessin de sa balafre d'un blanc d'os ressortait cruellement sur son visage crispé. Grey aurait aimé savoir qui lui avait infligé cette blessure, mais Hugh s'était toujours montré réticent à en parler et n'appréciait pas d'être interrogé à ce sujet. Deux choses semblaient certaines : quiconque lui avait fait cela était doué, et la blessure avait été infligée à Ethan alors qu'il était encore un jeune homme.

En allant se plaquer contre un mur, Ethan continua d'observer la foule, sans doute à la recherche de poivrots ressemblant à des habitués. Sous toutes les latitudes, les ivrognes faisaient d'excellents informateurs.

Personne ne se méfiait d'eux, alors qu'ils entendaient et voyaient tout.

Soudain, le regard d'Ethan se fixa sur un client qui se dirigeait en titubant vers la porte. En un rien de temps, il l'eut rejoint et attrapé par les cheveux pour le faire sortir sans ménagement.

Grey attendit un instant avant de sortir à son tour par la porte latérale, suivant à distance Ethan qui entraînait sa victime dans une allée embrumée à l'arrière de la taverne. À quelque distance, il le vit étrangler l'homme d'une main, puis relâcher sa prise afin qu'il puisse en quelques phrases hachées livrer sa confession. Le style d'Ethan MacCarrick avait toujours été sans fioritures et basé sur la violence.

Quand le poivrot lâcha le nom du passeur de bac avec lequel il avait traité, Grey dut reconnaître que ce style ne manquait pas d'efficacité. Après avoir d'un coup de poing assommé son informateur, Ethan rentra dans la taverne, piégeant Grey sans le savoir. Le passeur était toujours à l'intérieur, à boire de la bière en attendant que Grey donne le signal du départ.

Bon Dieu ! Même si Ros Creag n'était qu'à une demi-heure de bac, Grey savait qu'il ne devait pas perdre une minute. Hugh n'avait sans doute pas l'intention de s'y attarder. Il devait se douter que Grey finirait par découvrir son repaire.

Si Ethan ne se décidait pas à sortir rapidement de cette taverne et à quitter la ville, il allait devoir le tuer. Cela ne faisait pas partie de ses plans dans l'immédiat. Sa cible prioritaire avait toujours été Jane. À se disperser, on courait le risque de tout perdre, surtout qu'il avait déjà commis une entorse à sa ligne de conduite en réglant son compte à Lysette.

Mais, en l'occurrence, il semblait bien que Grey n'avait pas le choix.

Ethan, cependant, n'était pas une cible des plus faciles à abattre. Il allait devoir gaspiller des heures précieuses, ce qu'il ne pouvait se permettre.

Quand un quart d'heure se fut écoulé sans qu'Ethan ne ressorte de la taverne, Grey finit par conclure que c'était d'un coup de pistolet qu'il allait le tuer.

Observant les alentours à la recherche d'un point de vue où faire le guet, il découvrit un balcon donnant sur l'avant de la taverne à partir duquel on pouvait également surveiller l'allée de côté. Aussi discrètement que possible, Grey l'escalada en s'accrochant à l'un des supports en fer forgé et sentit toutes ses vieilles blessures se réveiller.

Mais, une fois qu'il fut en position, il put laisser le temps s'écouler plus sereinement, certain d'avoir choisi le bon poste d'observation. Il regarda les gens passer dans la rue, sortir de la taverne ou y entrer, faisant à chaque fois grincer la porte principale. Ethan avait-il décidé de manger là ? Ses interrogatoires lui donnaient-ils du fil à retordre ? Grey savait qu'il ne pouvait s'être laissé tenter par quelque catin. Ethan ne s'accordait aucun des plaisirs de l'existence. Il était même parvenu à se passer totalement des femmes.

Après plus d'une heure, enfin, Grey vit MacCarrick quitter l'établissement par la porte latérale. En le visant, il s'aperçut que sa main tremblait et s'empressa de glisser dans sa bouche une autre chique de sa « médecine ».

Aussitôt, il s'aperçut qu'Ethan était différent. Dans la lumière chiche et vacillante d'un réverbère, il paraissait distrait, préoccupé. Une seule chose pouvait à ce point occuper ses pensées. Grey le savait parce qu'il avait souvent vu Hugh arborer cette même expression.

Ethan MacCarrick avait une femme en tête.

Jusque-là, il avait semblé assumer son apparence et ne pas se soucier de ce que l'on pouvait penser de lui. Mais lorsque deux garçons qui passaient par là le dévisagèrent avec insistance, il se rembrunit, comme s'il réalisait quelle image il offrait à ses semblables. Faire fuir les chenapans en amorçant un geste menaçant ne suffit apparemment pas à le satisfaire. Après qu'ils eurent détalé, il passa rudement le dos de sa main sur sa balafre.

Grey n'allait cependant pas le plaindre. Il ne pouvait oublier les jours et les nuits atroces qu'il avait passés par sa faute, trempé de sueur, se tordant de douleur, dans une cave infecte où les spectres de ses victimes l'avaient assiégé. Une rage noire s'empara de lui, qui le fit mâcher de plus belle sa médecine, jusqu'à ce qu'il n'en reste plus rien.

Lorsque Ethan l'avait relâché, Grey avait fait comme s'il lui était reconnaissant de l'avoir mené sur la voie de la guérison. Hugh, lui, avait semblé soulagé – et honteux de lui avoir donné une raclée...

— Ah, que c'est bon de te revoir ! s'était-il exclamé.

Ethan lui avait à peine jeté un regard.

— N'oublie pas que je t'ai à l'œil, avait-il grogné.

À présent, c'était lui qui l'avait à l'œil...

De nouveau, il se mit en position de tir, s'efforçant de dominer les tremblements qui secouaient sa main.

Même s'il était impossible qu'il l'ait entendu à cette distance, Ethan se figea dès l'instant où Grey l'eut en ligne de mire. Peut-être avait-il fini par réaliser à quel point il s'était montré imprudent en sortant ainsi dans une allée déserte, sans même un regard pour examiner les environs.

Ethan leva soudain la tête et le vit. Une expression de surprise intense se peignit sur ses traits, mais elle ne pouvait être aussi profonde que celle de Grey lui-même. La rage succéda bien vite sur le visage d'Ethan à l'étonnement. En un tournemain, il dégaina son arme et fit feu.

La balle traversa un repli du pantalon de Grey, et il tira à son tour.

Un flot de sang jaillit de la poitrine d'Ethan MacCarrick, qui s'effondra d'un bloc sur le pavé.

Grey ne valait rien au tir ? Pourtant, ce soir-là, il avait fait mouche.

29

Hugh reprit à cheval le chemin de Ros Creag, Jane endormie contre lui. Elle s'était assoupie devant le feu, blottie contre sa poitrine, la petite fille encore installée sur ses jambes. Quand Robert avait récupéré Emily, Hugh s'était doucement relevé en soulevant Jane dans ses bras, puis avait refusé la proposition qu'on lui faisait de rester pour la nuit.

À présent, il souriait presque en imaginant la tête que feraient ses frères quand il leur dirait qu'il avait passé une soirée chez les Weyland. Jamais ils ne voudraient le croire.

Pourtant, cela n'avait pas été aussi terrible qu'il l'avait imaginé. Il devait même reconnaître qu'il n'avait pas vécu de moment aussi agréable depuis longtemps. Sans compter que de nouveau il tenait Jane serrée contre lui et qu'elle… lui caressait la poitrine ?

Redressant la tête, il demanda :

— Jane ? Êtes-vous réveillée ?

— Juste un peu, murmura-t-elle en laissant ses mains glisser jusqu'à l'encolure de la chemise de Hugh.

Les sourcils froncés, il insista :

— Seriez-vous un peu ivre, *lass* ?

— Non. J'ai les idées très claires.

D'une voix qui s'était faite rauque, Hugh s'étonna :

— Pour quelle raison déboutonnez-vous ma chemise ?

Installée comme elle l'était, elle ne pouvait avoir manqué sa réaction instantanée aux attentions qu'elle lui prodiguait. Pour s'en assurer, il la saisit par les bras et la redressa de manière à positionner son membre durci sous ses fesses.

— Non, Jane ! protesta-t-il fermement. Vous savez que nous ne pouvons pas…

Doux Jésus ! Ne venait-elle pas, à l'instant, de poser ses lèvres, sa langue, contre sa poitrine ? Retenant son souffle, Hugh rejeta la tête en arrière et contempla la lune. Tous les vœux auxquels il s'était juré de se tenir volèrent en éclats.

— Vous persistez à prendre tout ceci pour un jeu ! lança-t-il d'un ton accusateur.

Jane entrouvrit les yeux, le regard vague, comme s'il la tirait d'un doux rêve.

— Moi ? protesta-t-elle. Je ne…

— Vous saviez pourtant que vous n'auriez pas dû sortir sans moi.

— Il fallait que je m'entretienne avec mes cousines. J'avais besoin de leur avis. Désespérément.

Sachant qu'il aurait mieux fait de ne pas poser la question, Hugh s'entendit demander :

— À quel sujet ?

— À propos du fait que je…

Avant de conclure, Jane se redressa et amena ses lèvres au contact des siennes.

— … veux que vous me fassiez l'amour.

Hugh faillit tomber de cheval avec elle pour lui donner satisfaction sans attendre.

Ses caresses légères durant toute la journée avaient aiguillonné son désir, le portant à incandescence. Et depuis le matin, il jouait à être son mari, si bien qu'en dépit de lui-même… il commençait à se prendre pour tel.

Cette nuit, il réclamerait son dû en tant que mari.

— Vous voulez que je vous fasse l'amour ? répéta-t-il d'une voix rauque.

Sentant Jane opiner du chef contre sa poitrine, Hugh vida ses poumons. Il n'avait pourtant pas eu l'impression de retenir son souffle… Sans même réfléchir à ce qu'il faisait, il fit pivoter Jane contre lui, de manière qu'ils se retrouvent face à face. Lorsque ses jambes reposèrent sur les siennes, il remonta ses jupes, devant et derrière. Une main posée sur sa nuque, il l'embrassa dans le cou et laissa l'autre se perdre dans son pantalon de dessous en soie.

Il s'aida de sa main plaquée contre ses fesses pour la soulever et presser son bas-ventre sur l'érection qui distendait sa braguette, la faisant aller et venir, lui arrachant des gémissements de plaisir et se vouant lui-même à une lente agonie. Lorsqu'il la laissa retomber, Jane poussa un petit cri, car il avait placé sa main entre ses jambes, de manière à empoigner son pubis. Contre sa paume, Hugh sentait sa chair tendre et chaude, moite et offerte. Jane gémissait de plaisir à ce contact, mais elle ne put retenir un hoquet de surprise lorsque d'un doigt il se glissa en elle.

Son fourreau intime, incroyablement étroit, enserrait son index. Hugh sentait son sexe se cabrer douloureusement, faute de pouvoir remplacer son doigt.

— Je ne… pourrai pas m'arrêter cette fois, annonça-t-il d'une voix grinçante. Ce ne sera pas… comme cette nuit.

Son index et son pouce entrèrent en action. Jane dodelinait de la tête, mais Hugh maintenait fermement sa nuque dans sa main pour l'obliger à le regarder.

Les yeux mi-clos, elle acquiesça lentement.

— Est-ce que vous me comprenez bien ? insista-t-il.

Il la caressa plus langoureusement encore, et Jane se mit à onduler du bas ventre contre sa main.

— Hugh ! s'écria-t-elle. Seigneur ! Oui, je comprends.

Dès qu'elle eut prononcé ces paroles, Hugh se raidit.

— Je vais vous faire l'amour cette nuit, murmura-t-il comme pour s'en convaincre. Enfin… vous voulez vous-même qu'il en soit ainsi ?

— Oui, je le veux ! gémit Jane.

Il la sentait prête à sombrer dans l'extase. Déjà, son corps frémissait contre le sien. Ses jambes se serraient autour de ses hanches, le mettant au supplice.

C'est devenu inévitable... songea-t-il.

Hugh brûlait du besoin de la posséder, de la faire sienne, et Jane l'y poussait. Comment avait-il pu s'imaginer pouvoir aller contre ça ?

— Jouissez pour moi... lui murmura-t-il à l'oreille.

— Hugh... je vais...

Quand l'orgasme l'emporta, Jane l'embrassa avec passion, gémissant contre sa bouche. Il sentit ses ongles s'enfoncer dans ses épaules, et son sexe moite se resserrer spasmodiquement autour de son doigt.

Enfin, elle s'affaissa contre lui, repue, la tête sur son épaule. La main qui l'avait caressée alla se poser contre les fesses de Jane afin de l'empêcher de glisser.

Une fois qu'ils eurent atteint Ros Creag, il fit en sorte qu'elle reste dans cette position, même quand il descendit de cheval et fit passer la boucle des rênes autour du pilastre du perron.

Lorsqu'il eut claqué la porte derrière eux, Jane avait repris de la vigueur et l'embrassait désespérément. Pressé de pouvoir enfin s'enfouir en elle, Hugh se rua dans l'escalier, qu'il monta deux marches à la fois, en respirant fort contre son cou. Arrivé dans sa chambre, il déposa Jane sur le lit et s'empressa de se défaire de sa veste, de son holster, les rejetant loin derrière lui. En le voyant faire passer sa chemise par-dessus sa tête, Jane tendit les bras vers lui. Un genou posé sur le matelas, il n'avait plus qu'à la rejoindre. Après avoir si longtemps rêvé...

Hugh se figea en plein mouvement, les sens aux aguets.

À l'extérieur, le portail de la terrasse venait de grincer sur ses gonds.

Hugh redressa vivement la tête. Les yeux brillants, il la dévisagea quelques instants puis alla ramasser son pistolet.

— Hugh ? s'inquiéta Jane. Que se passe-t-il ?

Elle était tellement étourdie par le plaisir qu'il venait de lui offrir qu'elle avait eu du mal à articuler.

— Restez ici ! ordonna-t-il.

En toute hâte, il alla fermer les rideaux et ajouta :

— Ne bougez pas, et ne passez surtout pas devant ces fenêtres !

— Est-ce que… Grey est-il là, dehors ?

— C'est peut-être une fausse alerte.

Précautionneusement, Hugh écarta le bord d'un rideau et jeta un coup d'œil à l'extérieur.

— Vous m'aviez dit qu'il n'avait pas encore atteint l'Angleterre, reprit Jane.

— Je ne veux prendre aucun risque. Je descends.

L'idée que Grey puisse rôder autour de la maison l'étonnait, mais Jane n'était pas effrayée. La présence de Hugh était trop rassurante pour cela.

— Vaut-il mieux que je prenne mon arc ? s'enquit-elle.

— Non, *lass*. Vous n'avez pas besoin de votre arc.

— Combien de temps resterez-vous en bas ?

— Jusqu'à l'aube, sans doute, répondit-il.

— Comment ? Mais… pourquoi ne venez-vous pas vous coucher ? Toutes les portes sont fermées. Il ne peut entrer.

— Si vraiment il est dehors, il faut que j'ouvre l'œil.

— Et si vous le voyez ? insista-t-elle. Que ferez-vous ?

Avec un calme glaçant, Hugh répliqua :

— Je le tuerai.

— C'était pourtant votre ami, fit-elle valoir. Je pensais qu'il nous fallait fuir devant lui, pas… euh… l'exécuter.

— Lui n'a jamais hésité à tuer.

— Vous plaisantez ? Vous voulez dire…

Jane laissa sa phrase en suspens quand leurs regards se croisèrent.

— Des hommes, précisa-t-il. De nombreux hommes. Et des femmes aussi.

— Mais pourquoi ? Qu'est-ce qui le pousse à faire ça ?

— Je vous l'ai dit : il a l'esprit dérangé, et cela ne fait qu'empirer.

Saisie par un doute, Jane écarquilla les yeux.

— Serait-il comme Burke et Hare ? s'enquit-elle dans un souffle. Ou comme Jack Talons-à-Ressorts ? Un de ces meurtriers compulsifs dont le *Times* relate les méfaits ?

— Il doit avoir beaucoup en commun avec eux.

— Pourquoi ne m'en aviez-vous pas parlé ?

— Je ne tenais pas à vous effrayer inutilement.

Puis, comme pour lui-même, Hugh ajouta :

— Et je n'imaginais pas qu'il nous rejoindrait.

— Si vous saviez que Grey est un si dangereux criminel, pourquoi avez-vous accepté de me protéger ? C'est votre vie que vous risquez…

À cela, il ne répondit pas.

— Hugh… reprit-elle, décidée à en avoir le cœur net. Vous ne risqueriez tout de même pas votre vie pour moi ?

— Quel genre de question est-ce là ?

— Une question à laquelle je vous demande de répondre ! s'emporta-t-elle, agacée. Oui, ou non ?

Hugh la dévisagea un long moment, manifestement en proie à un débat intérieur, avant de lâcher entre ses dents serrées :

— *Aye*.

— Vr… Vraiment ? fit-elle d'une voix haut perchée.

— Essayez de dormir un peu, lui conseilla-t-il.

Comme si c'était susceptible de se produire… Après avoir hésité à lui poser la question, Jane se décida :

— Comment… tue-t-il ses victimes ?

— À l'arme blanche.

Jane sentit le sang refluer de son visage.

— Grey… poignarde ses victimes – y compris les femmes ? Est-ce ce qu'il… ce qu'il voudrait me faire ?

Hugh soupira.

— Quelle importance ? Je ne pense pas que…

— J'ai besoin de savoir ! l'interrompit-elle sèchement. Je veux savoir quels sont ses plans.

Jane vit le regard de Hugh flancher. Sans pouvoir la regarder dans les yeux, il répondit :

— Grey ne laisse aucune chance à ses victimes. Il leur tranche la gorge.

À peine avait-il fini sa phrase que des coups violents, frappés contre la porte d'entrée, résonnèrent dans toute la maison.

30

Sous le coup de la frayeur, Jane sursauta.

— Qui peut frapper à la porte à cette heure ?

— Ethan, peut-être.

Hugh se détendit quelque peu en glissant son pistolet dans la ceinture de son pantalon. Ce devait être lui.

— Mon frère était supposé nous retrouver ici, expliqua-t-il. Jane… verrouillez la porte derrière moi, et restez enfermée jusqu'à mon retour.

Elle le suivit jusqu'à la porte. Dans le couloir, Hugh attendit d'entendre le déclic de la serrure avant de s'éloigner.

On pouvait dire que son frère avait le sens de l'à-propos…

Hugh descendit l'escalier quatre à quatre et alla se poster devant une fenêtre. Un sentiment d'appréhension se fit jour en lui quand il constata, après avoir écarté le rideau, que ce n'était pas Ethan qui s'était annoncé à la porte, mais un des messagers de Weyland.

À cet instant, il eut l'intuition qu'il était arrivé quelque chose à son frère. Hugh alla ouvrir la porte et s'empara de la missive que lui tendait le messager.

— Sais-tu où est mon frère ?

En guise de réponse, l'homme secoua négativement la tête et tourna les talons, pressé d'aller confirmer que le message avait été délivré.

Refermant la porte, Hugh s'y adossa et ouvrit la lettre. Il prit connaissance du maigre contenu de celle-ci en un instant. Stupéfait par ce qu'il venait d'apprendre, il la froissa dans son poing et se rua dans l'escalier.

Dès que Jane lui eut ouvert la porte, il s'écria :

— Préparez un bagage. Le moins encombrant que vous ayez. Uniquement l'essentiel. Prenez votre arc, mais pas une tonne de livres... Nous partons dans dix minutes.

— Que s'est-il passé ?

— Grey est en Angleterre. Depuis des jours, déjà.

Si Grey était capable de se jouer du Réseau ainsi, sa dépendance à l'opium ne devait pas avoir atteint ses capacités mentales autant que Hugh l'avait envisagé. Il semblait bien que l'homme n'avait rien perdu de son habileté.

Hugh avait été tellement occupé à se tenir éloigné des jupes de Jane – ou à s'en rapprocher – qu'il avait perdu de vue l'essentiel : il devait avant tout la protéger d'un homme dont toute la vie avait été centrée sur le meurtre.

Grey pouvait passer à l'action de multiples façons. Il était capable d'empoisonner l'eau du puits, ou de mettre le feu à la maison pour mieux abattre ceux qui tenteraient de s'en échapper.

— Comment savez-vous qu'il est en Angleterre ? s'enquit Jane en rassemblant quelques vêtements.

En le voyant hésiter, sans doute comprit-elle qu'il s'apprêtait à lui mentir.

— Ce n'est pas le moment de faire des cachotteries ! s'emporta-t-elle. Je suis concernée au premier chef !

Hugh passa une main nerveuse sur son visage et avoua :

— Il a tué Lysette.

Jane poussa un cri et lâcha le sac qu'elle remplissait.

— S'il est dans les parages, s'inquiéta-t-elle, ma famille n'est-elle pas en danger ?

— Je ne pense pas, répliqua Hugh. Grey frappe uniquement les gens qu'il déteste, ou dont la mort peut favoriser ses desseins. Mais, par précaution, je laisserai une lettre à Robert lui expliquant qu'ils feraient mieux de hâter leur départ.

— Uniquement les gens qu'il déteste ? répéta-t-elle. Dans ce cas, pourquoi avoir tué Lysette ?

En continuant à préparer son bagage, Jane ajouta :

— Ne m'aviez-vous pas dit qu'ils étaient amants ?

— Ils ne l'étaient plus, et cela s'est plutôt mal terminé entre eux. Il l'accusait de l'avoir trahi.

— Hugh... S'il est réellement là, dehors... il pourrait tirer sur nous.

— Les armes à feu ne sont pas ce qu'il préfère, assura-t-il. Il n'a jamais été très bon au tir, même lorsque ses mains ne tremblaient pas.

— Mais pourquoi ne pas rester là ? Nous barricader et...

— Il n'aurait aucun scrupule à mettre le feu à la maison en nous sachant à l'intérieur, l'interrompit-il.

Hugh rejoignit Jane et la saisit par les épaules.

— *Lass*... dit-il en la fixant au fond des yeux. Je ferai tout pour que vous restiez en vie, j'en fais le serment. Mais vous devez avoir confiance en moi. Je sais ce que je fais.

Au bout d'un instant, elle lui donna son assentiment en hochant faiblement la tête.

— À présent, reprit-il, habillez-vous pour chevaucher en forêt. Quelque chose de sombre, si vous avez.

— Nous ne prenons pas la voiture ?

— Pas le temps de faire prévenir le cocher. Et puis... Grey peut facilement pister une voiture, mais il ne pourra pas nous suivre à cheval à travers la forêt. Vous souvenez-vous de cette piste rocailleuse qui s'enfonce dans les bois vers le nord ? Celle qui débouche près de la cascade.

— Oui. Vous ne vouliez pas me laisser m'y engager, autrefois. « Trop dangereux », disiez-vous.

— Eh bien, cette nuit, c'est le chemin que nous allons prendre. Et nous chevaucherons à un train d'enfer.

Un quart d'heure plus tard, ils galopaient dans les bois, au milieu d'une brume si épaisse qu'elle semblait ondoyer tel un courant sous la lune.

Hugh avait pris dans sa main les rênes de Jane. Elle devait s'agripper à la crinière de sa monture, qui peinait sur le terrain accidenté. Des branches s'accrochaient à ses cheveux et à ses vêtements puis, brusquement libérées, se détendaient en fouettant l'air derrière elle.

Dès que le cheval de Jane fit un faux pas, Hugh l'approcha du sien. Soulevant la jeune femme sans effort, il l'installa en selle derrière lui. Après s'être assuré qu'elle se tenait bien à lui, il reprit la chevauchée. Son étalon paraissait bien plus à l'aise sur ce type de terrain que la jument de Jane, qui n'avait plus qu'à les suivre en remorque comme elle le pouvait.

Aucun des frissons que Londres avait à offrir ne pouvait se comparer à ce que ressentait Jane. En pleine nuit, elle serrait contre elle le torse puissant d'un Highlander, pour une course folle à travers la forêt...

Si tout cela avait pour elle les allures d'un rêve, Hugh paraissait quant à lui parfaitement alerte et sûr de lui. Toute la nuit, tel un joueur d'échecs avançant ses pions, il se dirigea vers le nord en empruntant des chemins de traverse. Parfois, alors qu'ils étaient lancés à vive allure, il faisait brusquement stopper sa monture, dressait la tête en scrutant les alentours, puis faisait demi-tour.

— Est-ce que ça va pour vous, *lass* ? demandait-il de temps à autre en lui pressant le genou.

À présent qu'elle réalisait pleinement le danger qu'elle courait, Jane était impressionnée par tout ce que Hugh faisait pour elle – par tout ce qu'il était capable de faire. Il avait admis être prêt à risquer sa vie pour sauver la sienne. Le sachant, elle se disait qu'il n'avait pu la quitter autrefois sans un adieu par indifférence ou égoïsme.

Non. Hugh était un être bien plus complexe que cela. Il y avait davantage en lui que ce qu'il laissait voir en surface, et elle était décidée à explorer chacune de ces facettes.

Elle le serra plus étroitement contre elle, et soudain, elle eut de nouveau dix-sept ans. C'était toujours ainsi, en selle derrière lui, qu'ils avaient exploré de nouveaux endroits.

— Avez-vous besoin de vous arrêter ? demanda-t-il par-dessus son épaule.

— Non, je vais bien. Je... Je suis excitée à l'idée d'aller enfin dans les Highlands.

Après un moment d'hésitation, il répondit :

— Cela ne ressemble pas forcément à ce qu'on en dit dans les ballades anglaises, vous savez...

— Que voulez-vous... ?

— Plongez ! l'interrompit-il.

Jane s'exécuta, juste à temps pour passer sous une branche. Hugh poursuivit :

— Le pays est encore infesté de bandits qui n'ont rien d'héroïque.

Dans sa jeunesse, Jane avait localisé Carrickliffe sur une carte. Elle se souvenait que la localité se situait sur la côte, tout au nord de l'Écosse.

— Allons-nous dans votre clan ? s'enquit-elle.

— Pas si loin. Pas encore.

Jane réprima un soupir de soulagement. Après avoir aspiré durant tant d'années à se rendre là-bas, à présent elle rechignait à cette idée.

— Nous nous rendons dans une propriété qui appartient à mon frère Court, précisa Hugh.

— Où se trouve-t-elle ?

— Au sud des Highlands. Si cela est possible, nous y resterons plutôt que de rejoindre mon clan. Je dois vous prévenir que cela n'aura rien de luxueux, mais je pense que c'est là que vous serez le plus en sécurité.

— Court y sera-t-il aussi ?

Mon Dieu, faites qu'il n'y soit pas !

— Non, répondit Hugh. Il doit être à Londres à l'heure qu'il est. À moins qu'il n'ait décidé de rester sur le continent et d'accepter un contrat avec sa bande.

Entre ses dents, il marmonna quelque chose d'indistinct. Jane crut entendre :

— Du moment qu'il ne va pas la rejoindre…

— Vous disiez ? demanda-t-elle en plaquant ses mains sur son torse – et en résistant à l'envie de frotter sa joue contre son dos.

— Rien, *lass*. Essayez de dormir un peu, si vous pouvez.

Lorsqu'il plaça sa grande main calleuse sur celles de Jane pour les réchauffer, elle réalisa que, contrairement à ce qu'elle avait cru, on ne l'avait pas poussée du haut d'une falaise en la précipitant dans cette aventure. C'était d'elle-même qu'elle avait plongé…

Pour résister au vertige, elle ferma les yeux.

31

Tandis qu'elle se penchait sur l'eau cristalline du ruisseau pour étancher sa soif au creux de sa main, Jane entendit une branche craquer derrière elle. Elle se retourna vivement, mais ne vit personne dans le soir tombant. Elle savait que Hugh aurait pris la précaution d'annoncer son approche, et il ne devait pas avoir fini de desseller les chevaux pour la nuit. Un animal avait dû causer ce bruit. Les forêts qu'ils traversaient grouillaient de chevreuils.

Assise sur la berge, elle remonta ses jupes pour plonger ses jambes nues et un chiffon propre dans l'eau glacée du ruisseau. En portant le linge humide à son visage, elle songea aux quatre jours qui venaient de s'écouler, au cours desquels Hugh les avait conduits à vive allure à travers des régions boisées et des plaines rocailleuses.

Le paysage dans lequel ils chevauchaient, émaillé d'antiques fortifications celtiques et de points de vue panoramiques, se faisait de plus en plus époustouflant. Une explosion de couleurs – écarlate, or, ocre – éclaboussait le feuillage des arbres. À présent qu'ils se trouvaient dans les Highlands, tout semblait plus vif, plus éclatant. L'air lui-même était plus savoureux.

Tard, chaque nuit, ils dressaient le camp sous les arbres. Et chaque matin, Jane regardait Hugh se lever par étapes, grimaçant de sympathie en le voyant serrer les mâchoires pour endurer ce qui devait être de vives douleurs dues à des blessures anciennes. Cela ne l'empêchait pas de se mettre immédiatement à l'ouvrage, levant le camp pour qu'ils puissent se remettre en chemin vers la propriété de son frère Courtland.

De temps à autre, stoppant son cheval à côté du sien, Jane le voyait étudier chaque détail du paysage, ainsi qu'il le faisait des années plus tôt quand il l'emmenait à la chasse. Ses dons de chasseur dont elle l'avait vu se servir autrefois l'aidaient à tracer leur route et à assurer leur survie en pleine nature. Elle se retrouvait aussi admirative devant lui qu'elle l'avait été à treize ans.

Sauf que désormais, Hugh était son mari.

L'expression concentrée de son visage, l'acuité de son regard ne cessaient de lui rappeler ce qui s'était passé entre eux lors des deux dernières nuits à Ros Creag. Hélas, il n'avait depuis fait aucune autre tentative pour la toucher.

Hugh devait considérer qu'ils l'avaient échappé belle, le soir de leur fuite, et il ne voulait plus prendre aucun risque.

En se passant le linge humide sur le visage, elle tenta d'imaginer son avenir en se demandant, comme chaque fois qu'elle s'y risquait, si Hugh en ferait partie. Il y avait un certain nombre de faits dont elle était sûre : il la trouvait attirante, et il voulait lui faire l'amour. Il était également prêt à mourir s'il le fallait pour elle.

Alors pourquoi n'aurait-il pas voulu d'elle pour femme ?

Des pas précipités firent craquer le tapis de feuilles mortes juste derrière elle. Avant qu'elle ait pu se retourner, une main s'écrasa sur sa bouche, l'empêchant de crier. D'autres mains s'emparèrent d'elle, l'entraînant loin du ruisseau, dans les ténèbres des bois environnants.

Jane planta ses talons dans le sol, mordit furieusement la main qui la bâillonnait, s'arc-bouta et griffa.

L'homme qui la retenait poussa un grognement et jura. Jane en profita pour tenter de se retourner vers son assaillant, mais une lame se posa sur sa gorge et elle s'immobilisa, en proie à la terreur.

— Ôtez vos sales pattes de ma femme ! lança soudain Hugh.

Les deux bandits se figèrent. Jane souffla sur les cheveux qui lui couvraient les yeux et vit Hugh à quelques pas de là, une carabine en main, en position de tir, calme et déterminé. Il visait celui des deux hommes qui la menaçait d'un couteau et qui portait un foulard sale autour du cou. Son comparse pointa son pistolet sur lui.

— Laissez la partir, ou je vous tue, reprit Hugh.

Derrière son calme apparent, une fureur noire émanait de lui, mais il parvenait à la maîtriser.

Les deux hommes devaient faire partie de ces brigands si peu héroïques dont Hugh lui avait parlé. Pourquoi ne dissimulaient-ils pas leurs visages derrière leurs foulards ? La réponse qui lui vint la glaça d'effroi : parce que leur intention n'était pas seulement de les voler.

Impressionné par la détermination de Hugh, l'homme qui menaçait Jane déglutit de manière audible et pressa la lame plus fortement contre sa gorge. Jane poussa un petit cri sous la morsure du couteau et sentit un filet de sang dévaler sa peau.

Hugh plissa les yeux, mais ne réagit pas autrement. Il se contentait d'attendre. Jane réalisa qu'elle l'avait déjà vu à ce point impassible et déterminé : à la chasse, quand il avait une proie en ligne de mire.

Le temps parut suspendre son cours. Combien de fois l'avait-elle vu se concentrer ainsi, juste avant que son doigt ne presse en douceur la détente ? En le voyant caresser sous son pouce le garde-main de sa carabine, elle comprit que ces hommes allaient mourir.

Celui qui la menaçait commença à l'entraîner vers l'arrière. La pression du couteau contre son cou s'était faite moins forte. Jane songea qu'elle pouvait peut-être en profiter pour le frapper, lui donner un coup de pied, afin de permettre à Hugh de tirer.

Elle sentit le souffle rance de son agresseur sur son visage quand il lança à l'intention de Hugh :

— Ta femme va devenir ma...

La détonation de la carabine fit sursauter Jane, qui nota aussitôt après que plus aucune lame ne la menaçait. En se retournant, elle vit à terre le brigand abattu, un trou d'où suintait le sang entre ses deux yeux morts.

Le cœur au bord des lèvres, elle fit volte-face. Hugh ne quittait pas des yeux le deuxième homme. Apeuré, celui-ci brandissait devant lui son pistolet d'une main tremblante. Hugh expulsa sa cartouche, comme si rien ne pressait.

— Alors ? lança-t-il à l'autre. Qu'attends-tu pour tirer ?

On aurait juré qu'il était impatient...

Jane poussa un cri quand le bandit tira. Elle vit voler un morceau de tissu noir, mais elle n'aurait su dire si Hugh avait été blessé ou non. Lorsque l'homme constata que son adversaire était toujours debout, son visage pâlit. Il jeta son arme déchargée en direction de Hugh puis pivota sur ses talons pour détaler.

Sous le coup de l'émotion, Jane vacilla sur ses jambes. *Il a failli mourir...* Mais Hugh ne semblait pas avoir été touché, car après s'être débarrassé à son tour de son arme vide, il rejoignit son adversaire en trois souples enjambées. Il se déplaçait comme un fauve, avec la même grâce menaçante, sans un bruit.

D'ailleurs, Jane n'entendait plus rien. Les habitants de la forêt avaient-ils fait silence, effrayés par le coup de feu, ou celui-ci l'avait-il assourdie ? Puis un geignement sourd s'éleva. D'abord, elle ne put déterminer si c'était elle qui l'avait produit, ou s'il provenait de l'homme aux yeux exorbités qui essayait désespérément de se libérer. Mais tous ses efforts étaient inutiles. La prise qui l'immobilisait était imparable. Les mains et les avant-bras de Hugh enserraient sa tête comme dans un étau.

Comment Hugh parvient-il à bouger si vite et sans faire le moindre bruit ? s'étonna-t-elle. Et comme elle est curieuse, cette prise qui…

Jane grimaça quand se fit entendre un bruit écœurant d'os qui se brise. Le bandit tomba à genoux. Sa tête formait un angle bizarre avec son corps et dodelinait mollement. Il s'affala de tout son long, le nez dans les feuilles mortes.

Au terme d'une brève hésitation, Hugh se retourna lentement vers elle.

32

Le corps mince de Jane était secoué de hoquets. Les pupilles dilatées, elle avait les lèvres pâles et entrouvertes sur un cri muet.

En apercevant le sang qui maculait son cou, Hugh fit un pas vers elle, et lui dit calmement :

— Sìne… je dois examiner votre blessure.

Avec une extrême prudence, il se rapprocha d'elle en redoutant de la voir s'enfuir. Hugh savait à quoi il devait ressembler à cette minute, et il n'ignorait pas non plus que le traitement qu'il venait de réserver aux bandits ne pouvait qu'avoir terrifié Jane.

Comme elle ne répondait pas, il insista doucement, sans cesser de réduire la distance qui les séparait :

— Jane… je n'ai pas fait ça de gaieté de cœur. Ces hommes voulaient vous tuer.

Aucune réaction. Ses traits étaient tirés ; son visage, blanc de peur. Lorsque enfin il se trouva devant elle, Hugh fit une prière pour qu'elle ne se détourne pas de lui. Que Jane puisse le craindre, il ne l'aurait pas supporté.

Très lentement, il approcha la main de son cou et, du bout des doigts, il put constater que la blessure n'était que superficielle. Alors, sans pouvoir s'en empêcher, il la prit dans ses bras et la serra aussi fort qu'il le pouvait. La sentir si douce, si chaude, si *vivante* contre lui le fit gémir de contentement. Jane était sauve, mais tout son corps était secoué de tremblements.

— Tout va bien maintenant, *lass*... lui murmura-t-il à l'oreille en caressant ses cheveux. C'est fini.

— Qu... que s'est-il... passé ? balbutia-t-elle. Je ne... comprends pas ce qui vient de... se passer. Des bandits ?

— *Aye.*

— Êtes-vous blessé ?

Hugh baissa les yeux. Il y avait un trou et une marque brune, à l'endroit où la balle avait traversé son pantalon sans le toucher.

— Non, répondit-il. Pas du tout. Pensez-vous pouvoir chevaucher cette nuit ?

— Mais que... qu'allons-nous faire des... des corps ?

— Les laisser là. Ils ne seront pas découverts avant longtemps, s'ils le sont un jour.

À contrecœur, Hugh s'écarta de Jane et examina ses yeux. En frottant ses bras de haut en bas, il reprit :

— Nous devons quitter cet endroit immédiatement. Habillez-vous pendant que je m'occupe du reste.

Jane hocha bravement la tête. Hugh se força à la lâcher, sachant qu'il avait à faire. Sans la quitter des yeux pendant qu'elle s'habillait et nettoyait sa plaie au cou avec un linge humide, il s'activa à seller les chevaux et à les charger.

Quand Jane fut prête, elle demanda d'un air embarrassé :

— Est-ce que je peux... chevaucher avec vous ?

Sans hésiter, Hugh la souleva à bout de bras et la jucha sur sa selle, puis s'installa derrière elle, refermant les bras autour de son corps frêle. Il soupira longuement, tant il était heureux de constater qu'elle ne fuyait pas son contact.

— Essayez de vous reposer, lui conseilla-t-il tout bas. Je compte ne pas m'arrêter de la nuit.

D'un hochement de tête, elle acquiesça et se blottit contre lui. Pressé d'éloigner au plus vite Jane de cette région pleine de dangers, Hugh poussa son cheval. Après une heure de chevauchée à bride abattue, ils atteignirent le lit desséché et caillouteux d'un ruisseau. Profitant de ce qu'ils devaient ralentir pour le traverser, Jane lui dit :

— Merci, Hugh. Merci pour ce que vous avez fait là-bas – et pour tout ce que vous faites pour moi.

— Ce n'est rien.

— Apparemment, vous êtes un expert dans ce... dans ce genre de choses. Bien plus que je ne l'avais imaginé.

En butte à son silence, elle poursuivit :

— Ce qui m'amène à me demander, après le sort qu'il a réservé à Lysette, à quel point Grey est expert lui aussi.

Les dents serrées, Hugh ne répondit pas.

— Vous n'êtes pas un mercenaire, reprit-elle sur le ton du constat. Et il n'est pas un homme d'affaires.

— Non.

— Vous pouvez m'en dire plus ?

Hugh réfléchit un instant.

— Je ne pourrais rien vous dire, même si je le voulais.

— Et le voulez-vous ?

— Je... ne sais pas.

Hugh était partagé. Il aurait été soulagé de ne plus devoir faire de mystère quant à sa profession, mais il redoutait qu'elle le rejette ensuite avec dégoût.

Le silence retomba entre eux. Ce fut Jane qui le brisa, quelques minutes plus tard, en demandant :

— Êtes-vous en colère contre moi ?

— Grand Dieu, non ! Pourquoi le serais-je ?

— Parce que je vous ai placé dans cette situation.

— *Lass*... ce n'est pas vous qui êtes en faute. J'aurais dû être davantage sur...

— Non, l'interrompit-elle. Je ne suis pas en faute, pas plus que vous. Je me demandais juste si vous m'en vouliez d'avoir dû tuer pour moi. J'ai peur que vous le viviez mal.

— Ne le devrais-je pas ?

Contre lui, elle se raidit.

— Je me sentirais réellement blessée si vous regrettiez d'avoir dû accomplir cet acte noble pour me sauver la vie.

Noble ? Hugh fut envahi d'une grande fierté. C'était ainsi qu'il souhaitait apparaître aux yeux de Jane, ainsi qu'il voulait qu'elle le voie.

Il avait tué un homme à mains nues sous ses yeux, mais elle comprenait qu'il n'avait pas eu le choix. Un constat s'imposa à lui, jailli de nulle part.

Elle serait capable d'accepter ce que j'ai fait sans me juger...

Mais accepterait-elle aussi ses façons de faire ?

Dans les journaux et dans les livres, les tueurs à gages étaient considérés comme des lâches et unanimement réprouvés – même quand ils officiaient pour le compte de leur patrie.

De toute façon, peu importait puisqu'il ne pouvait se confier à elle sans trahir le Réseau.

— Hugh ?

— J'aurais pu laisser le deuxième s'enfuir, constata-t-il.

— Et s'il était allé prévenir des comparses ? Il aurait pu aussi chercher à venger la mort du premier, ou créer assez d'agitation pour attirer l'attention de Grey.

Hugh aurait pu considérer chacun de ces facteurs, mais il ne l'avait pas fait. Rien d'autre ne l'avait motivé, quand il avait attaqué le deuxième bandit, que la nécessité de le tuer parce qu'il avait osé s'en prendre à Jane.

— Vous ne vous sentez pas coupable, n'est-ce pas ? insista-t-elle.

En l'absence de réponse de sa part, Jane sc tourna sur la selle pour lui faire face. Manifestement en colère, elle le fixa au fond des yeux.

— À vous voir, lança-t-elle vivement, on pourrait croire que vous avez tué la veuve et l'orphelin ! Vous avez tué des *tueurs* !

Jane se rembrunit et ajouta, un ton plus bas :

— Regrettez-vous d'avoir dû le faire pour me sauver ?

Hugh resserra ses bras autour d'elle.

— Non, *lass*... répondit-il. Certainement pas. C'est juste que... j'aurais aimé que vous ne voyiez pas cela.

Elle cligna des yeux.

— Vous auriez aimé que je ne voie pas à quel point vous êtes brave ? Que je ne vous voie pas affronter sans broncher l'homme qui vous tenait en joue ?

— Aucune bravoure là-dedans. Étant donné sa frayeur, il avait très peu de chances de faire mouche. Et ce que je voulais dire, c'est que je ne tenais pas à ce que vous gardiez en mémoire une scène de tuerie susceptible de vous traumatiser.

— Si un tel spectacle était susceptible de me heurter, assura-t-elle, je ne permettrais pas qu'il me pourrisse la vie. Je ne voudrais pas vous paraître froide ou désinvolte...

Jane parut choisir ses mots soigneusement :

— Je crois que, quand la charge devient trop lourde, il nous faut enlever un peu de poids de nos épaules.

Elle s'adossa de nouveau à lui et ajouta :

— Hugh... vous me faites vraiment l'impression d'avoir besoin de vous alléger d'un grand poids.

Et si je la prenais au mot ? songea-t-il. Que se passerait-il s'il cessait de se sentir coupable et de ruminer ses torts ? La tentation était grande d'en faire l'expérience...

Plusieurs minutes passèrent dans un parfait silence. Enfin, Jane murmura :

— Hugh... quand vous avez parlé à ces bandits de moi comme de votre femme, cela m'a...

Elle laissa sa phrase en suspens.

Hugh ferma brièvement les yeux.

— Je sais. Cela ne se reproduira plus.

— Ce n'est pas ce que je voulais dire !

Elle tremblait de nouveau contre lui. Il sentit ses doigts se serrer sur son avant-bras avant qu'elle ne précise :

— Vous entendre parler de moi comme de votre femme m'a fait... plaisir. J'ai apprécié de vous l'entendre dire.

Si Jane avait été curieuse d'en apprendre davantage sur la vie de Hugh avant l'attaque dans les bois, désormais elle brûlait d'impatience d'en savoir plus.

Ils avaient fini par ralentir pour escalader une pente glissante, mais elle avait renoncé à le questionner. Il chevauchait à côté d'elle, dans la vive lumière de l'aurore qui soulignait cruellement à quel point il paraissait épuisé. Jane en avait le cœur brisé chaque fois qu'elle lui jetait discrètement un coup d'œil. Une fois de plus, il n'avait pas ménagé ses efforts pour la protéger.

L'attaque des brigands avait prouvé à quel point Hugh était un défenseur fiable. Lorsqu'elle avait senti le couteau contre sa gorge, Jane n'avait pas vu sa dernière heure venue – pas encore –, mais elle avait compris de quelle manière son existence pourrait être abrégée si jamais elle tombait aux mains de Grey. Ainsi confrontée à la fragilité de la vie, elle avait décidé de ne plus gâcher aucun des moments qu'elle passait avec Hugh.

— Nous serons bientôt arrivés, *lass*... annonça-t-il. Je sais à quel point cette équipée doit être pénible pour vous.

— Pour moi ? Elle le fut bien davantage pour vous.

Hugh et son cheval semblaient en aussi piètre état que la première nuit où elle l'avait vu à Londres.

Avec un haussement d'épaules, il répondit :

— J'y suis habitué.

— Je n'en doute pas, répliqua-t-elle distraitement.

Jane l'observa à la dérobée. Hugh était un protecteur puissant, prêt à user à tout moment de la violence la plus extrême, et pourtant avec elle il se montrait tendre et passionné. Il gardait quelques secrets, mais elle était sûre qu'il ferait un mari parfait. Depuis qu'ils se connaissaient, c'était son bien-être à elle qu'il recherchait avant le sien. Plus que jamais, il était *son* Highlander, celui dont elle avait revendiqué autrefois la possession auprès de ses cousines. Elle le désirait aujourd'hui comme elle l'avait toujours désiré, mais les sentiments qu'elle éprouvait pour lui étaient devenus plus profonds, plus matures, et avaient toute l'apparence de… l'amour.

Il n'était plus temps de se leurrer. Jane était amoureuse de Hugh. Et si elle avait difficilement supporté de le voir disparaître la première fois, comment pourrait-elle survivre à un second abandon ? Elle avait décidé qu'il devait être son premier amant. Désormais, elle était également convaincue que cet homme merveilleux devait être le dernier.

Mais comment faire pour qu'il accepte de rester marié avec elle ?

— Jane ? s'étonna-t-il. Qu'est-ce qui ne va pas ?

— Rien du tout, répondit-elle en s'efforçant de sourire.

Déjà, les grandes lignes d'un plan se mettaient en place sous son crâne. Plus de petits jeux, uniquement la séduction.

Hugh ne parut pas entièrement rassuré, mais comme ils venaient d'atteindre le sommet de la colline, ils reprirent de la vitesse et ne purent poursuivre leur conversation. Ainsi Jane eut-elle tout loisir de poursuivre sa réflexion.

Manifestement, elle devait lui prouver que vivre à ses côtés n'avait rien de « l'enfer » qu'il redoutait. Et pour cela, il valait mieux qu'ils soient seuls. Il était donc heureux qu'ils ne se rendent pas à Carrickliffe.

Restait à espérer que Courtland MacCarrick, qui avait toujours détesté Jane, ne viendrait pas s'interposer entre eux. Hugh avait affirmé qu'il ne s'attendait pas à le trouver dans ce manoir perdu au milieu de nulle part qui constituait le but de leur voyage. Parfait…

En l'absence du propriétaire des lieux, rien ne s'opposerait à ce qu'ils y restent seuls aussi longtemps qu'il le faudrait.

33

Un peu de travail ? Mon œil ! pesta Hugh en son for intérieur.

Aux confins de Beinn a'Chaorainn, l'immense propriété que Court avait acquise dans ce coin perdu de l'Écosse, Hugh avait conçu ses premiers doutes. Des arbres abattus jonchaient la route sinueuse menant au manoir. Ils pourrissaient sur place, ce qui semblait indiquer que ces terres étaient à l'abandon.

Lorsque enfin ils parvinrent à destination, de lourds nuages de pluie s'étaient amoncelés dans le ciel, baignant le manoir d'une inquiétante lumière plombée. Jane se tassa sur sa selle en l'apercevant. Il était vrai que l'endroit où Hugh avait prévu de la cacher pour une bonne partie de l'automne… laissait un peu à désirer.

En proie à un profond découragement, Hugh observa les jardins laissés à l'abandon, la porte d'entrée grande ouverte et de guingois sur un seul gond, les fenêtres qui, quand elles n'étaient pas brisées, étaient couvertes de lierre mort.

Alors qu'ils s'approchaient, une créature à fourrure aux yeux écarquillés passa le seuil et détala en toute hâte.

Avec appréhension, Hugh jeta un coup d'œil à Jane qui contemplait ce spectacle, bouche bée. La pâleur de son visage mettait en valeur les cernes qui soulignaient ses yeux. Il lui avait fait mener un train d'enfer, mais il s'était dit qu'ils pourraient récupérer une fois à destination. Durant le trajet, elle n'avait cessé malgré la fatigue de tenter de le divertir. À présent, silencieuse et réservée, elle accepta sans réagir son aide pour descendre de cheval.

Sans un mot, Hugh entra dans la maison, la rage au cœur. En conduisant Jane dans cette ruine, il avait commis une monumentale erreur. La seule alternative qui s'offrait à lui, c'était d'aller chercher refuge au sein de son clan, solution qu'il aurait voulu par-dessus tout éviter.

Des nids et des plumes de grouses et de pigeons tapissaient le sol du hall d'entrée. Il semblait également que des écureuils – peut-être même des blaireaux et des renards – avaient investi l'endroit. En pénétrant dans la grande salle, Hugh entendit quelques bestioles mener grand tapage dans le conduit de cheminée. Telle une sentinelle isolée, une martre s'était figée au milieu de la pièce dans une posture agressive.

— Regardez, Hugh ! s'exclama Jane, montrant un peu d'enthousiasme pour la première fois de la journée. On dirait un furet… Ou serait-ce un chat ? Difficile à dire.

Elle le doubla pour se précipiter sur l'animal, sans cesser de roucouler :

— Oh, qu'il est beau ! C'est la plus adorable petite bête que j'ai…

Hugh bondit pour lui attraper le bras :

— Non, Jane ! Attendez…

En sifflant de rage, la martre déguerpit sans demander son reste dans une pièce voisine.

Saisie et un peu vexée, Jane marmonna que de toute façon elle n'avait jamais aimé les chats qui ressemblaient à des furets. Puis, droite et digne, elle le suivit dans son exploration des lieux.

Hugh écartait devant lui de poussiéreuses toiles d'araignées semblables à des voiles. Jane ne pipait mot, mais elle ne put réprimer un cri de frayeur quand l'une d'elles s'accrocha au passage à ses cheveux. Les regards qu'elle jetait autour d'elle disaient avec éloquence ce qu'elle pensait de leur nouvelle villégiature...

Rouge de honte, Hugh lança, sur la défensive :

— Au moins, c'est le dernier endroit où l'on viendrait nous chercher...

Une fois que la porte principale avait cédé, plus rien n'avait empêché la nature de reprendre ses droits sur Beinn a'Chaorainn. Il fallait pas mal d'imagination pour croire que la maison avait pu être habitable dans un passé récent.

Il n'y avait pas un meuble à l'horizon, à part trois matelas humides et troués dressés contre un mur. Quand ils trouvèrent la cuisine vide de tout ustensile, Jane constata d'un air désabusé :

— Apparemment, je ferais mieux d'oublier mon bain.

Hugh ouvrit un placard, aussi vide que les précédents, et répondit :

— J'ai aperçu un loch, à l'arrière de la maison.

Il lui avait même semblé voir s'élever les fumerolles d'une source chaude dans une anse rocailleuse : de l'eau chaude à volonté, n'attendant que d'être puisée.

— Si je pouvais trouver un seul baquet, je pourrais ramener de l'eau ici et...

Il se tut lorsqu'une créature indéterminée, à l'étage, partit dans une course folle sur le parquet, avant de se heurter à un mur et de rebrousser chemin. Jane se détourna et couvrit son visage de ses mains.

Hugh la rejoignit sans oser la prendre dans ses bras.

— Jane... Je ne savais pas, je vous assure.

Il se risqua à poser la main sur son épaule et fronça les sourcils en délogeant deux plumes de ses cheveux. En chemin, alors qu'ils approchaient du but, il l'avait prévenue qu'elle ne devait s'attendre à rien de luxueux. Elle lui avait répondu que tant qu'elle pourrait prendre un bain, tout irait bien pour elle.

Jane était épuisée, elle réchappait à peine d'une attaque dans les bois, et elle n'aurait pas de bain dans lequel se détendre, pas de cheminée près de laquelle se réchauffer. Par un surcroît d'ironie, les pièces qui servaient de colonies aux oiseaux étaient précisément celles dont les fenêtres demeuraient intactes.

Hugh ne pouvait croire qu'il l'avait emmenée dans un pareil taudis. Comment aurait-elle pu ne pas pleurer ?

En la voyant se courber en deux, les épaules secouées de tremblements, Hugh se jura que lorsqu'il en aurait fini avec Court, la vie de son frère ne tiendrait plus qu'à un fil.

— Jane... plaida-t-il d'une voix brisée. Je ne vous aurais jamais emmenée jusqu'ici si j'avais su. Nous n'y resterons pas, rassurez-vous.

Gentiment, il lui saisit les poignets et l'attira contre lui. Quand elle retira enfin ses mains de son visage, Hugh comprit alors que Jane était en train de... rire aux larmes.

— C'est moi qui suis désolée, assura-t-elle en faisant tout son possible pour retrouver son sérieux. Je sais que notre situation n'a rien de drôle.

Mimant la plus extrême concentration, elle se donna une petite tape sur la joue et ajouta :

— Pas drôle, Jane ! Pas drôle du tout...

Sans doute Hugh s'imaginait-il qu'elle délirait. C'était en tout cas l'impression qu'il donnait. À en juger d'après l'expression de son visage, il la croyait tout juste sortie de l'asile de Bedlam et se demandait s'il devait l'y reconduire.

Après tout, pourquoi pas ? Le confort y serait meilleur... et il y aurait moins de grouses !

Incapable de résister, elle céda de plus belle au fou rire.

Naturellement, Courtland MacCarrick ne pouvait vivre que dans un tel endroit... Elle ignorait ce qui était le plus drôle : que Court puisse être le propriétaire d'une telle ruine, ou que sa détermination d'y rester avec Hugh ne s'en trouve aucunement entamée.

— Jane ? s'inquiéta Hugh.

Pauvre Hugh ! Il avait été si déçu, en arrivant... Et à présent, son inquiétude était perceptible.

— *Lass*... reprit-il d'un air pincé. De quoi riez-vous ?

Voyant une plume se décrocher des cheveux de Hugh et choir paresseusement jusqu'au sol, Jane réprima une nouvelle crise de rire et expliqua en s'essuyant les yeux :

— Vous comprenez... c'est tellement mieux, ici, que ce que j'imaginais être la demeure de Court !

— Que voulez-vous dire ? demanda-t-il, perplexe.

— Au moins, elle s'élève *au-dessus* du sol...

Une lueur fit étinceler les yeux de Hugh, qui la dévisageait avec un sourire mi-figue, mi-raisin.

Jane inspira à fond et se força à poursuivre :

— Je n'imaginais pas non plus que Courtland aimait à ce point les animaux... Regardez-moi tous ces adorables compagnons à plumes et à poil qu'il a adoptés !

— *Aye*, approuva Hugh. Il est ainsi depuis toujours. Enfant, déjà, il ne pouvait se passer de ses petites bébêtes... À toutes, il leur donnait un nom.

Ravie qu'il se prête au jeu, Jane faillit éclater de rire mais se retint pour renchérir :

— Et astucieux, avec ça ! Jamais ne me serait venue l'idée d'utiliser la cheminée et les matelas pour loger encore plus d'animaux de compagnie...

Hugh acquiesça d'un hochement de tête solennel.

— Il apparaît que les nourrir exclusivement de poussière et de vieilles toiles d'araignées leur réussit. Regardez comme ils prospèrent...

— Quant à la décoration des lieux, reprit Jane, elle est particulièrement réussie. Style « taudis tardif », si je ne me trompe ?

— *Aye*. Un tel achèvement dans le style « taudis tardif » est rarement atteint. Voilà des années que mon frère s'acharne à peaufiner les détails.

Incapable de se retenir plus longtemps, Jane éclata de rire. Elle s'amusait davantage à plaisanter avec Hugh dans ce sinistre endroit qu'elle ne l'avait fait durant toutes ses virées nocturnes à Londres.

— Hugh... dit-elle lorsque la crise de rire fut passée. Je pense que vous ne vous ennuyez pas avec moi.

En détournant le regard, il reconnut :

— Quand vous pouvez vous abstenir de me provoquer, il est vrai que j'aime être près de vous.

Après avoir reporté son attention sur elle, il ajouta :

— J'ai toujours apprécié votre compagnie.

Il y avait dans son expression quelque chose – un soupçon de vulnérabilité – qui fit comprendre à Jane qu'il espérait que la réciproque soit vraie.

— Moi aussi, reconnut-elle. J'ai toujours aimé me trouver près de vous.

— Vous voulez dire par là que vous avez toujours apprécié d'avoir sous la main quelqu'un prêt à satisfaire vos moindres caprices ?

Les traits de Hugh s'étaient-ils décrispés autant qu'elle le pensait ?

— Admettez-le, insista-t-il. Vous n'avez jamais eu à plonger un aviron dans l'eau quand il vous prenait l'envie d'une balade sur le lac, lorsque j'étais présent.

— Et vous, vous ne détestiez pas que je vous caresse le dos pour vous encourager, ou que j'aille chiper à votre intention les tartes qui refroidissaient sur la fenêtre de la cuisine... ou que je me montre à vous dans une chemise mouillée et transparente quand nous avions fini de nager.

— J'avoue, dit-il, les yeux mi-clos. Je n'ai jamais rien vu d'aussi beau.

Jane se sentit électrisée par cet aveu. Mais soudain, Hugh parut se reprendre et il tourna les talons pour sortir de la maison et se diriger vers le lac. Elle lui emboîta le pas.

Au bord de l'eau, ils se retournèrent pour observer le manoir. Sans vergogne, Jane se colla à lui, flanc contre flanc, si bien qu'au bout d'un moment, avec un faible grognement, Hugh passa un bras autour de ses épaules.

— Je ne savais vraiment pas, Jane... répéta-t-il avec lassitude. J'apprécie votre humour, mais il ne suffit pas à réparer mon erreur. Ce détour ajoute au moins deux jours de cheval pour atteindre Carrickliffe.

Si elle n'avait pas déjà décidé de rester sur place, la perspective d'une nouvelle chevauchée aurait suffi à la rendre malade.

— Cette propriété ne devait pas manquer de charme, autrefois... commenta-t-elle.

Jane posait ces premiers jalons pour lui demander à terme de ne pas repartir. Si elle l'avait fait immédiatement, Hugh aurait pensé qu'elle avait définitivement perdu la tête. Mais elle n'exagérait rien en supposant que ce manoir avait été autrefois une demeure agréable. Très bien situé sur une colline dominant un lac d'une pureté de cristal, il était composé de deux ailes. Celles-ci ne se rejoignaient pas perpendiculairement mais selon un angle plus ouvert, de telle sorte que chaque pièce offrait une vue imprenable sur le lac et les vallées environnantes.

— *Aye*, approuva Hugh. Autrefois.

— Enlever le lierre des façades ferait déjà beaucoup.

Qu'elle soit devenue un taudis n'empêchait pas cette demeure d'avoir été bâtie dans le style si prisé des châteaux écossais. Les pierres massives des fondations et les poutres vénérables au plafond de la grande salle étaient même du dernier cri en Angleterre.

Plus important encore, ici, Jane pouvait rester seule avec Hugh. À ses yeux, cela rendait cet endroit idéal.

Sauf que... ajouta-t-elle pour elle-même en se frottant la nuque. D'un regard, elle scruta les alentours. Elle ne pouvait se départir de la curieuse sensation que depuis leur arrivée, ils étaient observés.

— Peut-être, répondit Hugh. Mais cela ne va pas nous aider à passer la nuit ici.

— Ne soyez pas grognon, Hugh… répliqua-t-elle d'un air absent. Cela pourrait être pire.

Comme pour lui donner raison, des trombes d'eau s'abattirent soudain du ciel.

34

— La bonne nouvelle, c'est que je n'ai plus besoin de bain... plaisanta Jane d'une voix ensommeillée.

Allongée sur le flanc, elle avait posé la tête dans le giron de Hugh, lui-même assis le dos au mur. D'où elle tirait le courage de s'amuser encore de leur situation, il n'en avait pas la moindre idée.

Cet après-midi-là, après avoir couru jusqu'au manoir sous une pluie battante, ils avaient achevé leur exploration des lieux. À côté de la cuisine, ils avaient fini par tomber sur cette petite pièce exempte de fuites – sans doute un logis de domestique. Elle n'avait qu'une fenêtre dont les vitres, quoique fendues, étaient intactes. On n'y trouvait ni plumes ni bestioles indésirables, et aucun bruit suspect ne provenait de la cheminée. Le conduit n'était qu'en partie obstrué, si bien que la fumée de leur petit feu pouvait s'échapper en volutes minces, mais toujours verticales.

Ils avaient dîné de quelques biscuits et d'un peu de thé infusé dans de l'eau de pluie. Des pommes chapardées le matin même dans le verger d'un paysan avaient complété leur repas. Ensuite, il ne leur était plus resté qu'à prendre leurs quartiers pour la nuit.

— Hugh... fit Jane. Pourquoi Court a-t-il laissé cet endroit partir à vau-l'eau ?

— À présent que je l'ai vu de mes propres yeux, je pense qu'il a dû l'acheter dans cet état.

Ensuite, son frère n'avait disposé ni du temps ni de l'argent nécessaires pour effectuer des travaux. Pendant des années, Court avait écumé l'Europe avec sa bande, gagnant peu à peu de quoi s'acquitter de la dette contractée pour acheter ce domaine.

Un éclair fendit le ciel à l'extérieur. Lorsque le tonnerre fit vibrer le bâtiment sur ses fondations, les occupants des pièces voisines commencèrent à détaler à grand bruit. Découragé, Hugh ferma les yeux et se pinça l'arête du nez entre le pouce et l'index. Jane, elle, eut un petit rire amusé.

— Je vous conduirai dès demain dans une auberge, soupira-t-il. Il y a un village, à quelques miles au nord d'ici. Il devrait y avoir un endroit où nous pourrons loger. Vous aurez enfin droit à votre bain.

— Hugh... Vous broyez du noir sans arrêt. Je peux *entendre* ma monnaie s'amonceler. Et vous me devez déjà cinq mille livres. Au moins.

Elle paraissait sereine, à l'aise, amusée...

— Cinq mille ? Déjà ! feignit-il de s'étonner.

Il se mit à caresser ses cheveux mouillés, et ils se cantonnèrent dans un agréable silence. Mais, comme d'habitude, l'inquiétude ne tarda pas à le rattraper.

Il devait présumer que Grey était toujours à leurs trousses, ce qui signifiait que lui et Jane allaient devoir rester ensemble tant qu'il n'aurait pas été capturé ou tué.

Combien de temps pourras-tu te retenir ? songea-t-il.

Hugh se donnait dix jours avant de succomber à l'envie de faire enfin l'amour avec elle. Et encore, en épuisant les dernières réserves de discipline qu'il possédait.

— Hugh... reprit Jane d'une voix rêveuse. Racontez-moi quelque chose sur vous. Quelque chose d'excitant que vous avez fait depuis que vous êtes parti.

Tout ce qu'il pouvait y avoir d'excitant dans sa vie tombait dans la catégorie « bouche cousue ».

— J'ai acheté une demeure en Écosse, répondit-il au terme d'un long silence.

Jane passa sur le dos et le dévisagea, intriguée.

— Racontez-moi ! le pressa-t-elle. Dites-moi tout !

Hugh glissa sa main libre sur sa nuque et expliqua :

— Je suis tombé par hasard sur ce domaine côtier. Dans un endroit splendide, appelé Cape Waldegrave.

Il fallut que Jane lui donne une tape sur la hanche pour l'inciter à poursuivre :

— Les vagues y sont impressionnantes, et si hautes que vous pouvez voir le soleil briller à travers. Je n'ai pas eu de repos avant d'avoir pu acquérir cet endroit.

Jane poussa un soupir.

— On dirait que c'est à couper le souffle, commenta-t-elle. Je crois que j'aimerais vivre en Écosse.

Hugh s'en voulut d'imaginer l'émerveillement qui serait celui de Jane s'il l'emmenait chez lui. Cela importait peu qu'elle puisse ou non aimer ces falaises battues par les vagues, ou qu'il ait pu choisir cette propriété en pensant à elle, pour qu'elle ait envie d'y vivre autant que pour l'impressionner.

Depuis qu'ils avaient quitté Ros Creag, il avait fait de son mieux pour ne pas penser à quel point il avait été proche de céder à l'envie de la faire sienne, après tant d'années… Il se rappelait combien leur étreinte lui avait semblé inévitable, comme si résister au besoin de s'unir à elle n'avait aucun sens – surtout depuis qu'elle le réclamait elle-même. L'idée que cette femme étonnante ait exprimé l'envie – le besoin – qu'il lui fasse l'amour le rendait fou. Et plus le temps passait, moins il se sentait embarrassé de ce qui avait failli sc produire.

Dix jours ? Une semaine, tout au plus…

Ne regarde pas ! Surtout ne regarde pas…

Hugh céda au besoin impérieux de baisser le regard avec un soupir de découragement. Il eut ainsi plus qu'un aperçu du corps nu de Jane, qu'il aidait à sortir du bassin de la source chaude. Il s'empressa de la draper dans une serviette comme si elle était en feu, mais l'image tentatrice de sa chair nue et ruisselante s'était gravée en lui.

Une semaine sans la toucher ? Cela lui semblait à présent une estimation des plus optimistes…

— Quelle bonne surprise ! s'exclama-t-elle.

Elle le regardait comme s'il était pour elle une sorte de héros et ses yeux brillaient de plaisir. Elle ne semblait pas souffrir de la fatigue qu'aurait dû lui valoir leur éprouvant voyage et une nuit passée à la dure dans ce qui était au mieux un réduit. Rien ne paraissait pouvoir l'abattre…

D'une voix essoufflée, tout en s'essuyant, elle lui demanda :

— Comment avez-vous trouvé la source ?

— Hier, j'ai cru voir s'élever des fumerolles de cette partie du loch, mais je ne voulais pas susciter de faux espoirs avant de l'avoir explorée.

— Et moi qui me demandais où vous étiez passé ce matin…

— Je n'imaginais pas que l'eau serait si claire.

Hugh fronça les sourcils d'un air sévère et ajouta :

— Ni que vous enlèveriez tous vos vêtements pour vous y plonger dès que je vous y emmènerais.

Après s'être assuré que le drap de bain tenait bien en place, il la souleva dans ses bras et se mit en route vers le manoir.

Riant, Jane jeta les bras autour de son cou.

— Je me suis réveillée en pensant vous trouver à côté de moi, confia-t-elle. À la place, il y avait cette bestiole mi-furet mi-chat. Je lui ai lancé ma chaussure pour la faire fuir, mais la diablesse se l'est appropriée. Je veux rester ici, Hugh. Pourrez-vous m'aider à récupérer mon soulier ?

— Jane… protesta-t-il. Une fois de plus, vous me prenez au dépourvu.

— Voyez-vous, j'ai réfléchi, et j'ai conclu que cet endroit n'est pas si mal.

En réponse au regard de reproche qu'il lui lançait, elle insista :

— Je ne plaisante pas, vous savez ! Si je dois rester en Écosse pour un temps indéterminé, loin de ma famille et de mes amis, sans aucune des distractions offertes par la ville, je vais avoir besoin de quelque chose pour m'occuper. Or, cette maison qui tombe en ruine est tout indiquée… Étant donné que des travaux sont nécessaires pour la rendre habitable, pourquoi ne pas nous en occuper ?

Comme il ne répondait pas, elle poursuivit :

— Ensemble, nous établirons une liste des matériaux dont nous aurons besoin. Vous, vous pourrez réparer, et moi, je nettoierai.

— Vous ? intervint Hugh d'un ton incrédule. Nettoyer ?

Elle soutint fièrement son regard.

— En quoi cela vous semble-t-il étonnant ?

Hugh ouvrit la bouche, s'apprêtant à le lui expliquer, mais préféra y renoncer.

— Pour quelle raison ferais-je une chose pareille ? demanda-t-il plutôt.

— Parce que cela doit être fait. Et parce que c'est la maison de votre frère. Il pourra vous dédommager.

Non, Court ne le pourrait pas. Certes, il avait à présent de plus importantes rentrées financières, mais remettre ce domaine sur pied coûterait une fortune. Pourtant, cette idée souriait de plus en plus à Hugh. Restaurer cet endroit – le remettre *en ordre* – avait pour lui un certain attrait.

— Et ne pensez-vous pas que nous sommes ici tout à fait en sécurité ? ajouta Jane, fine mouche. Toutes ces terres désertes autour de nous…

Sans doute plus en sécurité, même, qu'au sein du clan, admit Hugh. S'il pouvait ainsi protéger Jane, faire en sorte qu'elle ne s'ennuie pas, s'épuiser lui-même au travail et par-dessus le marché rendre service à Court, pourquoi pas ?

En lui adressant un regard suppliant, Jane conclut :

— Pouvons-nous rester ici, Hugh ? S'il vous plaît.

Les dés sont donc jetés…

Pour ne pas accréditer l'idée qu'elle pouvait faire de lui ce qu'elle voulait, il attendit d'avoir déposé la jeune femme dans leur campement de fortune avant de lui répondre.

— *Aye.* Puisque c'est ainsi, nous resterons ici. Mais seulement si vous ne vous éloignez jamais du manoir et si vous faites tout ce que je vous demande !

Après lui avoir gentiment pincé le menton entre le pouce et l'index, il précisa :

— Dans votre propre intérêt. Nous ne pouvons pas relâcher notre vigilance. Même ici.

— C'est promis ! lança-t-elle vivement.

En se tournant vers la porte, Hugh conclut :

— Appelez-moi quand vous serez habillée. Je vous aiderai à récupérer votre soulier.

La voyant acquiescer avec enthousiasme, Hugh sortit et alla observer le manoir depuis la cour.

La brume commençait à se dissiper et, dans le soleil matinal, il se faisait une idée plus précise de la somme de travail qui serait nécessaire. Curieusement, rendre les lieux habitables ne lui semblait soudain plus infaisable.

Hugh était convaincu qu'il pourrait effectuer une grande partie du travail lui-même. La tâche qui les attendait était susceptible d'abrutir de fatigue un homme et de brûler toute l'énergie d'une femme. Peut-être, ainsi, pourrait-il oublier que…

À l'intérieur, Jane poussa un grand cri. À peine l'eut-il entendu que Hugh se précipita à son secours.

35

Empoignant ses jupes à pleines mains, Jane se rua hors du manoir, décidée à attraper le garnement qu'elle avait surpris en train de l'épier à travers l'une des vitres fendues.

En tournant au coin du bâtiment, elle découvrit Hugh qui tenait à bout de bras le coupable après être tombé nez à nez avec lui. Le chapeau du vaurien tomba dans la mêlée, laissant se répandre un flot de longs cheveux noirs. Une *fille* ? Petite, elle devait avoir dix-huit ans et paraissait aussi solide que le garçon pour lequel Jane l'avait prise. Un semis de taches de rousseur lui parsemait le nez.

— Elle était en train de me regarder m'habiller ! lança Jane d'un ton accusateur, l'index pointé vers elle.

— Faux ! mentit effrontément la jeune fille.

— Vrai ! rétorqua Jane, furieuse.

Elle l'avait prise la main dans le sac et, pour preuve de sa culpabilité, la coquine s'était enfuie. Cela faisait déjà un moment que la sensation d'être observée troublait Jane mais, jusque-là, elle avait pensé que Hugh devait être le coupable.

Si elle était restée derrière la vitre depuis le début, la gamine avait eu droit à un véritable spectacle…

— Pourquoi je vous regarderais vous habiller ? lança-t-elle avec insolence. Je suis une fille, vous le voyez bien !

En la lâchant, Hugh demanda rudement :

— Que fais-tu là ?

— J'utilise la terre, puisque personne d'autre ne le fait.

Le pouce dressé au-dessus de son épaule, elle désigna l'écurie délabrée et ajouta :

— J'ai mon poulailler derrière ce bâtiment et mon carré de navets un peu plus loin. Mon cheval, aussi...

Jane vit dans la direction qu'elle indiquait un poney occupé à brouter les mauvaises herbes d'un corral à moitié effondré.

— Je suis votre voisine, en quelque sorte, conclut la jeune espionne.

— Comment t'appelles-tu ?

— Mïrag MacLarty. Vous pouvez oublier le « Mac », si vous voulez. Êtes-vous parent avec maître MacCarrick ?

— Je suis son frère, Hugh MacCarrick. Ma femme et moi allons rester ici cet automne. Nous voulons remettre cet endroit en état.

Mïrag hocha longuement la tête et expliqua :

— Mes frères ont entreposé dans notre étable les fenêtres que maître MacCarrick a commandées l'année dernière. Ils ont aussi une bonne quantité de bois qu'ils aimeraient vendre avant l'hiver.

— Bonne nouvelle, se réjouit Hugh.

— Vous pouvez aussi les embaucher – j'ai six frères, tous forts comme des bœufs.

Après avoir toisé Jane de la tête aux pieds, Mïrag demanda :

— Z'allez avoir besoin de quelqu'un pour les tâches ménagères, non ?

— *Aye*. Serais-tu intéressée ?

Après avoir acquiescé d'un signe de tête, Mïrag donna son prix quotidien pour le ménage, la cuisine et la lessive. Hugh fit une contre-proposition, et tous deux se serrèrent la main pour sceller le marché.

Sans la consulter, Hugh venait d'embaucher une domestique ! Jane savait comment tourne une maison, et elle n'ignorait pas que dans un foyer, ce genre de prérogatives appartenait à une épouse.

Hugh ajouta :

— Mais il te faudra rentrer chez toi chaque soir et revenir chaque matin pendant au moins deux semaines. Et j'attends de toi que tu travailles aussi dur que nous.

Mïrag toisa de nouveau Jane et grogna :

— Ça ne devrait pas être très difficile.

— Oh ! Espèce de sale petite…

Hugh, entraînant Jane par le coude, ne la laissa pas livrer le fond de sa pensée. Par-dessus son épaule, il demanda à leur nouvelle employée :

— Mïrag, y a-t-il une chance que nous puissions avoir un repas chaud ce soir ?

— Si vous pouvez chasser les écureuils de la cheminée, ça devrait pouvoir se faire.

Hugh hocha la tête, satisfait, et conduisit Jane à l'autre bout de la cour envahie d'herbes folles. Celle-ci se retourna juste à temps pour voir Mïrag lui tirer la langue, avant de pivoter sur ses talons et de se diriger vers le manoir.

— Je ne veux pas d'elle, Hugh ! s'exclama-t-elle. C'est une petite impudente !

Hugh la dévisagea sévèrement.

— Pourquoi l'avez-vous prise en grippe, Jane ? Parce qu'elle vous a espionnée pendant que vous vous habilliez ? Elle n'a probablement jamais rien vu qui ressemble à vos dessous de soie et de dentelle. N'importe qui se serait arrêté devant cette fenêtre, ne serait-ce que par curiosité.

Jane ne parvenait pas à comprendre ce qui chez cette petite autochtone lui déplaisait tant. Peut-être était-ce parce que Mïrag s'était moquée d'elle.

— Elle m'a tiré la langue ! répondit-elle, elle-même consciente de la pauvreté de l'argument.

— Vous devez savoir que le dernier propriétaire de cette maison était anglais, expliqua Hugh patiemment. Un très arrogant et très vicieux Anglais qui a mené la vie dure aux gens des environs. Ne perdez pas cela de vue.

Constatant qu'il ne l'avait pas convaincue, il ajouta :

— Une fois que l'intérieur sera habitable, les travaux à l'extérieur vont m'accaparer du lever au coucher du soleil. Avez-vous envie de vous charger de la corvée d'eau et de plumer les poulets ? Savez-vous même cuisiner ?

« Corvée », « plumer », « cuisiner »... ces mots n'étaient guère familiers à Jane. Son envie de faire tourner la maison toute seule lui parut soudain bien téméraire, et pas aussi enthousiasmante qu'elle l'avait d'abord espéré. À cet instant, un bruit de vaisselle remuée se fit entendre à l'intérieur. Apparemment, leur nouvelle servante avait réussi à mettre la main sur les ustensiles de cuisine.

Hugh profita de l'avantage.

— Elle pourrait également nous rapporter du village ce dont nous aurons besoin.

Le menton fièrement pointé, Jane croisa les bras.

— Il pourrait être judicieux d'avoir quelqu'un ici, reconnut-elle. Mais uniquement si c'est pour m'aider dans *mon* travail.

Sur ce, elle pivota et regagna le manoir à grandes enjambées, Hugh sur ses talons. Quand ils eurent rejoint Mïrag à la cuisine, Jane demanda sèchement :

— Que puis-je faire ?

La réplique fusa :

— Telle que je vous vois là, pas grand-chose.

Jane lança à Hugh un regard exaspéré, mais il l'incita à prendre son mal en patience en lui serrant l'épaule entre ses doigts.

— Y a-t-il une échelle quelque part ? demanda-t-il à la jeune fille.

— À l'écurie. Vous trouverez ça derrière ma selle et mes affaires.

Prenant Jane à part, Hugh murmura :

— Restez ici. Je reviens au plus vite.

En son absence, Jane fit de son mieux pour aider Mïrag. Elle devait reconnaître qu'à défaut d'être polie, celle-ci se montrait efficace. Mais, rapidement, elle eut l'impression de la gêner, ce que l'intéressée lui confirma sans ménagement.

— Bougez vos fesses de là, l'Anglaise ! Vous êtes dans mes pattes.

Les écureuils avaient dû sentir que quelque chose se tramait, car leur communauté menait grand tapage dans leur cheminée d'adoption.

Lorsque Hugh revint, porteur d'un fagot de bois et d'une couverture mouillée, Jane se rembrunit.

— Vous n'allez pas faire une flambée directement sous ces pauvres bêtes ? Il peut y avoir des petits, ou des vieillards incapables de se déplacer…

— Le ragoût d'écureuil… intervint malicieusement Mïrag. *Dé-li-cieux !*

Jane lui lança un regard horrifié, puis tourna vivement la tête vers Hugh et répéta d'une voix tremblante :

— Le… Le ragoût d'é… d'écureuil ?

— Ne vous inquiétez pas… répondit-il en lui adressant un sourire. Je ne vais allumer qu'un petit feu, et le bois est humide. Cela produira bien plus de fumée que de flammes. Ensuite, j'étoufferai la flambée sous cette couverture pour leur laisser le temps de s'enfuir par le toit.

Voyant que Jane n'était toujours pas convaincue, Mïrag s'impatienta :

— Assez parlé de ces foutus écureuils, l'Anglaise ! Dites-moi plutôt ce que vous préférez : plumer les poulets, ou récurer la batterie de cuisine ?

Jane se mordilla la lèvre, incapable de se décider. Mïrag trancha pour elle en allant ouvrir un placard empli de marmites, de pots et de différents récipients.

— Va pour la batterie de cuisine… Vous n'avez qu'à emmener tout ça à la pompe, à l'arrière de la cour. Il doit rester un peu de savon et des brosses dans l'appentis.

Hugh voulut apporter son aide, mais Jane refusa.

— Je peux le faire moi-même ! assura-t-elle fermement.

— Vous ne ferez que des allers et retours entre la pompe et ici, ordonna-t-il en cherchant son regard. Compris ?

— Hugh, vraiment… protesta-t-elle.

En butte à son regard inflexible, Jane capitula.

— D'accord, murmura-t-elle. Compris.

Hugh alla se poster devant la fenêtre et la regarda porter à la pompe une partie des lourds ustensiles de cuisine.

— Nous allons avoir besoin de pas mal de choses, dit-il à Mïrag. Mais je veux que personne ne soit au courant que nous sommes ici, et je ne veux pas de visiteurs.

— Pourquoi ?

Il avait pensé servir à la jeune fille quelque mensonge – qu'il tenait à faire la surprise à son frère, par exemple –, mais Mïrag était intelligente et il sentait qu'il pouvait lui faire confiance.

— Il y a un Anglais qui pourrait venir demander après nous, expliqua-t-il. Un homme dangereux, dont il vaut mieux se tenir à l'écart.

Mïrag le dévisagea, comprenant à demi-mot.

— Le boutiquier devra forcément être mis au courant, ce qui signifie que tout le village l'apprendra bientôt. Mais je vous garantis que personne d'autre n'en saura rien.

— Les villageois n'aiment pas les étrangers ?

— *Nay*. Pas du tout. Les étrangers ne trouvent chez nous que bouches cousues et mines renfrognées. Et si un Anglais vient poser des questions sur vous, je le saurai et vous préviendrai. Quant aux habitants des environs, je leur dirai que vous êtes en voyage de noces et ne tenez pas à recevoir de visites pour le moment.

Impressionné, Hugh arqua un sourcil. En s'installant à Beinn a'Chaorainn, c'était comme s'ils avaient disparu de la surface du monde. Mïrag le comprenait parfaitement. Satisfait, il hocha la tête et alla s'occuper du feu. Quand il eut terminé d'enfumer la cheminée, il alla chercher à l'écurie l'échelle branlante et la posa contre le toit pour dégager le sommet du conduit.

Depuis les hauteurs, il lui était possible de garder un œil sur Jane tout en travaillant. Lorsqu'elle fut rentrée, il prit le temps d'admirer la vue. Il comprenait mieux ce qui avait poussé son frère à acheter ce domaine. Une faible brise ridait le loch par intermittence, mais autrement la surface reflétait le soleil comme un miroir. Par une belle journée telle que celle-ci, on y voyait à vingt miles à la ronde, jusqu'à la chaîne montagneuse qui bordait la propriété.

Pendant la demi-heure qui suivit, Hugh surveilla l'exode des écureuils et repéra les différentes fuites dans le toit pour régler le problème avec les frères de Mïrag quand ceux-ci viendraient l'aider. De temps à autre, il jetait un coup d'œil à Jane, qui s'acquittait de sa tâche avec sérieux.

Après avoir multiplié les allées et venues, elle finit par avoir devant elle un amoncellement de marmites et d'ustensiles impressionnant, dont les manches pointaient dans toutes les directions.

Jane s'empara du levier, qu'elle pressa fortement vers le bas. Du bec de la pompe, un flot de boue noirâtre jaillit aussitôt, éclaboussant le devant de sa robe et son visage.

— Oh, bon sang... tonna Hugh.

Il se précipita vers l'échelle et la descendit si vite que deux barreaux se brisèrent sous son poids.

Jane resta figée un moment, puis elle cracha et s'essuya le visage avec son avant-bras.

Il paraissait évident que Mïrag était au courant que la pompe devait être purgée, et qu'elle avait sciemment joué ce mauvais tour. Avant que Hugh ait pu la rejoindre, Jane se tourna vivement vers lui, l'index dressé devant elle, une lueur meurtrière dans le regard.

— Je vais m'occuper de ce problème ! lança-t-elle entre ses dents serrées. Surtout, ne lui dites pas un mot !

— Jane, nous ne pouvons tolérer que…

— C'est précisément pour cette raison que je vais m'en charger, l'interrompit-elle. Si elle veut me lancer le gant, je ne suis pas femme à ne pas le ramasser…

Après avoir rempli de boue la plus grande des marmites, elle la trimballa à grand-peine jusqu'à l'écurie – où Mïrag avait entreposé sa selle et ses sacs. Quand elle en ressortit, le récipient vide se balançait au bout de son bras et Jane affichait un air satisfait.

36

Au terme de leurs cinq premiers jours passés à Beinn a'Chaorainn, Hugh avait tout d'un volcan sur le point d'entrer en éruption. Pour preuve de ce malheureux état, le manoir avait déjà bien meilleure allure qu'à leur arrivée. Et pour cause : chaque fois qu'il avait envie de toucher Jane, il se remettait à l'ouvrage. Dans ce court laps de temps, il avait accompli la besogne de dix hommes.

Cet après-midi-là, il sciait des planches pour le sol de l'entrée pendant que Jane et Mïrag nettoyaient l'étage. Les jours où le temps était assez clément pour lui permettre de travailler dehors étaient aussi ceux que la jeune fille mettait à profit pour aérer le manoir. Par les fenêtres ouvertes, il pouvait entendre sa femme chantonner et guetter ses apparitions.

Grâce au travail de forçat qu'ils accomplissaient, leur situation s'était considérablement améliorée. Hugh avait sélectionné les deux plus belles chambres adjacentes pour en faire celle de Jane et la sienne. Ensuite, Mïrag s'était mise à l'ouvrage pour les nettoyer avec une efficacité redoutable, comme pour mieux railler la gaucherie et l'ignorance de Jane en matière de tâches ménagères.

Au matin de sa deuxième journée de travail, Mïrag était revenue avec une carriole tirée par un cheval. Elle n'avait acheté pour eux que le strict nécessaire – draps, paillasses, nourriture et produits ménagers – mais le boutiquier du village avait tenu à empiler dans la charrette divers cadeaux destinés au frère de « maître Courtland ». Tous, dans la région, voyaient Court comme un sauveur, l'impitoyable guerrier écossais qui avait débarrassé le pays d'un arrogant baron anglais. C'était cet ancien propriétaire qui avait chassé les petits paysans pour livrer leurs terres aux moutons.

Hugh était de plus en plus convaincu qu'ils avaient pris une sage décision en restant à Beinn a'Chaorainn. Avoir Mïrag sur place s'avérait idéal, non seulement parce qu'elle transformait leur intérieur, mais aussi parce que sa présence empêchait Hugh de suivre Jane à la trace comme un loup affamé se léchant les babines.

Le seul problème avec Mïrag, c'est qu'elle ne cessait de se chamailler avec Jane. Cette dernière en avait pardessus la tête d'être moquée pour sa façon de parler ou pour sa nationalité. Hugh ne se réjouissait pas de ses malheurs, mais il n'aurait rien eu contre le fait qu'elle puisse comprendre à cette occasion que « maudit Anglais » ne valait pas mieux que « brute d'Écossais ».

Toutes deux se livraient à une compétition acharnée à n'importe quel propos. Lorsqu'il avait tiré du grenier quelques vieux meubles qu'il avait réparés, elles s'étaient presque battues pour savoir qui allait les nettoyer et les repeindre. Et tout en travaillant, elles s'étaient davantage intéressées aux efforts de leur adversaire qu'aux leurs. Quand il avait posé les fenêtres, elles avaient rivalisé pour savoir laquelle des deux arriverait à en nettoyer plus que l'autre. Hugh commençait à redouter que Jane ne s'épuise à la tâche.

Pour la distraire, il avait confectionné sur la terrasse une cible à base de bottes de paille couvertes d'un drap sur lequel Jane avait peint des cercles concentriques. Mais, loin de s'entraîner au lieu de travailler, elle se levait plus tôt pour que l'un ne se fasse pas au détriment de l'autre.

Chaque matin, elle enfilait son gant de chasse à trois doigts et passait son carquois à l'épaule. Son souffle dans l'air encore glacé faisait naître des panaches de buée. Une expression de parfaite concentration sur le visage, elle se mettait en position de tir et visait. C'était un spectacle de toute beauté et Hugh, secrètement, ne manquait jamais d'y assister. Même Mïrag allait se poster à l'une des fenêtres de la cuisine pour n'en rien rater.

Bien que Jane ait cessé de le provoquer sans cesse, le désir que Hugh ressentait à son égard n'avait pas baissé d'intensité. Elle avait beau ne plus le titiller, sa présence y suffisait. Sans même qu'elle s'en rende compte, il émanait d'elle une puissante sensualité. Un jour, alors qu'ils se croisaient dans un passage étroit, il avait posé les mains sur ses hanches. Aussitôt, les joues de Jane s'étaient empourprées et son souffle s'était fait court.

S'il passait devant sa chambre et apercevait ses dessous comme de coutume répandus sur le sol, la convoitise lui tordait aussitôt le ventre. Parce qu'ils dormaient dans deux pièces contiguës, les fragrances de ses lotions et de son parfum, perceptibles malgré la porte de communication, suscitaient dans son esprit des visions érotiques. Autrement dit, Hugh allait au lit chaque soir dur comme pierre.

À plusieurs reprises, elle s'était approchée de lui en se mordillant la lèvre, comme pour lui parler de quelque chose qui lui tenait à cœur. Il n'avait aucune idée de ce que cela pouvait être, mais c'était avec soulagement qu'il l'avait vue à chaque fois s'éloigner sans rien dire.

Pourtant, Hugh se doutait qu'elle finirait par sortir ce qu'elle avait sur le cœur. Il savait également que cela ne présageait rien de bon pour lui. Et, de jour en jour, un mauvais pressentiment grandissait en lui.

Tôt ou tard, quelque chose allait se produire.

À l'aide de son cheval qu'il guidait, Hugh charriait d'encombrants débris à l'écart du manoir. Jane, perchée sur la selle, se penchait pour mieux le voir.

Elle *adorait* regarder Hugh travailler, surtout lorsqu'il était, comme ce jour-là, torse nu. Chaque fois qu'il se redressait et passait l'avant-bras sur son front, les reliefs de ses abdominaux se creusaient et le souffle de Jane se faisait court. Elle ne pensait pas avoir déjà vu quelque chose d'aussi beau que ses muscles en plein effort couverts de sueur.

Jane savourait son premier après-midi de repos depuis qu'ils étaient arrivés. Mïrag était occupée à la récolte des choux, aussi pouvait-elle se reposer, ce qui était un soulagement pour Hugh plus que pour elle.

Il s'imaginait qu'elle se tuait à la tâche uniquement par esprit de compétition avec Mïrag, mais Jane ne pourrait sans doute jamais rivaliser avec elle pour le ménage.

Si elle travaillait de toutes ses forces jour après jour, c'était pour démontrer à Hugh de quelle utilité elle pouvait être. Elle voulait lui prouver qu'elle était une femme de valeur, qu'il avait tout intérêt à conserver pour épouse. Elle s'occupait du jardin, elle repeignait les meubles, elle installait dans les pièces les tapis et les tentures que Mïrag achetait auprès d'artisans locaux. La maison n'avait plus rien à voir avec ce qu'elle était à leur arrivée. Elle commençait à ressembler à un véritable foyer, chaleureux et confortable.

— Un peu d'eau, *lass* ? demanda-t-il.

Jane cligna des yeux et lui lança sa gourde. Il s'y abreuva avidement, puis il s'essuya la bouche sur son avant-bras. Jane adorait voir les hommes faire cela. Et, par « hommes », elle entendait « Hugh ». Lorsqu'il lança la gourde pour la lui rendre, elle était tellement occupée à l'admirer que celle-ci chuta pesamment sur la terre. Elle pouvait à peine contenir le désir qu'il lui inspirait. En fait, elle avait même cessé de s'y essayer. Pourtant, à ce jour, il ne l'avait toujours pas touchée.

Fronçant les sourcils, Hugh ôta de son épaule la sangle de cuir à laquelle il s'était harnaché et alla ramasser la gourde. Après l'avoir époussetée, il la lui tendit. Jane s'en saisit avec un sourire confus. En croisant son regard, Huch sursauta et son visage se rembrunit. Bien vite, il retourna remettre la sangle à son épaule, et le travail reprit.

Jane avait tenté à plusieurs reprises d'aborder avec lui le sujet de leur mariage qu'elle ne voulait plus voir annulé, mais à chaque fois elle avait lu dans son regard – comme à l'instant – une sorte d'avertissement muet. Elle se faisait l'impression de le poursuivre de ses assiduités, ce qui mettait à rude épreuve sa confiance en elle. Elle était habituée à ce que les hommes bafouillent à son contact et s'empressent de lui offrir tout ce qu'elle désirait. Hugh, bien que marié à elle, maintenait entre eux une certaine distance.

Pour se donner du courage, Jane inspira à fond et décida de passer à l'action. Il ne pouvait y avoir de meilleur moment. Sans se laisser le temps de changer d'avis, elle demanda :

— Voulez-vous savoir à quoi je pensais, à l'instant ?

Sans même un regard pour elle, il secoua négativement la tête. Jane attendit patiemment que quelques minutes se soient écoulées avant d'effectuer une nouvelle tentative.

— Hugh ? Pensez-vous que je ferais une bonne épouse ?

Après avoir hésité un instant, il répondit à contrecœur :

— *Aye.*

— Vous me le jurez ?

— *Aye.*

— Vous ne dites pas ça juste pour me faire plaisir ?

— *Nay.* N'importe quel homme serait fier de vous avoir pour épouse.

— Dans ce cas, pourquoi ne voulez-vous pas me *garder* pour femme ?

Hugh trébucha soudain et tomba, un genou en terre.

— *Moi*, je veux vous garder pour époux, ajouta-t-elle.

Comme si son innocente petite question n'avait pas suffi à mettre l'esprit de Hugh sens dessus dessous...

En réprimant un juron, il se releva. Pourquoi fallait-il qu'elle se mette en tête de le provoquer de plus belle ? Bon sang ! L'un dans l'autre, la journée ne s'annonçait pas trop mal... Le temps, malgré la saison, se maintenait au beau, et il avait travaillé dur en appréciant – comme toujours – de l'avoir à ses côtés pour lui tenir compagnie. En l'écoutant parler de choses et d'autres et rire plus souvent qu'à son tour, il s'était émerveillé de constater à quel point l'Écosse lui réussissait.

Jane avait les joues roses et le vert de ses yeux paraissait plus vibrant qu'autrefois. Quant à ses cheveux, ils brillaient telle une coulée d'or liquide bruni au soleil.

— Pourquoi refuser d'en parler ? le relança-t-elle.

Pourquoi avait-il si froid, tout à coup ?

— Ce n'est pas un sujet sur lequel plaisanter !

— Mais je ne plaisante pas, assura-t-elle, déterminée. Je ne plaisante pas du tout. Je veux rester mariée avec vous.

Hugh ouvrit la bouche pour lui répondre, mais il ne put prononcer un mot en constatant à quel point elle paraissait sérieuse.

— Cela ne se fera pas, dit-il enfin d'une voix rauque.

Jane *voulait* être sa femme ? À cette minute, il aurait tout donné pour pouvoir la prendre au mot.

— Pourquoi ? demanda-t-elle sans se laisser décourager. Si vous me donnez une seule bonne raison, je n'insisterai plus. Autrement...

Elle laissa sa phrase en suspens, comme une menace.

— Je vous l'ai dit. Je n'ai jamais voulu me marier.

— Mais... *pourquoi* ? Donnez-moi une bonne raison – une seule.

— Ce n'est... tout simplement pas une vie pour moi, répliqua-t-il. Il n'en a jamais été question, et cela ne risque pas de changer. Vous devez accepter le fait que certains hommes ne sont pas faits pour se marier.

— Ce n'est pas votre cas.
— Vous ne savez même pas qui je suis vraiment…
— Parce que vous ne voulez rien me dire !
— Croyez-moi sur parole.
— Êtes-vous certain de ne pas vouloir *essayer* ? Il suffirait que nous restions mariés, quand tout ceci sera terminé, pour voir si nous nous entendons bien.
— Je suis certain que c'est inutile, trancha-t-il.
— Vraiment ?
Jane glissa de la selle et atterrit devant lui.
— C'est une décision importante à prendre, admit-elle en hochant gravement la tête. Je comprends que vous puissiez vouloir encore y réfléchir.
Avant de s'éloigner, elle pencha la tête sur le côté et l'étudia un instant. Son regard posé sur lui ne lui avait jamais paru aussi concentré, ni aussi clair.
En ravalant sa salive, Hugh songea que c'était de cette façon qu'elle observait sa cible, chaque matin, avant de la cribler de flèches.

37

Jane revint sur le sujet de leur mariage à de nombreuses reprises au cours de la semaine suivante.

En travaillant à réparer le portail branlant, Hugh guettait son apparition et ruminait sur la dernière en date de ses campagnes.

La veille au soir, alors qu'il buvait un verre de scotch, assis sur un tapis devant la cheminée, elle s'était mise à genoux derrière lui afin de masser les muscles endoloris de son dos. En se relaxant peu à peu, Hugh avait senti ses paupières se faire lourdes. Le feu, l'alcool, cette femme lui prodiguant ses massages après une dure journée de labeur : tout cela était pour lui comme un avant-goût du paradis…

Il s'apprêtait à savourer une autre gorgée de scotch quand elle lui avait demandé :

— Avez-vous pensé à notre mariage, mon amour ?

Il avait failli s'étrangler, et quand il l'avait foudroyée du regard, elle s'était contentée de lui sourire innocemment.

Puis, ce matin-là, alors qu'elle sortait pour s'entraîner au tir à l'arc, elle lui avait dit d'un ton désinvolte :

— J'ai remarqué que vous n'avez emporté aucune lecture, à part ce vieux livre qui vous suit partout. J'ai donc déposé sur votre lit un roman que je viens de lire.

Tandis qu'il la regardait s'éloigner, elle avait lancé par-dessus son épaule :

— Je vous ai indiqué les scènes que j'ai particulièrement appréciées...

Hugh savait exactement de quel genre de roman il devait s'agir. Dès qu'elle était sortie, il s'était rué dans l'escalier, pressé de lire les scènes qu'elle avait sélectionnées. Sur son oreiller, il avait saisi l'ouvrage muni de l'habituelle fausse couverture et l'avait ouvert aux marques qui dépassaient. Cinq minutes plus tard, il avait dû s'asseoir sur le lit en passant sur son visage une main tremblante. Si telles étaient les scènes qu'elle appréciait, alors ils étaient faits pour s'entendre *parfaitement*...

Tels étaient les derniers faits d'armes de son insidieuse petite campagne. Les allusions permanentes de Jane ne lui laissaient jamais oublier que jour après jour, prête à répondre au moindre de ses désirs, vivait à ses côtés la femme de ses rêves. Il se sentait incapable de se concentrer, de penser à autre chose qu'à l'odeur de ses cheveux ou au goût de sa peau sur sa langue.

Du regard, il la suivait partout où elle allait. En travaillant, elle avait pris l'habitude de porter un foulard sur ses cheveux et de déboutonner les premiers boutons de son corsage. Hugh avait l'impression que ses seins humides de transpiration étaient sur le point de jaillir à chaque instant. Jane, habituellement si élégante, ressemblait de plus en plus à une servante un peu coquine, et il aimait cela...

En fait, il ne parvenait pas à décider quelle version de Jane il préférait : l'intelligente beauté célébrée par le Tout-Londres, la Diane chasseresse et son carquois de flèches emplumées, ou la diabolique tentatrice ne reculant devant aucune provocation.

Le besoin qu'il avait de la faire sienne ne lui laissait aucun repos. Il en arrivait à ne plus avoir les idées claires, tant il devenait obsédé par elle. Durant le jour, ses rêveries éveillées le mettaient constamment dans l'embarras et la nuit, il ne pouvait trouver le sommeil sans s'être soulagé lui-même. La nuit précédente, après avoir rêvé qu'elle le chevauchait avec fougue, il s'était réveillé trempé de sueur.

Jane avait fait de sa vie un naufrage. Elle l'avait affaibli de toutes les manières possibles. Et quand elle commençait à le regarder avec un mélange d'innocence enfantine et de curiosité perverse, une seule chose l'empêchait de répondre à la supplique qu'il lisait au fond de ses yeux.

Le Livre. Il le gardait en permanence ouvert sur une table et le consultait souvent. Le Livre, lui, ne lui laissait pas oublier ce qu'il était en réalité.

En réalisant que plus d'une heure s'était écoulée sans qu'il entende Jane fredonner ou qu'il l'aperçoive, Hugh se prit à espérer qu'elle ait pu opter pour une sieste, même si c'était peu probable.

Reposant son rabot, il brossa les copeaux accrochés à son pantalon et partit aux nouvelles. En chemin, il croisa Mïrag qui retournait à la cuisine avec un panier de navets.

— Où est ma femme ? lui demanda-t-il.

La jeune fille haussa les épaules.

— La dernière fois que j'ai vu l'Anglaise, c'était dans l'aile nord. Elle disait vouloir huiler les parquets.

En pénétrant dans le hall d'entrée avec elle, Hugh prit une pomme dans un compotier mais la reposa aussitôt en reconnaissant l'odeur qui flottait dans l'air.

Mïrag renifla longuement et maugréa :

— Mais qu'est-ce qu'elle a encore fait ?

— L'huile de paraffine, Mïrag ! lança Hugh en se ruant dans l'escalier.

Poussant un cri, Mïrag laissa tomber son panier sur le sol et lui emboîta le pas.

La paraffine donnait une huile utilisée dans le traitement des bois. Mais le même mot désignait également le pétrole utilisé dans les lampes[1]...

Hugh repoussa violemment les portes d'où s'échappait l'insupportable odeur et se figea en découvrant ce qui l'attendait. Jane avait déjà imbibé de pétrole la moitié d'un parquet d'acajou.

— Je voulais vous faire la surprise quand tout aurait été terminé ! lui reprocha-t-elle en se remettant sur ses pieds.

En allant ramasser un bout de toile émeri, elle ajouta :

— Mais maintenant que la première partie est sèche, je vais faire une pause et poncer.

— Surtout pas ! s'exclamèrent en chœur Hugh et Mïrag.

Une seule étincelle et...

Le cœur au bord des lèvres, Hugh se précipita sur Jane pour lui ôter la toile émeri des mains.

— Seriez-vous aussi idiote, l'Anglaise ? s'écria Mïrag.

Jane frémit sous l'insulte et tenta de se débattre tandis que Hugh l'entraînait vers le puits.

— Je présume que j'ai fait une bêtise ? demanda-t-elle d'un air pincé.

Rapidement, il la dépouilla de ses vêtements, ne lui laissant que sa combinaison.

— *Aye*, dit-il. Cette fois, je dois donner raison à Mïrag.

Hugh actionna la pompe et fit couler l'eau en abondance sur les mains et les avant-bras de Jane.

— L'huile que vous avez répandue est hautement inflammable, expliqua-t-il. Une étincelle sur votre robe et vous vous seriez consumée comme une torche !

— Oh... murmura-t-elle. Je vois.

Jane se mordilla la lèvre et constata :

---

1. Le même mot – *paraffin* – peut désigner à la fois le pétrole à brûler et la paraffine utilisée par exemple pour les confitures. *(N.d.T.)*

— Vous êtes en colère.

— Dites plutôt que j'ai eu la peur de ma vie.

— Hugh… soyez patient avec moi.

— Dieu m'est témoin que j'essaye, *lass*…

Voyant que Mïrag s'apprêtait à partir pour la nuit, Hugh ordonna à Jane :

— Nettoyez-vous soigneusement les jambes et les pieds. Je serai rapidement de retour.

Lorsqu'il eut rejoint Mïrag à l'écurie, il lui ordonna :

— Je veux que tu tiennes ma femme à l'écart de tout produit dangereux. Mets-les sous clé s'il le faut. Et je triple tes gages si tu parviens à la tenir à l'écart de l'aile nord, le temps que je répare les dégâts.

Hugh se tourna vers Jane, qui les regardait, et cria :

— Frottez ! Frottez fort !

Jane sursauta, puis s'exécuta en maugréant.

Mïrag émit un bruit de bouche.

— Je n'y crois pas ! s'exclama-t-elle. Vous n'allez pas réprimander l'Anglaise plus que ça ? Alors qu'elle a ruiné le plancher de cette pièce ?

Hugh haussa les épaules.

— Je vais lui faire comprendre qu'une maison en travaux n'est pas sans danger, répondit-il. Mais je compte sur toi pour ne pas lui révéler les dégâts qu'elle a faits.

— Le temps est venu de me dire pour quelle raison vous travaillez si dur, *lass*… lança Hugh en la rejoignant.

Jane avait la tête qui tournait et elle avait froid, mais elle appréciait de sentir les mains rudes de Hugh frotter ses bras pour s'assurer que plus aucune trace d'huile n'y subsistait.

— Je fais tout pour vous impressionner, révéla-t-elle. Pour que vous me gardiez comme épouse et que vous m'emmeniez vivre dans votre maison au bord de la mer.

Le voyant esquisser un sourire, elle protesta :

— Ce n'était pas une plaisanterie, vous savez…

Le sourire de Hugh se mua en grimace.

— Vous remettez ça ? s'impatienta-t-il. Encore ? Savez-vous que vous êtes aussi têtue qu'un Écossais ?

— Je pourrais vous rendre heureux, insista-t-elle. Et vous êtes en position de prendre femme.

— Bon sang, *lass* ! Vous n'aimeriez pas rester mariée avec moi.

— En quoi cela différerait-il de la vie que nous menons actuellement ?

Hugh ne lui répondit pas immédiatement. En fait, il paraissait hypnotisé par ses seins, dont les pointes dressées étaient visibles sous la toile mouillée.

Avec un claquement de langue agacé, il la lâcha et se détourna brutalement, comme pour briser un charme.

— Jane, oubliez ça ! lança-t-il avec véhémence. Je ne suis pas un homme bien, et je ne ferais pas un bon mari.

— Cela n'a aucun sens, répliqua-t-elle sans s'énerver. Ce que je vous propose est parfaitement logique. Nous sommes déjà mariés. Plus de formalités…

Elle baissa la voix pour ajouter :

— Tout ce qui nous reste à faire, c'est de faire l'amour.

— Logique ! s'insurgea-t-il. Vous trouvez ça logique ? Alors qu'il n'y a rien de plus illogique ?

Jane fronça les sourcils et le dévisagea d'un air sévère avant de demander :

— Hugh… qu'est-ce qui cloche chez moi ?

Hugh ne pouvait imaginer qu'une femme comme elle puisse se sentir fautive d'une quelconque manière. Il ne pouvait la laisser croire cela ; il ne lui restait donc que la vérité pour seule option.

— Ce n'est pas vous qui êtes en cause, dit-il. C'est moi.

À en juger d'après la réaction de Jane, ce devait être la pire chose qu'il aurait pu lui dire. Son visage se figea et ce fut d'un ton glacial qu'elle répliqua :

— Savez-vous à combien d'hommes j'ai dit ce genre de chose pour épargner leur fierté ?

Croisant les bras sur sa poitrine, elle s'écarta de lui.

— Comme la roue tourne ! se lamenta-t-elle. À présent, c'est moi dont on ne veut pas ! Moi que l'on abreuve de platitudes...

— Jane ! Non, pas ça...

Hugh tendit le bras et posa la main sur sa hanche pour l'attirer contre lui.

— Vous êtes la femme dont tout homme peut rêver, assura-t-il en la fixant droit dans les yeux. La vérité, c'est que... si je devais choisir une épouse, ce serait vous et nulle autre que vous.

La tête penchée sur le côté, elle répéta :

— Nulle autre que moi ?

— Exactement. Le problème est véritablement le mien. J'ai... certaines difficultés qui m'empêchent d'envisager de me marier.

— Donnez-moi une seule bonne raison qui vous en empêche !

— Cela ne ferait que susciter d'autres questions de votre part. Vous ne semblez jamais satisfaite tant que tout n'a pas été étalé sur la table...

— Hugh... je suis autant impliquée que vous dans cette histoire, et à ce titre j'ai le droit d'en savoir plus. Je vous demande juste un peu de compréhension.

— *Aye*, je sais. Croyez-moi, je le sais parfaitement. Mais vous avez besoin de rentrer, à présent. Et de vous sécher.

— Je ne bougerai pas d'ici tant que vous ne m'aurez pas donné une seule bonne raison.

Partagé entre des impératifs contradictoires, Hugh ne savait que faire. Finalement, de guerre lasse, il avoua :

— Je ne... Je ne pourrai pas vous donner d'enfants.

38

— Oh ! s'exclama Jane, qui ne s'était pas attendue à cela. Pourquoi ?

— Je n'en ai jamais eu.

Il avait raison : à présent, elle avait un tas de questions à lui poser…

— Je suppose donc que vous avez essayé, dit-elle.

Jane s'était efforcée de masquer son sentiment de révolte. Imaginer Hugh désirant faire un enfant à une autre femme la hérissait.

— Seigneur, non ! répondit-il. Je n'ai pas essayé.

Les sourcils froncés, elle s'étonna :

— Alors, comment pouvez-vous en être sûr ?

— Mes frères ne peuvent en avoir non plus.

Jane commençait à comprendre. Une maladie enfantine, ce doit être ça… Cela expliquerait tout !

Hugh ne voulait pas la priver de la possibilité d'avoir des enfants. Telle était donc la raison qu'elle avait cherchée durant si longtemps. Mais cela n'entamait en rien sa détermination. Si elle pouvait avoir son Highlander, elle se passerait d'enfants. Après tout, ses cousines mettraient à sa disposition toute la compagnie enfantine qu'elle souhaiterait.

La première réaction de Jane fut de jeter Hugh sur le sol et de l'embrasser à en perdre haleine, mais elle se retint, comprenant qu'il s'agissait là de la reine des

Mauvaises Idées. Hugh devait se sentir vulnérable après lui avoir fait un tel aveu, et elle ne voulait pas lui donner l'impression que ce qu'il considérait comme une tragédie la réjouissait. Sa seconde réaction fut de moquer ce qu'il prenait à tort comme un obstacle majeur, mais se conduire ainsi aurait signifié qu'elle ne respectait pas ses croyances sur le sujet.

Elle se doutait que pour un homme, ce devait être un sujet sensible. Le vivait-il comme une atteinte à sa virilité ? Avant de reprendre la parole, Jane inspira à fond et s'encouragea mentalement : sois prudente !

— Je vois. J'apprécie que vous ayez bien voulu me mettre dans la confidence.

Hugh hocha gravement la tête.

— Je ne l'ai jamais avoué à personne, dit-il. À présent, vous comprenez pourquoi nous ne pouvons rester mariés.

— Je comprends.

Cette fois, ce fut d'un air sombre qu'il opina du chef.

— Mais cela ne change en rien ma détermination en ce qui nous concerne, poursuivit Jane.

— *Quoi ?*

Hugh la lâcha et s'écarta d'un pas quand elle ajouta :

— J'espère pouvoir vous faire comprendre que cela n'aura aucun impact sur ma vie.

— Vous m'avez dit vous-même que vous adorez les enfants ! protesta-t-il.

— J'adore les enfants… *des autres*, rectifia-t-elle. Si vous comprenez par là que je brûle d'en avoir moi-même, ce n'est pas le cas. J'aime ceux avec lesquels vous m'avez vue jouer parce qu'ils font partie de ma famille.

Jane détourna le regard avant de reprendre, gênée :

— J'espère que vous n'allez pas en conclure que je suis une femme insensible. Cet aveu-là, je ne l'avais encore fait à personne, moi non plus.

— Vous n'avez jamais désiré avoir d'enfants ?

— Que cela se produise ou ne se produise pas, je n'en serai pas désespérée.

— Ce n'est pas du tout comme cela que j'imaginais votre réaction, avoua-t-il en passant une main sur sa nuque.

— Désolée de vous décevoir. Cela ne change rien en ce qui me concerne.

— Je vous connais ! répliqua-t-il. La seule raison pour laquelle vous tenez tant à ce mariage, c'est parce que vous devez vous battre pour l'obtenir. Une fois que la partie sera gagnée, votre désir disparaîtra.

— Ce n'est pas vrai !

— Autrefois, je vous ai vue vous battre bec et ongles pour obtenir des choses qui ne vous faisaient pas vraiment envie. Osez me dire le contraire !

Eh bien… cela avait pu lui arriver une fois ou deux. Mais autrefois, elle avait également pu s'imaginer mariée à Hugh sans que cela constitue un défi pour elle, et elle n'en continuait pas moins à ne penser qu'à lui.

— Et que se passera-t-il si je cède et si votre intérêt pour moi disparaît ? poursuivit Hugh sur sa lancée. Quand vous retrouverez les salons londoniens, votre famille, vos amies, vos fêtes, vous n'aurez plus aucune envie de rester ma femme. C'est évident pour moi, Jane.

— Cela ne s'est pas encore produit, murmura-t-elle.

Hugh laissa fuser un rire sans joie.

— *Aye*, dit-il d'un ton caustique. Depuis les quelques *longues* semaines que nous sommes ensemble…

Jane secoua négativement la tête.

— Je voulais dire : au cours des dix années durant lesquelles nous sommes restés séparés, rectifia-t-elle. Vous pouvez arrondir à la moitié de mon existence.

Janc vit la pomme d'Adam de Hugh s'agiter.

— Êtes-vous… Vous ne voulez tout de même pas dire…

Sa voix se brisa, et il conclut dans un murmure étranglé :

— *Moi*, Jane ?

— Oui, vous… répondit-elle en soupirant.

Soudain, Hugh se figea, l'oreille aux aguets. Un instant plus tard, elle entendit le bruit provoqué par plusieurs chevaux empruntant le chemin qui passait à travers bois. Aussitôt, d'un mouvement fluide, Hugh la fit passer derrière lui. Puis, après avoir rapidement ôté sa chemise, il la passa sur les épaules de Jane.

Lorsque la trace de Hugh s'était évanouie en Écosse, les chances de Grey s'étaient retrouvées compromises.

Dans ce pays, Hugh était chez lui, et, au contraire de Grey, en pleine nature il évoluait dans son élément.

Pire encore, Hugh *se savait* suffisamment doué pour le semer. Cela achevait de mettre Grey dans une rage folle.

S'il n'avait pas pris le temps de s'occuper d'Ethan, il n'aurait pas manqué Hugh et Jane, la nuit où ils s'étaient enfuis de Ros Creag. Il trouvait ironique qu'en tuant l'un des frères, il ait laissé l'autre s'échapper.

S'il connaissait les pays d'Europe occidentale et ceux d'Afrique du Nord comme sa poche, Grey ne s'était jamais rendu en Écosse. Il parlait couramment quatre langues, mais le gaélique n'en faisait pas partie. Plus il remontait vers le nord, plus les habitants s'avéraient muets et hostiles envers les Anglais. Son apparence n'arrangeait rien. Grey était de plus en plus émacié. On devait le croire malade, voire le prendre pour un fou.

Il avait envisagé de rentrer à Londres pour faire parler Weyland sous la torture, mais il savait que le vieil homme – à supposer qu'il sache où se trouvait sa fille – ne lui aurait rien révélé. Alors que tout semblait perdu, une idée lui était venue. Il s'était souvenu que les usages du Réseau voulaient que chaque agent reste si possible à une journée de voyage maximum d'une station de télégraphe. Hugh, qui attendait de recevoir la nouvelle de sa capture ou de sa mort, devait avoir respecté cette consigne. Et la mort d'Ethan devait être considérée comme une information suffisamment importante pour lui avoir été transmise.

Par différents moyens – plus ou moins violents –, il avait fini par découvrir que quatre télégrammes seulement avaient été expédiés durant cette période depuis Londres, et que deux l'avaient été dans des postes situés dans cette région reculée de l'Écosse. Grey avait écumé la campagne dans un rayon de cent miles autour du premier poste de réception, et il achevait de faire de même pour le second. Sans se laisser décourager, il poursuivait ses recherches. Hugh *devait* avoir trouvé refuge avec sa chère Jane quelque part dans cette nature écossaise.

Malheureusement, les gens du coin se montraient plus hostiles encore que ceux qu'il avait croisés jusqu'alors, et l'appât du gain n'avait aucune prise sur eux.

Il en venait à considérer la possibilité d'étrangler quelqu'un, lorsque le hennissement d'un cheval se fit entendre derrière lui. Par-dessus son épaule, il vit une jeune fille émerger d'un chemin qui s'enfonçait dans les bois et qu'il n'avait pas remarqué.

Elle était seule, chevauchait un poney et n'avait pas de bagages. Une autochtone, s'en retournant chez elle après sa journée de labeur ? Intéressant… Mais que pouvait-il y avoir, dans ces bois touffus d'où elle venait ? Le refuge de Hugh, peut-être ? C'était une possibilité qu'il se devait de vérifier.

Cette jeunette aux cheveux noirs se montrerait sans doute aussi muette que tous les Écossais qu'il avait croisés, mais en glissant une chique de son remède dans sa bouche, Grey songea qu'il avait les moyens de la faire parler. En un geste machinal, sa main descendit vers le couteau qu'il portait dans un holster à sa hanche. Ces paysannes qui travaillaient pour vivre avaient un point faible : elles tenaient à leurs doigts plus qu'à la prunelle de leurs yeux.

39

Le menton dans le creux de la main, Jane regardait par la fenêtre pendant que Hugh tenait compagnie au rez-de-chaussée aux autres Highlanders.

Les chevaux qu'ils avaient entendus sur le chemin passant à travers bois étaient ceux de six impressionnants Écossais – les frères de Mïrag, venus préparer le chantier de remise en état de la dernière partie du toit.

Hugh s'était joint à eux autour d'une bouteille de scotch, mais il ne l'avait pas invitée à faire leur connaissance. Cela ne la dérangeait pas. Pas le moins du monde. De la même manière, elle ne se formalisait pas que Hugh n'ait pas semblé particulièrement intéressé par la révélation qu'elle lui avait faite. Sans doute était-il pour lui plus amusant de s'alcooliser en compagnie d'autres Gaëls bien après le coucher du soleil…

Mais Jane était quant à elle encore sous le choc de ce qu'il venait de lui avouer. Elle aurait eu des dizaines de questions à lui poser, s'il ne s'était pas obstiné à rester en bas depuis des heures. Pour quelqu'un qui prétendait être un solitaire, Hugh semblait parfaitement s'entendre avec ces hommes, qui le traitaient comme l'un des leurs. Comment aurait-il pu en être autrement ? Hugh *était* l'un des leurs – un fier, et fort, et rude Highlander – et quand il leur parlait de sa voix profonde, les frères MacLarty se taisaient pour l'écouter.

Jane porta une mèche de cheveux à ses narines et la huma avec dégoût. Faudrait-il qu'elle se trempe dans un bain d'acide pour se débarrasser de cette affreuse odeur de pétrole ? À défaut, elle décida d'aller prendre un autre bain – et elle n'aurait pas à faire chauffer d'eau pour cela. Elle ne manquerait sûrement pas à Hugh si elle se rendait seule à la source chaude. De toute façon, sous peine de se voir accuser de le « provoquer », elle ne pouvait lui demander de l'y accompagner.

Rassemblant ses affaires de toilette et une serviette, elle sortit par la cuisine, évitant les hommes rassemblés dans la grande salle. Profitant de la balade jusqu'au lac sous un ciel constellé d'étoiles, Jane réfléchit aux semaines qu'elle venait de passer en compagnie de Hugh. Elle sentait qu'à chacune de leurs rencontres, elle usait un peu plus la résistance qu'il lui opposait. Mais fallait-il absolument qu'elle accule un homme dans ses derniers retranchements pour l'amener à lui faire l'amour ? De surcroît, un homme qui n'avait pas semblé intéressé d'apprendre qu'elle avait toujours eu des sentiments pour lui…

En atteignant le loch, Jane s'émerveilla de la beauté de l'endroit. La lune était pleine et ronde. Sa lumière éclairait la couche de brume qui se formait à la surface. De l'anse rocheuse où jaillissait la source chaude, des voiles de vapeur s'élevaient. Cette vision nocturne était à couper le souffle. Jane n'avait plus envie de quitter l'Écosse. Désormais, Londres lui paraissait terne, noir de suie, sans âme. Comment pourrait-elle se résoudre à y retourner sachant à quoi elle devrait renoncer – c'est-à-dire à Hugh autant qu'à son pays ?

En soupirant, elle se déshabilla rapidement. L'étendue d'eau chaude était trop attirante. Elle s'y glissa sans attendre, après avoir disposé ses articles de toilette sur un rocher plat au bord de l'eau. Ensuite, avec le plus grand soin, elle se lava les cheveux. Elle finissait de se rincer en plongeant la tête dans l'eau lorsque Hugh la rejoignit.

Pour une fois, elle l'entendit avant de le voir. Jetant un coup d'œil par-dessus son épaule, elle constata qu'il était décoiffé et semblait fatigué. Ses yeux, quant à eux, brillaient d'une lueur farouche.

— Il n'était pas nécessaire de venir ici me dorloter, lui lança-t-elle. Retournez voir vos nouveaux amis.

Il se contenta de la regarder sans répondre.

— Êtes-vous ivre ? reprit-elle.

Elle ne l'avait jamais vu ainsi. Même à Vinelands, il n'avait bu guère plus qu'un ou deux verres de scotch.

— *Aye*, admit-il enfin. Mais cela ne m'aide pas.

— Cela ne vous aide pas à quoi ? demanda-t-elle, étonnée.

— À m'empêcher d'avoir envie de vous jour et nuit. Et j'ai fini par comprendre qu'une seule chose m'y aidera.

Debout dans l'eau qui lui arrivait à la taille, Jane le regardait par-dessus son épaule. De la vapeur s'élevait tout autour d'elle, et la lune nouvelle brillait dans le ciel, illuminant la perfection de son corps pâle.

Un long moment s'écoula ainsi. Ils se tenaient tous deux immobiles, le souffle court, comme dans l'attente de ce que l'autre allait faire. À moins qu'elle ne se soit jouée de lui cet après-midi-là, la femme exquise qu'il avait sous les yeux avait admis avoir depuis des années des sentiments pour lui… ce qu'il aurait préféré en fait ne pas savoir.

Il ne s'était pas soûlé en compagnie des frères MacLarty uniquement pour s'assurer qu'aucun d'eux n'avait de vues sur sa femme, qu'ils avaient découverte habillée en tout et pour tout d'une combinaison mouillée et d'unc chemise. Il avait bu également parce qu'elle avait fini par venir à bout de ses dernières défenses.

Jane se tourna vers lui, les bras le long de ses flancs. En la découvrant ainsi, Hugh sentit un déclic se faire en lui.

Proférant un juron à mi-voix, il se défit rapidement de sa chemise, de ses bottes et de son pantalon. Après l'avoir rejointe dans l'eau, il attira Jane dans ses bras et serra contre lui son corps humide et chaud. Timidement, elle laissa ses mains remonter le long de sa poitrine et se nouer derrière sa nuque.

— C'était supposé s'atténuer, grogna-t-il en la fixant au fond des yeux. Mais il n'en est rien – c'est pire.

— Je... ne comprends pas ce que vous dites, Hugh.

— Vous allez comprendre.

D'un revers de bras, Hugh balaya les affaires de toilette de Jane et la hissa sans effort sur le rocher plat, de manière qu'ils soient face à face. Elle poussa un petit cri, mais le laissa faire. Hugh l'admira longuement, gravant cette scène dans sa mémoire. Ses cheveux mouillés cascadaient sur ses épaules et venaient caresser ses seins aux pointes dressées. Dans cette lumière faible, les boucles de sa toison entre ses cuisses contrastaient fortement sur la blancheur de sa peau.

— Vous êtes magnifique ! lâcha-t-il dans un souffle. Si vous saviez comme vous me tourmentez...

Hugh se positionna entre les jambes de Jane et se pencha pour suçoter le lobe de son oreille. Elle émit un soupir et se détendit, lui permettant d'écarter ses jambes davantage.

À pleines mains, il prit possession de ses seins, qu'il pétrit sous ses paumes. Puis, tandis qu'elle le regardait faire en haletant doucement, il se pencha pour capturer entre ses lèvres une aréole gonflée, comme il avait eu envie de le faire cet après-midi-là près du puits.

Les mains agrippées à ses épaules, Jane poussa un cri de plaisir. Hugh comprit alors que même s'il l'avait voulu, il n'aurait rien pu changer à ce qui allait suivre. Or, il ne le voulait plus...

Passant à l'autre sein, il le titilla avec plus d'ardeur encore, ce que Jane parut apprécier. Les doigts glissés dans ses cheveux, elle pressait sa tête contre elle en gémissant, le dos arqué pour mieux se prêter au baiser.

Quand il fut certain que ses deux mamelons n'auraient pu être davantage excités par ses caresses, Hugh descendit le long de son ventre, jusqu'à ses cuisses. Sa bouche n'était plus qu'à un souffle du sexe de Jane, qu'il admira un instant avant de laisser ses lèvres se refermer sur lui. Résolument, il introduisit sa langue en elle. Il l'entendit pousser un cri étranglé tandis qu'il fermait les yeux pour mieux savourer ses replis, délicieusement gorgés de ses sucs intimes.

Hugh rouvrit les yeux et découvrit qu'elle regardait, les yeux écarquillés mais sans honte ni embarras, ce qu'il était en train de faire. Stimulé par cette découverte, son désir s'en trouva si possible accru. Sous ses pouces, il la caressa et fit s'épanouir les plis de son sexe. Entre deux baisers, il lui demanda d'une voix rauque :

— Vous a-t-on déjà fait ça ?

Jane secoua la tête.

— N… Non, balbutia-t-elle. Jamais.

Avec un sourire satisfait, Hugh reprit :

— Je vais vous faire jouir comme vous n'avez jamais joui jusqu'à ce jour.

— Êtes-vous sûr de… commença-t-elle, non sans une certaine nervosité. Dans cette position ?

— Je veux vous faire jouir sous ma langue, insista-t-il.

Sur ce, il fondit sur son clitoris, qu'il avait jusque-là épargné. Jane lâcha un cri de stupeur et de plaisir mêlés. Dans ses cheveux, il sentit ses doigts se crisper.

— Hugh ! s'écria-t-elle, pantelante. Je… Oh, oui !

Ces quelques mots achevèrent de le galvaniser. Ses doigts redoublèrent d'ardeur sur la pointe des seins de Jane, encore humides de sa salive. Contre ses lèvres, sous sa langue, il la sentait offerte. En exerçant une pression à l'arrière de ses cuisses, il parvint à lui faire écarter davantage les jambes, ce qui lui permit un meilleur accès. Avec un cri, elle commença à rouler des hanches, pressant son pubis contre sa bouche pour qu'il puisse tout à loisir s'en repaître.

Quand il la sentit sur le point de connaître l'extase, Hugh redoubla d'ardeur. Enfin, elle jouit dans un long râle entrecoupé de murmures de plaisir et de reconnaissance. Pas un instant, pendant qu'elle s'abandonnait librement à la jouissance, il ne relâcha ses efforts. Dans l'eau, son sexe bandé se cabrait à chaque cri qu'elle poussait.

Lorsque Jane devint trop sensible à ses caresses et qu'elle demanda grâce, Hugh se redressa et alla s'allonger près d'elle sur le rocher.

— À mon tour… gémit-il d'une voix pressante. Je dois… Il faut que je… !

Incapable de conclure, il céda à l'urgence de la posséder qui s'était emparée de lui. Dans l'une de ses mains, il réunit les deux poignets de Jane et les immobilisa sur le roc au-dessus de sa tête. Il n'en fallut pas davantage pour la faire sortir de sa léthargie extatique.

— Hugh, attendez ! Lâchez-moi… je dois vous dire quelque chose.

Pour toute réponse, il posa sa main en coupe sur l'entrejambe de Jane et se remit à la caresser.

— J'ai trop attendu ! maugréa-t-il sans la lâcher. Et je n'attendrai pas une minute de plus !

— Mais je…

— Assez parlé, *lass* ! Je vous ai assez écoutée. Voilà des années que vous me hantez !

Hugh voulait la punir comme il s'était puni lui-même. Il voulait effacer dix années de souffrance et lui faire ressentir ce qu'il avait enduré. En lui écartant sans ménagement les jambes, il s'allongea au-dessus de Jane, prêt à plonger en elle et à la prendre furieusement, sans plus aucune retenue, à en perdre la tête – enfin…

De sa main libre, il caressa l'un de ses seins et, contre son sexe, le sien douloureusement dressé se positionna.

— Je vous l'ai dit et répété, reprit-il d'une voix grondante. Je ne suis pas l'homme qu'il vous faut. Si vous m'aviez cru, si vous m'aviez écouté, vous ne m'auriez pas titillé comme vous l'avez fait, encore et encore…

— Je sais, reconnut-elle d'une voix douce.

Sous lui, Hugh la sentit se détendre.

— Et j'en suis désolée, ajouta-t-elle, penaude. Mais vous devez comprendre…

Elle redressa la tête et déposa de doux baisers contre son cou avant de poursuivre :

— J'ai tellement besoin de vous que je ne peux penser à autre chose.

L'effleurement de ses lèvres sur sa peau, ses paroles chuchotées dans un souffle eurent pour effet d'apaiser la colère de Hugh. Il sentit même une certaine paix l'envahir. Son regard croisa celui de Jane. Il lut du désir dans ses yeux, mais aussi… la plus grande confiance.

Dans un grand soupir, il lâcha ses poignets et posa son front contre le sien.

Avait-il réellement imaginé pouvoir la brutaliser ? S'était-il imaginé pouvoir lui faire du mal, elle qui était née pour être caressée et désirée ?

— Ne soyez pas en colère, s'il vous plaît… reprit-elle. Je veux devenir vôtre, mais uniquement si vous le voulez aussi.

Hugh faillit éclater de rire. S'il le voulait ?

— Croyez-moi, je le veux, Sìne…

Il était heureux qu'elle ait pu lui faire reprendre ses esprits. Non parce qu'il avait l'intention de renoncer – plus rien ne pourrait le faire reculer –, mais parce qu'il s'en serait voulu à jamais, pour leur première étreinte, de l'avoir prise sans douceur, comme un animal en rut.

Il ne parvenait pas à croire qu'il allait réellement faire ce qu'il s'apprêtait à faire, mais il était décidé. La femme qu'il désirait plus que tout au monde deviendrait sienne. Il ne la méritait pas, mais il n'était qu'un pauvre égoïste et Dieu savait qu'il avait besoin d'elle.

Il allait une nouvelle fois conduire Jane à l'extase. Il voulait que cela se produise alors qu'il était plongé en elle, mais il savait que dans l'état d'excitation où il se trouvait, il risquait de se ridiculiser en lâchant sa semence au premier coup de reins. Doucement, il introduisit son majeur dans l'étroit fourreau de son sexe. En gémissant, elle s'arc-bouta pour mieux se prêter à la caresse. Elle était manifestement prête à l'accueillir, mais il la sentait également très étroite.

Un deuxième doigt rejoignit le premier pour la préparer à ce qui allait suivre. Après s'être retirés, ses doigts allèrent se loger plus profondément en elle et…

Hugh se figea. En la dévisageant avec étonnement, il demanda :

— Jane… seriez-vous vierge ?

Elle se mordilla la lèvre d'un air coupable.

— Je… J'ai essayé de vous le dire, balbutia-t-elle.

Hugh retira ses doigts.

— Pourquoi ne me l'avez-vous pas dit ?

— Je pensais que… vous seriez moins enclin à me faire l'amour, si je vous le disais.

— Et vous pensiez bien !

Les yeux plissés, il scruta son visage un instant encore.

— Mais… et Bidworth ?

— Il n'en a jamais été question.

Au soulagement intense que Hugh ressentait à cet aveu se mêla une prise de conscience déchirante : il n'était plus question, dans ces conditions, qu'il fasse l'amour à Jane. Alors qu'il tentait de se redresser, elle lui empoigna les hanches pour le maintenir contre elle.

— Hugh ! lança-t-elle d'un ton pressant. Je veux que ce soit vous qui fassiez de moi une femme. Voilà si longtemps que j'attends ce moment, et je sais que vous ferez de cette première fois un souvenir mémorable.

Jane n'aurait pu se montrer plus convaincante, car Hugh savait qu'elle avait raison. Combien de fois avait-il imaginé cette scène ? Si cela devait se produire, il s'était promis de faire l'amour à Jane en prenant toutes les précautions pour lui épargner de souffrir autant que possible. Aucun autre que lui ne pouvait lui donner ce qu'il mourait d'envie de lui donner.

40

— C'est ce que je vais faire, promit Hugh. Et pour cela, je dois vous préparer.

Il reprit ses caresses longuement, savamment, jusqu'à ce que Jane se sente de nouveau sur le point de connaître la jouissance. Impitoyablement, il la maintenait juste au seuil de l'orgasme. Elle poussa un râle.

— Hugh, je suis prête ! Je n'en peux plus… *S'il vous plaît !*

Éclairé par la lumière de la lune, il était si magnifique, au-dessus d'elle… Jane laissa ses mains s'aventurer sur sa poitrine humide. Elle adorait sentir ses muscles durcir sous ses paumes.

Enfin, il positionna son sexe afin de la pénétrer. Les lèvres entrouvertes, Hugh haletait et la couvait d'un regard intense et possessif.

— Sìne… murmura-t-il. Que vouliez-vous dire… quand vous affirmiez que depuis dix ans…

Avec une éprouvante lenteur, il continuait à s'introduire en elle. Lorsqu'il atteignit la barrière de son hymen et s'immobilisa, Janc tremblait comme une feuille. Hugh, lui, était en sueur, manifestement éprouvé par la nécessité de contenir la vigueur de ses assauts.

— Je voulais dire que je suis à vous, répondit-elle dans un souffle. À vous tout entière.

C'était une certitude ancrée en elle.

Hugh émit un grognement sourd en achevant de la pénétrer. Sous le coup de la douleur qui lui déchirait les entrailles, Jane ne put réprimer un gémissement. Il se figea aussitôt au-dessus d'elle et la dévisagea, inquiet.

— Je ne voulais pas vous faire mal, assura-t-il. Mais…

— Je sais, dit-elle avec un sourire qui devait plus ressembler à une grimace. Impossible de faire autrement.

Lorsque la souffrance, rapidement, se réduisit à une brûlure diffuse, Jane s'émerveilla de la sensation de plénitude que lui procurait cette union. Elle sentait le sexe de Hugh palpiter en elle, elle devinait sur son visage à quel point lui coûtait l'immobilité dans laquelle il se maintenait. Pourtant il ne bougeait pas, afin de lui épargner de souffrir – afin de ne lui offrir que du plaisir.

En le fixant au fond des yeux, elle ne put retenir les mots qui tout naturellement lui montaient aux lèvres.

— Je… t'aime.

— *Qu'as-tu dit ?* s'exclama Hugh.

Les dents serrées, il luttait désespérément contre le besoin d'aller et venir en elle.

— Je crois que je t'ai toujours aimé, ajouta-t-elle.

Hugh avait l'impression de rêver. Tout se déroulait exactement comme il l'avait imaginé. À présent qu'il se retrouvait uni à Jane, l'envie était grande de prononcer les paroles – un vœu en gaélique de fidélité et d'amour éternels – qui la lieraient totalement à lui. Pourtant, il s'en sentait incapable, tant était ancrée en lui la certitude qu'il n'en avait pas le droit.

Au lieu de cela, il se pencha et l'embrassa, s'efforçant de transmettre par ce baiser tout ce qu'il ressentait. Quand leurs lèvres se séparèrent, les mains de Jane s'accrochèrent à ses épaules comme si sa vie en dépendait. Timidement, il la sentit rouler des hanches sous lui. Avec un luxe de précautions, il se retira, avant de reprendre possession d'elle d'une lente poussée des reins. Il tenait à ce que tout soit parfait pour elle.

Mais, tout en se mouvant en elle, Hugh s'étonnait qu'elle ait pu lui faire le cadeau de cette déclaration d'amour. *Elle m'aime ?* En se redressant sur les bras, il scruta le visage de Jane avec inquiétude.

— Cela fait-il toujours mal, Sìne ?

Elle entrouvrit les paupières. Le regard qu'elle lui adressa trahissait l'émotion et un certain émerveillement.

— Non, plus du tout... répondit-elle. La sensation est tellement... parfaite !

Elle redressa la tête et déposa de petits baisers mouillés sur son torse avant de demander :

— Et toi ?

Pour toute réponse, Hugh frissonna, se retira lentement et la pénétra de toute sa longueur, savourant dans un râle la chaleur et la douceur de ce fourreau de chair qui l'enserrait. Contre sa poitrine, il sentait les mamelons durcis de Jane. Il se pencha pour les suçoter. Comme gagnée par l'impatience, Jane commença à rouler des hanches pour accompagner chacune de ses poussées.

Dès qu'il eut glissé une main entre eux afin de caresser son clitoris, elle secoua la tête contre le rocher, éperdue.

— Je crois que je... Tu me rends... Oh, Seigneur ! Jure-moi que nous le referons ! Cette nuit...

Elle prit son visage entre ses mains et insista :

— Promets-le-moi, Hugh !

Son nom s'acheva dans un râle de jouissance, tandis que l'orgasme s'emparait de son corps. En dépit de tous ses efforts, Hugh ne put retenir plus longtemps sa semence en sentant le sexe de Jane se crisper convulsivement autour du sien. Vaincu, il donna de toutes ses forces un ultime coup de reins en criant vers le ciel le nom de Jane.

Hugh eut l'impression qu'une éternité s'était écoulée quand il trouva enfin la force de demander, effondré sur elle, en sueur et pantelant :

— Tu… Tu as dit que… tu m'aimes ?

Dès qu'ils furent installés dans son lit, Jane se lova amoureusement contre lui. Il sentit son souffle léger caresser sa poitrine et son corps souple et chaud se presser contre le sien tandis qu'elle cédait au sommeil. Hugh, lui, était parfaitement éveillé et son esprit bourdonnait comme une ruche.

Ce soir, il avait osé parcourir sous ses mains le corps délicat de Jane – ces mains qui avaient tué tant de fois. Il avait osé prendre sa virginité. Il avait même failli le faire dans un accès de fureur bestiale qui aurait fait souffrir Jane sans commune mesure – mais il s'était retenu. En revanche, il n'avait pu s'empêcher de céder à ses demandes pressantes en lui faisant l'amour quatre fois.

Si vraiment il était destiné à ne lui apporter que malheur et souffrance, comment se faisait-il que Jane n'ait cessé de manifester à quel point ses caresses la comblaient ? Hugh se demandait où était la culpabilité qu'il aurait dû ressentir. Il s'était attendu à éprouver du dégoût pour sa propre faiblesse, mais au lieu de cela il se sentait incroyablement vivant, plein d'énergie et… optimiste.

Son corps était détendu. Ses muscles étaient au repos. Grâce à Jane, il avait l'impression d'être redevenu le jeune homme qu'il était quand il l'avait connue. Il ne savait pas comment il pourrait se passer désormais de cette sensation délicieuse. Cette nuit, il l'avait faite sienne, et il n'avait pu s'empêcher de ressentir qu'il était en droit de le faire.

Parce qu'elle me désire, elle aussi…

Elle lui avait même dit qu'elle l'aimait – depuis toujours. Avant de s'endormir, Jane lui avait confié la profondeur de ses sentiments, et combien elle avait lutté contre eux. Plus elle s'était confiée, plus il s'était senti ébahi.

Elle lui avait expliqué qu'elle comparait tous les hommes à lui, et qu'aucun ne soutenait la comparaison. Le cœur gonflé de joie, Hugh la serra un peu plus fort dans le creux de son bras. Il parvenait à peine à y croire, mais il avait senti qu'elle lui disait la vérité.

Et si je lui disais tout ? se demanda-t-il une fois encore. Jane était intelligente. Peut-être, à eux deux, parviendraient-ils à découvrir un moyen d'échapper à la malédiction ?

Le lendemain – c'était décidé –, il lui dirait tout.

Le lendemain matin, au réveil, Jane s'étira dans son lit avec un sourire radieux. Elle se sentait délicieusement endolorie aux endroits les plus intimes. Elle se sentait parfaitement aimée. Elle se sentait... plus amoureuse qu'elle ne l'avait jamais été. Sa première nuit d'amour s'était déroulée aussi idéalement qu'elle l'avait rêvé – et même mieux.

Son seul regret était qu'ils aient gaspillé dix ans de leur existence avant d'en arriver là. Mais savoir qu'ils pourraient passer le reste de leur vie à rattraper le temps perdu suffisait à la consoler.

En ouvrant les yeux, elle découvrit Hugh assis près d'elle au bord du lit, habillé seulement d'un pantalon. Un coup d'œil à son visage lui suffit pour comprendre.

— Oh, mon Dieu ! fit-elle. Les regrets du lendemain...

— Il ne s'agit pas de cela, Jane !

— Alors dis-moi que tu ne regrettes pas de m'avoir fait l'amour...

Hugh passa une main nerveuse dans ses cheveux ébouriffés avant de répondre :

— C'est plus compliqué que ça.

Jane laissa fuser un rire caustique.

— Ça me paraît fort simple ! répliqua-t-elle. L'homme à qui je viens d'offrir ma virginité regrette de l'avoir prise.

À ces paroles, il tiqua ostensiblement.

— Tu as gagné, Hugh… reprit Jane.

Elle se leva en s'enveloppant du drap et ajouta :

— Je n'imaginais pas dire ça un jour, mais tu es venu à bout de moi : je renonce !

Sur ce, elle se rua hors de la chambre et alla s'enfermer dans la sienne après avoir claqué violemment la porte.

Quelques secondes plus tard, dans un grand bruit de bois éclaté, celle-ci fut arrachée de ses gonds. Avec un cri de frayeur, Jane, qui enfilait sa combinaison, se retourna vivement.

Hugh se tenait dans l'encadrement de la porte, qu'il remplissait presque entièrement. Elle était d'autant plus consciente de sa force qu'elle avait passé une partie de la nuit à apprendre par cœur les moindres recoins de ce corps d'homme.

— Maintenant, tu vas arrêter d'enfoncer mes portes ! s'exclama-t-elle.

— Quand tu auras cessé de les fermer entre nous.

— J'ai assez discuté avec toi comme ça !

Jane se dirigea vers la porte pour sortir, mais Hugh l'attrapa au passage par le coude et l'attira à lui.

— Si tu ne veux pas discuter, gronda-t-il, veux-tu au moins m'écouter ?

Ils étaient face à face, presque nez à nez, et respiraient tous deux précipitamment. La confrontation dura quelques instants, puis Hugh posa la main sur la nuque de Jane.

— Mon Dieu ! reprit-il d'une voix brisée. Je n'arriverai jamais à me rassasier de toi…

Ses lèvres s'emparèrent de celles de Jane, pour un baiser fougueux et possessif qui suffit à faire renaître le désir en elle. Sans savoir où elle puisait la force de le faire, elle le repoussa de ses deux mains posées contre sa poitrine.

— Non ! protesta-t-elle. Pas question que je remette ça ! Pas tant que tu ne m'auras pas expliqué ce qui s'est passé entre cette nuit et ce matin…

Après avoir hésité un instant, Hugh inspira à fond et hocha la tête d'un air résigné.

— Très bien, soupira-t-il. Habille-toi. Ensuite… je t'expliquerai quelque chose.

41

Une demi-heure plus tard, quand Jane eut fait sa toilette et se fut habillée, elle alla s'asseoir au bord du lit de Hugh, prête à entendre sa confession. Tel un lion en cage, il faisait les cent pas dans la pièce.

— Dis-moi simplement ce que tu dois me dire, lança-t-elle en le voyant passer devant elle. Quoi que ce puisse être, cela ne peut pas me faire de mal.

Hugh se figea et lui jeta un regard noir.

— Et qu'est-ce que tu en sais ? s'agaça-t-il.

— Est-ce un secret à cause duquel ma vie pourrait être en danger ? Quelque chose que Grey voudrait me faire avouer sous la torture ?

— Non.

— Est-ce un secret honteux pour toi ?

— Non, mais…

— Hugh… ce ne sont que des mots. Fais-moi confiance et livre-moi ton secret, tu ne le regretteras pas.

— De toute façon, tu ne me croiras pas, maugréa-t-il en évitant son regard. Cela va te paraître complètement fou.

Comme pour se donner du courage, Hugh passa la main sur sa nuque et reprit d'un ton hésitant :

— Il se trouve que ma famille est… maudite. Je crois que je… ne t'apporterai que du malheur… et la mort, si nous restons mariés tous les deux.

Mais de quoi diable parlait-il ? Même si sa stupéfaction était grande, Jane parvint à l'encourager d'une voix parfaitement neutre.

— Continue…

— Il y a dix générations de cela, une voyante de notre clan a prédit l'avenir de la lignée des MacCarrick et a consigné ses prédictions dans un livre intitulé *Leabhar nan Sùil-radharc* – le Livre des Destinées.

D'un signe de tête, Hugh désigna le vieux tome qu'il gardait ouvert en permanence sur une table.

— Mes frères et moi sommes condamnés à vivre nos vies en solitaires, poursuivit-il. Et si nous tentons d'échapper au sort, il ne peut y avoir que souffrance et périls mortels pour celles que nous aurons choisies. Nous devons être les derniers de notre lignée, condamnés à ne jamais avoir d'enfants. Depuis cinq siècles, toutes les prédictions se sont révélées exactes – toutes.

— Je… Je ne comprends pas…

Incapable de poursuivre sa phrase, Jane inspira à fond et fit une nouvelle tentative.

— Sans cette… prédiction, serais-tu suffisamment… attaché à moi pour rester mon mari ?

— *Aye*. Et comment !

— Donc, résuma-t-elle posément, tu es en train de m'expliquer que rien d'autre ne se dresse entre nous qu'une… *malédiction* vieille de cinq siècles ?

Lorsqu'il ne fit rien pour la détromper, Jane ne put réprimer le cri de rage qui montait dans sa gorge. Ce n'est pas possible ! s'insurgea-t-elle. Il ne peut pas m'arriver une chose pareille !

Elle avait l'impression que les fondations sur lesquelles elle avait bâti sa vie d'adulte venaient de se dérober. Hugh, l'homme calme et pondéré qu'elle avait connu durant la moitié de son existence, venait de disparaître. À sa place, elle découvrait un demi-fou superstitieux.

— Hugh… reprit-elle aussi patiemment qu'elle le put. Les gens tels que nous ne croient plus à ce genre de choses. Nous sommes à l'ère de la science, de la médecine, de la technique… Mïrag peut être superstitieuse, parce qu'elle ne connaît pas autre chose, mais pas toi ! Tu as voyagé à travers le monde, et tu es éduqué. Des croyances telles que celle-ci… appartiennent au passé.

— Crois-moi, j'aimerais les y laisser, assura-t-il. Mais cette malédiction me poursuit depuis que je suis né. Elle a influencé toute ma vie.

— Tu me connais suffisamment pour savoir que je ne peux accepter ce genre de choses.

— *Aye.*

Hugh laissa fuser un long soupir et poursuivit :

— Et je sais aussi que tu méprises ceux qui y croient.

— Mais naturellement !

Prise d'un doute, Jane s'efforça au calme :

— Me racontes-tu tout ça parce que tu voudrais te débarrasser de ces croyances ?

Mais ce que Jane lisait dans son regard, c'était plutôt la résignation et le regret.

— Si j'avais pu trouver le moyen d'y échapper, dit-il, je n'aurais jamais eu à t'en parler.

En comprenant qu'il ne cherchait pas à expliquer son comportement passé mais à lui prouver qu'ils ne pouvaient rester mariés, Jane sentit le découragement la gagner.

— Tu veux réellement me faire croire ça ? s'étonna-t-elle. Qu'une vieille malédiction écossaise nous empêche de rester mari et femme ?

Toutes ces années passées à s'inquiéter, à se morfondre, à soigneusement dresser des plans de conquête – tout cela avait été en pure perte. Dès le départ, Jane n'avait pas eu la moindre chance.

— Tout ce qui est écrit dans ce livre s'est réalisé, assura Hugh. Tout ! Je sais que c'est dur à croire.

— Je vais faire un florilège de tes prétextes… s'amusa Jane d'un ton grinçant. Tu n'es pas homme à te marier… Tu ne peux pas avoir d'enfant… Et à présent, tu es *maudit* ! Et demain, qu'est-ce que ce sera ? Oh, je sais : tu n'as plus que deux mois à vivre ? Non, pire encore : tu es un *fantôme*, n'est-ce pas ?

Hugh serrait et desserrait les poings, luttant visiblement pour se contenir.

— Tu crois que je mens ? s'insurgea-t-il.

— Hugh… j'espère *sincèrement* que tu mens et…

Jane ne termina pas sa phrase et enchaîna en portant une main à son front :

— Oh, mon Dieu ! Tu t'imaginais donc, en me faisant l'amour, que cette vieille malédiction t'empêcherait de me faire un enfant ?

— Je te l'ai dit, marmonna-t-il. Je ne peux en avoir. Et tu m'as répondu que ce n'était pas un problème pour toi.

— J'ai dit que cela n'avait pas d'importance… tant que nous sommes mariés ! Mais tu as l'intention de me quitter et ta certitude de ne pouvoir enfanter est pour le moins… suspecte.

D'un pas déterminé, Hugh alla saisir le livre sur la table et revint le tendre à Jane, ouvert à la dernière page.

— Lis ça, et laisse-moi t'expliquer.

Jane secoua la tête.

— J'en ai assez entendu. Autant essayer de me convaincre que le soleil est bleu.

— C'est toi qui as voulu savoir ! lança-t-il d'un ton accusateur. Et à présent que je te dis tout – et tu es la première personne à recevoir ces confidences –, tu ne veux plus m'écouter ? Lis ce passage !

Jane lui arracha sèchement le vieux tome des mains.

— C'est *ça*, la racine du problème ? s'enquit-elle.

Le voyant acquiescer d'un signe de tête, Jane feuilleta le livre, sans prendre la peine de le ménager même s'il était manifestement très vieux. Une partie du texte était rédigée en gaélique, parfois entrecoupé d'anglais. Vers la fin, il était intégralement rédigé en anglais.

Voyant qu'elle fronçait les sourcils, Hugh demanda :

— Qu'est-ce qui se passe ? Sens-tu quelque chose…

— Oui ! l'interrompit-elle. Je sens un irrésistible besoin d'aller jeter cette chose dans le lac !

Hugh préféra ignorer son commentaire et fit défiler les pages jusqu'à la dernière.

— Lis ça, ordonna-t-il. C'est adressé à mon père.

Jane parcourut le passage des yeux.

— Tu dis que tout cela s'est réalisé ?

— *Aye.* Mes frères et moi avons fini par lire ce livre, et notre père est mort le lendemain, alors qu'il n'était guère plus vieux que moi. Et il y a quelques années, la promise d'Ethan est morte la veille de leurs noces.

— De quelle manière ?

Après avoir hésité un instant, Hugh répondit :

— Elle est tombée du haut d'une des tourelles de Carrickliffe… ou on l'a poussée.

— Est-ce du sang ? s'étonna Jane en essayant de gratter la tache avec son ongle.

Le voyant acquiescer, elle demanda :

— Qu'y a-t-il dessous ?

— Nous n'en savons rien. Impossible de l'enlever.

Jane chercha le regard de Hugh.

— Et s'il était simplement écrit là-dessous : « Ceci annule tout ce qui précède » ?

En butte à son regard noir, elle ajouta :

— Hugh… Cela n'a rien d'une malédiction. C'est tout simplement… la vie ! Des drames se produisent. Et si on se persuade que des choses terribles vont arriver, il suffit de choisir dans le lot ce qui conforte de telles croyances. Je veux bien admettre que la mort de ton père est curieuse. Mais il y a à Londres des médecins qui professent que l'esprit a de grands pouvoirs sur le corps – y compris celui d'abréger son existence. Belinda m'en a parlé. Si ton père y croyait suffisamment, il a pu causer sa propre mort.

— Et la mort de la fiancée d'Ethan avant les noces ?

— C'était soit un accident… soit un suicide si elle ne pouvait supporter l'idée d'épouser quelqu'un qu'elle n'aimait pas.

Encore et encore, Jane tenta d'argumenter, faisant appel à toutes les notions de science qu'elle avait pu acquérir, ou simplement aux mystères de la nature humaine.

Finalement, Hugh sapa tous ses efforts en déclarant :

— Je ne peux que croire ce qu'il y a dans ce livre. Je *sens* son pouvoir.

— Parce que tu as été élevé dans cette croyance et que tu t'es échiné à te couler dans le moule !

Jane tendit le bras vers lui et ajouta :

— Mais je ne te demande pas de tourner le dos de but en blanc à tout cela. Voilà trente-deux ans que cette croyance pèse sur toi, elle ne disparaîtra pas en un jour. Je veux bien t'y aider, si tu me laisses faire.

Le silence qui accueillit cette proposition lui redonna un peu de courage et d'optimisme.

— Avec le temps, poursuivit-elle, nous arriverons à te convaincre que tu n'es pas « condamné à marcher sur les pas de la mort » ni « à vivre sans te marier et sans aimer ». Comme tout le monde sur cette terre, tu as droit de mener la vie qui te convient et de connaître le bonheur.

Elle se leva et alla prendre le visage de Hugh entre ses mains avant de conclure :

— Dis-moi que tu vas au moins essayer. Le feras-tu pour moi ? Je suis prête à me battre pour nous si tu l'es, toi aussi.

Jane retint son souffle. Le temps parut suspendre son cours. C'était tout son avenir qui était dans la balance. Elle voulait se convaincre que Hugh ferait le bon choix.

En voyant finalement son regard se porter sur le livre posé sur le lit, Jane comprit qu'elle avait perdu.

Or Jane n'aimait pas perdre.

Après avoir lâché le visage de Hugh, elle alla ramasser le livre et sortit de la chambre en trombe.

— Que vas-tu faire ? s'inquiéta-t-il en la suivant dans l'escalier. Dis-moi ce que tu comptes faire !

Déjà, Jane foulait à grands pas l'herbe couverte de rosée de la pâture menant au lac.

— Me débarrasser du problème, répondit-elle.

— Ce n'est pas le Livre, le problème, fit-il valoir. Il n'en constitue qu'une trace.

Jane était arrivée devant le lac. En cherchant un endroit propice à ses desseins, elle répliqua :

— Dans ce cas, je vais te débarrasser de cette trace !

— Non, *lass*... décréta Hugh. Ce n'est pas si simple. Le jeter dans l'eau ne servira à rien.

— Cela servira au moins à me défouler !

Jane était parvenue au sommet d'une éminence rocheuse dominant les flots. Elle savait qu'à cet endroit le lac était profond.

— Tu verras... insista Hugh, fataliste. Le Livre trouve toujours le moyen de revenir à ses propriétaires.

— Tu deviens fou ? s'impatienta-t-elle en lui lançant un regard noir par-dessus son épaule. Entends-tu ce que tu dis ?

Pour toute réponse, Hugh l'encouragea d'un geste à faire comme elle l'entendait. Jane ne se fit pas prier et lança de toutes ses forces le livre dans l'eau. Côte à côte, ils le regardèrent sombrer dans le lac.

— Curieux... dit-elle en se retournant vers lui. Je ne me sens aucunement différente.

Hugh affichait la même expression sombre et résignée. Jane ne chercha pas à cacher son désappointement.

— Tu avais raison, dit-elle. Cela ne change rien. Tu n'as pas renoncé à sacrifier tout ce qui existait entre nous. Sans doute sommes-nous toujours maudits...

— Si je ne mettais que ma propre vie en danger, assura-t-il, le problème ne se poserait même pas. Mais si par ma faute tu devais souffrir, je ne me le pardonnerais jamais.

Jane sentit les premières larmes qu'elle ne parvenait plus à contenir rouler sur ses joues.

— Si je devais souffrir ? répéta-t-elle d'une voix grinçante. Mais je souffre, Hugh ! Bien plus que je ne l'aurais cru possible !

D'un revers de main rageur, elle essuya ses joues.

— Bien sûr, poursuivit-elle, tu vas prendre cela comme une preuve que la malédiction a encore frappé !

Mais Hugh paraissait au supplice de la voir pleurer.

— Si ton père ne m'avait pas rappelé, je ne serais jamais revenu… expliqua-t-il, les poings serrés. J'avais réussi à tenir le coup pendant des années et…

— Tu… Tu faisais tout pour m'éviter ? l'interrompit-elle. De mieux en mieux… Eh bien, sache que ces dix années sans toi ont été une torture pour moi. Alors, en te tenant éloigné, tu m'as fait souffrir. Presque autant qu'en m'abandonnant comme tu l'as fait.

— En t'abandonnant ? Je ne t'avais rien promis.

— J'étais persuadée que nous allions nous marier ! Je pensais que tu attendais juste mes dix-huit ans. Je n'aurais décrit l'alliance de mes rêves à personne d'autre qu'à mon futur mari…

Les lèvres entrouvertes, le regard fixe, Hugh resta un instant interdit.

— Même sans la malédiction, reprit-il enfin, je n'aurais pu demander ta main à ton père. Je n'avais rien à t'offrir !

— Je m'en serais moquée, tant que j'aurais été avec toi.

— Des clous ! s'emporta-t-il. Tu aimais le luxe et tu n'en faisais pas mystère. Et chaque fois que tu le soulignais, tu ne voyais pas que tu retournais le couteau dans la plaie en soulignant à quel point je n'étais pas digne de toi. Tu m'as décrit cette alliance pour une bonne raison : parce que tu la voulais !

— La seule chose que je voulais, c'était un mari qui ne m'abandonne pas sans un mot. Il est bien plus facile de quitter que d'être quitté !

— Tu crois ça ! rétorqua-t-il, fulminant de colère. Tu veux connaître mon plus grand secret, Jane ? Sache qu'à l'âge de vingt-deux ans, délibérément, j'ai accompli un acte grave, sachant qu'ensuite je ne pourrais revenir en arrière et prétendre lier ma vie à la tienne. Alors ne me dis pas qu'il est plus facile de partir – ce n'est pas vrai.

— Pourtant, c'est ce que tu t'apprêtes à faire encore, lorsque Grey ne sera plus une menace.

— *Aye*, reconnut-il. Je sais qu'il me faudra le faire, même si je ne sais pas encore comment je le pourrai.

42

Plus tard dans la matinée, lorsqu'il se sentit suffisamment calmé, Hugh alla retrouver Jane sur la terrasse où elle s'entraînait au tir à l'arc. Le visage figé en une expression glaciale, elle bandait son arc et tirait sans discontinuer.

— Jane, peux-tu arrêter un instant ? demanda-t-il en la suivant quand elle alla récupérer ses flèches sur la cible.

— Tu ne vois pas que je suis occupée ? répondit-elle en les arrachant avec rage pour les ranger dans son carquois.

Sans plus s'occuper de lui, elle retourna à son poste de tir et encocha une nouvelle flèche.

— J'ai besoin de te parler, insista Hugh en la rejoignant.

— Et moi, j'ai besoin qu'on me fiche la paix !

Ses traits tirés et son bras qui tremblait prouvaient qu'elle commençait à fatiguer.

— Cela fait des heures que tu t'entraînes, protesta Hugh. Tu devrais faire une pause.

— Il n'y a rien dont nous devions discuter, s'entêta-t-elle. J'ai parfaitement compris la situation. C'est tout juste si je ne t'ai pas *supplié* de rester marié avec moi. Je t'ai fait la confidence des sentiments que j'entretiens pour toi depuis toujours, et j'ai offert de t'aider à surmonter tes problèmes. Peine perdue, puisque tu es *maudit*...

Au moins Hugh était-il parvenu à révéler son pesant secret, même si elle lui avait opposé les arguments de poids auxquels il s'était attendu. Mais qu'avait-il espéré, au juste ? Qu'elle pourrait le convaincre de ne plus croire à ce qui constituait une part essentielle de lui-même, depuis sa naissance ? Si encore il n'avait été question que de croyance… C'était presque physiquement qu'il sentait la malédiction peser sur lui, influençant chacune de ses pensées, modelant chacune de ses actions.

Il savait à présent qu'il aurait été mieux avisé de ne pas en parler à Jane.

— Alors, qu'allons-nous faire à propos de ce mariage ? demanda-t-il. Nous devons prendre une décision.

— Nous pouvons facilement en décider, répondit Jane. Tu as encore la possibilité de renoncer à croire à cette absurde « malédiction ». Si tu jures de ne plus jamais en parler, je te promets de l'effacer de ma mémoire. Mais si tu t'accroches à ces foutaises, il nous restera deux solutions : le divorce ou la séparation.

— Si je pouvais donner mon bras droit pour oublier tout ça et rester marié avec toi, je n'hésiterais pas.

Cette déclaration déstabilisa Jane au milieu d'un tir. Sa flèche manqua le rond central de beaucoup.

— Mais tu ne le peux pas ? demanda-t-elle doucement.

Hugh laissa fuser un soupir de lassitude.

— Non, reconnut-il.

Le visage de nouveau figé, Jane tira une flèche de son carquois.

— Dans ce cas, la décision est prise, conclut-elle.

— Jane…

Mais Jane n'était plus disposée à lui parler.

Hugh se fit une raison et lui tourna le dos. Mais il ne savait plus ni que faire ni où aller.

Retourne au travail… Oui, travailler l'aiderait peut-être à ne plus penser. Après des semaines de labeur incessant, il ne restait plus qu'à tailler les arbres de l'allée principale menant au manoir. D'un pas traînant, Hugh se rendit à l'écurie pour prendre l'échelle.

Quand il pénétra dans le bâtiment sombre, sans doute les chevaux durent-ils sentir son humeur, car ils manifestèrent une certaine nervosité, ce qu'ils n'avaient jamais fait.

Hugh n'eut pas le temps d'atteindre l'échelle. À peine avait-il fait trois pas qu'une explosion de douleur lui vrilla le crâne. Il se sentit tomber, et sa joue gauche alla heurter rudement le sol de terre battue. Sur sa nuque coula un filet de sang épais et chaud.

Grey...

Un autre coup violent l'atteignit à la tempe. Deux coups, assenés exactement comme on avait appris à Grey à le faire – s'il tenait à garder une victime consciente, mais immobile. Les coups de pied dans le ventre qui suivirent devaient être pour le plaisir...

Au-dessus de lui, Hugh entendit Grey faire claquer sa langue contre son palais.

— Bon sang, Hugh... susurra-t-il. Tu aurais pu faire en sorte que ce soit un peu moins facile pour moi.

Du coin de l'œil, Jane avait observé Hugh se rendre à l'écurie comme s'il portait le poids du monde sur les épaules. Le pincement au cœur qu'elle en avait ressenti ne faisait que décupler sa colère. Pourquoi ne pouvait-il pas lui laisser le temps de lécher ses plaies en paix ? Après tout, c'était une sacrée gifle qu'elle avait reçue...

Hugh ne voulait pas rester près d'elle, même après lui avoir fait l'amour. Il avait fallu qu'elle offre sa virginité à un homme qui à présent regrettait de l'avoir prise, alors qu'elle avait attendu si longtemps qu'il se décide à le faire. Mais ce qui ajoutait encore un peu de sel dans la plaie, c'était le fait de savoir qu'une satanée *malédiction* était la cause de ce fiasco.

Tout cela était à peine croyable. Si, comme tout semblait l'indiquer, les sentiments de Hugh à son égard étaient aussi profonds que les siens et qu'il les lui cachait depuis aussi longtemps... alors elle se sentait prête à le haïr. S'il s'était montré honnête avec elle des années plus tôt en lui avouant ses superstitions, elle aurait pu comprendre qu'elle n'avait aucune chance et renoncer à lui. Mais il n'en avait rien fait.

Jamais elle ne pourrait rivaliser avec une malédiction familiale vieille de cinq siècles. Elle devait renoncer à son rêve de vie commune avec Hugh. Quelle serait sa position une fois que Grey ne constituerait plus une menace ? Contrairement à ce qu'elle avait prétendu, la solution du divorce ne lui convenait guère. Peut-être lui serait-il possible d'obtenir l'annulation de ce mariage ? À défaut, ils pourraient rester mariés mais vivre séparément.

Sans doute était-ce l'option la plus réaliste, décida-t-elle. Elle réclamerait sa dot à son père – et il avait tout intérêt à obtempérer, après l'avoir forcée à ce mariage ! Avec cet argent et le statut de femme mariée, elle pourrait vivre de manière indépendante. Elle pourrait voyager, encourager les arts, et – pourquoi pas – fonder cette Société pour l'expansion du vice dont elle avait rêvé ! Elle écrirait aussi des romans lestes que l'on s'arracherait sur Holywell Street, prendrait autant d'amants qu'il lui plairait, et aurait avec eux une dizaine d'enfants. Oui. Ce pouvait être une vie agréable. Et si jamais…

Un doute vint doucher son enthousiasme et raviver sa colère. Hugh avait beau s'imaginer qu'une malédiction pouvait servir de moyen contraceptif, elle n'en était quant à elle pas convaincue le moins du monde.

Après ce qui s'était passé entre eux la nuit précédente, elle pouvait d'ores et déjà être enceinte…

Comment pouvait-il lui faire une chose pareille ? Et cela ne le gênait pas de l'abandonner une fois encore, alors qu'elle portait peut-être son enfant ?

Avant d'avoir la moindre idée de ce qu'elle était en train de faire, Jane prit résolument la direction de l'écurie, ce qui était probablement une autre de ces Mauvaises Idées qui lui venaient spontanément.

43

Hugh entrouvrit les paupières en grimaçant de douleur et se retrouva nez à nez avec la gueule noire d'un pistolet.

Il lutta pour se redresser, mais cet effort faillit lui faire perdre conscience. Même s'il savait ne pouvoir raisonner Grey, il lui fallait tout de même essayer. Il se doutait de la raison pour laquelle celui-ci ne l'avait pas tué tout de suite.

— Ne fais pas ça !

Malgré la douleur qui lui poignardait les côtes, Hugh lutta pour reprendre son souffle et ajouta :

— Tue-moi, à petit feu si ça te chante, mais Jane n'a pas à payer pour moi.

— Pourquoi gaspiller ton souffle ? demanda Grey. Tu sais parfaitement que ce n'est pas ainsi que je raisonne. Au cas où tu ne l'aurais pas remarqué, mon esprit fonctionne tout à fait différemment du tien. Je vais la tuer avec autant de facilité que je pourrais écraser un insecte.

— Tu n'as pas toujours été ainsi.

— C'est précisément ce qui m'amène, l'Écossais. Je suis là pour demander réparation des torts qui m'ont été causés.

— Comment as-tu fait pour nous trouver ? questionna Hugh pour gagner du temps.

— C'est très curieux... Je vais finir par croire que la Providence favorise mes desseins. J'étais à la recherche d'informations et j'envisageais, pour en obtenir, de priver de ses doigts cette jeune fille qui sortait des bois non loin d'ici. Six gaillards, montés sur des chevaux énormes, m'en ont empêché en la rejoignant. D'instinct, je n'ai eu qu'à suivre leurs traces dans les bois pour arriver ici.

Soudain, Hugh surprit une tache claire en périphérie de son champ de vision. Levant les yeux, il vit Jane, campée sur ses deux jambes à l'entrée de l'écurie. À contre-jour, elle avait le visage d'un ange vengeur. Une flèche encochée dans son arc bandé, elle visait Grey. La corde était si tendue par ses doigts gantés de cuir que Hugh redoutait de voir l'arme se briser.

Bien vite, il détourna le regard, mais trop tard pour que Grey ne se doute pas de quelque chose. Celui-ci pivota vivement sur lui-même pour faire feu sur Jane, qui avait déjà lâché sa flèche. Sans doute avait-elle visé le cœur, mais Grey n'avait pas fini de se retourner quand le projectile atteignit son but. Ce dernier ne fit que se ficher dans son bras armé, épinglant son avant-bras dans son torse.

Comme il lui tournait le dos, Hugh ne put lire la réaction de Grey sur son visage. En revanche, il ne rata rien de celle de Jane. Les yeux écarquillés sous le choc, elle entrouvrit les lèvres sur un « O » muet de stupeur.

Un monstre... L'homme que Jane avait connu sous le nom de Grey avait disparu. À sa place, elle découvrait... un être qu'elle peinait à reconnaître. La peau de son visage était parcheminée et tendue sur ses pommettes proéminentes. Un chapeau à large bord ombrageait sa face ravagée dans laquelle brillaient sinistrement des dents noircies.

Sans lui laisser le temps d'encocher une autre flèche, il bondit vers elle et la frappa de sa main libre, l'envoyant valser contre le mur. Jane entendit le rugissement de fureur de Hugh juste avant que sa tête ne vienne heurter la pierre. Elle se sentit glisser jusqu'au sol, incapable de rien faire d'autre que lutter pour garder les yeux ouverts.

Bien qu'effondré lui aussi à terre, la nuque et la tempe couvertes de sang, Hugh parvint à se redresser sur les genoux pour passer à l'attaque, mais Grey le sentit et se retourna. Dans un cri effrayant, il lança sa jambe en avant et lui donna un coup de pied à la tête, projetant le corps de Hugh vers l'arrière, où il s'affala de plus belle.

Jane retint difficilement le hurlement de fureur qui montait dans sa gorge et rampa jusqu'à son arc. Elle s'en saisissait tout juste lorsque Grey fit volte-face et posa ses yeux de fou sur elle. En se reculant précipitamment, elle tira une flèche de son carquois et l'encocha.

Ce seul mouvement eut pour effet de brouiller sa vision. Alors qu'il lui fallait viser, Jane ne pouvait s'empêcher de cligner des yeux. D'instinct, en priant pour ne pas rater sa cible, elle arma son arc et tira. Avec un bruit écœurant, la flèche alla se ficher dans l'épaule de Grey.

Pas un tir mortel... Essaye encore ! Bats-toi ! Une autre flèche...

En trois pas, Grey l'eut rejointe. De sa main libre, il lui arracha violemment l'arc et la flèche qu'elle s'apprêtait à tirer et les expédia au loin.

— Jane, vous commencez à devenir agaçante...

Le ton qu'il avait employé – celui que l'on réserve aux enfants capricieux – contrastait avec la cruauté que laissait transparaître son visage cireux.

— Si vous acceptiez de coopérer, reprit-il, je pourrais faire en sorte de rendre votre fin un peu moins pénible.

Le sang coulait en abondance de ses plaies. Son bras droit restait immobilisé contre sa poitrine, rendant inutile la main qui s'agrippait toujours au pistolet. Il fit une tentative pour extraire la première flèche, mais la douleur ne le lui permit pas. Finalement, il se contenta de briser les hampes et se servit de sa main gauche pour récupérer son arme.

— Grey, bon Dieu ! s'écria Hugh, au prix d'un visible effort pour parler. Il doit y avoir autre chose... que tu désires plus que ça.

— Nous n'allons tout de même pas nous abaisser à ça ? répliqua l'autre d'un ton exaspéré. Ressasser de vieux torts et d'anciennes offenses, révéler ce qui n'a jamais été dit dans l'espoir de changer l'inévitable issue ? Si nous avions dû philosopher chaque fois que nous étions chargés de tuer quelqu'un, toi et moi, nous serions à l'heure qu'il est des hommes très avisés... De toute façon, tu sais parfaitement qu'aucune plaidoirie n'a jamais réussi à m'attendrir. Pas plus que toi, d'ailleurs.

Mais qu'est-ce qu'il raconte ? songea Jane.

Grey rangea son pistolet et dégaina son couteau. En le voyant faire, une terreur sans nom s'empara de la jeune femme.

« Grey leur tranche la gorge », lui avait expliqué Hugh.

Quand il se tourna vers elle, son arme brandie devant lui, elle s'efforça de soutenir son regard sans ciller.

— Pour... Pourquoi ? balbutia-t-elle.

— *Pourquoi* ? répéta-t-il, interloqué. Mais parce que votre père a ordonné mon exécution, très chère... Quatre balles en pleine poitrine en échange de vingt années de bons et loyaux services. Sans compter qu'avant, alors que j'étais au plus mal, votre cher mari n'a pas hésité à me battre comme plâtre, me laissant presque pour mort. Vous étiez la cause de notre dispute, au fait... Ensuite, il m'a laissé pourrir pendant des semaines sans aucun soin dans un cul-de-basse-fosse. Je vais vous tuer pour punir ces deux-là de leurs méfaits. Comme vous pouvez le constater, rien de personnel à votre égard...

— Mon *père* ? s'étonna Jane. De quoi parlez-vous ?

— Vous ne savez rien de tout ça ?

En jetant un coup d'œil à Hugh, il émit un bruit de bouche désapprobateur.

— Voilà qui n'est pas très courageux de ta part, reprit-il. Tu ne lui as rien dit parce que tu étais persuadé que je ne serais jamais une menace pour elle ? Pour que la blanche colombe demeure dans sa bienheureuse ignorance, il suffisait de m'éliminer. Et pourtant, me voilà…

En faisant face à Jane, Grey révéla sèchement :

— Votre père gagne sa vie en organisant des meurtres ciblés sur une grande échelle. Hugh est l'un de ses plus prolifiques assassins. Votre père, Hugh, Rolley, et même Quin : tous vous ont menti depuis des années et vous ont caché leur véritable visage. Et dire que vous leur faisiez confiance pour vous protéger… Je parie que vous vous sentez plus stupide qu'effrayée, à l'heure qu'il est.

Jane n'eut pas à se forcer pour lancer avec dégoût :

— Ils avaient en tout cas parfaitement compris que *vous* deviez mourir !

— Oui, Weyland s'est décidé à détruire ce qu'il a lui-même créé…

— Ce n'est pas lui qui vous a fait tel que vous êtes.

— Faux ! Quand votre père répartissait les tâches, il s'arrangeait pour me refiler le sale boulot. Les contrats qui changent un homme à jamais étaient toujours pour moi. C'est *mon* sacrifice qui a permis à votre cher époux de rester tel qu'il est. Quel effet cela vous fait-il d'apprendre qu'il aurait pu finir comme moi ?

— Jamais ! lâcha-t-elle dans un souffle. Jamais Hugh n'aurait pu devenir comme vous.

— Et pourquoi pas ? Hugh est un tueur de sang-froid, lui aussi. Il rôde la nuit et se cache pour prendre des vies, tout comme je le fais.

Un sourire atroce découvrit les dents noires de Grey quand il conclut :

— Mais lui n'est pas atteint autant que moi – pas encore. Parce que votre père a fait en sorte de le préserver *pour vous* !

Jane cligna des yeux, incapable de comprendre.

— Ils ne vous ont donc *réellement* rien dit ? fit-il mine de s'étonner avec un sourire de pitié. Chère petite fille... Hugh se languit de conquérir votre cœur depuis tellement longtemps que je vais me faire un plaisir de le lui offrir. Encore chaud et tout juste extrait de votre sein...

44

En rassemblant ses forces, Hugh fut obligé d'écouter Grey révéler à Jane qui il était réellement. Et pendant qu'il parlait, il voyait de temps à autre le regard de la jeune femme se poser sur lui, comme si elle l'implorait de le contredire.

Mais toute l'attention de Hugh restait concentrée sur son ancien partenaire, guettant ses moindres gestes. Si bien que lorsque celui-ci s'avança vers Jane, il plongea dans un effort désespéré pour saisir ses jambes. Déstabilisé, Grey tomba en avant, face la première. Il demeura un instant ainsi, immobile, formant un angle grotesque avec le sol à cause des flèches qui le lardaient. Puis, dans un bruit écœurant, celles-ci achevèrent de transpercer ses chairs et ressortirent dans le dos.

La première réaction de Hugh fut de se précipiter sur Jane. Il entendit à peine les gargouillements produits par Grey à l'agonie, tant son souffle précipité résonnait à ses propres oreilles.

Aussitôt qu'il la rejoignit, il entoura d'un bras les épaules de Jane et palpa très doucement son visage.

— Sìne... gémit-il. Réponds-moi. Comment te sens-tu ?

— Hugh... c'est toi qui... Il t'a...

— Il a retenu ses coups, la rassura-t-il. Il voulait que je puisse assister à… ce qu'il projetait.

Jane poussa un petit cri strident.

— Oh, mon Dieu ! s'écria-t-elle. Son sang ! Je le sens sur moi !

La flaque de sang qui s'écoulait du corps de Grey détrempait le bas de sa jupe. Hugh s'empressa de la remettre sur pied pour la conduire en plein soleil.

— Est-il… vraiment mort ? s'enquit-elle avec un regard implorant. Hugh… va voir s'il est mort. *S'il te plaît…*

En s'efforçant d'ignorer la douleur, Hugh revint dans l'écurie et retourna Grey sur le dos. Il vivait encore, mais à cause de la flèche qui lui transperçait la poitrine, il n'en avait plus pour longtemps.

Accroupi à côté de lui afin de pouvoir l'entendre, Hugh demanda :

— Qu'as-tu fait de la liste ? Tu l'as rendue publique ?

Grey tenta de secouer la tête mais, n'y parvenant pas, il articula dans un hoquet qui fit couler le sang de sa bouche :

— Dans mon sac…

— Qu'as-tu fait à Ethan ? Réponds-moi !

Un rictus atroce fendit le visage de Grey. Juste avant d'expirer, il eut le temps de dire d'une voix rauque :

— Ethan… ma dernière victime…

À travers la brume cotonneuse qui lui engourdissait l'esprit, Jane sentit que Hugh l'emportait dans ses bras – alors que, blessé comme il l'était, c'était elle qui aurait dû s'occuper de lui. Il marchait d'un pas raide et tremblait, mais chaque fois qu'elle tentait de se libérer, ses bras se resserraient autour d'elle comme un étau.

Elle fronça les sourcils en sentant que ses jambes étaient nues, puis elle se souvint que le sang de Grey détrempait le bas de sa jupe, qui allait battre à chaque pas contre le pantalon de Hugh avec un bruit répugnant.

Au bord de la nausée, elle lutta pour garder ouvertes ses paupières lourdes, mais cela lui fut impossible.

Quand elle rouvrit les yeux, elle constata qu'elle se trouvait sur le lit de Hugh et qu'il l'avait déjà dépouillée de ses vêtements ensanglantés.

— Tu es réveillée… constata-t-il à côté d'elle.

Il la couvait des yeux, le visage ravagé par l'inquiétude.

Naturellement qu'elle était réveillée… Elle ne souffrait de rien d'autre que d'une bosse à l'arrière du crâne et d'une mâchoire endolorie. C'était *lui* qui était blessé, comme le prouvait le sang séché qui maculait encore son visage et son cou. Lorsqu'il entreprit de lui passer un linge humide sur le visage, elle trouva la force de protester :

— Hugh… arrête ça tout de suite et laisse-moi me lever pour m'occuper de toi.

Comme s'il n'avait rien entendu, Hugh continua sa tâche et Jane n'eut pas le courage de s'y opposer. À l'instant où il terminait sa toilette sommaire et lui enfilait une combinaison propre, Mïrag fit son entrée. Après avoir jeté un coup d'œil à la pile de vêtements ensanglantés, elle commença à les bombarder de questions.

— Retourne en bas ! lui ordonna Hugh sans l'écouter. Tu trouveras un cheval sellé dans les environs, sans doute près du chemin des bois. Va l'attacher en dehors de l'écurie.

Puis, lâchant un soupir, il ajouta :

— L'Anglais qui nous voulait du mal est mort. Son cadavre se trouve dans l'écurie. Surtout, n'y va pas.

— Eh bien, s'il est mort, répliqua Mïrag, il n'aura pas besoin de son cheval.

— Fais ce que je te demande ! aboya Hugh. Et ne lis rien qui se trouve dans son sac.

— Je ne sais pas lire… lança-t-elle par-dessus son épaule en quittant la pièce.

Quand ils furent seuls, Jane tendit le bras et frôla la tempe de Hugh du bout des doigts.

— Je dois m'occuper de ta tête, dit-elle.

— Ce n'est rien. Cela m'est déjà arrivé. Je serai un peu dans le brouillard et je dormirai davantage pendant quelques jours. Mes côtes vont continuer à me faire un mal de chien durant des semaines, mais j'ai survécu à pire. Je suis un Highlander à la tête dure, ne l'oublie pas…

Il se pencha pour étudier sa mâchoire, qu'il toucha du bout des doigts, la faisant grimacer.

— Ce salaud voulait la briser ! constata-t-il d'une voix grondante de rage contenue. Et il y serait parvenu, s'il n'avait pas été à ce point affaibli.

— Que t'a-t-il dit, quand tu es retourné dans l'écurie ?

— Il a dit… qu'il a tué mon frère.

— Oh, Hugh… gémit-elle. Je suis désolée…

Mïrag refit son apparition, pantelante et échevelée.

— J'ai mis le cheval en sécurité, annonça-t-elle.

— Bien ! se réjouit Hugh en se levant. À présent, reste près de ma femme jusqu'à mon retour.

— Hugh ? s'inquiéta Jane.

Elle se sentait secouée jusqu'au tréfonds, souffrait de partout, et elle continuait d'avoir peur, même en sachant que Grey était mort.

— Je dois vérifier certaines choses, expliqua-t-il. Je serai vite de retour.

Lui non plus n'avait pas l'air ravi de devoir partir. À l'intention de Mïrag, il ajouta fermement :

— Je compte sur toi pour ne pas la quitter de l'œil.

La jeune fille hocha le menton.

— Joli cheval qu'il avait, l'Anglais. Et une selle de premier choix…

— Le cheval et la selle sont à toi, lança Hugh depuis le seuil. Tout ce que je te demande, c'est de ne pas quitter cette pièce, au cas où ma femme aurait besoin de toi.

Mïrag acquiesça d'un signe de tête. Dès qu'il fut parti, elle demanda :

— Que s'est-il passé, l'Anglaise ? C'est vous qui l'avez transformé en hérisson ?

Elle n'avait pas cherché à dissimuler l'admiration que cet exploit lui inspirait.

Jane hocha la tête. Elle n'éprouvait aucun regret d'avoir tué cet homme, aussi fut-elle surprise de sentir des larmes dévaler ses joues. Son esprit était une ruche bourdonnant de pensées et d'interrogations.

Jusqu'à quel point Grey avait-il dit la vérité ? Soit il était fou, soit la vie de Jane ne ressemblait pas à ce qu'elle imaginait depuis toujours. Vivait-elle entourée de menteurs, de falsificateurs, de... *tueurs* ? Hugh guettait-il dans le noir pour tuer des gens qui ne se doutaient de rien ?

Grey s'était révélé dangereux, mais à présent il était mort et la menace qu'il faisait peser sur elle avait disparu. Même après ce qui venait de se passer, elle sentait que rien n'avait changé dans l'esprit de Hugh – ce qui voulait dire que, bientôt, elle rentrerait chez elle. Sans lui. Pour vivre parmi des gens qu'elle n'était plus du tout sûre de connaître.

Hugh découvrit la liste compromettante dans un tube scellé caché dans le sac de Grey. Après l'avoir ouvert, il brûla le document, surveillant sa combustion pour qu'il n'en reste que cendre fine.

À présent que Jane était sauvée, son père et elle se retrouvaient à l'abri de cet autre danger qui aurait pu les menacer. Tous deux sortaient indemnes de cette aventure... ce qui n'était pas le cas d'Ethan.

Non ! Hugh refusait d'y croire. Il ne pensait pas que Grey lui aurait menti, mais peut-être s'était-il trompé ? Peut-être la drogue l'avait-elle fait halluciner ?

Hugh ne le sentirait-il pas au plus profond de lui-même, si l'un de ses frères était mort ?

Il allait écrire pour réclamer plus d'informations sur la disparition d'Ethan. Il enverrait Mïrag au bureau du télégraphe ce matin même. La mort de Grey devait être signalée, de même que la destruction de la liste.

Il se demandait ce qu'il allait pouvoir écrire à propos de Jane – à part le fait que Grey lui avait déjà dit tant de choses que Hugh allait devoir lui apprendre le reste.

Lorsqu'il revint dans la chambre avec le message codé qu'il pria Mïrag d'aller porter au plus vite, Jane s'était endormie, les joues encore humides de pleurs. Comment les événements de la matinée – ajoutés à ceux de la nuit précédente – auraient-ils pu ne pas l'épuiser ?

Hugh en profita pour se laver, serrant les dents afin de résister à la douleur tandis qu'il nettoyait les traces de sang sur son corps meurtri. Après avoir glissé une chaise sous la poignée de la porte pour la bloquer, il alla s'allonger sur le lit près de Jane et s'endormit aussitôt.

Quand il se réveilla, elle était toujours là. Couchée sur le flanc, elle le regardait. Il faisait nuit, mais la lumière de la lune éclairait la pièce.

— Comment va ta tête ? s'enquit-elle d'une voix ensommeillée.

— Ne t'inquiète pas pour moi, *lass*. Je suis bien plus inquiet pour ta mâchoire.

Jane y passa les doigts et constata :

— Ça reste endolori, mais à part ça, je vais bien. Hugh… reprit-elle sans le quitter des yeux. J'ai besoin de comprendre ce que disait Grey. De quoi était-il question quand il parlait de toi… et de mon père ?

Ne lui devait-il pas la vérité, après ce qui venait de se passer ? Cela faisait des semaines que Jane endurait sans broncher ce qu'on l'obligeait à faire. Mais, même en sachant cela, Hugh hésitait encore.

Il devait avoir imaginé l'expression de son visage lorsqu'elle apprendrait la vérité autant de fois qu'il avait rêvé de faire l'amour avec elle.

— Jane… Je travaillais comme…

Hugh laissa sa phrase en suspens, incapable de conclure.

— Vas-y, l'encouragea-t-elle. Je t'en prie.

— On nous appelle… des francs-tireurs. Des tueurs à gages, si tu préfères.

— Qu'est-ce que c'est ?

Hugh déglutit péniblement.

— Je... Je tue les gens qu'on me demande de tuer, pour le compte de la Couronne.

— Je ne comprends pas. Je croyais que tu travaillais avec ton frère, Courtland, et sa bande de mercenaires. Et comment mon père peut-il être impliqué ?

Hugh lui expliqua que Weyland était à la tête d'une organisation chargée de régler certaines « situations » où la diplomatie avait échoué. Il lui révéla aussi quel rôle jouaient certaines de ses connaissances.

— Quin et Rolley également ? s'étonna-t-elle. Comment se fait-il que je n'aie jamais découvert tout ça ?

— Les familles des membres du Réseau l'ignorent, la plupart du temps. Et ton père n'a jamais voulu que tu puisses être mêlée de près ou de loin à son travail. Cela a toujours été une de ses hantises. Devoir te mentir en permanence lui coûtait beaucoup.

D'une voix douce, Jane demanda :

— Et devoir me mentir te coûtait-il également ?

— Je ne t'ai jamais menti.

Jane se mordilla la lèvre en réfléchissant.

— Mon père a-t-il réellement voulu faire exécuter Grey ?

Hugh acquiesça d'un signe de tête.

— Grey avait-il raison de penser qu'il te favorisait ? enchaîna-t-elle.

Hugh se passa une main sur le visage.

— Jusqu'à aujourd'hui, je ne voulais pas y croire, dit-il avec lassitude. Je pensais que Grey obtenait ce genre de boulot parce qu'il avait plus d'expérience – il avait dix ans de plus que moi. À présent... je pense qu'inconsciemment, Weyland a peut-être voulu me préserver.

Les paupières de Jane se faisaient lourdes. Hugh savait qu'elle aurait voulu lui poser encore des dizaines de questions, même si le sommeil la gagnait.

— Et qu'en est-il de ce qu'il a dit… à propos de toi… et moi ?

— C'est exact, reconnut-il après avoir hésité un instant.

— Depuis combien de temps ?

— Depuis le premier été. Comme toi.

Jane le fixa au fond des yeux un instant, puis demanda :

— Est-ce que je connais tous tes secrets, désormais ?

— *Aye, lass*. Jusqu'au dernier.

Le silence retomba entre eux. Au bout d'un moment, n'y tenant plus, Hugh trouva le courage d'ajouter :

— Jane… me diras-tu ce que tu penses de tout ceci… et de moi ?

Elle répondit à sa question par une autre :

— Ce qui vient de se passer va-t-il changer quoi que ce soit entre nous ?

La mort dans l'âme, Hugh secoua la tête.

— Alors rien ne suffira jamais, dit-elle dans un souffle en se détournant de lui. Et peu importe ce que j'en pense.

45

Hugh se redressa d'un bond dans son lit, réveillé par un cauchemar atroce. La douleur dans sa poitrine et dans sa tête, à laquelle il n'était pas habitué, le déstabilisa quelque peu. Il fronça les sourcils en examinant ce qui l'entourait et se frotta les yeux. L'après-midi semblait bien avancé. Avait-il dormi toute la nuit et toute la matinée ?

Ses draps étaient trempés de sueur. Il avait rêvé de la fiancée d'Ethan qui s'écrasait sur le pavé glacé de Carrickliffe, la tête baignée de son sang luisant au clair de lune. Mais à la place de ses yeux vitreux et sans vie, de son visage figé par la mort, Hugh avait reconnu ceux de Jane. Il frissonnait rien que d'y penser.

Où diable était-elle ?

En l'entendant déambuler dans sa chambre, Hugh laissa fuser un soupir de soulagement. Après s'être levé par étapes, il tituba jusqu'au bassin, mouilla un linge de toilette et se débarrassa de la sueur du mauvais rêve.

Il achevait sa toilette quand il entendit les pas de Jane résonner dans le couloir, alors qu'elle se dirigeait vers l'escalier. Il s'habilla aussi rapidement que ses blessures le lui permettaient et la suivit. En pénétrant dans la cuisine derrière elle, il la découvrit devant la table, immobile et le regard vague.

La première chose qu'il remarqua, ce fut le bleu à sa mâchoire, qui s'était étendu et assombri depuis la veille. Ensuite seulement, il vit ce qu'elle observait avec une attention soutenue : le *Leabhar*.

Hugh alla rejoindre Jane en silence. Même après tout ce temps, les mystères du livre maudit continuaient de le fasciner. Il se demanda combien de ses aïeux avaient tenté de le brûler, de l'enterrer, de le jeter au fond d'un puits dans l'espoir de s'en débarrasser – en pure perte. Le *Leabhar* passait d'une génération de MacCarrick à l'autre, comme une maladie héréditaire.

— Ce ne peut pas être le même, murmura Jane. Je l'ai jeté moi-même dans l'eau.

— C'est le même, objecta-t-il tranquillement.

— Qu... Quelqu'un doit être allé le récupérer au fond du lac ! Tu as demandé aux frères de Mïrag d'aller le repêcher...

— Il est parfaitement sec, Jane.

— Il doit y avoir une explication, insista-t-elle. Forcément ! Je sais : il n'y a pas qu'un seul exemplaire !

Hugh ouvrit le livre à la dernière page. La tache de sang caractéristique couvrait bien les deux dernières lignes. En la découvrant, Jane poussa un cri teinté d'effroi.

— Je... ne comprends pas, reconnut-elle à mi-voix.

— C'est pour cette raison que je t'ai laissée le jeter dans l'eau. À chaque fois, *Leabhar* trouve le moyen de revenir jusqu'à un MacCarrick. Crois-tu toujours qu'il ne s'agit là que d'une superstition ?

Jane ferma les yeux et passa une main sur son front.

— Je... Je ne... balbutia-t-elle.

Elle fut dispensée d'en dire davantage car le bruit d'une voiture tirée par des chevaux se fit entendre au bout de l'allée. Hugh se posta à la fenêtre.

— Qui cela peut-il être ? s'étonna-t-elle.

— C'est... Quin.

Hugh savait que son télégramme avait dû parvenir à Weyland la veille au matin. Quin devait s'être mis en route aussitôt qu'il l'avait reçu, prenant un train à destination de l'Écosse, puis une voiture à la gare de Beinn a'Chaorainn.

L'arrivée précipitée de Quin ne pouvait s'expliquer que de deux façons. Soit il venait chercher Jane – même si Hugh n'avait fait aucune demande en ce sens –, soit il apportait des nouvelles d'Ethan.

Quand il se retourna, Jane avait déjà quitté la pièce et se dirigeait vers l'escalier, le dos raide, à n'en pas douter convaincue qu'il avait lui-même exigé qu'on vienne la chercher au plus vite pour la ramener à Londres.

Sans laisser à Quin le temps de s'annoncer, Hugh ouvrit la porte à la volée et le rejoignit sur le perron.

— Qu'est-ce que tu fais là ? lança-t-il. As-tu appris quelque chose à propos d'Ethan ?

— Nous recevions les derniers rapports quand ton message est arrivé, répondit-il d'un air réservé. Nous n'avons pour le moment pas réussi à retrouver sa trace. Nous savons qu'un coup de feu a été tiré, et des témoins affirment avoir vu deux hommes tirer le corps d'Ethan dans une allée.

— Pour lui venir en aide, ou pour le dépouiller ?

— Nous n'en savons rien. Ce qui paraît certain, c'est qu'il a été touché.

Hugh prit appui contre le chambranle de la porte pour ne pas vaciller. Il ne lui restait qu'à s'accrocher à l'intuition que son frère n'était pas mort.

— Il est possible qu'il soit toujours en vie, reprit Quin. Nous ratissons le secteur, et Weyland te fera prévenir dès qu'il y aura du nouveau.

Hugh ne faisait confiance à personne. Il lui fallait se lancer lui-même à la recherche de son frère. Les sourcils froncés, il s'étonna :

— Tu t'es déplacé rien que pour me dire ça ?

Quin secoua la tête.

— La liste. Weyland veut qu'elle soit détruite ou qu'elle lui soit remise au plus vite.

— Elle est déjà détruite. Pourquoi cette voiture ?

— Je dois ramener Jane à Londres.

— Je n'ai rien demandé de tel.

— Non, mais tu ne nous as pas annoncé non plus qu'elle restait ta femme, à présent que tout danger est écarté. Juste qu'elle était saine et sauve et qu'elle avait entendu une partie de la vérité de la bouche de Grey. Ai-je eu tort de venir la chercher ?

En butte au silence de Hugh, Quin s'emporta :

— Bon sang, vieux ! Prends une décision, et vite ! Je ne te regarderai pas plus longtemps jouer avec la vie de ma cousine sans réagir.

— Je ne joue pas avec elle, répondit Hugh posément.

— Peut-être pas intentionnellement, mais en définitive le résultat est le même – et cela fait des années que ça dure.

Quin était le seul homme de sa génération dans la famille Weyland. À ce titre, il jouait le rôle du grand frère pour toutes ses cousines, mais plus spécialement pour Jane, qui était fille unique. Hugh comprenait sa colère et ne lui en tenait pas rigueur.

— Je suis sûr qu'elle est trop fière pour te l'avoir avoué, reprit Quin, mais elle est amoureuse de toi depuis qu'elle te connaît.

— Je sais cela.

Quin ne chercha pas à cacher sa surprise.

— Alors, où est le problème ? Est-ce parce que tu t'imagines qu'elle peut trouver un meilleur parti ? Je déteste avoir à te dire ça, MacCarrick, mais c'est le cas… étant donné qui tu es et ce que tu as fait.

En se rapprochant de lui, il ajouta, un ton plus bas :

— À présent que la liste est détruite, tu vas retourner en mission. La laisseras-tu derrière toi chaque semaine pour aller exécuter de nouveaux contrats ? Quel genre de vie serait-ce pour elle ?

— Jane est au courant, expliqua Hugh, comme s'il lui fallait plaider sa cause. Et si nous devions rester mariés, j'arrêterais mes… activités.

— Pour rester à la maison avec elle ? demanda Quin d'une voix chargée de dérision. Pour essayer de te laisser… domestiquer ? Comment feras-tu pour te mêler à ses amis et à sa famille, toi qui ne sais tout simplement pas comment faire ? Avant même de devenir un tueur, tu étais incapable de te plier aux exigences sociales.

Il avait raison. Hugh était tellement différent de ceux qui peuplaient la vie de Jane…

— Si tu ne parviens pas à te décider, reprit Quin d'une voix basse et menaçante, je prendrai la décision pour toi !

Le rêve, le livre, l'arrivée de Quin – que lui fallait-il d'autre pour comprendre qu'il devait la laisser partir ?

À cet instant, Jane les rejoignit devant la porte, la mine stoïque, chargée de ses bagages. Hugh réalisa alors que le choix ne lui appartenait sans doute plus. Après les événements de la veille et la découverte du livre ce matin dans la cuisine, c'était peut-être à Jane elle-même qu'il tardait de partir.

Quin retint son souffle en découvrant l'hématome sur la mâchoire de la jeune femme.

— Mon Dieu, Jane ! s'écria-t-il. Est-ce que ça va ?

En la voyant acquiescer d'un hochement de tête, Quin foudroya Hugh du regard.

Jane avait revêtu ses vêtements de voyage. Ses sacs étaient à ses pieds. Elle était réellement décidée à partir.

— Tu vas le suivre ? s'enquit pourtant Hugh.

— Que puis-je faire d'autre ? répondit-elle en lissant ses jupes. Je te remercie de lui avoir demandé de venir me chercher dès que la menace a été écartée.

— Je n'ai pas… commença Hugh.

— Oui, il a bien fait ! l'interrompit Quin. C'est ce qui est le mieux pour vous deux. Jane, il faut nous mettre en route sans tarder si nous voulons attraper le train à Perth. Fais tes adieux et allons-y.

Jane hocha la tête d'un air absent. Son cousin ramassa ses bagages et alla les porter dans la voiture.

Le départ était imminent… Hugh avait su qu'il leur faudrait se séparer, mais il avait imaginé qu'il aurait le temps de s'y faire, de se décider à la laisser.

— Je préférerais te reconduire moi-même à Londres.

— Tu ne fais pas confiance à Quin pour me protéger ? feignit-elle de s'étonner.

— Si. Tu ne risques plus rien. Mais j'aurais préféré te savoir totalement remise avant que…

— Avant que tu me quittes encore une fois ? acheva-t-elle pour lui.

Jane haussa les épaules, le visage de marbre.

— Nous savions tous les deux qu'il faudrait en arriver là, reprit-elle. À quoi bon reporter l'échéance ? Nous devons reprendre le fil de nos existences. C'est bien ce que tu veux, n'est-ce pas ?

— Je ne veux pas te voir partir maintenant.

— *Maintenant*, releva-t-elle d'un air entendu.

— Mais qu'est-ce que tu veux donc ? s'impatienta-t-il.

Hugh sentait la sueur perler à son front. Le souvenir du rêve de la nuit précédente ne le quittait pas.

— Le choix est simple, dit Jane d'une voix que l'émotion faisait trembler. Soit tu renonces à tes croyances et nous laissons cette absurde malédiction derrière nous, soit je m'en vais et je ne veux plus jamais te revoir.

Comment aurait-il pu lui promettre d'oublier quelque chose qui faisait de lui ce qu'il était depuis toujours ? Il ne pouvait la laisser le suivre sur un chemin susceptible de la conduire à la mort. Mais il lui fallait tout de même savoir…

— Tu serais prête à rester ma femme, même en sachant ce que je suis, ce que j'ai fait ?

Hugh espérait qu'elle répondrait par la négative. Avoir trouvé une femme prête à l'accepter pour ce qu'il était et devoir renoncer à elle était trop cruel.

— J'aurais été prête à *essayer*, répliqua-t-elle enfin. À tenter d'y voir plus clair, de comprendre un peu mieux.

— Même après avoir découvert le livre ?

— C'est quelque chose dont je ne veux plus *jamais* entendre parler.

Jane frissonna et ajouta :

— Je le reconnais, quand je l'ai vu, j'ai pris peur. Mais je sais également qu'ensemble, nous pouvons être plus forts que n'importe quelle malédiction.

Jane était là devant lui, prête à le suivre, prête à affronter l'enfer pour lui. Hugh n'avait qu'un mot à dire. Mais son attitude ne l'obligeait-elle pas au même courage ? Il devait faire passer son intérêt et sa sécurité avant tout.

— Jane, dépêche-toi ! cria Quin depuis la voiture. Nous avons un train à prendre !

Elle lui adressa un signe de la main pour le faire patienter, puis elle fit face à Hugh et conclut :

— Si je pars aujourd'hui, c'est terminé entre nous, Hugh. Pour toujours. Je dois aller de l'avant.

D'une voix réduite à un murmure, elle enchaîna :

— Si tu ne choisis pas maintenant de rester près de moi, tu ne le feras jamais. Un jour, tu réaliseras à quoi tu as renoncé, mais il sera trop tard !

En butte à son silence, Jane hocha tristement la tête. Ses yeux s'embuèrent et elle rejoignit la voiture. Elle allait y grimper lorsqu'elle parut se raviser. Un espoir fou gonfla le cœur de Hugh : elle venait de comprendre qu'il lui fallait rester une semaine – voire même un jour ! – de plus.

Quand elle revint se camper devant lui, la gifle qu'elle lui assena le prit totalement de court.

— Voilà pour ces dix dernières années, dit-elle.

Elle lui donna une deuxième gifle, plus forte encore, sur l'autre joue, avant d'ajouter :

— Et ça, c'est pour les dix années à venir.

46

— Je n'aurais jamais cru devoir te dire ça un jour, commença le père de Jane. Mais… peut-être devrais-tu pleurer un peu ?

Quin avait suggéré plusieurs fois la même chose pendant le voyage du retour, avant de la déposer directement au bureau de son père. Cela faisait une heure à peine qu'elle était rentrée – le temps pour lui d'expliquer ce que Hugh et les autres savaient depuis toujours.

— Ça va aller, assura-t-elle.

Depuis quand avait-elle retrouvé sa voix de petite fille ?

Jane se sentait groggy. Elle avala une gorgée du scotch qu'elle était allée se servir elle-même, défiant son père du regard de lui reprocher de boire.

— Je présume que tout cela est un choc pour toi, reprit-il.

— Tu veux concourir pour le championnat du monde d'euphémismes ? railla-t-elle d'un ton grinçant.

En le voyant hausser les épaules d'un air penaud, Jane soupira. Au moins avait-il fini par lui dire toute la vérité – du moins l'espérait-elle… Elle s'était quant à elle montrée beaucoup plus vague pour expliquer ce qui avait poussé Hugh à mettre un terme à leur mariage.

— Qui sait ce qu'il a dans la tête ? avait-elle répondu à Quin et à son père. Il a prétendu qu'il ne se trouvait pas assez bien pour moi, que je méritais mieux…

— Jane… tu ne cesses de dire que tu vas bien, reprit son père en scrutant son visage avec inquiétude. Mais ce n'est pourtant pas l'impression que tu donnes…

Comment aurait-elle pu « aller bien » ? Elle se sentait constamment au bord des larmes depuis que Quin était venu la chercher. En fait, sans en avoir versé aucune, elle avait l'impression d'avoir déjà pleuré toutes les larmes de son corps. En préparant ses bagages, elle s'était efforcée de ne pas pleurer, sachant qu'ensuite elle ne pourrait s'arrêter.

— Vous avez raison, reconnut-elle d'un ton maussade.

Jane posa distraitement son verre sur sa mâchoire endolorie et le retira bien vite, une grimace au bord des lèvres à laquelle son père fit écho.

— Cela fait énormément à digérer d'un coup, expliqua-t-elle. Quand je vous regarde, vous, Quin, et même Rolley, j'ai l'impression de me trouver face à des étrangers. Et je ne parle pas de Hugh ! Je me suis fait toute ma vie une image de lui qui du jour au lendemain s'est révélée… complètement fausse.

Jane n'en voulait pas à Hugh d'avoir entretenu ce jeu de dupes. Il avait un travail à faire, et après en avoir discuté avec son père, elle comprenait mieux la nécessité et le sérieux de ce qu'il accomplissait. Une de ses balles pouvait éviter que n'en soient tirées des millions d'autres dans une guerre inutile. Pourtant il restait dans l'ombre, solitaire, sans pouvoir bénéficier de la reconnaissance que cela aurait dû lui valoir. Elle avait donc pardonné à Hugh – du moins pour cela –, mais à son père…

— Quant à vous, peut-être auriez-vous pu préparer le terrain en me fournissant quelques indices au fil du temps, et ne pas faire autant pression sur moi pour que j'épouse un tueur.

Son père évitait son regard.

— Je regrette ce que j'ai fait… et ce que je n'ai pas fait, dit-il. Mais j'étais persuadé que Hugh agirait dans ton intérêt. Il est amoureux de toi depuis si longtemps, et il a toujours fait preuve d'un indiscutable sens de l'honneur. Mais ça… tu le sais. Tu l'as toujours su. Tu ne peux savoir comme j'étais fier que tu aies choisi un homme comme lui. Tu as vu en lui ce que personne d'autre ne voulait voir. J'étais sûr que vous étiez faits l'un pour l'autre.

Nous l'étions, songea-t-elle. Presque…

— Es-tu certaine de lui avoir bien fait comprendre tes sentiments pour lui ? insista-t-il. Tu ne lui as pas laissé de doute quant au fait de vouloir rester sa femme ?

Pour toute réponse, Jane poussa un soupir exaspéré et lui adressa un regard noir.

— Très bien, très bien… reprit-il en dressant les mains devant lui. Je ne te le demanderai plus.

— Que suggères-tu que je fasse, à présent ? s'enquit-elle. Avec l'argent de ma dot que tu vas me remettre ?

Le père de Jane arqua un sourcil, mais s'abstint avec sagesse de tout commentaire.

— Je n'ai pas la moindre idée de ce qu'une femme dans ma position peut bien faire…

— Jane… dit son père d'un air gêné. Je sais que je t'avais promis d'arranger les choses avec Freddie, mais il n'est plus… disponible.

— Comment ça ? s'étonna-t-elle machinalement.

— Il est fiancé à Candace Damferre. Son mari s'est éteint sans qu'ils aient eu d'enfant et en lui laissant tout. Bidworth est… fou de joie à présent qu'ils sont tous deux libres.

Jane se sentait soulagée d'avoir au moins évité cette catastrophe. Que serait-il arrivé si elle était allée au bout de son intention d'épouser Freddie ? Hugh n'avait pas été capable de lui offrir un mariage d'amour, mais il lui en avait épargné un autre qui en aurait été dépourvu.

— Je suis heureuse pour lui, assura-t-elle.

— Vraiment ?

— Oui. S'il avait été libre, je n'aurais pu renouer avec lui, de toute façon.

— Je le sais, mais je t'avais fait cette promesse parce que j'étais certain que cela marcherait entre Hugh et toi.

Jane haussa les épaules.

— Ne vous sentez pas coupable. À ce propos, du moins. Pour pouvoir envisager d'épouser Freddie, il aurait fallu que mon mariage avec Hugh n'ait pas été consommé.

Un sourcil arqué, elle fit mine de s'étonner.

— Votre visage vient de prendre une très intéressante teinte de rouge, père. Vraiment très intéressante…

Les poings serrés sur son bureau, il marmonna :

— Je vais le tuer !

Au cours de la semaine qui venait de s'écouler, Hugh avait passé au peigne fin le petit village au bord du lac et les environs. Après des jours passés à chasser le moindre indice, il ne se sentait pas plus près de découvrir si son frère était mort ou toujours en vie.

Comme Quin le lui avait expliqué, nombreux étaient les villageois à avoir entendu un coup de feu, et un boutiquier avait vu deux hommes tirer le corps inanimé d'Ethan dans une sombre allée. Un autre affirmait avoir vu un homme très maigre à l'allure étrange rôder devant l'auberge. En définitive, la seule chose certaine était qu'Ethan avait disparu et que Hugh n'avait plus de piste à suivre.

Il ne savait pas non plus ce qu'il allait pouvoir faire à présent, ni où il allait pouvoir se rendre.

Sans Jane, plus rien n'avait d'intérêt.

Dans un passé récent, sa vie avait encore eu un sens, car il avait un but à poursuivre. Désormais, il ignorait même s'il allait reprendre sa précédente occupation. Il avait changé… Plus exactement, c'était Jane qui s'était chargée de le changer. De toute façon, puisque Weyland était toujours au courant de tout, il devait savoir désormais qu'il avait déshonoré sa fille et ne devait pas être enclin à lui confier une nouvelle mission.

Si l'absence de Jane lui avait été pénible autrefois, à présent elle était insupportable. Hugh savait exactement à quoi il avait renoncé. Pire encore, il n'ignorait pas à quel point il l'avait blessée. Plus il pensait à ce qui s'était passé, plus il regrettait de l'avoir laissée partir. Mais comment aurait-il pu faire autrement ?

Où aller, maintenant ? Il ne s'était pas rendu à Cape Waldegrave depuis plus d'un an. Il pouvait rejoindre sa propriété pour voir s'il était nécessaire d'effectuer des travaux. Beinn a'Chaorainn était en bonne voie de restauration. Il pouvait aller verser par avance ses gages à Mïrag pour qu'elle entretienne la maison.

Retourner là-bas et ne plus entendre le rire de Jane ? Comment espérait-il le supporter ? Il ne réussirait ainsi qu'à broyer du noir…

Les cousines de Jane étaient omniprésentes…

C'était tout juste si Claudia n'avait pas emménagé chez elle, et Samantha et Belinda lui rendaient visite aussi souvent que le permettaient leurs obligations familiales. Cet après-midi encore, Claudia et Belinda consultaient des gravures de mode dans sa chambre en fumant des cigarettes françaises et en écumant sa penderie.

Depuis deux semaines qu'elle était rentrée, Jane n'avait pas eu une seconde à elle. Apparemment, toute sa famille s'était fait un sang d'encre à cause de sa mâchoire contusionnée et de ses absences.

Mais désormais, le bleu qui lui enlaidissait le visage avait quasiment disparu, de même que ses maux de tête.

Elle se demandait souvent si Hugh avait complètement récupéré, lui aussi.

Quand elle réfléchissait à ce qui s'était passé entre eux, il n'y avait qu'une chose qu'elle regrettait et qu'elle aurait aimé effacer.

« Fais-moi confiance et livre-moi ton secret, tu ne le regretteras pas », lui avait-elle dit.

Hugh devait à présent regretter de s'être confié à elle. En le découvrant superstitieux au point de ne plus oser vivre leur aventure à cause d'une sombre malédiction, elle n'avait fait preuve d'aucune compréhension, d'aucune compassion. Il était vrai qu'elle n'était jamais entrée dans une telle fureur, n'avait jamais ressenti tant de frustration.

Jane avait fini par admettre qu'elle avait perdu l'homme de sa vie, et que rien de ce qu'elle pourrait dire ou faire n'y changerait quoi que ce soit. Le pire était encore de savoir qu'elle le perdait à cause de quelque chose qui n'existait même pas…

— Janey… lança Claudia, la tirant de ses rêveries. Serais-tu encore en train de penser à Desannées Delarmes ?

Elle secoua la tête d'un air désapprobateur et ajouta :

— N'avions-nous pas décidé de le laisser de côté ?

Pour d'évidentes raisons de confidentialité, Jane n'avait rien dit à ses cousines des activités réelles de Hugh. Et pour un motif qui lui semblait bien moins clair, elle n'avait pas évoqué non plus la « malédiction ». À leurs yeux, il avait donc renoncé à Jane par bêtise et entêtement, voire par inconstance.

En revanche, elle leur avait confié qu'ils avaient fait l'amour. Ensemble, elles avaient décompté les jours. Jane avait été soulagée de constater qu'elle n'était pas enceinte, naturellement. Mais une pointe de regret s'était également glissée dans son cœur…

— Jane… reprit Claudia en la dévisageant sévèrement. Je ne pense pas t'avoir rappelé aujourd'hui que tu as passé *dix années* de ton existence à l'attendre. Une décennie que tu ne pourras plus rattraper !

— Claudia a raison, renchérit Belinda. Cela fait deux semaines, Jane ! Tu dois au moins *commencer* à surmonter ton chagrin.

Claudia émit un claquement de langue agacé.

— Seigneur, Jane ! S'il passait la porte à l'instant, je suis sûre que tu…

— Je ne te permets pas ! l'interrompit-elle sèchement. Je ne suis pas une complète idiote. Avoir été rejetée – non pas une fois, mais deux ! – par l'homme que j'aimais, m'a guérie de tout espoir de renouer avec lui.

— Alors… quel est le problème ?

— Certaines choses me font penser à lui. Et dès que je vois la mine coupable de mon père… comment ne pas faire le lien ?

En hochant la tête, Claudia conclut :

— Dans ce cas, il va falloir passer aux grands moyens et envisager un voyage à l'étranger pour te changer les idées. Que dirais-tu de l'Italie, où abondent les hommes virils ?

Voyant Jane hausser les sourcils, elle précisa :

— Tu n'as jamais entendu ce vieux précepte ? « Rien de tel pour oublier un homme que les bras d'un Italien… »

47

— Courtland ! Pourquoi avoir dépeint cet endroit sous un jour si affreux ? s'étonna Annalía Llorente Mac-Carrick en remontant l'allée menant à Beinn a'Chao-rainn. C'est magnifique ! C'est donc là notre nouveau foyer ?

— Femme ! Ralentis un peu... gémit Court derrière elle.

À présent qu'elle se sentait mieux, après avoir souffert de malaises incessants durant les deux premiers mois de sa grossesse, il paraissait toujours être à la traîne derrière ses jupes colorées. À cause de sa jambe blessée qui n'avait pas encore totalement guéri, ce qui faisait de lui un mari grincheux.

Que se passerait-il si elle trébuchait et s'il n'était pas là pour la rattraper ?

Mais, une fois qu'il eut réussi à combler son retard et eut passé un bras autour de sa taille, Court put tout à son aise observer le miracle qu'il avait sous les yeux. À qui est cette maison et qu'a-t-on fait de la mienne ? songea-t-il.

Des gens s'étaient approprié l'endroit, il n'y avait pas d'autre explication. Et ils avaient fait preuve d'un goût très sûr.

Les volets et la porte principale, qui tenaient à peine sur leurs gonds lors de sa visite précédente, avaient été changés et arboraient une couche de peinture fraîche. Un heurtoir en cuivre accueillait les visiteurs. L'allée gravillonnée qui y conduisait était vierge de mauvaises herbes. Fleurs et plantes vertes agrémentaient des plates-bandes aux motifs élaborés. Le toit semblait avoir été totalement refait, et à travers les rutilantes nouvelles fenêtres, on apercevait des meubles et des tapis à l'intérieur. Était-ce la mère de Court qui avait fait tout cela ? Qui d'autre ?

Lorsqu'il serra Anna un peu plus fort contre lui, elle y vit une avance et lui adressa un sourire langoureux.

— Déjà prêt ? s'étonna-t-elle avec son accent qui faisait chanter ses paroles. Mon insatiable Highlander...

Court arqua un sourcil.

— Je ne t'ai pas comblée, cette nuit à l'hôtel ? susurra-t-il d'une voix rauque. Ni ce matin au réveil ?

En se plaquant contre lui, Anna prit son visage entre ses mains.

— Je ne pense pas pouvoir un jour me rassasier de toi.

Un instant plus tard, elle revint au sujet qui la préoccupait :

— Courtland... pourquoi m'avoir dressé un tableau aussi sinistre de ta maison alors qu'elle est si belle ?

— Elle ne ressemblait pas du tout à ça, la dernière fois que je suis venu.

Il avait tout de suite su qu'un jour cette demeure serait magnifique, il s'était juré de lui rendre son lustre, mais il ne s'était pas imaginé cela, et il ne savait pas qui remercier.

— Maintenant, je peux te l'avouer... reprit Annalía. J'appréhendais un peu de découvrir dans quelles conditions tu me ferais vivre dans ces sauvages Highlands. Et avec le bébé...

C'était peu de dire que Court avait lui aussi redouté cette épreuve. Ce n'était pas de gaieté de cœur qu'il s'était résigné à emmener Annalía vivre à Beinn a'Chaorainn, mais il n'avait pas eu le choix. Pour la garder, il avait dû renoncer à sa vie de mercenaire, ce qui le privait de tout moyen de subsistance.

L'impossibilité de lui procurer l'aisance à laquelle elle était habituée était pour lui un casse-tête. C'était ce qui l'avait fait hésiter à épouser cette beauté de sang royal, issue d'une riche famille andorrane.

Court avait prévu de restaurer une pièce de la maison et de tout faire pour qu'elle s'en contente, le temps de trouver les moyens de faire plus et mieux. Découvrir que cela ne serait pas nécessaire lui ôtait un poids énorme des épaules.

Annalía observait l'écurie aux portes fraîchement repeintes en se tapotant le menton du bout de l'index.

— Courtland... N'est-ce pas ce cheval que mon frère a offert à Hugh ?

Court examina la bête qu'elle désignait et dut en convenir. Aleixandre Llorente avait offert cet étalon à Hugh pour le remercier de ses talents d'artificier, qui avaient permis de débarrasser l'Andorre de l'ordre des Rechazados. Court lui-même avait ignoré que son frère était capable de faire sauter un fort au sommet d'une falaise, occupé par trente assassins, sans sourciller un instant...

Était-ce donc Hugh qui était venu s'installer chez lui pour restaurer sa maison ? Court s'était lancé à la recherche de ses deux frères dans tout Londres. Il avait envoyé des messages au travers d'une dizaine de canaux différents pour tout leur dire à propos du *Leabhar* et de leur avenir puisque, à présent, tout autant que lui, Hugh et Ethan en avaient un. Il était allé rendre visite à Weyland mais le vieil homme, comme d'habitude, s'était montré assez mystérieux.

Et voilà qu'il retrouvait Hugh dans un endroit où il n'aurait jamais pensé à le chercher.

Court secoua la tête en se rappelant à quel point il était déjà en dette vis-à-vis de son frère. D'abord, celui-ci avait investi judicieusement l'argent qu'il lui avait confié, ce qui lui avait permis de finir de payer cette propriété. Ensuite, et surtout, Hugh avait sauvé la vie d'Annalía.

Du coin de l'œil, il surprit un mouvement qui attira son attention. Tournant la tête, il vit une jeune fille paniquée quitter en hâte la demeure, chassée par un beuglement indistinct. Ce ne pouvait être la voix de son frère. Hugh ne beuglait pas.

Mais en entendant un autre rugissement – et cette fois, il reconnut la voix de Hugh –, Court dégaina le pistolet caché sous sa veste et s'empressa de faire entrer Annalía.

— Anna, tu vas rester là-dedans, la pressa-t-il en la conduisant jusqu'à un placard installé sous l'escalier. Tu n'en sortiras que lorsque je viendrai te chercher.

Les yeux écarquillés, elle pénétra dans le placard en acquiesçant d'un signe de tête. Après avoir refermé derrière elle, Court escalada l'escalier quatre à quatre. Comme les marches grinçantes avaient été changées et recouvertes d'un tapis, il ne fit pas le moindre bruit. Au premier, il se guida suivant les jurons poussés par Hugh, ponctués par le bruit d'objets allant se fracasser sur le sol. Se battait-il contre quelqu'un ?

Son arme brandie devant lui, Court utilisa sa main libre pour entrouvrir doucement la porte. Aussitôt, il en resta bouche bée. On n'avait pas seulement remplacé sa maison. On avait aussi remplacé son frère... Hugh, au tempérament calme et posé, avait une barbe de trois jours, était ivre mort et le regardait avec les yeux hallucinés d'un fou.

— Cette petite sorcière m'a caché mon whisky ! expliqua-t-il dans un grommellement.

— Qui ça ?

— La gouvernante.

Court ne pouvait qu'applaudir l'intéressée pour avoir eu le courage de faire cela et le bon sens de s'enfuir ensuite.

— *Aye*, dit-il. Et on dirait bien que sans lui, tu es perdu.

— Va au diable !

Mais Hugh paraissait davantage épuisé que vindicatif. Après s'être assis sur le lit, la tête penchée en avant, il marmonna :

— Qu'est-ce que tu fais là ?

— Mais… c'est ma maison ! protesta Court. Ou du moins, ça l'était… Pourquoi l'as-tu restaurée ?

— Parce que Jane le voulait. Jamais rien pu lui refuser.

Court ne voyait pas pourquoi Jane Weyland aurait pu avoir envie de restaurer sa maison.

— Tu ne crois pas qu'il serait temps que tu t'expliques ?

Il écouta avec étonnement son frère lui faire le récit de sa récente aventure, des menaces de Grey à la mort de celui-ci dans l'écurie de Beinn a'Chaorainn, en passant par son mariage précipité avec Jane.

— Je l'ai donc renvoyée chez elle, et à présent elle me déteste, conclut Hugh. Mais toi, tu as consenti à faire ce sacrifice pour Annalía, je pouvais bien le faire pour Jane !

Un long soupir de lassitude vint ponctuer ce constat.

Court estima que le moment était peut-être mal choisi pour avouer qu'il s'était précipité en Andorre pour retrouver sa belle – devenue sa femme, pour l'heure cachée sous l'escalier – à peine Hugh l'avait-il laissé derrière lui en France. En fait, après avoir cherché ses frères pendant des semaines pour leur annoncer la nouvelle, il hésitait à présent à révéler qu'Anna était enceinte. Quand Hugh aurait dessoûlé, il serait toujours temps de le lui dire.

— Je suis juste passé ici récupérer mes affaires, expliqua celui-ci d'un ton morose. Mais je me suis un peu… attardé. Elle me manque, tu sais…

Puis, paraissant se reprendre, il ajouta :

— Mais tu peux récupérer ta maison, maintenant. Pas bon pour moi de rester ici plus longtemps.

Hugh fronça les sourcils et fixa son frère dans les yeux.

— Mais au fait... dit-il. Tu ne devrais pas être avec tes hommes ?

— Changé d'avis, expliqua Court de manière laconique.

— On dirait que tu réagis à la perte de la femme de ta vie bien mieux que moi ! Tu étais l'ombre de toi-même, la dernière fois que je t'ai vu... Tu l'as si vite oubliée ?

Après avoir passé la main dans ses cheveux, il grimaça et se balança un instant d'avant en arrière, comme pris de vertige. Fermant les yeux, il plaqua les mains sur son visage et conclut :

— Il faudra que tu me donnes ta recette, veinard !

— Tu as mal à la tête ? demanda Court.

— Grey m'a filé quelques bonnes châtaignes.

— Au moins, ce salaud ne fera plus de mal à personne.

Hugh hocha lentement la tête, le visage sombre.

— Court... reprit-il. J'ai quelque chose à te dire. Cela concerne Ethan.

Court poussa un soupir désabusé.

— Qu'est-ce qu'il a encore fait ?

— Il... Ethan est...

— Courtland ? fit Annalía depuis le seuil.

En l'apercevant, Hugh écarquilla les yeux et se dressa d'un bond sur ses jambes.

— Bon Dieu, mais qu'est-ce que ça veut dire ? rugit-il en se précipitant sur son frère. Tu m'avais juré que tu n'irais pas la retrouver !

Nerveuse, Annalía posa les mains sur son ventre rond, en un geste protecteur qui lui était devenu habituel.

Hugh le remarqua immédiatement, et Court vit sur son visage l'horreur le disputer à la stupéfaction. Il tituba un instant, écrasant ses yeux sous la paume de ses mains, puis il tomba comme une masse sur le sol.

48

Une heure plus tard, Hugh s'éveilla en sursaut sur son lit. En lui attrapant l'épaule pour le forcer à se recoucher, Court le tança sévèrement.

— Te soûler après une commotion ! Tu devrais pourtant savoir… Qu'est-ce que tu cherches ? À te tuer ?

D'une voix rauque, sans lui répondre, Hugh demanda :

— Il n'est pas de toi ?

Court serra les dents pour ne pas hurler. Il s'était attendu à cette question. En voyant que son frère était sur le point de se réveiller, il avait pris soin d'envoyer Annalía rejoindre au rez-de-chaussée la jeune gouvernante qui avait refait son apparition.

— Ce bébé est le mien ! répliqua-t-il d'un ton menaçant. Je sais pourquoi tu me demandes ça, et je sais que tu ne peux penser autrement, alors je te pardonne. J'ai toute confiance en Annalía mais pour ta gouverne, sache que nous sommes restés seuls tous les deux chaque jour, chaque heure, chaque seconde pendant des semaines, lorsque cet enfant a été conçu.

Hugh eut du mal à trouver ses mots.

— Mais elle est… Tu ne peux pas… Comment expliques-tu… avec cette foutue malédiction ?

— Les dernières lignes doivent changer le sens de celles qui précèdent, d'une manière ou d'une autre.

Selon le consensus général, elles doivent indiquer qu'à condition de trouver la femme idéale, le sort peut être levé.

— Le consensus ? s'étrangla Hugh. Qui d'autre est au courant ?

— La famille d'Annalía et... Fiona.

— Tu es en contact avec notre mère ?

Hugh le dévisagea un long moment avant de conclure :

— Je... n'arrive pas à y croire.

— *Aye*, je sais. Mais elle regrette tellement ce qu'elle a fait... et elle voudrait te parler. À présent que je suis marié, je peux comprendre que la perte de l'être aimé peut rendre fou de douleur.

Or Fiona et Leith avaient été profondément amoureux.

— Quand as-tu réalisé tout cela ? questionna Hugh.

— Après ton départ, j'ai retourné les termes de la prophétie en tout sens. « Condamnés à vivre sans se marier et sans aimer... » Ce n'était pas mon cas. J'étais désespérément amoureux d'Annalía. Alors je suis allé la rejoindre, et quand elle m'a annoncé qu'elle était enceinte... La malédiction est vaincue, Hugh.

Court sut exactement à quel moment l'espoir s'insinua dans le cœur de son frère. Il le devina sur son visage. Mais, bien vite, l'angoisse lui succéda.

— Nom de Dieu ! s'exclama-t-il. Par ma faute, il se peut que Jane soit enceinte.

Il fit une tentative pour se redresser, en prenant son temps cette fois, et ajouta :

— Je dois aller la voir.

Court le repoussa sur le lit et tenta de le calmer.

— Inutile de te précipiter.

À présent qu'il connaissait le bonheur d'aimer et d'être aimé en retour, il souhaitait que ses frères en profitent également. Il était cependant persuadé qu'il devait exister pour Hugh un meilleur choix que Jane Weyland.

— Comment peux-tu être sûr que… c'est bien elle ?

En réponse à sa question, Hugh lui agrippa le poignet avec une force surprenante.

— Tu te fiches de moi ? rétorqua-t-il en le dévisageant d'un air incrédule. J'ai passé un tiers de ma vie à la désirer, elle est à présent légalement ma femme, et je suis à ce point amoureux d'elle que j'en suis malade.

Il n'y avait pas à mettre en doute cette vérité, admit Court. Aussi incroyable que cela puisse lui paraître, Hugh était éperdu d'amour pour Jane.

— Tu n'arriveras jamais chez elle dans cet état, argumenta-t-il néanmoins. Alors tu vas te reposer, et tu te mettras en route quand j'aurai décidé que tu peux le faire sans danger.

D'un air borné, Hugh secoua la tête et fit une nouvelle tentative pour se lever.

— Tu veux vraiment que Jane te voie dans cet état ? demanda Court en le repoussant encore une fois. Et qu'est-ce qui te fait croire qu'elle va t'accueillir à bras ouverts ? Uniquement parce que vous avez couché ensemble ? Tu disais que tu l'avais renvoyée chez elle et qu'elle te déteste.

— *Aye.* Je suis conscient de l'avoir blessée. Mais Jane m'a avoué qu'elle m'aime aussi. Depuis toujours.

Hugh se rembrunit et foudroya son frère du regard.

— Ne me regarde pas comme ça ! tonna-t-il. Je sais à quel point ça peut paraître incroyable.

Après s'être assis prudemment au bord du lit, il parvint à se mettre debout et poursuivit :

— Adolescente, elle était persuadée que nous allions nous marier. Si bien que quand je suis parti, elle a cru que je l'abandonnais.

Court siffla longuement entre ses dents. Celle-là, il ne l'avait pas vue venir…

— C'est pour ça qu'elle te provoquait sans cesse, qu'elle jouait avec toi ? Frérot, je déteste devoir te dire ça, mais j'ai l'impression qu'une rude bataille t'attend !

— Comme si je n'étais pas déjà au courant…

En maudissant ses blessures qui le rendaient si gauche, Hugh se mit à la recherche de vêtements dans les piles étalées au hasard sur le sol. Dire qu'au sein du clan, on le considérait comme le plus sage et le plus stable des trois frères...

— Tu ne partiras pas maintenant, insista Court. Fais-moi plaisir : repose-toi jusqu'à demain.

— Des clous !

— Prends au moins le temps de manger quelque chose, de boire un café, de dessoûler un peu ! Et, excuse-moi, mais tu ne sens pas la rose... Tu sais qu'il y a des sources chaudes à l'arrière de la maison ?

Pour une raison qui échappa à Court, Hugh s'empourpra violemment.

49

En approchant de Londres au terme d'une journée de voyage en train et à cheval, Hugh éprouvait un sentiment d'urgence si puissant qu'il avait le ventre noué. Après avoir si longtemps combattu ses sentiments, pouvoir leur laisser libre cours le submergeait d'émotion.

La menace constante que constituait la malédiction avait disparu. Son avenir ne pouvait désormais se concevoir sans Jane à ses côtés. Il avait toute confiance dans le jugement de son frère, et voir Annalía radieuse et enceinte avait achevé de le convaincre qu'une nouvelle génération de MacCarrick était en route. Pour ce qui était du *Leabhar* et des deux lignes manquantes de la prophétie, il s'en remettait d'autant plus au jugement de sa mère que Court le partageait. Au moins comprenait-il à présent pourquoi il s'était toujours senti à sa place aux côtés de Jane et en droit de l'aimer.

En parfait accord avec son humeur du moment, une tempête se déchaînait autour de lui mais il n'en avait cure. Il était bien décidé à rejoindre Jane cette nuit même. Tout ce qu'il avait à faire, c'était regagner son cœur.

Un mile de plus venait d'être franchi. Un mile de moins à parcourir... Le visage fouetté par le vent et la pluie, il se renfrogna en réalisant que sur son éloquence reposaient ses espoirs de garder Jane.

Hugh avait rarement eu besoin de ce talent. D'ordinaire, il lui suffisait d'avoir recours à l'intimidation ou à la force.

Il lui faudrait la convaincre qu'il serait capable de faire un effort avec sa famille, et qu'il pourrait s'adapter à la vie qu'elle menait. En procédant par étapes, il arriverait à s'habituer à l'étrange mode de vie des Weyland, et peut-être même à les comprendre…

Il n'avait rien dit à Court à propos d'Ethan, parce qu'il ne pouvait se défaire de l'intuition que son frère aîné était en vie. Il allait poursuivre ses investigations, lancer des détectives sur sa piste, pour se faire une idée plus précise avant de donner un sujet d'inquiétude supplémentaire à Court, qui se faisait déjà un sang d'encre à cause de cette naissance à venir.

Convaincu qu'il avait été de ne pouvoir engendrer, Hugh n'avait jamais imaginé se faire un jour du souci à cause des souffrances de l'enfantement. Désormais, que Jane puisse passer par là le faisait frissonner.

Tout en rassurant son frère en affirmant que des femmes accouchaient chaque jour sans le moindre problème, il s'était fait la promesse d'aller demander à Robert, « le charlatan rieur », quel était le meilleur moyen pour « attendre » avant d'avoir des enfants. À supposer, bien sûr, que Jane ne soit pas déjà enceinte…

Lorsque Hugh atteignit enfin Londres, la pluie avait cessé et la proximité du but le faisait galoper plus vite encore. Les sabots de son cheval claquant sur le pavé ne suffisaient pas à le distraire du rêve qu'il nourrissait. Une vie entière aux côtés de Jane l'attendait, sans épée de Damoclès au-dessus de leurs têtes… s'il parvenait à se montrer convaincant.

Il n'en fallut pas plus pour doucher son enthousiasme. Peut-être Weyland ne le laisserait-il même pas entrer chez lui ? Hugh lui devait une fière chandelle. Le père de Jane avait été le seul à comprendre qu'il leur fallait passer du temps ensemble et à tout faire pour que cela se produise. Il avait forcé Hugh à voir clair dans ses sentiments, et il avait empêché Jane de s'engager auprès d'un autre homme.

Et, en guise de remerciement, Hugh lui avait renvoyé sa fille…

Alors que le flot d'invités ne cessait de grossir, Jane lissa la jupe de sa nouvelle robe vert émeraude et força un sourire sur ses lèvres. Cette réception que son père avait tenu à organiser pour fêter son départ en compagnie de Claudia la rendait nerveuse.

Même si leur départ pour l'Italie était décidé depuis plusieurs semaines, le père de Jane avait trouvé tous les prétextes imaginables pour le retarder. Enfin, elles allaient embarquer à bord d'un vapeur qui appareillait le lendemain matin.

Même si son père était furieux contre Hugh, Jane savait qu'il continuait à entretenir des espoirs pour eux. Il croyait fermement que Hugh allait revenir, mais, pour n'avoir reçu aucune nouvelle de lui, elle savait quant à elle à quoi s'en tenir.

Lorsque Freddie et Candace arrivèrent, ils eurent droit de la part de Jane à un véritable sourire. Non seulement elle était heureuse pour ce nouveau couple qui s'adorait manifestement, mais elle était également soulagée de ne pas avoir épousé le comte de Whiting. En les regardant s'éloigner après l'avoir saluée, elle réprima un soupir.

— Pourquoi cet air sérieux, Janey ? demanda Claudia en lui tendant une coupe de champagne. Ces soirées élégantes sont pourtant à ton goût, habituellement…

— Je sais…

Jane aimait le parfum des corbeilles de roses disposées dans toute la maison, la lumière des lustres brillant de tous leurs feux, et le bruit des bouteilles de champagne heurtant les coupes en cristal.

— Quelqu'un t'a-t-il fait une remarque à propos de ton mariage ? s'inquiéta Claudia.

Jane secoua la tête et sirota sa coupe.

— Non. Tout le monde déploie des trésors d'habileté pour éviter le sujet.

La plupart de ceux qui étaient là – principalement amis et membres de la famille – avaient entendu des rumeurs sur le mariage précipité de Jane et sur la séparation tout aussi hâtive qui avait suivi. Mais personne – à part ses cousines – n'avait osé lui en parler.

— Alors, réjouissons-nous ! reprit Claudia avec exubérance. Demain, nous quittons cette maudite île.

— Tu n'es donc pas triste de devoir quitter ton valet d'écurie pour plusieurs mois ?

— Il avait des larmes plein les yeux, aujourd'hui... admit-elle. Et j'avoue qu'à un moment, j'ai failli faire machine arrière. Mais l'aventure nous tend les bras.

Belinda et Sam vinrent les rejoindre, offrant à Claudia l'occasion de les narguer.

— Admettez-le, vieilles matrones ! Vous êtes jalouses... Nous partons demain vers des rivages gorgés de soleil, où se déguste la meilleure cuisine... et où abondent les hommes à la virilité triomphante !

De l'autre côté de la pièce, Jane surprit le regard de son père posé sur elle. Face à son air interrogateur, elle répondit par un sourire. Elle faisait des efforts, ces temps-ci, pour paraître gaie et insouciante, mais il avait l'œil. Depuis son retour, il s'inquiétait constamment et cela se voyait. Pour vaincre ses réticences à la laisser s'embarquer pour l'Italie, elle avait dû lui rappeler qu'elle pouvait se passer de son consentement.

Soudain, elle vit son visage se fendre d'un grand sourire, qu'il s'empressa aussitôt de masquer alors que le silence se faisait peu à peu dans l'assemblée.

Jane entendit un certain raffut dans le hall d'entrée : empoignades, meubles malmenés, éclats de voix et, bientôt, un cri rageur qui jeta un froid dans la salle.

— Laissez-moi parler à *ma femme* !

Des pas décidés retentirent derrière elle. Jane se raidit, dans l'attente de ce qui allait suivre.

— Mon Dieu ! murmura Belinda, les yeux ronds. Janey, mais qu'as-tu fait à ton Highlander ?

Jane pivota lentement sur ses talons et découvrit Hugh au seuil de la salle de réception. Son apparence lui fit écarquiller les yeux. Il était trempé de la tête aux pieds. Ses bottes étaient couvertes de boue. Dans son cou, quelques estafilades sans doute occasionnées par des branches saignaient abondamment. Il avait perdu du poids et ses cheveux mouillés retombaient sur un visage qui n'avait plus connu la lame d'un rasoir depuis belle lurette.

Mais ce furent ses yeux qui retinrent surtout l'attention de Jane. Noirs comme la nuit, on y voyait étinceler une lueur de détermination sans faille. Dès qu'il la repéra, son corps se tendit tel celui d'un fauve prêt à bondir sur sa proie. Les convives qui n'avaient pas fait silence poussaient de petits cris indignés ou effrayés. Indifférent au scandale qu'il causait, Hugh n'avait d'yeux que pour elle.

Enfin, après ce qui sembla durer une éternité, il daigna jeter un regard à la foule et parut s'apercevoir de l'état dans lequel il se trouvait, alors que tous s'étaient mis sur leur trente et un. Son visage se rembrunit, et ses épaules s'affaissèrent.

Hugh venait de pénétrer dans une pièce pleine de monde – ce qui était en soi déjà une punition pour lui –, mais le faire alors qu'il ressemblait à un vagabond n'était pas pour arranger les choses, et mettre visiblement Jane dans l'embarras encore moins… En s'efforçant de ravaler la boule d'angoisse qui lui bloquait la gorge, il s'essuya le visage d'un revers de manche.

Une dame entre deux âges se mit à rire sottement.

— C'est *ça*, le nouveau mari de Jane ? s'enquit-elle.

Il la foudroya du regard et lança :

— Fermez-la, voulez-vous ?

Il se dirigea vers Jane en passant devant des invités muets de stupeur, dont le regard pesait si lourdement sur lui qu'il pouvait presque le sentir.

Sur le point de la rejoindre, il tendit la main vers elle.

— Suis-moi, Sìne... dit-il. J'ai à te parler.

Les cousines de Jane le mitraillaient du regard, la pressant de le chasser, lui conseillant de ne pas obéir.

— Je suis sûre que ça peut attendre, répondit Jane d'un ton glacial qu'il ne lui avait jamais connu. Revenez demain... *après-midi*.

Des rires nerveux s'élevèrent dans l'assemblée, qu'il fit taire en laissant son regard ombrageux courir alentour. Ce faisant, il tomba sur le père de Jane et s'efforça de jauger ses intentions – ce que visiblement ce dernier s'efforçait de faire également avec lui.

— Je veux juste lui parler, Weyland ! lança-t-il.

Jamais son accent écossais ne lui avait paru aussi prononcé.

C'est alors que Hugh repéra Bidworth qui se frayait un passage à travers la salle. Il grinça des dents. Pas un instant il n'avait envisagé que Jane puisse renouer avec lui. Il n'avait pas non plus imaginé que Bidworth pourrait ignorer ses menaces de représailles s'il osait la revoir. Freddie finit par croiser son regard, blanchit soudainement et poussa un cri étranglé.

Si ce salaud a osé poser la main sur ma femme...

Les poings serrés, Hugh fondit sur lui. Bidworth battit précipitamment en retraite jusqu'à un mur.

— Bon sang ! gémit-il. Va-t-il encore me frapper ?

50

— Comment peut-il m'arriver une chose pareille ? maugréa Jane.

— Va-t-il réellement s'en prendre à Bidworth ? s'enquit Belinda, les yeux écarquillés, en regardant Hugh marcher vers le pauvre Freddie d'un pas résolu.

— Bien sûr que oui ! répondit Jane en lançant un regard de détresse à son père.

Mais celui-ci ne paraissait pas décidé à intervenir. Il se contentait de les observer alternativement, elle et Hugh, vigilant et curieux.

— Très bien ! soupira Jane en lui adressant un regard noir. *Je* vais m'en occuper.

Dès qu'elle eut rejoint Hugh, la main de celui-ci se détendit comme une serre et s'empara de son coude, qu'il agrippa avec force, comme pour ne plus jamais la lâcher.

— Et si nous allions discuter ailleurs ? suggéra-t-elle.

Tant son envie de s'en prendre à Freddie était grande, il hésita un instant.

— Hugh... reprit-elle patiemment. Si vraiment tu veux me parler, il va falloir me suivre, car je ne le ferai pas ici.

À contrecœur, Hugh se laissa entraîner vers le hall d'entrée, où il demanda sèchement :

— Pourquoi Bidworth est-il ici ?

Il observa un instant l'annulaire dépourvu d'alliance de Jane et ajouta :

— As-tu… Avez-vous… renoué, tous les deux ?

— Même si cela ne te regarde pas, répliqua-t-elle avec le plus grand calme, sache qu'il est ici avec sa fiancée.

Jane le laissa se détendre un instant avant de lui asséner le coup de grâce.

— Ils sont venus, comme tous les invités présents ce soir, me souhaiter bon voyage.

— Bon *voyage* ?

— Oui. Tu viens de gâcher la fête que ma famille donne en mon honneur et en celui de Claudia pour nous souhaiter bonne route jusqu'en Italie, où nous allons passer l'hiver.

— Quand êtes-vous supposées partir ?

— Demain, avec la marée du matin, et…

— Non !

Jane ferma les yeux et se massa les tempes.

— J'ai dû mal comprendre, car il me semble t'avoir entendu à l'instant t'immiscer une de fois de plus dans ma vie privée. Or, tu as renoncé à tous les droits que tu avais de le faire.

— Certainement pas ! Je suis toujours ton mari. Nous sommes mariés, et nous allons le rester.

En réponse à son air interloqué, il précisa :

— Tu m'as bien entendu, *lass*.

— Qu'est-ce qui motive ce revirement d'attitude ? s'enquit-elle froidement.

— Il n'y a pas de revirement d'attitude.

Dans le dos de Hugh, Jane vit son père tenter de retenir ses cousines, les empêchant de venir à son secours. Sans doute s'imaginait-il donner du temps à Hugh pour qu'il puisse s'excuser… alors qu'il ne semblait même pas en avoir l'intention.

Il n'y aurait ni excuses, ni bouquet de fleurs, pas même une explication. En fait, il ne s'était même pas donné la peine de se raser avant de surgir en pleine réception, menaçant les serviteurs et les invités effrayés.

— Comment oses-tu te montrer ici dans cet état ? lança-t-elle d'une voix cinglante.

Jane ne parvenait pas à le comprendre. Quelque chose avait changé en lui. Certes, il n'était pas connu pour prendre d'assaut les soirées mondaines tel un Highlander dément, mais le changement qu'elle percevait était plus subtil. Peut-être, après tout, les coups qu'il avait reçus étaient-ils plus graves qu'il ne l'avait imaginé et lui avaient-ils fait perdre la tête…

— Je ne voulais pas te mettre dans l'embarras, avoua-t-il, penaud. Dieu sait que je ne le voulais pas. Mais ce que j'ai à te dire ne pouvait attendre.

— Pourtant, tu n'as pas été fichu de me le dire durant tout le temps où nous sommes restés ensemble…

D'autres invités intrigués pointèrent le bout de leur nez. Hugh s'en rendit compte et leur fit par-dessus son épaule une grimace affreuse.

Jane adressa au groupe déboussolé un regard navré.

— Il s'apprête à partir, vous savez… leur dit-elle. Il n'y en a…

— Hors de question, l'interrompit-il.

Puis, se penchant vers elle, il ajouta plus bas :

— Pas sans toi.

Sur le même ton, elle lui demanda :

— Qu'est-ce que tu peux bien avoir à me dire ?

Hugh ouvrit la bouche pour lui répondre, mais il se tut en constatant que le regard de Jane dérivait encore vers le groupe de curieux.

— Ça ne va pas marcher… maugréa-t-il, les sourcils froncés.

Jane reporta son attention sur lui et s'emporta :

— C'est ce que je me tue à t'expliquer !

— Tu vas venir avec moi !

— Il faudra qu'il gèle en enfer !

Avant qu'elle ait rien pu deviner de ses intentions, Hugh se pencha et la chargea sans effort sur son épaule.

Voyant cela, les cousines de Jane poussèrent à l'unisson un cri de rage et de stupeur.

— Hugh ! gronda-t-elle en lui martelant le dos. Qu'est-ce qui te prend ? Repose-moi tout de suite !

Jane s'empourpra violemment, sans doute autant sous l'effet de l'humiliation que parce qu'elle avait la tête en bas.

À son père qui les rejoignait dans l'entrée, elle lança véhémentement :

— Combien de fois allez-vous laisser cette brute en prendre ainsi à son aise avec moi ?

— Je peux t'assurer que c'est la dernière... répondit-il avec un calme olympien. Correct, MacCarrick ?

— *Aye !* Tout à fait correct.

— Voilà qui fait plaisir à entendre, fils... Ma voiture est garée à l'extérieur. Elle est à ta disposition pour la conduire à Grosvenor Square.

Hugh acquiesça d'un hochement de tête et marcha jusqu'à la porte. Alors qu'il descendait les marches du perron, ils croisèrent d'autres invités qui arrivaient. Mortifiée, Jane ferma les yeux et cessa de se débattre.

Lorsqu'il l'eut déposée dans la voiture, elle se retrouva à bout de souffle, à court d'éloquence et prise de vertige. Dès que l'attelage se fut mis en branle, Hugh l'attira dans son giron. Ses mains volèrent jusqu'à son visage, pressant ses joues tandis qu'il l'embrassait passionnément.

Jane se figea.

— Sìne... gémit-il tout bas. Ah, Seigneur ! *Lass*... embrasse-moi.

Hugh refit une tentative plus passionnée encore, l'embrassant avec urgence comme si ce baiser devait être le dernier. Et, comme une idiote, elle se sentit peu à peu répondre à cette urgence. Il grogna sourdement et approfondit le baiser, la serrant très fort dans ses bras.

Il lui avait tellement manqué... Jane se sentait à deux doigts de passer l'éponge et de tout oublier. *Non, non, et non !* Elle dut se forcer à mettre fin au baiser et à le repousser.

— Tu disais vouloir me parler ! protesta-t-elle. Et je n'avais même pas dit oui à ça… Tu ne m'as pas fourni une seule explication !

Au bout de quelques instants, il la relâcha, alors que la voiture ralentissait pour s'arrêter. Dès qu'un valet de pied vint ouvrir la portière, Jane se précipita à l'extérieur mais s'immobilisa en découvrant devant elle l'imposante façade de l'hôtel particulier des MacCarrick.

Sa colère et sa souffrance flambèrent de plus belle. Combien de fois, jeune fille, était-elle passée ici en priant pour le voir, en espérant qu'il apparaisse à une fenêtre ! S'empressait-il de fermer les rideaux dès qu'il la voyait ? Jane sentit sa lèvre trembler. Comme il lui avait manqué, à l'époque ! Et ce n'était pourtant que la première fois qu'il l'abandonnait…

51

— Jane ? s'inquiéta Hugh d'une voix étranglée, en voyant ses yeux s'embuer.

Ma seule chance de la reconquérir… songea-t-il. Et tout ce que j'arrive à faire, c'est de la faire pleurer !

Cette réaction-là n'était pas au nombre de celles qu'il avait anticipées. Prenant sa main, il l'attira à l'intérieur pour la mettre à l'abri de la fraîcheur de la nuit. Il devina qu'elle aurait voulu lui résister mais qu'elle n'en avait pas l'énergie.

Hugh emmena Jane dans sa chambre et la fit asseoir sur son lit. Doucement, il prit son menton au creux de sa main et lui fit relever la tête. Elle avait fermé les yeux, mais les larmes continuaient de couler sur ses joues. À chaque nouvelle larme qui perlait à ses paupières, il avait l'impression qu'un coup de couteau lui était donné.

— Mon Dieu, *lass* ! s'exclama-t-il. Je t'ai fait mal ? J'ai peut-être été un peu trop brusque, dans la voiture ?

Il ne se rappelait pas grand-chose de ce baiser à perdre halcine. Sans doute avait-il dû la serrer contre lui comme une brute, ou la mordre, sans même s'en apercevoir…

— Cela faisait si longtemps… expliqua-t-il, penaud. Et te sentir soudain si proche… je n'ai pas pu me contrôler.

Voyant qu'elle ne réagissait pas, Hugh murmura :

— Tout s'est très mal passé, je le sais, et j'en suis désolé. Ah, Jane... cela me tue de te voir pleurer.

— Alors ramène-moi là-bas ! lança-t-elle en accentuant chaque syllabe.

— Après ce qui s'est passé, tu ne supporterais pas de retourner parmi ces gens.

En lui martelant la poitrine de ses poings, elle s'écria :

— Alors emmène-moi chez Claudia !

— Je ne peux faire ça non plus, *lass*...

Comment avait-il pu gâcher ainsi sa dernière chance ? Après la discussion avec son frère et ce voyage éprouvant, il n'avait plus été capable de réfléchir sereinement. Découvrir Jane plus belle que jamais dans cette salle brillamment éclairée l'avait achevé. Avec un coup au cœur, il avait pleinement réalisé que cette femme époustouflante était la sienne. Le bienheureux homme qui allait dîner chaque soir avec elle et se réveiller chaque matin à son côté n'était autre que lui... La reconquérir, dans ces conditions, lui avait semblé une formalité.

Puis il avait repéré Bidworth et présumé le pire...

— J'ai tant de choses à te dire que cela ne pouvait attendre plus longtemps, déclara-t-il en prenant son courage à deux mains. Je voulais rester marié avec toi, mais tu sais pourquoi je croyais ne pouvoir le faire.

— À cause de la *malédiction* ! répondit-elle d'un ton acerbe. À ta place, j'éviterais d'évoquer ce sujet devant moi...

— *Aye*, mais cela n'a plus aucune importance, puisque je viens de découvrir que mon frère Court va être papa !

Cela lui paraissait toujours très étrange de dire une chose pareille. Mais cela le mettait également en joie.

— Il est marié, reprit-il. Heureux...

— Dois-je comprendre que la malédiction a été levée ? l'interrompit-elle, caustique. Peut-être un charme magique a-t-il été utilisé pour la combattre ? Dois-je m'attendre à porter toute ma vie le talisman sacré des MacCarrick autour du cou ?

— Ce que je veux te dire, c'est que nous avons dû mal interpréter la prédiction. Quand j'ai vu Annalía enceinte…

— Tu entends ce que tu racontes ? s'indigna-t-elle. Une malédiction ancestrale t'empêchait absolument de m'accepter pour femme, mais puisqu'une femme que je ne connais même pas se retrouve enceinte, d'un coup de baguette magique nous pouvons rester mariés. Ai-je bien tout compris ?

— Cela paraît complètement fou, je le sais, reconnut-il. Mais j'ai compris qu'il pouvait y avoir un avenir pour nous deux – sans que j'aie à craindre pour ta vie.

— C'est trop facile, Hugh ! Et s'il se passait demain quelque chose qui te fasse penser que *de nouveau* je puisse être menacée ? Tu ne croyais pas en nous jusqu'à ce jour. Ce soir, tu y crois. Mais demain ? Tu finiras peut-être par pouvoir déchiffrer les deux lignes cachées, qui pourraient être plus dévastatrices encore que ce que tu craignais…

— Court et Annalía pensent que ces deux lignes précisent toutes celles qui précèdent. Par exemple en indiquant que chaque fils devra trouver la femme de sa vie pour échapper à la malédiction. Je pense comme eux.

— Et je serais la femme de ta vie ?

Les larmes de Jane commençaient à se tarir.

Hugh s'écarta un peu pour mieux la fixer au fond des yeux.

— Je n'en ai jamais douté !

— Alors tu penses aussi que nous pouvons avoir des enfants ?

— *Aye.*

D'un ton bourru, il ajouta :

— Tu n'es pas encore enceinte, n'est-ce pas ?

— Non, je ne le suis pas.

En découvrant son expression de soulagement, Jane demanda d'un air pincé :

— La perspective d'avoir des enfants avec moi te semble-t-elle si redoutable ?

— Non, mais t'imaginer en couches, souffrant, en danger...

Réprimant un frisson, Hugh conclut tout bas :

— C'est ça que je redoute, *lass*. En plus du fait que j'aurais du mal à te partager, même avec nos enfants.

La tête penchée sur le côté, Jane le considéra d'un œil plus bienveillant. Néanmoins, elle préféra vérifier :

— Le fait que je ne sois pas enceinte peut-il te faire changer d'avis ?

— Non. Rien ne le pourra.

— Tu n'as cessé de me répéter qu'il n'y avait pas que la malédiction. Tu as multiplié les exemples pour me prouver que tu n'étais pas le mari qu'il me faut...

— De piètres excuses, rien d'autre...

— Es-tu en train de dire que tu m'as menti ?

— Non, je ne t'ai jamais menti. Et ces prétextes visaient à me convaincre autant que toi.

Voyant qu'elle fronçait les sourcils, il précisa :

— Toutes ces raisons étaient justes, mais elles n'ont plus aucune importance, parce que je serai ce que tu auras besoin que je sois.

Avec le pouce, Hugh essuya la dernière larme de Jane, qui le laissa faire en reniflant un peu.

— Tu ne peux rien changer au fait que tu es un solitaire, objecta-t-elle. Je n'en suis pas une, et je ne suis pas décidée à vivre une existence recluse. Comptes-tu me séparer de ma famille ?

— Non. Jamais ! Si c'est la seule chose qui t'inquiète, sache que je suis prêt à emménager dans une maison pleine de Weyland...

Jane ne put dissimuler sa surprise.

— Vraiment ? s'étonna-t-elle, les yeux écarquillés. Tu ferais ça ?

— *Lass*... Rien de ce que j'ai fini par découvrir n'aurait de sens si je ne peux pas t'avoir pour femme. C'est à tes côtés que doit s'écrire mon avenir. Sinon, je pourrais tout aussi bien ne pas en avoir.

Jane se mordilla la lèvre et le dévisagea longuement.

— J'ai peur, Hugh ! avoua-t-elle enfin. Quelque chose d'autre pourrait changer tes croyances, et je te perdrais une troisième fois.

Elle détourna le regard avant de conclure :

— Cette fois, je crois que je… je ne pourrais pas le supporter.

— Sais-tu combien j'avais envie de te prendre au mot, chaque fois qu'à Beinn a'Chaorainn tu trouvais un argument pour que nous restions ensemble ? Mais je ne le pouvais pas… Malgré cela, je devais lutter pour accepter de te laisser partir. C'était égoïste de ma part, mais je n'ai jamais demandé que Quin vienne te chercher.

— Vraiment ?

Hugh secoua la tête, puis il posa les mains sur les épaules de Jane et commença à masser doucement sa nuque et son cou.

— J'ai toujours cherché une solution pour pouvoir te garder, assura-t-il. Si tu veux bien de moi à présent, tu n'auras aucune chance de te débarrasser de moi un jour.

Visiblement partagée, Jane hésita un instant avant de résumer :

— Donc… tu es venu ce soir me demander… de ne pas mettre un terme à notre mariage ?

— *Aye*, Sìne… Si tu veux bien de moi.

Hugh déglutit péniblement et ne put résister à l'envie de la prendre dans ses bras. D'abord, il connut un moment de panique en sentant qu'elle restait raide et figée contre lui, mais il refusa de la lâcher. Puis, progressivement, elle se détendit et l'enlaça. Hugh constata en laissant s'échapper l'air de ses poumons que, durant tout ce temps, il avait rctenu son souffle.

Éperdu de reconnaissance, il s'écarta lentement d'elle et cueillit son visage entre ses mains.

— Je t'ai déjà prévenue de nombreuses fois, dit-il, mais je dois le faire de nouveau… Jane, je ne suis pas le meilleur des hommes et…

— Mais seras-tu le meilleur des hommes *pour moi* ? l'interrompit-elle.

— Oh, seigneur ! Oui... À jamais.

— M'aimeras-tu ?

Hugh fronça les sourcils et sa voix se fit rauque.

— Jusqu'à mon dernier souffle, promit-il. Et toi ? Peux-tu m'aimer, même en sachant ce que j'ai fait ?

— Hugh... je comprends mieux les nécessités de ta profession, à présent que mon père m'a tout expliqué. Je sais que tu as sauvé la vie de nombreux soldats, sans récolter la moindre reconnaissance. Et si tu ne peux avoir ailleurs les lauriers que devrait te valoir ce travail éprouvant, *je* me chargerai de te les remettre. Car en ce qui me concerne, je suis fière de toi.

— Fière ?

Hugh faillit s'étrangler sur ce mot.

— T'imagines-tu combien de fois j'ai redouté de devoir te faire cet aveu ? reprit-il.

— J'ai toujours été fière de toi, et cela n'a pas changé. En fait, si j'avais été un homme... je crois que j'aurais pu faire la même chose que toi.

Un sourire amusé joua sur les lèvres de Hugh.

— Je n'en doute pas.

Il redevint brusquement sérieux et conclut gravement :

— Tu as donc tous les éléments pour prendre ta décision en connaissance de cause. Tu sais à quoi tu t'engages. Alors tu ferais bien d'y réfléchir, *lass*, car ensuite je ne te laisserai plus jamais m'échapper.

Jane redressa la tête et assura :

— Voilà un programme qui me convient tout à fait.

Hugh cligna des yeux, comme s'il ne parvenait pas à croire à ce qui lui arrivait. C'était un sentiment que Jane partageait, mais elle avait la certitude, également, qu'ils avaient franchi un point de non-retour.

La nervosité qui l'habitait depuis des semaines avait disparu, parce qu'elle était enfin où elle était supposée être.

— J'ai maintenant l'argent qu'il faut pour te gâter comme tu le mérites… dit-il. Et nous avons ce domaine en Écosse, qui nous attend.

— Je vais vivre là-bas, dans ta maison au bord de la mer ?

— *Notre* maison. J'espère qu'elle te plaira. En tout cas, je l'ai achetée en pensant à toi.

— Tu… Tu as fait ça ? balbutia-t-elle, à la fois surprise et enchantée.

Lorsque Hugh lui avait parlé de ce domaine, Jane avait rêvé d'y vivre à ses côtés, mais elle n'aurait jamais imaginé qu'il en avait été de même pour lui.

— *Aye*, répondit-il fièrement. Je me disais que tu serais fière d'en faire ta demeure. Il me tarde de t'y emmener… Nous pouvons partir cette nuit même, si tu veux.

Jane se mordit la lèvre.

— Nous pourrions peut-être rester ici cette nuit… et finir ce que nous avons commencé dans la voiture.

— Je suis pour ! s'exclama-t-il en hâte, la faisant rire.

Mais le rire de Jane se mua en gémissement de plaisir lorsque les lèvres de Hugh, brûlantes et affamées, se posèrent dans son cou. Sa langue ne tarda pas à se mettre de la partie pour le plus troublant des baisers, tant et si bien qu'elle se retrouva bientôt accrochée à ses épaules, frissonnante et blottie contre lui.

— J'en ai tellement rêvé… chuchota-t-il entre deux baisers. J'avais tellement besoin de toi…

— Moi aussi, dit-elle tandis que Hugh l'incitait à s'allonger sur le lit.

— Après si longtemps, reprit-il en remontant les jupes de Jane jusqu'à ses hanches, pouvoir enfin…

En achevant de baisser ses dessous sur ses jambes, il laissa sa phrase en suspens. Ainsi exposée à ses regards, elle écarta les genoux à la première de ses caresses. Elle le regarda, fascinée, fermer les yeux sous l'effet du plaisir tandis que ses doigts poussaient plus loin l'exploration.

— Je te préviens, *lass*... dit-il d'une voix rauque. Désormais, je vais être insatiable.

Jane lui tendit les bras.

— Je suis toute à toi !

L'expression de son visage se fit farouche et possessive quand il lui répondit, les yeux brillants de convoitise :

— Après la nuit que nous allons vivre, mon amour, tu ne pourras plus en douter.

52

— Es-tu prête à découvrir ta nouvelle maison, Sìne ? demanda Hugh au débouché de l'allée bordée de haies menant à Waldegrave.

Jane hocha la tête avec empressement.

— Je suis plus que prête.

Il ne restait que quelques minutes avant le coucher du soleil, et ils venaient d'arriver.

— Voilà une semaine que je brûle d'impatience ! renchérit-elle.

Il leur avait fallu rester à Londres quelque temps pour répondre à certaines obligations. Si Jane n'avait pas déjà été désespérément amoureuse de Hugh, elle le serait devenue lorsqu'il lui avait demandé de l'aider à tenir la promesse faite aux enfants de la famille Weyland.

D'un ton bougon, il lui avait expliqué :

— C'est pure stratégie de ma part pour mettre ta famille dans ma poche. J'achète l'affection de la jeune génération pour m'assurer de sa future coopération.

En réprimant difficilement un sourire, Jane avait hoché la tête.

— Des jouets en guise de machination diplomatique… avait-elle commenté gravement. Tu es machiavélique !

Jane avait également pris le temps de s'excuser auprès de Claudia de l'annulation de leur voyage, et de remercier son père pour ce qu'elle avait appelé ses « brillantes manœuvres matrimoniales ». Hugh était allé rendre visite à Robert. Il était revenu de son rendez-vous le rouge aux joues, porteur d'une boîte pleine d'accessoires... intimes. Ils avaient décidé ensemble qu'ils attendraient au moins une année avant de réévaluer la question des enfants. Après tout, elle aussi était désireuse de l'avoir tout entier pour elle...

En pinçant son menton entre le pouce et l'index, Hugh lui donna un baiser.

— Si cet endroit ne te plaît pas, nous pouvons tout aussi bien aller vivre ailleurs.

— Je suis sûre qu'il va me plaire, assura-t-elle.

Jane plissa les yeux et dévisagea Hugh d'un air suspicieux. Il ne paraissait pas nerveux. Elle comprit qu'il savait comme elle que cette demeure lui plairait. Tout cela n'était que manœuvres pour faire durer le suspense.

— *Si* je peux le découvrir un jour, ajouta-t-elle en lui assenant une petite tape sur la poitrine. Je te promets d'aimer cet endroit même s'il ressemble à Ros Creag.

— En fait... il est un peu plus sinistre encore. Mais je sais combien tu aimes les ambiances gothiques.

Un sourire radieux illumina son visage, rappelant à Jane à quel point son mari était beau à couper le souffle quand il souriait. Elle ne se lassait pas de guetter ses sourires, faisant tout son possible pour les provoquer.

Bien qu'il lui ait offert de l'emmener n'importe où dans le monde pour leur lune de miel, elle avait réclamé qu'il tienne sa promesse de la conduire ici. À l'avenir, ils auraient sans doute l'occasion de voyager, mais ils devaient pour l'instant rester près de l'Angleterre. Hugh avait bon espoir que les limiers lancés sur la piste d'Ethan aient bientôt des résultats à lui communiquer. D'autre part, Jane ne souhaitait pas trop s'éloigner de Beinn a'Chaorainn, à cause de la naissance de leur neveu ou nièce au printemps. Même si Courtland serait présent, elle s'en faisait déjà une fête. Si Hugh consentait à faire des efforts avec sa famille, elle pouvait bien faire de même avec la sienne.

— Nous pourrons également changer une chose ou l'autre, reprit Hugh avec une lenteur délibérée. La couleur des murs, ou…

— Hugh, pitié ! l'interrompit-elle en riant. Je n'en peux plus d'attendre ! Je veux voir notre maison !

— Tu sais bien que je ne peux rien te refuser…

Il la prit par la main et l'entraîna au bout de l'allée. Jane poussa un petit cri et se figea, les larmes aux yeux. Cette fois nerveux, Hugh pressa sa main dans la sienne.

— Dis quelque chose, *lass*…

— C'est comme… un rêve.

Le manoir était magnifique, autant par son apparence que par sa taille. Il était bâti dans une brique de couleur crème, avec ses volets classiquement peints en noir et ses balcons de marbre faisant face à la mer. Tout autour, le parc vallonné et les vastes pelouses s'étendaient jusqu'aux falaises majestueuses. Quant aux vagues…

En retenant son souffle, Jane murmura :

— On peut vraiment voir le soleil à travers !

Hugh se rengorgea.

— Je suis heureux que ça te plaise, dit-il. Prête à visiter l'intérieur ?

— Pouvons-nous d'abord contempler ici le coucher de soleil ?

— Naturellement.

Hugh la fit passer devant lui et la serra entre ses bras, le menton posé sur sa tête. Tandis qu'ils regardaient le soleil décliner, Jane soupira.

— Dommage, quand même, qu'il n'y ait pas de travaux à faire !

Hugh se mit à rire doucement.

— Toujours heureuse d'être devenue ma femme ?

— Un peu… mentit-elle en se retournant entre ses bras.

Après avoir déposé un baiser sur ses lèvres, elle ajouta :

— J'attends ça seulement depuis le jour où je t'ai rencontré et où tu m'as appelée « mignonne ».

— Je m'en souviens comme si c'était hier. Je m'étais dit que lorsque tu serais grande, tu pourrais fort bien mener un homme par le bout du nez.

Il l'attira contre lui et plongea son regard au fond du sien avant de conclure :

— Ah, *lass*... J'ignorais simplement que cet homme, ce serait moi.

10704

Composition
FACOMPO

Achevé d'imprimer en Italie
par GRAFICA VENETA
le 17 mars 2014.

Dépôt légal : mars 2014.
EAN 9782290085844
L21EPSN001172N001

ÉDITIONS J'AI LU
87, quai Panhard-et-Levassor, 75013 Paris

Diffusion France et étranger : Flammarion